Geist

Tinta y fuego

Benito Olmo

Tinta y fuego

NdeNovela

Esta edición se ha publicado gracias al acuerdo con Hanska Literary&Film Agency, Barcelona, España

NdeNovela, un sello editorial de Editorial Planeta, S. A.
Av. Diagonal, 662-664, 08034 Barcelona
www.ndenovela.com
www.planetadelibros.com

Diseño de la colección: Compañía

Primera edición: febrero de 2024
Depósito legal: B. 990-2024
ISBN: 978-84-10140-02-8
Composición: Realización Planeta
Impresión y encuadernación: Rotoprint by Domingo
Printed in Spain - Impreso en España

A Paula, que me hace volar

Escapo de esta página. Solo hay ceniza en ella.
No puede arder lo que ya ardió.

Arde este libro, Fernando Marías

—La próxima vez que quieras salvar un libro, salvarlo de verdad, no te juegues la vida. Me lo dices y te llevaré a un lugar secreto donde los libros nunca mueren y donde nadie puede destruirlos.

El juego del ángel, Carlos Ruiz Zafón

1

El puñal se hundió hasta la empuñadura en el estómago de Marcel Dubois antes de que este hubiera podido preguntar siquiera al individuo que se había presentado en el umbral de su casa quién era y qué diablos se le había perdido allí.

Stratos apuñaló sin saña, pero con firmeza. Antes de que Dubois encontrara una manera de defenderse, extrajo el arma y se la clavó un par de veces más, en el pecho y el costado. La hoja se hundió con facilidad, como un saltador olímpico que ejecuta una zambullida perfecta y sin salpicaduras.

O casi.

La vida abandonó el cuerpo de Marcel Dubois en cuestión de segundos. Su defensa se redujo a un débil manoteo, primero, y a la nada después. Cayó al suelo derrengado como un trapo y Stratos certificó su defunción apuñalándole varias veces más. Cuando se aseguró de que había dejado de moverse, limpió la hoja de la daga en la ropa de Dubois y la guardó. Después cerró la puerta a su espalda y pasó sobre el cadáver, rumbo a la biblioteca.

Confiaba en no encontrar a nadie del servicio. Los criados de Marcel Dubois estaban de vacaciones desde hacía aproximadamente un par de años. Las finanzas de aquel tipo no habían podido hacer frente a la última recesión, y aquel palacete a las afueras de París, aunque pomposo y elegante, no dejaba de ser una especie de panteón en el que veía la vida pasar con la sospecha de que los buenos tiempos no iban a regresar. Más le valía poner sus asuntos en orden, se había repetido una y otra vez, antes de que fuera el fisco quien se personase allí para hacerlo por él.

Bueno, ya no tendría que preocuparse por eso.

Stratos no era muy dado a dejarse impresionar, pero tuvo que reconocer que la biblioteca de Dubois era exquisita. Las estanterías de roble, la moqueta de color púrpura, el sillón Luis XVI... La estancia exudaba un aura solemne, cálida como una guarida, venerable como un museo.

Y lo más importante: no era solo fachada. La colección Dubois era soberbia. Distinguió una primera edición del *Traité de fauconnerie*, de Schlegel y Wulverhorst, un ejemplar de *Cien años de soledad* de la editorial Sudamericana en muy buen estado y un tomo de *La Regenta* bellamente encuadernado en una pieza de piel negra con ribetes azules. ¿De los hermanos Galván, tal vez?

Se podría decir que el continente se hallaba a la altura del contenido, algo que no era tan habitual como debería. Stratos se había visto a menudo en bibliotecas ostentosas e imponentes que albergaban, sobre todo, basura. Libros viejos y sin valor, reproducciones baratas y volúmenes mutilados sin piedad. Colecciones que no justificaban ni siquiera el espacio que ocupaban, pero de las que sus dueños presumían como si estuvieran en posesión de la Biblioteca de Alejandría.

Detectó en una de las baldas más altas un ejemplar de *Biología general*, de Casanova Ciurana. Lo tomó con cuidado y pasó los dedos por la encuadernación y el título, impreso en letras doradas sobre el lomo. Se trataba de una primera edición de 1877 con los cantos y contracantos también de color dorado.

La *Biología general* había tenido una gran repercusión en su época y no quedaban muchos ejemplares. Stratos conocía a algunos médicos que habrían pagado una pequeña fortuna por hacerse con aquel tomo, pero Marcel Dubois parecía aquejado de un mal bastante común entre los bibliófilos: habría preferido morir de hambre antes que desprenderse de uno solo de sus queridos libros. No habría vendido aquel ejemplar ni aunque no hubiera tenido con qué pagar la calefacción de su palacete. Algo que, a juzgar por el frío que hacía, quizá sucedía desde hacía ya algún tiempo.

Stratos siguió examinando la biblioteca y comprobó que los títulos habían sido ordenados en sentido descendente; los más valiosos ocupaban los estantes superiores, a casi tres metros del suelo, mientras que los ejemplares más comunes se sucedían hacia abajo hasta ocupar un estante cercano a la moqueta, más expuestos a sufrir la acción del polvo y los insectos. El valor de cada ejemplar determinaba su posición en la estantería, un sistema de clasificación tan despiadado como práctico.

Se preguntó cuántas horas al día habría pasado Dubois en aquella sala, ordenando y reordenando su colección sin terminar de sentirse del todo conforme, condenado a convertirse en una versión moderna del mito de Sísifo.

No tardó en dar con lo que buscaba.

La Biblia de Soncino, impresa en tres volúmenes, lo contemplaba desde las alturas, impertérrita como un dios caprichoso que hubiera decidido no inmiscuirse en los asuntos de los mortales. Ocupaba un lugar privilegiado, a salvo en uno de los estantes más altos. Stratos no pudo evitar la sonrisa que le salió desde muy adentro ni el hormigueo nervioso que se instaló en sus dedos, temblorosos de pura excitación.

Tomó la biblia, la guardó y se puso manos a la obra.

2

Hace un año

A través de la ventanilla, Oleg contempló con aprensión el anodino paisaje del aeropuerto de Berlín. No estaba acostumbrado a volar. Bien podría haber sido esa la razón por la que llevaba varios días nervioso, sin apetito y con problemas para conciliar el sueño, pero sabía que no era así.

El verdadero motivo de su inquietud se encontraba en su bolsa, bien envuelto bajo varias capas de papel de burbujas. No se trataba de un libro valioso, al menos desde el punto de vista económico. En cualquier tienda de segunda mano no le habrían dado más que un puñado de euros por él.

Desde el punto de vista sentimental, sin embargo, aquel ejemplar tenía un valor imposible de cuantificar.

—Disculpe, señor.

Oleg alzó la vista. La azafata forzó una sonrisa comedida. El tipo de sonrisa que debían de enseñar en las escuelas de auxiliares de vuelo.

—Tiene que guardar la bolsa bajo el asiento, si es tan amable.

Aquel «Si es tan amable» y la sonrisa chocaban frontalmente con el tono seco con el que formuló la orden, sin margen para la réplica. Traducción: si no cumplía sus deseos con una celeridad razonable, iba a tener un problema.

Por si no lo había entendido, la azafata señaló la bolsa

que llevaba en el regazo. De lona, sencilla y con un estampado en el que aparecía el reportero Tintín y su compañero Milú.

Oleg sacó el libro. La azafata observó con terror aquel paquete cuadrado envuelto en plástico de burbujas, temiendo que se tratara de un artefacto con el que podría hacerlos volar a todos por los aires. Muy despacio, para dejar claro que no suponía ningún peligro, Oleg colocó la bolsa de Tintín bajo el asiento y aferró el paquete en su regazo.

No pensaba soltarlo. Eso era innegociable. Se bajaría del avión, si era preciso.

Le pareció que iba a preguntarle qué demonios llevaba allí, pero, en el último momento, la azafata logró mantener su curiosidad a raya. Debió de dar por hecho que aquel muchacho con cara de bobo no suponía ningún peligro para el vuelo ni para la integridad del resto de la tripulación, de modo que le dio las gracias y se marchó en busca de algún otro pasajero al que importunar.

Oleg agradeció no tener que dar explicaciones. No todo el mundo entendería lo importante que era aquel libro y lo que representaba. Ese ejemplar era el motivo por el que se encontraba rumbo a Madrid a bordo de un vuelo económico operado por una compañía empeñada en hacinar a los pasajeros más allá del límite de lo razonable. Tampoco es que hubiera tenido muchas más opciones: aquel billete era lo máximo que la Zentral- und Landesbibliothek podía permitirse.

Ese libro había recorrido un largo camino hasta llegar a aquel avión, y aún le quedaban casi dos mil kilómetros más para encontrarse con su destino.

En el momento del despegue, Oleg cerró los ojos y apretó el paquete contra el pecho. Cuando se atrevió a mirar de nuevo por la ventanilla, Berlín no era más que un recuerdo.

I

Madrid

Quien robe este libro será colgado en la horca
en París.
Y si no lo cuelgan, se ahogará.
Y si no se ahoga, se asará.
Y si no se asa, un fin peor le sobrevendrá.

De un manuscrito de la colección Juan de Orleans,
conde de Angulema.

3

En la actualidad

Una librería llena de gente siempre es motivo de alegría. Ver a lectores merodeando entre los anaqueles, ojeando los ejemplares expuestos y mostrándoselos unos a otros, «A ver este qué tal», invita a una mansa sensación de optimismo y a pensar que, en el fondo, no está todo perdido.

Por desgracia, no era el caso. La librería estaba llena, sí, pero eran demasiados los condicionantes que jalonaban ese punto de partida como para tomárselo en serio.

Supongo que mi percepción habría sido otra de no haber estado tras el mostrador, atendiendo a todos aquellos palurdos que exigían atención con la amabilidad de una jauría de hienas en celo. La del librero es una profesión envuelta en un aura de fantasía y optimismo que tiene muy poco que ver con la realidad. No se trata solo de la precariedad de un sector al que todos dan por muerto desde hace años, sino también de un presente desalentador en un país en el que, año tras año, los índices de lectura se desploman a un ritmo alarmante sin que ningún Gobierno, sea del color que sea, se rompa la cabeza por encontrar medidas reales con las que poner remedio a una deriva que amenaza con convertirnos en un rebaño de imbéciles.

Muchas librerías se sostienen gracias al entusiasmo de sus empleados, que tienen más en común con la orquesta del Titanic que con los mercaderes de sueños que deberían ser.

Cada vez que me asaltaban ese tipo de dudas, me repetía que aquel trabajo era solo algo temporal. Un remiendo a mi caótica vida que pronto dejaría atrás. Una manera como cualquier otra de conseguir efectivo con el que afrontar las deudas que asediaban mi cuenta corriente.

Como digo, aquel día la librería estaba a rebosar.

Es fácil reconocer a los no lectores: basta con observar cómo tocan los libros. Los cogen de cualquier manera, pasan algunas páginas sin saber muy bien lo que están buscando y los vuelven a soltar en el primer sitio que encuentran. A veces los abren más de la cuenta, poniendo a prueba sus costuras o la rigidez de sus lomos, o tratan de hacerlos encajar a la fuerza en un hueco minúsculo, con lo que doblan sus esquinas o estropean la cubierta de forma irreparable. Algunos sacan sus teléfonos móviles y fotografían esta y aquella portada sin pudor, bien porque les ha gustado, o porque pretenden descargarse ilegalmente ese título en cuanto lleguen a casa.

—Niña, ¿este cuánto vale?

La pregunta provenía de una señora que, desde el otro extremo de la tienda, agitaba un libro en mi dirección. Ni siquiera la miré, ocupada en atender a la media docena de personas que se agolpaba frente al mostrador. La mujer no se desanimó y repitió la pregunta un poco más alto.

Volví a ignorarla y esperé que bastara con eso.

El motivo de tanta algarabía era el lanzamiento de la primera novela de un conocido *instagrammer*. Sus seguidores habían pasado la noche acampados junto a la puerta, pertrechados con sillas de playa y provisiones con las que combatir el frío nocturno. La mayoría eran adolescentes de peinados imposibles y niños acompañados de sus progenitores, que parecían dispuestos a todo con tal de llevarse el «Premio a Padre del Año», aunque para ello tuvieran que empujar, amenazar e insultar como si les fuera la vida en ello.

La novela se agotó en diez minutos, lo que corroboró los

cálculos de la editorial, que había hecho una tirada ajustada con el objetivo de anunciar el mismo día de la publicación el lanzamiento de una segunda edición, que ya estaría lista y preparada para su distribución. La idea era causar una impresión de «fenómeno editorial» que espoleara el ansia de los lectores y aumentara las ventas por impulso.

Lo de siempre, en realidad.

Uno de esos candidatos a Padre del Año consiguió abrirse paso hasta el mostrador a codazo limpio, con tan malos modos que nadie se atrevió a protestar. Una vez allí, me fusiló con una mirada salvaje con la que creo que pretendía dejarme claro lo que sucedería si osaba contrariarle. Cuando quedaron patentes sus intenciones, alzó un ejemplar que sostenía con desgana.

—Este libro estaba en el escaparate. ¿No tienes otro?

Se trataba del título del *instagrammer* de marras, el último que quedaba. Un tomo de apenas ciento veinte páginas en tapa dura y engalanado con una pretenciosa faja de color flúor en la que se superponían los halagos de un puñado de escritores y periodistas. Todos se deshacían en elogios y prometían una lectura adictiva y maravillosa. Era inevitable preguntarse cuánto les habrían pagado por firmar semejantes falacias.

—No, señor. De hecho, está agotado y no sabemos cuándo volveremos a recibir más ejemplares.

La respuesta no pareció amilanar a aquel tipo, que la acogió con una mueca escéptica, «A mí me la vas a dar».

—¿Seguro que no tienes otro en el almacén?

—No, señor.

—Pues si me llevo el que estaba en exposición, tienes que hacerme un descuento. Es la ley.

El Padre del Año sonreía con suficiencia. Como si se supiera en posesión de la verdad y no temiera enfrentarse a cualquiera que se atreviera a insinuar lo contrario.

—No diga chorradas —repliqué—. Es un libro, no una lavadora.

El comentario arrancó algunas risitas entre los clientes que se arremolinaban en torno a aquel tipejo y lo observaban con una mezcla de desdén y envidia. Supongo que albergaban la esperanza de que soltara el libro en algún momento para abalanzarse sobre él, como buitres que hubieran olido la carroña.

—Oye, a mí no me hables así.

—Pues no me haga perder el tiempo.

—Greta...

Mi nombre lo pronunció Pilar, la dueña del lugar, que consultaba algo en el ordenador mientras hacía como que no se daba cuenta de nada. Si me contuve para no saltar el mostrador y cruzarle la cara a aquel tipo con el mismo ejemplar que pretendía comprar, fue por ella. Lo último que quería era causarle problemas, de manera que respiré hondo y me obligué a serenarme.

Detrás del Padre del Año, la recua de adolescentes campaba a sus anchas por la librería. Algunos leían la recién adquirida obra de ese famosete sentados en el suelo mientras otros se acomodaban sobre varias pilas de libros, como si las hubiéramos colocado allí sin otro propósito que servirles de asiento. Estuve a punto de llamarles la atención, pero intuí que no iba a servir de nada y lo dejé estar.

Entonces vi a Téllez.

El viejo zorro acababa de entrar y miraba a su alrededor con expresión de pasmo, como si no diera crédito. Con sus patillones y su aspecto decimonónico, parecía tan fuera de lugar entre aquella manada de jóvenes como si acabara de descender de un DeLorean procedente de un par de siglos atrás.

—¿Por qué no vas al almacén para asegurarte de que no

tienes otro? —insistió el Padre del Año, empeñado en demostrar que no iba a rendirse sin pelear.

A su lado, una cría de unos ocho años no dejaba de gritar que no le importaba, que quería ese libro, que le daba igual que estuviera en el escaparate. El hombre la hizo callar con un gesto seco, «Deja hablar a los mayores».

—¿Para qué íbamos a tener libros en el almacén? ¿De verdad cree que hay algún tipo de conspiración para mantener las novelas lejos de posibles compradores?

Las mejillas del tipo se tornaron de color grana. Me alegré de haberle sacado de sus casillas, pero mi optimismo se esfumó cuando reparé en la mirada cansada que me dedicó Pilar. Había olvidado que se trataba de su librería y que, de alguna manera, hablaba en su nombre.

De refilón, vi a Téllez salir de la tienda. Contuve un suspiro y me obligué a componer una expresión dócil.

—De acuerdo, iré a echar un vistazo.

El Padre del Año sacó pecho, satisfecho de haberse salido con la suya. Me obligué a ignorarlo y puse rumbo al almacén.

4

El supuesto almacén, en realidad, era poco más que un trastero con pretensiones.

Apenas teníamos libros allí. Solo varias cajas con devoluciones, un estante lleno de cuadernos de contabilidad y una cafetera de cápsulas que hacía horas extras cada vez que me tocaba trabajar. Me serví un café en una taza con el logo del festival Alicante Noir y, armada con él, salí al callejón que había en la parte trasera del edificio.

Encontré a Téllez apoyado contra la fachada, con aspecto de no estar haciendo nada en absoluto. Ya esperaba verlo allí, pero no por ello dejó de resultarme una imagen curiosa.

—¿Cómo vas, Greta?

—Bien. Ya has visto cómo estamos.

Asintió y sacó uno de sus puritos.

—Siempre es agradable ver una librería llena de gente —dijo—, sea por el motivo que sea.

Asentí dándole la razón y me apoyé en la pared a su lado.

—¿Cómo se llama el culpable de tanto alboroto?

—Carlos Ariel —respondí—. Como el detergente.

Dudaba que conociera al *instagrammer*, pero, para mi sorpresa, asintió con entusiasmo.

—Ah, sí. He leído algo por ahí. Se titula *El deforme uniforme*, ¿verdad?

—Mismamente.

—Míralo por el lado bueno: al menos, está consiguiendo que todos esos chicos lean libros.

—No los leen, Téllez. Es puro *merchandising*.

—¿Tú crees?

—Si en lugar de publicar una novela, ese chico hubiera comercializado un perfume, o unas figuritas de acción, o un juego de té, se vendería igual de bien.

—Pues he oído que las editoriales más importantes del país se dan bofetadas por ficharlo.

—Ya, bueno. Las editoriales están como están.

Téllez encendió el purito. Exhaló una gran bocanada de humo antes de tomar la palabra de nuevo.

—En cualquier caso, Greta, es dinero que entra en la librería. Eso siempre viene bien.

—Si tú lo dices...

—¿Qué diablos haces aquí?

Podría haberse referido al callejón, a la librería o al país. Fingí pensar en ello mientras daba un sorbo al café.

—Yo podría preguntarte lo mismo, Téllez.

—Te estaba buscando.

—¿Y para qué, exactamente?

—Para librarte de una existencia fútil y desencantada y darle algo de emoción a tu vida.

—No recuerdo haberte pedido tal cosa.

—No te preocupes, para eso están los amigos.

Apuré el café y me separé de la pared. Por muy agradable que fuera estar allí, no podía dejar a Pilar sola mucho tiempo más. Mi obligación era volver ahí dentro y hacer frente al Padre del Año.

—Te agradezco el detalle, la amistad y el interés, pero ya has visto que estamos hasta arriba.

Téllez me observó con los ojos entornados. Sospeché que esperaba a que le hiciera la pregunta del millón. Ya que había ido hasta allí, decidí concederle el capricho.

—¿Para qué querías verme, en realidad?

Me señaló con el purito, como un mago sostendría su varita. Casi esperaba oírle pronunciar algunos conjuros que convertirían el mundo en un lugar más interesante. «Alohomora».

—Para pedirte que hagas lo que mejor se te da.

—Esa sí que es buena.

—Un amigo de un amigo precisa de tus servicios, Greta.

—Después de lo que pasó, me cuesta creer que nadie quiera contar conmigo para nada.

Traté de disimular la desazón que me provocaba aquel recuerdo, a la manera de un soldado atormentado por una vieja cicatriz. Hacía mucho que nadie requería mis servicios, por motivos obvios. En todas las librerías de viejo y en todos los anticuarios de Madrid, desde la cuesta de Moyano hasta el barrio de las Letras, circulaba el rumor de que no era de fiar, una etiqueta que me acompañaba desde hacía casi un año. El gremio no era tan grande como para que un asunto como el de la señora Sterling y el Borges desaparecido se olvidara fácilmente.

Téllez ignoró el lamento y volvió a agitar la varita en mi dirección.

—Busca a alguien de fiar, Greta. Y yo confío en ti.

—¿A pesar de todo?

—A pesar de todo.

Contemplé a mi amigo. Siempre había pensado que Téllez no habría desentonado en una corte del siglo XVIII, con su porte aristocrático y esas patillas rizadas que le daban un aspecto venerable, aunque su edad se veía rápidamente desmentida por la sonrisa luminosa con la que premiaba a todo el que se le ponía a tiro. Se definía a sí mismo como un amante de la lectura más que de los libros, y su cabeza era un pozo de información y conocimientos cuyos límites estaban aún por descubrir. Sin una afiliación política clara, aunque fácilmente deducible después de un rato de conversación, era el eterno candidato a la dirección de cuantas fundaciones y entidades culturales existían en la ciudad y un nombre recurrente que salía a la palestra cada vez que una iniciativa literaria estaba a punto de ponerse en marcha.

—¿Cómo está Marla? —preguntó.

La mención de mi hermana me pilló con la guardia baja.

—Bien. Como siempre.

Téllez acogió la respuesta con un asentimiento. Dio una última calada y arrojó el purito a una papelera cercana.

—Ten cuidado ahí dentro, Greta. Son malos tiempos para los soñadores.

Me dio la espalda antes de que hubiera comenzado siquiera a desbrozar el significado de aquella extraña despedida y echó a andar calle abajo, con las manos en los bolsillos y esa forma de encarar el mundo que solo dan las buenas y abundantes lecturas. Antes de esfumarse, se volvió para examinarme una última vez.

—Te he dejado algo en lo de Herzog —dijo.

Sin más explicaciones, se largó. Curiosamente, mi primer impulso fue confiar en él, pero no duró mucho. Lo conocía demasiado bien como para dejarme enredar con tanta facilidad.

5

Esa misma tarde, en cuanto acabó mi turno, me acerqué a la librería de Herzog, el Miserable.

No se había ganado aquel apodo a la ligera. Herzog regentaba una antigua imprenta en las inmediaciones de la plaza del General Vara de Rey en la que vendía libros de saldo y algunas rarezas por encargo, y sus malas artes eran conocidas en todo Madrid. Siempre ofrecía a sus clientes precios a la baja por los libros que le llevaban, cuando no trataba directamente de estafarlos. Se contaba que en una ocasión se hizo con la biblioteca de un reputado bibliófilo de Valladolid que había quedado en manos de su desconsolada viuda. La señora, además de no tener ni idea del valor de la colección de su marido, se encontraba demasiado dolida por la pérdida como para oponer resistencia a sus tejemanejes. Herzog no solo consiguió que le regalase aquella fastuosa biblioteca, sino que además la obligó a pagar a medias el traslado de los libros hasta su almacén, con la excusa de que perdería dinero si tenía que encargarse él mismo de gestionar el transporte.

Por eso evitaba pisar su establecimiento si no era imprescindible.

Aquel día, al verme llegar, su rostro se iluminó como el de un niño la mañana de Reyes.

—Dichosos los ojos, Greta. Cuánto tiempo.

Que se alegrara tanto resultaba preocupante. Herzog debía de estar convencido de que hablábamos el mismo idioma, sobre todo después de oír los rumores acerca del asunto de la señora Sterling. Sin duda, se trataba de un reflejo bastante fiel de lo que debía de pensar de mí el resto del gremio.

—Téllez me ha dejado algo, creo.

Asintió sin abandonar el gesto socarrón y extrajo de algún lugar bajo el mostrador un viejo ejemplar de *El halcón maltés*. Era una edición barata, de Bruguera. Al abrirlo, salió a mi encuentro la dedicatoria a lápiz que mi amigo me había dejado en la primera página:

> Sam Spade no podría dejar de ser Sam Spade ni aunque
> se lo propusiera.
> Tú tampoco, Greta.

El mensaje implícito era evidente. Más abajo había una dirección y una hora, las 18:00. Téllez se había tomado la molestia de concertar la cita sin consultarme, lo que era bastante revelador. Debía de haber dado por sentado que si leía la dedicatoria aceptaría el encargo. Como si ambas circunstancias estuvieran condenadas a entenderse.

Me habría molestado de haberse tratado de cualquier otro.

—¿Cómo va todo? —Herzog volvió a la carga, sonriente como la hiena que era.

—Bien, gracias.

—Uno de mis clientes, un tipo de Chile, siempre me pregunta si tengo alguna primera edición de Borges, del libro que sea. Está dispuesto a pagar lo que le pida.

Me guiñó un ojo, «Ya sabes a qué me refiero», incluyéndome en la intrincada operación que ya había comenzado a fraguar en su cabeza.

—Suerte con eso, Herzog.

Su optimismo se truncó en un mohín de rabia, pero se las arregló para hacerlo desaparecer sin que fuera a más. Debía de estar convencido de que, antes o después, necesitaría colocar el Borges que supuestamente había sustraído de la biblioteca de la señora Sterling. Era inútil contarle que no había tenido nada que ver con eso, que me habían tendido una trampa y que los rumores que circulaban por Madrid no tenían el menor fundamento. Herzog creía en mi culpabilidad, por la sencilla razón de que consideraba que todos los bibliófilos eran tan miserables como él. Eso nos convertía, a su entender, en camaradas y compañeros de aventuras.

No tenía mucho más que hacer allí, de modo que le dediqué un gesto de despedida apresurado y salí, aunque no lo bastante rápido como para eludir la sentencia con la que me recordó lo que esperaba de mí.

—Estaré aquí, Greta. Cuando gustes.

6

—Hoy he visto a Téllez.

—¿Qué quería?

—Poca cosa.

Hice amago de dejarlo ahí, pero Marla no se conformó con eso y me siguió a la cocina. Se quedó en el umbral, desde donde me contempló manipular la cafetera.

—Cuéntame —insistió.

—Me dejó un mensaje muy críptico en una novela de Hammett. Ya lo conoces.

—Ya. El viejo zorro.

Hablar con ella era como mirarme al espejo. No solo nos parecíamos físicamente, sino que además teníamos una forma de pensar muy similar. Casi podíamos anticipar cualquier cosa que fuera a decir la otra.

—¿Y nada más?

—Una dirección y una hora: las seis de la tarde.

—Cuánto misterio. ¿Vas a ir?

No respondí. Tampoco es que me apeteciera que Téllez me hiciera partícipe de sus intrigas, aunque debo confesar que había conseguido azuzar mi curiosidad. Marla no necesitó más que eso.

—¿Quieres que averigüe de quién se trata?

Se retiró sin esperar a que respondiera. No hice nada por retenerla y me quedé en la cocina, viendo a la cafetera hacer su trabajo. Cuando el café comenzó a burbujear, lo aparté del fogón y lo serví en dos tazas.

Regresé al salón, donde Marla tenía instalado su cuartel general. Permanecía sentada ante el ordenador que dominaba la estancia, una monstruosidad con tres pantallas y aspecto futurista que era, según sus propias palabras, su ventana al mundo. Pasaba la mayor parte del día y de la noche frente a aquellos monitores ejecutando búsquedas, consultando catálogos y participando en foros sobre bibliofilia, lo que le permitía estar al día de todas las novedades que se producían en el mercado del libro antiguo, de las que posteriormente me ponía al corriente. Formábamos un buen equipo, o al menos lo hacíamos hasta que nos vimos forzadas a retirarnos después del incidente con la señora Sterling.

Marla fumaba en silencio, un vicio que la acompañaba desde los trece años y que no tenía pinta de que fuera a remitir, como atestiguaba el cenicero repleto de colillas que tenía sobre la mesa. Las manos, que volaban sobre el teclado, tenían los dedos índice y corazón amarilleados por la nicotina. «Tienes dedos de fumador», le decía siempre, aunque a ella no parecía importarle lo más mínimo.

Ni siquiera me miró cuando coloqué el café a su alcance, absorta en su tarea.

Tenía la novela de Hammett delante, abierta por la primera página. La dirección en la que Téllez me había citado se encontraba en Hoyo de Manzanares, a las afueras de Madrid. Marla navegaba entre varias páginas con noticias, bases de datos y webs con información empresarial. No tenía sentido tratar de leer sobre su hombro, ya que cambiaba de página a tal velocidad que me habría sido imposible seguirle el ritmo, de modo que me retiré y di un sorbo a mi taza mientras oteaba por la ventana que dominaba el salón.

La vida en Lavapiés continuaba ajena a nuestras preocupaciones. Vivíamos en la calle Argumosa, en un piso modesto que constituía la única herencia que nos habían dejado nuestros padres. Con el tiempo habíamos sido testigos de cómo, uno tras otro, los diferentes vecinos abandonaban el edificio. Los nuevos propietarios llegaban, hacían reformas y convertían por arte de magia cada piso de tres o cuatro habitaciones en varios nichos de apenas veinte metros cuadrados que después alquilaban por días a precio de oro. La privilegiada situación del inmueble hacía que estuvieran muy demandados, por lo que el trasiego de nuevos vecinos era constante.

Habíamos recibido varias ofertas por nuestro apartamento, algunas bastante suculentas, pero nos resistíamos a abandonar el barco.

En un aparador, junto a la ventana, había una vieja fotografía de mi padre. En ella, miraba al mundo con la osadía de sus veintipocos años, como si lo desafiara a intentar pararle los pies.

Observé a mi hermana de reojo. Seguía concentrada en sus pantallas, como si no existiera nada más en el universo. Si el edificio se hubiera desplomado a su alrededor en aquel momento no se habría dado ni cuenta, demasiado ocupada en ordenar, cribar y asimilar la información que tenía delante.

Era mejor no molestarla cuando entraba en trance, así que me acomodé en el sofá y esperé.

—Edelmiro Fritz-Briones.

Marla pronunció aquel nombre con un punto de chulería, sin molestarse en disimular lo mucho que se enorgullecía del fruto de sus pesquisas. Había trabajado durante casi una hora, de modo que me enderecé y me dispuse a dejarme ilustrar.

—Es bastante popular en lo suyo —continuó—. Se dedica a la importación de materiales de construcción. Forma parte del consejo de administración de varias empresas de cuyos nombres no quiero acordarme. Si digo que está podrido de millones, no exagero. Es natural de Monterroso, provincia de Lugo, pero vive en Madrid desde hace la tira de años. Posee varias propiedades aquí y allá, un barco a su nombre que tiene su base en el puerto de Valencia y una flota de coches digna de un jeque.

No necesitaba preguntarle de dónde había sacado toda aquella información ni si estaba segura de que era verídica. Con los años, Marla se había convertido en una experta en exprimir las posibilidades que ofrecía la web, un mundo virtual que tenía pocos secretos para ella. Habría podido averiguar prácticamente cualquier cosa de cualquiera, a veces con métodos no del todo legales. Que hubiera conseguido tantos datos partiendo tan solo de la dirección que nos había proporcionado Téllez era, como poco, impresionante.

—Vale, todo eso está muy bien. ¿Y qué demonios puede querer de nosotras ese tío?

Marla tomó su taza. En su rostro brotó una mueca de repugnancia al constatar que el café se había quedado helado y volvió a dejarla en la mesa. Aquel brebaje iría directo al fregadero, como tantos otros antes que él. No sé ni por qué me molestaba en servírselo.

—No tengo ni idea, Greta. No es que sea aficionado a los libros ni al arte, que se sepa.

De ser así, esa información no habría sido de dominio público, pero mi hermana habría dado con ella igualmente. Eso me escamó. Habría tenido más sentido de haberse tratado de un coleccionista o de alguien con interés en libros antiguos, que era el campo en el que me movía de forma habitual.

A eso me dedicaba, o al menos lo hacía antes de mi caída en desgracia: inspeccionaba bibliotecas, ponía en contacto a coleccionistas y a vendedores, y hacía de cazadora de ejemplares raros y valiosos a cambio de un porcentaje de las ganancias. Poseía las tres virtudes que, según Honorato de Balzac, caracterizan al buen coleccionista: «Las piernas del ciervo, el tiempo de los errabundos y la paciencia del israelita». No es que fuera una estrella del *rock*, pero llevaba bastante tiempo en el negocio y había obtenido algunos éxitos allí donde otros habían fracasado estrepitosamente, lo que me había granjeado una fama de resolutiva de la que pocos buscadores de libros podían presumir.

Me pregunté qué podría querer el excelentísimo señor Fritz-Briones de mí y, sobre todo, por qué narices Téllez le había recomendado mis servicios, principalmente por dos motivos: el primero, porque en Madrid hay expertos en libros con mucho más prestigio y experiencia que yo; el segundo, porque con solo preguntar aquí y allá habría obtenido la información que ya circulaba por muchos anticuarios y librerías de la capital: que más le valía no fiarse de mí.

—Puede que necesite verificar algún ejemplar que haya caído en sus manos —sugirió Marla—. O que haya heredado una biblioteca y quiera tasarla.

Era lo habitual. Justo por eso me costó creérmelo. De haberse tratado de algo tan banal, aquel ricachón habría recurrido a otra vía. Puede que a alguna casa de subastas o a algún librero de confianza que quedaría en deuda con él por permitirle mediar en la transacción.

Por eliminación, me quedé con la única opción que me pareció levemente admisible.

—Supongo que querrá que encontremos algo para él.

No sería la primera vez que recibía un encargo de ese estilo, pero también albergaba serias dudas sobre tal alternativa. Los tipos que disfrutan de una posición económica como la de Fritz-Briones no se ensucian las manos. Cuando quieren un libro, pagan por él y punto.

Solo una cuenta corriente de proporciones hercúleas permite esa forma de coleccionismo. Los bibliófilos menos pudientes se pasan el día inspeccionando bibliotecas y lotes de ejemplares antiguos en busca de alguna joya. Es el sueño de todo aficionado a los libros, y quien diga lo contrario miente: encontrar, sepultado entre ejemplares anodinos, un manuscrito autógrafo del *Quijote*, una de las siete copias de *Los cuentos de Beedle el Bardo* escritos a mano e ilustrados por la propia J. K. Rowling o una de las 228 copias que quedan del *Primer Folio*, de William Shakespeare.

Por desgracia, este oficio depende demasiado a menudo de ocasionales golpes de suerte y de algo tan injusto como estar en el sitio adecuado en el momento preciso.

En realidad, no me quejo. El encanto de remover pilas de libros, el hallazgo inesperado, la excitación de tener entre manos un ejemplar valioso en el que nadie ha reparado antes son elementos demasiado estimulantes como para despreciarlos a la ligera. Conseguir títulos a golpe de talonario es mucho más sencillo, pero omite la parte más divertida de este trabajo.

—¿Vas a ir?

Marla lo preguntó con una despreocupación bastante convincente, pero la conocía lo suficiente como para percibir su expectación. Le di la espalda para eludir la responsabilidad de una respuesta rápida y volví a contemplar a través de la ventana el áspero paisaje urbano que se extendía a mis pies.

En otro momento de mi vida, no me habría sorprendido demasiado que Edelmiro Fritz-Briones acudiera a mí. Era habitual que coleccionistas de todo pelaje contrataran mis servicios, pero eso había cambiado después de que mi reputación quedara en entredicho.

¿Qué demonios pretendía Téllez?

Estuve tentada de tomar el encargo como un favor, una oportunidad de volver al ruedo y congraciarme con el mundo bibliófilo, pero me costaba reducirlo todo a una cuestión tan simple. Con Téllez de por medio, estaba claro que aquel asunto iba mucho más allá de lo que parecía a simple vista.

Algo que solo podría aclarar si, llegado el caso, aceptaba entrar en su juego.

—¿Qué has traído, hermanita?

Marla señaló el aparador en el que había dejado mi mochila. La forma de los libros que había dentro era inequívoca.

—Hay que colocarlos.

Había encontrado aquellos ejemplares en una caja junto a un contenedor, cerca del Reina Sofía. No es que se tratara de un gran hallazgo, ni mucho menos, pero nuestra situación era lo bastante desesperada como para considerarlos una oportunidad real de conseguir algo de efectivo. De todos los títulos que había en aquella caja, solo había tomado los tres que creí que podrían reportarnos algún beneficio.

—Apunta: *Diario del artista seriamente enfermo*, de Jaime Gil de Biedma. Editorial Lumen, 1974. Ilustrado. Primera edición, rústica, 162 páginas, con una pequeña abrasión en la cubierta posterior.

Recité todo aquello de memoria. Tenía el oficio tan interiorizado que me bastaba sostener un ejemplar durante unos segundos para retener aquellos detalles. El tipo de papel, los márgenes, posibles dedicatorias o anotaciones... Eran factores que podían hacer oscilar el precio de venta en un sentido o en otro.

—Siguiente: *Sandokán*, *El rey del mar*, de Emilio Salgari. Editorial Susaeta, 1979, con ilustraciones de José Pérez Montero. Primera edición.

Las aventuras de Sandokán se vendían bien. El pirata había formado parte de las primeras lecturas de muchos bibliófilos, por lo que tenía cierto valor sentimental, aunque siempre se había editado en colecciones baratas y que se estropeaban con facilidad. La edición que había encontrado no era de las peores y se hallaba en buenas condiciones.

—Siguiente: *Miguel Strogoff*, de Julio Verne. Colección Siempre Nuevos, de 1974, con ilustraciones de Franco Caprioli. Buen estado.

Miguel Strogoff no era una de las obras más populares de Julio Verne y su cotización era una incógnita. En las bibliotecas abundaban los ejemplares de *Veinte mil leguas de viaje submarino* o *La vuelta al mundo en ochenta días*, pero había coleccionistas que apreciaban los títulos menos habituales, por lo que tal vez pudiéramos sacarle algo de provecho.

—Espero que valga la pena —dijo Marla.

No hizo nada por ocultar su pesimismo, ya que sabía tan bien como yo el valor de aquellos títulos: tendríamos suerte si el botín total alcanzaba los veinte euros.

Aun así, no íbamos a rendirnos sin pelear, de modo que saqué los libros y los dejé frente a ella.

—Hazles unas buenas fotografías y cuélgalas hoy mismo.

—No me has dicho qué vas a hacer con Fritz-Briones. ¿No sientes curiosidad por saber qué quiere de nosotras?

Me resistí a responder y volví a enfrascarme en la contemplación de aquel trozo de Madrid deslavazado y sucio que consideraba como propio.

En realidad, tampoco necesitaba darle muchas vueltas. Estábamos lo suficientemente necesitadas de dinero como para aceptar cualquier encargo, por absurdo que pareciera.

7

«Espere en la biblioteca», había dicho la doncella.

Así que allí estaba, haciendo equilibrios al borde de un sillón de piel más elegante que cómodo mientras esperaba a mi anfitrión. Desde aquella improvisada cofia examiné las estanterías que se sucedían en todas direcciones y me hice una composición del lugar. La estancia disponía de un opulento ventanal que mostraba una formidable vista del frondoso bosque que rodeaba la finca. Varias fotografías en blanco y negro de diferentes paisajes urbanos surcaban las paredes. Reconocí Nueva York, Barcelona y Venecia, pero no me molesté en descifrar los demás.

Las baldas se sucedían por todo el espacio alrededor de la mesa de juntas y los sillones que ejercían de epicentro. A un lado se encontraba la elegante escalera de cristal y acero que me había conducido hasta allí; al otro, un moderno ascensor cuyas compuertas cromadas permanecían cerradas a la espera de que alguien las hiciera despertar.

Si el espacio en sí resultaba colosal, el contenido era otra cosa. En su mayoría eran tratados de negocios, ensayos de arte e historia, alguna recopilación de frases motivadoras y enciclopedias gruesas, varias de las cuales aún conservaban el embalaje de plástico en el que debían de haber llegado hasta allí. También había un par de bustos, un bonito sextante y una escultura de Lladró. No iba a encontrar incunables ni ediciones príncipe en aquel lugar, por lo que no me molesté en buscarlos.

El propósito de aquella colección era más ostentoso que pedagógico, algo que delataba el hecho de que aquellos ejemplares lucieran como nuevos, sin marcas de uso ni pliegues en los lomos. La única concesión a la ficción se amontonaba en unos estantes algo alejados del resto, como si de unos bajos fondos se tratase. En ellos abundaba la novela histórica y los títulos comerciales con los lomos ajados por el uso. Mucho Ken Follet, Stephen King y Posteguillo, además de algunas concesiones al *thriller* de la mano de Gómez-Jurado, Dolores Redondo y Stieg Larsson.

Me removí en mi asiento, tratando de encontrar una postura cómoda, aunque sospeché que no lo iba a conseguir. Me sentía demasiado fuera de lugar con mis botas de montaña, mis vaqueros rotos y la sudadera que había escogido antes de salir por inercia, sin tener en cuenta el aristocrático lugar en el que me habían citado, o puede que precisamente por eso. Como si mi subconsciente hubiera querido distanciarme a propósito de aquel entorno tan lujoso.

Me hicieron esperar unos buenos quince minutos que intuí intencionados. Transcurrido ese lapso, oí el zumbido del ascensor al ponerse en marcha. Las puertas cromadas se abrieron para dejar salir a un individuo que empujaba una silla de ruedas ocupada por una anciana.

Reconocí la figura espigada de Edelmiro Fritz-Briones gracias a algunas fotos que Marla había encontrado en la web. Sesenta años, suéter y pantalones chinos, cabello abundante peinado con una correctísima raya a un lado y unos castellanos tan lustrados que deslumbraban si los mirabas directamente.

La anciana que ocupaba la silla de ruedas miraba al frente con el desinterés de quien apenas es consciente de lo que sucede a su alrededor. Una cánula de goma le suministraba oxígeno directamente en la nariz. Se dejaba llevar con docilidad, aunque no daba la impresión de que, de haber querido, hubiera podido protestar. Me pareció ver en sus facciones un ligero parecido con Edelmiro Fritz-Briones, pero la semejanza se perdía en el laberinto formado por los pliegues y las arrugas que le daban a su semblante un aspecto anquilosado. La imagen que me vino a la cabeza fue la de un fósil que alguien hubiera encontrado en una excavación y que no se hubiera atrevido a terminar de pulir, por temor a romperlo.

La mujer llevaba un libro sobre el regazo, un ejemplar desgastado cuyo título no quedaba a la vista. Tenía ambas manos sobre él, como si pretendiera protegerlo de algo.

Me puse en pie para recibirlos. El dueño del lugar colocó la silla de ruedas junto a la mesa de juntas y se adelantó con la mano en ristre.

—Así que usted es Greta.

Esbozó una sonrisa que pretendía pasar por cordial. Lo correspondí con mi mejor cara de idiota y procuré no mirar la mano que me ofrecía.

No soporto el contacto físico. No aguanto que nadie me toque. Es algo que me sucede desde hace años y a lo que no me he molestado en buscar explicación ni remedio. Por eso, le ofrecí un apretón fugaz, apenas una décima de segundo, con la punta de los dedos antes de recuperar mi mano y guardármela en el bolsillo, a salvo de contactos ajenos.

Me esforcé en parecer convenientemente dócil. «Estoy impresionada, no acostumbran a citarme en lugares tan lujosos», clamaba a gritos mi expresión corporal. No me importó hacer esa concesión a la prudencia para que aquel tipo se sintiera cómodo consigo mismo.

En realidad, empezaba a estar harta de él, y eso que era la primera vez que lo veía. No solo me había tenido un cuarto de hora esperando, como si diera por hecho que no tenía nada mejor que hacer. También estaba aquel saludo en el que había obviado las buenas tardes y las disculpas por el retraso. Había empleado mi nombre de pila, lo que alguien más inocente habría tomado por una manifestación de cercanía, pero que en realidad era una muestra de superioridad innecesaria y bastante elocuente.

—Mucho gusto, señor Fritz-Briones.

Asintió, pero nada más. Se le olvidó decir «Por favor, llámeme Edelmiro», como si quisiera marcar aún más las distancias y los términos en los que iba a transcurrir nuestra relación.

—Ella es Josephine, mi madre.

Josephine miraba en mi dirección, pero no me ofreció su mano ni nada por el estilo. A juzgar por su aspecto, dudaba incluso de que pudiera alzar los brazos por sus propios medios.

—Téllez me ha hablado muy bien de usted —dijo Fritz-Briones al tiempo que ocupaba el sillón más próximo a su madre.

Me encogí de hombros. La conversación entre Téllez y aquel hombre debía de haber dado muchas vueltas para terminar derivando en mí, me dije.

—Tengo entendido que sabe de libros —añadió.

Era un comentario apropiado, diseñado para darme cancha y que pudiera exhibir mis conocimientos y logros, como si de una entrevista de trabajo se tratase. Lo oportuno habría sido aprovechar para meter baza y presumir de algunos de mis éxitos, ante los que el señor Fritz-Briones se habría mostrado adecuadamente impresionado. Una vez validada mi aptitud, pasaríamos a temas más serios.

No debía de estar acostumbrado a recibir la callada por respuesta, ya que su expresión se crispó cuando se vio obligado a insistir.

—¿Me han dicho la verdad?

—Si no fuese cierto, probablemente no estaría aquí.

Entornó los ojos, como si de esa manera pudiera discernir mejor el límite entre la arrogancia y la ingenuidad. Traté de imaginar lo que veía: a una joven respondona, vestida con ropa más cómoda que bonita, con el cabello recogido de cualquier manera y que lo contemplaba como si la conversación ya hubiera comenzado a aburrirle. Pensé en Marla, que de haberme visto en aquel momento me habría reprochado mi falta de entusiasmo, y me dije que no estaría de más mostrarme más receptiva para no ahuyentar a aquel posible cliente.

—¿Y bien? —Fritz-Briones extendió los brazos, como si quisiera abarcar con ellos la estancia al completo—. ¿Qué le parece mi biblioteca?

Marla siempre me advertía que no dijera lo primero que se me pasaba por la cabeza. Mi sinceridad nos había causado problemas en demasiadas ocasiones. Por eso no respondí que aquella colección resultaba pomposa y poco interesante. Que parecía diseñada para presumir de sus conocimientos e intereses, como una prolongación de su personalidad tan estudiada que era imposible tomársela en serio. Que no creía que hubiera leído ni una cuarta parte de los títulos que atesoraba allí y que la única zona sincera de aquel espacio debían de ser los bajos fondos en los que Posteguillo se batía el cobre con Ken Follet.

—Muy interesante.

La respuesta cumplió con lo que se esperaba de ella. Fritz-Briones aceptó el cumplido y me tendió el ejemplar que su madre tenía en el regazo. Josephine no se lo impidió, pero sus ojos siguieron el recorrido que efectuó aquel tomo de sus manos a las de su hijo, y de ahí a las mías.

—¿Qué opina, Greta?

Sujeté el libro con delicadeza y me aseguré de que aquella mujer me viera tratarlo con, al menos, el mismo cuidado que ella. Quería que supiera que se encontraba a buen recaudo, aunque no tenía ni idea de si podría apreciarlo.

Lo examiné. Era una edición en cartoné de 1910 de un cuento infantil llamado *Der Struwwelpeter*, de Heinrich Hoffmann. La cubierta y el lomo habían sufrido el paso del tiempo y tenían algunas imperfecciones y cortes, aunque el interior se encontraba en buen estado, sin más que algunas manchas de humedad en las primeras páginas. El texto estaba en alemán y contenía varias ilustraciones con escenas de lo más inquietantes: un perro mordiendo a un crío, una niña jugando con cerillas, un tipo siniestro cortándole a un niño los pulgares con unas tijeras enormes... Sin duda, era la clase de título que, de ser publicado hoy, provocaría tumultos en las escuelas y que hordas de padres salieran en tromba a manifestarse, ansiosos por proteger a sus vástagos de esas perniciosas imágenes antes de que aniquilasen su ingenuidad infantil.

Mientras ojeaba aquel ejemplar, noté que el señor Fritz-Briones me evaluaba a su vez. Tuve la impresión de que se trataba de una especie de prueba, de un examen en el que debía mostrar mis conocimientos analizando aquel librito y soltando algunas apreciaciones técnicas, como si de esa manera pudiera refrendar o desmentir las referencias de Téllez.

Eso habría sido lo correcto, pero odiaba que me pusieran a prueba. Por eso, solté la respuesta más absurda que se me ocurrió.

—Es bonito.

Fritz-Briones recibió el veredicto con un parpadeo. Le dejé reposar su desconcierto mientras continuaba inspeccionando aquel libro.

Encontré el exlibris estampado en una pequeña pieza de papel amarilleada y pegada a la última página. Se trataba de una elaborada imagen que representaba un oasis en medio del desierto. Sobre las dunas y las vívidas palmeras, había un cielo surcado de estrellas, entre las que destacaba una estrella de David justo en el centro. En la parte inferior, cinco letras formaban una única palabra que identificaba al legítimo propietario de aquel ejemplar: «FRITZ».

En el margen superior había una inscripción a lápiz: «Frankfurt, 1935».

—¿Diría usted que tiene algún valor?

Fritz-Briones formuló aquella cuestión con la cabeza ladeada. Era la pregunta que con más frecuencia me hacían los que recurrían a mis servicios. Decidí darle también la respuesta más habitual en esos casos.

—Si se refiere a valor sentimental, supongo que sí. Seguro que tiene valor para alguien.

Era la forma más directa de admitir que aquel libro, por sí mismo, no suponía nada excepcional. Era antiguo y no estaba mal conservado, pero no tenía una encuadernación lujosa ni había ningún factor que incrementara su valor, como una dedicatoria o alguna anotación del autor. Además, la cubierta tenía demasiadas imperfecciones. Tal vez pudiera alcanzar los quince o veinte euros en el mercado de segunda mano, pero no mucho más.

No percibí desilusión ni desconcierto en la forma en la que Fritz-Briones encajó el veredicto, lo que me llevó a intuir que no lo pilló desprevenido.

—Se trata de un cuento infantil que en su época fue muy popular —afirmó—. Se decía que había un ejemplar de *Der Struwwelpeter* en cada casa de Alemania. A través de diez cuentos, narra la historia de diez niños que no se comportan como es debido y reciben castigos ejemplarizantes.

Desgranó el argumento sin entusiasmo, como si no terminara de verle sentido. Su madre atendía impasible a la conversación, inmersa en aquella inmovilidad perpetua como si hubiera caído bajo algún tipo de hechizo ancestral. Me pregunté si al menos podría oírnos.

—Este ejemplar perteneció a mi abuelo, Aleksander Fritz

—continuó—. Era un lector entusiasta y poseía una biblioteca con más de cinco mil libros, algunos verdaderamente antiguos y raros. Vivía en Frankfurt, Alemania. Por desgracia, su colección se perdió durante la guerra.

Supuse que se refería a la Segunda Guerra Mundial. Rememoré lo que sabía de aquel conflicto, que no era mucho, y observé el libro que tenía en las manos con renovado respeto. Si lo que Fritz-Briones decía era cierto y aquel ejemplar era el único superviviente de la biblioteca de su abuelo, indudablemente su valor iba mucho más allá de lo que parecía a simple vista.

—Se lo leía cada noche a mi madre y a su hermano antes de dormir. De modo que sí, Greta. Se trata de un ejemplar muy valioso, al menos para nosotros.

No me molesté en discernir si aquello era una pulla o una simple aclaración. Fritz-Briones se permitió negar un instante antes de continuar.

—Hace algo más de un año, un chico llamado Oleg se puso en contacto con nosotros. Decía trabajar para la Zentral- und Landesbibliothek de Berlín. Al parecer, habían encontrado en sus anaqueles este ejemplar de *Der Struwwelpeter*, aunque no tenían muy claro cómo había llegado hasta allí. Este libro es el único superviviente de la fastuosa biblioteca de mi abuelo. Reconozco que en un primer momento no le presté demasiada atención, ni siquiera cuando se ofreció a venir a España para entregarnos el libro en persona.

8

Hace un año

Oleg miró a su alrededor, incapaz de enmascarar el nerviosismo que le provocaba la elegancia que desprendía aquella biblioteca. De haber sabido que aquel tipo era un ricachón, le habrían pedido que enviara a alguien a recoger el libro a Berlín, o bien que le pagara el billete. El viaje a Madrid le había dado un buen mordisco al presupuesto del departamento, pero ya no había vuelta atrás.

El señor Fritz-Briones carraspeó para llamar su atención, sin molestarse en disimular su desagrado por verse obligado a hacer una pausa en sus obligaciones para atenderle. A su lado había una anciana en silla de ruedas que no podía ser otra que Josephine, su madre.

Sin más dilación, Oleg sacó el paquete de su bolsa. Dudó si entregárselo a Josephine o a su hijo, y resolvió la cuestión dejándolo sobre la mesa, al alcance de ambos.

El señor Fritz-Briones miró aquel bulto envuelto en papel de burbujas con curiosidad y, según apreció Oleg, algo de fastidio. Lo tomó y rompió el envoltorio sin más ceremonia, acompañando el gesto con un suspiro de hastío.

Cuando las tapas quedaron al descubierto, Oleg experimentó un hormigueo en la boca del estómago. Era el momento que llevaba tanto tiempo esperando: por fin aquel libro volvía a estar en manos de su legítimo heredero. Claro que, para ser justos, el libro pertenecía a Josephine, la hija del tipo que había colocado aquel bonito exlibris en la última página, y no al señor Fritz-Briones.

Su nerviosismo chocó con la manera en la que Fritz-Briones sostuvo aquel libro. Con fastidio, como si le molestara su tacto y no terminara de entender el motivo de tanto jaleo. Oleg contuvo las ganas de explicarle lo que significaba la presencia de aquel libro en su biblioteca: nada menos que la reparación de una injusticia que había tardado más de ochenta años en resolverse.

No necesitó hacerlo.

—*Der Struwwelpeter*.

Ambos se volvieron hacia la anciana, quien había puesto fin a su mutismo para formular aquellas dos palabras, que parecían haber sido arrancadas a la fuerza del fondo de su garganta. Como si hubieran pasado muchos años desde la última vez que dijo cualquier cosa. Para rubricar esta impresión, Josephine extendió el brazo con todo el vigor que pudo reunir hacia el libro que sostenía su hijo.

Eso hizo que la actitud del señor Fritz-Briones experimentase también un cambio radical.

Diablos, hasta parecía que se iba a poner a llorar.

Fritz-Briones se arrodilló junto a la silla de ruedas de su madre y le tendió el ejemplar.

—*Der Struwwelpeter*... —repitió la mujer—. Me acuerdo...

Los dedos de la anciana se movían con torpeza sobre la cubierta. Con delicadeza, su hijo abrió el libro por ella. Con una paciencia infinita, comenzó a pasar una página tras otra, tomándose su tiempo para que la mujer pudiera leer por encima y disfrutar de las ilustraciones. El rostro de Josephine se transfiguró, tensado al máximo para articular lo más parecido a una sonrisa que aquel semblante cadavérico era capaz de componer.

Oleg contempló la imagen de una madre y su hijo leyendo aquel cuento infantil, una estampa que había tardado casi ochenta años en materializarse.

En ese momento supo que el viaje había valido la pena.

9

En la actualidad

Edelmiro Fritz-Briones desgranó de una forma rigurosa y aséptica el relato de cómo había llegado aquel libro hasta las manos de su madre. Como si quisiera distanciarse de los hechos y referirse a ellos de la manera más objetiva posible. Sin embargo, no terminó de conseguirlo, o eso me pareció. Fue como si la fachada de hombre de negocios imperturbable que tan cuidadosamente había intentado levantar se resquebrajase, dejando al descubierto una tristeza difícil de fingir.

—La relación entre los supervivientes del Holocausto y sus hijos es complicada.

Así, con aquella sencilla frase, Fritz-Briones desveló algo que a esas alturas era ya un secreto a voces: la mujer que me observaba desde la silla de ruedas era una superviviente del exterminio nazi. Me pregunté si encontraría un número tatuado bajo la manga de su rebeca, pero resolví que, aunque así fuera, no necesitaba verlo.

—No es fácil rememorar las penalidades —continuó—, ni las vejaciones que tuvieron que soportar, por lo que la mayoría de las veces rehúsan contar nada y se llevan sus secretos a la tumba. El caso de mi madre no es diferente. Nunca antes me había contado lo que sucedió. Apenas pude hacerme una idea con la información que encontré aquí y allá.

Señaló el libro.

—Todo cambió cuando recibimos el *Der Struwwelpeter*. Fue como si su llegada, de alguna manera, hiciera de catalizador y la liberase del peso de la culpa por haber sobrevivido. Con él en las manos, mi madre se vio capaz de enfrentarse a sus recuerdos. Hablamos durante toda la noche y por fin, después de tanto tiempo, supe la verdad.

Le devolví el ejemplar y Fritz-Briones lo colocó al alcance de la anciana, que volvió a envolverlo con sus manos, denotando lo mucho que lo había echado de menos.

—Mi abuelo era judío —añadió.

Lo dijo con aspereza. Como si le molestase aquella observación o, más bien, las connotaciones que llevaba aparejadas.

—Como le he dicho, era un gran coleccionista. Poseía una enorme biblioteca en la que abundaban las ediciones príncipe y algunos ejemplares especialmente valiosos. Alcanzó cierta notoriedad entre los bibliófilos de la época. Ni siquiera eso sirvió para exonerarle cuando Alemania se convirtió en un lugar inhóspito para los que eran como él.

Hice un esfuerzo por evocar lo poco que sabía sobre aquel conflicto: los nazis culparon a los judíos de la crisis que sobrevino tras la Primera Guerra Mundial y comenzaron un inexorable y expeditivo proceso para acabar con ellos. Muchos se vieron obligados a exiliarse, en el mejor de los casos. La alternativa era morir o acabar en un campo de concentración, que era lo más parecido al infierno que había sobre la tierra.

—Un día, un oficial se presentó en la casa de mi abuelo con varios soldados y ordenó su detención. También se llevaron a su esposa y a sus dos hijos. Mi madre tenía entonces nueve años, de modo que apenas fue consciente de lo que sucedía. Les dejaron coger algunas pertenencias, aunque solo fue para arrebatárselas cuando llegaron a su destino. Hacinados en los terroríficos trenes que iban al este, los separaron.

Mi abuelo y su hijo fueron trasladados a Auschwitz, mientras que a ella y a mi abuela las condujeron a Dachau. Nunca volvieron a verse.

La expresión de Josephine se había tornado dura, glacial. Como si el relato tuviera la virtud de remover los rescoldos de una época que había permanecido enterrada durante mucho tiempo en lo más hondo de su subconsciente.

—Mi abuela murió al poco de llegar, de manera que mi madre se quedó sola. Sobrevivió sirviendo como empleada en las casas de algunos oficiales.

Fritz-Briones pronunció la palabra *empleada* de forma extraña, como si quisiera dotarla de todas las connotaciones posibles. Me pareció que la anciana recobraba algo de dignidad al oírla, ya que se envaró ligeramente en su silla.

—Soñaba con el día en el que se reencontraría con su padre y su hermano, pero tras la guerra se enteró de que murieron al poco de llegar a Auschwitz. Es un relato oscuro, como el de tantos otros desaparecidos; de ausencias y sin detalles sobre cómo fueron sus últimos momentos de vida. Nos gusta pensar que estuvieron juntos hasta el final, haciéndose compañía y protegiéndose el uno al otro.

Josephine había comenzado a darle vueltas al libro entre sus manos, como si eso la ayudara a afrontar aquella historia con entereza. El detalle no pasó desapercibido a su hijo, que la observó con consternación.

—Lo dejaron todo atrás —dijo—. Sus pertenencias desaparecieron, probablemente vendidas o saqueadas. La biblioteca de mi abuelo también se perdió.

Dejó reposar aquella certeza, como si quisiera que me empapara de ella antes de continuar. La historia de aquella familia se parecía mucho a otras historias que había oído sobre judíos deportados durante la Segunda Guerra Mundial, pero no por ello dejaba de ser terrible. Nueve años, recordé. La mujer que tenía delante solo era una niña de nueve años cuando unos soldados irrumpieron en su hogar y pusieron su mundo patas arriba.

El relato suscitó una marejada de interrogantes que amenazaban con desbordarme, pero había una cuestión que se alzaba por encima de las demás como la más urgente de todas.

—¿Qué quieren de mí? —quise saber.

Empleé el plural para incluir a la anciana en la ecuación. Fritz-Briones respondió «Claro» y examinó a su madre una vez más, como si eso lo ayudara a encontrar la mejor manera de expresar su inquietud.

—En la primera página de *Der Struwwelpeter* hay algo escrito con lápiz. Una letra.

Había reparado en aquel detalle y me adelanté a su explicación.

—Una J.

—Supongo que no hace falta que le aclare lo que significa, Greta.

Era demasiado evidente, por lo que no respondí. Fritz-Briones lo explicó de todas formas.

—Lo habitual por aquel entonces era requisar las pertenencias de los deportados y exiliados y venderlas para conseguir dinero con el que financiar la solución final. ¿Se lo imagina? Los bienes de los judíos eran vendidos para acabar con los judíos. Esos nazis tenían una mente de lo más retorcida.

Lo dijo como si todo aquello, en realidad, le resultara divertido, aunque yo no le veía la gracia por ninguna parte.

—Desde que recibimos este *Der Struwwelpeter* —continuó—, he tratado de seguirle la pista a la biblioteca de mi abuelo, sin éxito. Parece ser que fue clasificada y vendida por partes, o bien almacenada en la colección de algún simpatizante nazi. También es posible que fuera destruida en alguno de los bombardeos con los que los aliados asolaron Alemania.

Hizo un gesto hacia su madre, que en ese momento me observaba con insistencia.

—Sin embargo, que después de tantos años haya aparecido este ejemplar en una biblioteca de Berlín me hace pensar que no todo está perdido. Me niego a creer que ese libro sea el único superviviente. Tiene que haber más en alguna parte.

Llevaba ya un rato barruntando el motivo de aquella perorata, pero fue esa última frase la que me llevó a descifrar, al fin, lo que aquel hombre y su madre querían de mí.

—Pretende que encuentre la biblioteca de su abuelo.

Decirlo en voz alta solo sirvió para que quedara patente la excentricidad que suponía aquel encargo. La Segunda Guerra Mundial me resultaba completamente ajena. Era experta en libros y, aunque en el trasfondo de aquel asunto había una biblioteca, no me pareció que se acercara siquiera al campo en el que me movía de forma habitual.

—Téllez me habló muy bien de usted, Greta.

Fritz-Briones dejó caer el halago con benevolencia. Parecía acostumbrado a que la gente cayera rendida a sus pies cuando un elogio como ese salía de sus labios. Por fortuna, llevaba demasiado en el mundo como para dejar que esas memeces me confundieran.

—Dice que es concienzuda —insistió—. Que no deja piedra sin remover. Que cuando tiene una corazonada, por muy rocambolesca que parezca, la sigue hasta el final. Y que pocas veces se equivoca.

—Es que Téllez me quiere mucho, pero le puedo asegurar que no soy para tanto. Este asunto escapa a mis competencias, señor Fritz-Briones. No sabría ni por dónde empezar.

—Eso es fácil: empiece por Berlín.

Lo dijo como si fuera algo obvio. La vía de acción que a cualquiera con dos dedos de frente se le ocurriría.

—El *Der Struwwelpeter* apareció allí —añadió—, de manera que no podemos descartar que haya más ejemplares de la colección de mi abuelo en esa biblioteca.

—¿Quiere que revise uno por uno todos los libros de la biblioteca de Berlín en busca de alguno que aún contenga el exlibris de su abuelo? Porque es una locura.

—Seguro que encuentra la forma.

De nuevo aquella sonrisa taimada. La esquivé y dejé vagar la vista por las estanterías que nos rodeaban, como si buscara en ellas el sentido común que a ese hombre le faltaba.

—¿Hay una lista, al menos?

Fritz-Briones arrugó la frente, de modo que desarrollé la pregunta.

—Un catálogo, o un listado de los libros que componían la colección de su abuelo. ¿Hay alguno?

—No hay nada de nada. —Señaló el *Der Struwwelpeter*—. Mi madre era demasiado pequeña y no recuerda ningún otro título aparte de ese. Cuando regresó a Frankfurt al cabo de los años, se encontró con que la ciudad había quedado reducida a escombros, incluyendo el que había sido su hogar. Cualquier pista sobre el contenido de esa biblioteca se perdió durante los bombardeos, así como todas sus pertenencias. No pudieron recuperar nada.

Aquello era absurdo. Una labor titánica con visos de irrealizable. Me pregunté si habría alguna manera educada de rechazar el encargo y convencer a aquel tipo de la inutilidad de su plan, pero Fritz-Briones no parecía la clase de persona que aceptaba una negativa sin más. Aun así, probé suerte.

—Le agradezco mucho que haya pensado en mí para este trabajo, pero me temo que no soy la persona indicada.

Encajó la respuesta con un gesto de desinterés.

—Vaya a Berlín, Greta. La pondré en contacto con el chico que nos trajo ese libro. Está entusiasmado con este asunto y se ha ofrecido a ayudarnos.

Noté cómo se me enrojecían hasta las orejas. Si ese tipo

se creía que no tenía nada mejor que hacer que trasladarme a Berlín con el objetivo de llevar a cabo un encargo para el que me sentía incapacitada a todas luces, es que no me conocía.

—Hable con ese muchacho —insistió—. Hable también con anticuarios y coleccionistas, revise los registros y vaya a donde crea que puede conseguir algo de información.

—¿Por qué le interesan tanto esos libros, si se puede saber?

—Porque me pertenecen. —Alzó la voz y señaló a su madre—. Son nuestros, y de nadie más.

A duras penas pudo reprimir la furia contenida en aquel argumento. A pesar de su vehemencia, o más bien a causa de ella, supe que había algo que no me contaba. Como si detrás de aquellas buenas intenciones y de la merecida restitución de aquello que les pertenecía por derecho propio hubiera un trasfondo del que no estuviera seguro de querer ponerme al corriente.

Eso añadía un peso extra a mis reticencias.

—Lo siento, pero me temo que no voy a poder ayudarle.

Fritz-Briones celebró mi negativa con una ruidosa carcajada que terminó de sacarme de quicio. Su madre seguía contemplándome con detenimiento, el semblante congelado en un rictus de aspereza. No tenía ni idea de lo que se le pasaba por la cabeza a esa mujer, pero no podía descartar que estuviera tan loca como su hijo.

—Va a hacerlo, Greta.

El dueño del lugar soltó aquella aseveración con desinterés. Como si se limitara a señalar un hecho objetivo, una profecía, sin la menor duda de que las cosas sucederían exactamente así.

No pude contenerme más. Hacía un buen rato que había sobrepasado el límite de impertinencias que podía soportar en un solo día. Muy despacio, apoyé ambos puños sobre la mesa y me enderecé.

—¿Cómo puede estar tan seguro de eso, Edelmiro?

Lejos de cabrearse, Fritz-Briones exteriorizó un sonido difuso, mitad carcajada, mitad graznido, complacido por mi insolencia.

—Porque voy a pagarle más de lo que gana en un año en esa librería de mierda, incluyendo un plus por cada título que encuentre o por cada pista que descubra. ¿No le parece razón suficiente?

Era el momento de protestar. De decirle que mi dignidad no estaba en venta, que podía guardarse su maldito dinero y que había cosas que no valía la pena hacer ni por todo el oro del mundo.

No lo hice, claro.

La mención del vil metal era demasiado tentadora como para despreciarla a la ligera. Por si fuera poco, Josephine continuó observándome con aquellos ojos suyos, furiosos y profundos. Unos ojos que habían visto de cerca el límite de la maldad humana, recordé.

—Así que deje de hacer como que esto no va con usted, Greta, y acepte el trato. Como se habrá dado cuenta, no tenemos mucho tiempo.

Señaló a su madre. Me pareció un comentario vulgar, casi cruel, pero la anciana lo encajó con un parpadeo. Esa mujer debía de ser dolorosamente consciente de que el punto final de su vida se encontraba más cerca a cada minuto que pasaba, lo que no minaba su determinación por recuperar lo que le pertenecía, sino más bien al contrario.

Eso fue demasiado, incluso para mí. Ya había soportado durante más tiempo de la cuenta el descaro de aquel tipejo. Definitivamente, Fritz-Briones era el tipo de persona convencida de que todo en esta vida se puede comprar.

Pero tenía razón, maldita sea. Para qué iba a negarlo.

10

La agencia de investigación Neoprisa se encontraba en el tercer piso de un edificio de apariencia nobiliaria del barrio de Salamanca. El conserje, un tipo uniformado con un guardapolvo gris que hacía las veces de dueño del lugar, alzó una ceja al verme entrar y la mantuvo allá arriba durante todo el tiempo que estuve en su campo visual.

—Tercer piso. Ahí tiene el ascensor.

Le di las gracias y me metí en el cubículo que habría de llevarme a mi destino. El conserje siguió sometiéndome a aquel examen incluso cuando las puertas se cerraron y se vio libre de mi presencia, poco acostumbrado a que aquel bonito espacio fuera ultrajado por chicas de aspecto desaliñado, ni a que el embaldosado diseñado para pisadas más aristocráticas que las mías se viera ofendido por los chirridos de mis botas.

Marla los había investigado. Neoprisa podía presumir de una reputación envidiable. Había conseguido varios premios a lo largo de su trayectoria por su discreción y por la eficiencia con la que cumplían los encargos de sus clientes. No tenían página web ni perfil en redes sociales. Tampoco figuraban en las páginas amarillas y conseguir su teléfono era una odisea. En definitiva, se trataba del tipo de agencia a la que solo podías acceder a través de un conocido que te recomendase sus servicios. Tal era el esfuerzo que dedicaban a escoger a su selecta clientela, cuidándose de reservar su tiempo solo a quienes creyeran merecedores de semejante privilegio.

Y a quienes pudieran permitírselo, claro.

Me esperaban, por lo que pasé directamente a un despacho con las paredes en color pastel surcadas por cuadros modernos e indescifrables. El lugar transmitía una cuidadosa sensación de confort. Tras un escritorio de vidrio había una mujer de pelo rizado que, nada más verme, se puso en pie y señaló la silla que tenía frente a ella.

—Encantada de conocerla, Greta. Soy Teresa Solana, hemos hablado por teléfono.

—Tanto gusto.

Ocupé mi sitio sin protestar. Teresa Solana debía de rondar los cuarenta años y tanto su forma de mirar como de moverse eran enérgicas. Sus rizos vibraban con cada gesto, lo que transmitía la impresión de estar en constante movimiento. Seguro que era aficionada al *running*, pensé. O al *crossfit*, o al *spinning*, o a lo que fuera que se hubiera puesto de moda en los últimos meses.

—¿Sabe a qué nos dedicamos, Greta?

Intuí que, dijera lo que dijera, me equivocaría, así que no respondí. Teresa Solana se hizo cargo y habló por mí.

—Somos una agencia de investigación privada. En Neoprisa, abarcamos desde cuestiones personales, como infidelidades, desapariciones y herencias, hasta el campo de la investigación financiera, laboral y casos de fraudes. Llevamos más de veinte años a la cabeza del sector en España, lo que nos ha permitido hacernos con una gran cartera de clientes que confían en nosotros.

Traté de parecer impasible ante aquel discurso corporativo que Teresa Solana largaba con la pasión de un vendedor de seguros. Lo que más me sorprendió fue su capacidad para soltar todo aquello sin pronunciar en ningún momento la palabra *detective*. Supuse que en Neoprisa debían de considerar muy importante alejarse de los sórdidos estereotipos que esa definición llevaba aparejados, motivo por el que la evitaban cada vez que tenían que desgranar la actividad que llevaban a cabo en aquellas bonitas oficinas.

—El señor Fritz-Briones nos ha contado que usted trabaja con libros.

Se reclinó en su asiento y se cruzó de brazos. «Su turno», decía aquel movimiento. Me tocaba desgranar mi currículum y mis aptitudes, en una especie de toma y daca entre dos mujeres hechas a sí mismas.

—Así es.

Se quedó aguardando que añadiera algo más, pero no lo hice. ¿Qué esperaba? Lo más probable era que me hubieran investigado y ya estuvieran al tanto de mi vida y obra. ¿Acaso no era a eso a lo que se dedicaban? No iba a contarles nada que no supieran.

Lejos de molestarse, Teresa Solana hizo un gesto de resignación y volvió a tomar la palabra.

—Llevamos casi un año trabajando en este asunto.

Fingió hartazgo, como si el encargo del señor Fritz-Briones fuera uno de esos trabajos que ponían a prueba su paciencia y la hacían preguntarse por qué demonios no se dedicaba a otra cosa.

—En este tiempo —continuó—, hemos hablado con los responsables de las bibliotecas de Berlín, Frankfurt y Múnich. También hemos enviado a algunos expertos en bibliofilia y coleccionismo para que trabajen sobre el terreno. Tenemos un enlace que está en contacto permanente con el Gobierno alemán con el fin de dilucidar la cadena de órdenes que llevó a la detención del abuelo del señor Fritz-Briones y su familia.

Hablaba de forma mecánica, pero no me cupo la menor duda de que aquel aluvión de información no tenía otro objetivo que apabullarme y hacer hincapié en lo mucho que habían invertido en aquella investigación. Eso dejó al descubierto una certeza imposible de rebatir: los medios y los contactos de Neoprisa estaban a años luz de mis aptitudes bibliófilas, lo que convertía mi participación en aquel asunto en un mal chiste.

—Francamente, Greta, no sé si es buena idea que participe en la investigación.

El comentario, pronunciado de la forma más suave posible, puso de manifiesto algo que yo ya sospechaba: Teresa Solana consideraba mi presencia un engorro, un capricho del hombre que le pagaba al que no había podido negarse. Había invertido demasiado tiempo y esfuerzo en aquel caso como para creer que yo podría aportar algo que ellos hubieran pasado por alto.

—Ya somos dos, Teresa.

Mi respuesta debió de sorprenderla, pero se las arregló para permanecer impasible y continuó la ofensiva.

—Si está aquí es porque el señor Fritz-Briones se ha empeñado en que contemos con usted. Dice que puede emplear sus conocimientos sobre bibliofilia para encontrar algo que hayamos pasado por alto, a pesar de que nosotros ya hemos consultado con nuestros propios expertos, algunos de los más reputados del país. No se lo tome a mal, Greta, pero me cuesta creer que pueda sernos de ayuda. Créame si le digo que no es nada personal.

Definitivamente, sí que se trataba de algo personal. Iba a usurpar su terreno, al entrar sin permiso en el ámbito de su trabajo y poner en peligro su prestigio. Ese era el motivo de toda aquella agresividad y de los argumentos que, sin ninguna sutileza, acababa de arrojarme a la cara.

Sin embargo, ya había comenzado a sospechar el verdadero motivo de su beligerancia: tenía miedo.

Y no era para menos. Por mucho que hubieran invertido en esa investigación, lo cierto era que Neoprisa no había conseguido ningún avance significativo. Se encontraban en el dique seco, lo que constituía el verdadero motivo por el que Fritz-Briones había requerido mi intervención.

La posibilidad de que, con mis limitados recursos, fuera capaz de encontrar algo que hubieran pasado por alto debía de aterrarla más que nada en el mundo. Eso los dejaría a la altura del betún. Por poco probable que fuera, Teresa Solana no habría alcanzado aquella posición al frente de Neoprisa corriendo riesgos innecesarios, lo que me convertía en una invitada inoportuna que podría hacer saltar por los aires su fama y su credibilidad.

No quería que me tomara por una amenaza, pero tampoco podía permitir que su inseguridad minara mis opciones, por reducidas que fueran. Por eso, traté de componer una expresión adecuadamente ingenua, acorde con lo que esperaba de mí.

—He llegado a un acuerdo con el señor Fritz-Briones —dije—. Quiere que vaya a Berlín a entrevistarme con varias personas. Me dijo que viniera a verla para que me facilitara mi trabajo.

Mi cordialidad se estrelló con la actitud glacial de Teresa Solana, que me contempló como habría observado a un insecto que se hubiera colado en su despacho por error. El instinto le decía que me apartara de un manotazo, pero debió de concluir que no era forma de proceder. Quien paga manda, y el señor Fritz-Briones debía de ser un cliente al que bajo ningún concepto querría dejar escapar. Oponerse a sus designios equivaldría a despedirse de él y de su dinero.

Por eso reculó y, tras contener un bufido, sacó una carpeta de un cajón y la colocó sobre la mesa, a mitad de camino entre ambas.

—Ahí tiene un documento en el que aceptamos su colaboración como investigadora externa de forma puntual y únicamente para este asunto. Incluye una cláusula de confidencialidad. Se la resumo: si averigua algo, lo que sea, nos lo transmitirá a nosotros y solo a nosotros para que valoremos la información. Si consideramos que es relevante, se la trasladaremos al señor Fritz-Briones.

Estuve tentada de protestar. Fritz-Briones me había pedido de forma expresa que lo mantuviera al tanto de todo lo que averiguara, lo que sería imposible si me veía obligada a pasar por el filtro de Neoprisa.

No lo hice, porque me di cuenta de que aquella maniobra era absurda. No era más que un gesto desesperado con el que Teresa Solana pretendía atarme en corto para proteger su inversión. Llegado el caso, dudaba que pudiera hacer nada para evitar que le pasara por encima y hablase directamente con el tipo que pagaba las facturas. Contravenir los deseos de Fritz-Briones solo los perjudicaría a ellos.

Aun así, tomé la carpeta y ojeé el acuerdo por encima. En una esquina de la primera página, sujeta con un clip, había una tarjeta de crédito.

—Esa tarjeta es para los gastos derivados de la investigación —aclaró—. Puede pagar con ella el vuelo a Berlín, su alojamiento y cualquier otra cosa que necesite.

La tarjeta refulgía con impertinencia. Disponer del crédito del señor Fritz-Briones para hacer mi trabajo era un lujo al que no estaba acostumbrada. Normalmente, los que contrataban mis servicios solían fiscalizar hasta el último euro invertido y revisaban la minuta con atención, en busca de cualquier gasto superfluo que pudieran ahorrarse.

Teresa Solana debió de intuir lo que pensaba y se apresuró a recordarme quién mandaba allí.

—Debe consultarnos antes de realizar ningún gasto extraordinario, Greta. Nosotros decidiremos si procede o no. Y supongo que no hace falta que se lo diga, pero queremos facturas de todo.

Había un deje amenazante en la forma en la que dijo aquello, acentuado por la intensa vibración de sus rizos. Firmé los documentos y los dejé a su alcance sin más ceremonia. Teresa Solana los guardó y me tendió la tarjeta de crédito. Me pareció ver en su rostro una nota de malicia que delató su verdadera naturaleza: deseaba con todas sus fuerzas que me estrellara, aun cuando eso perjudicara a su cliente.

—Supongo que es consciente de que esto es una pérdida de tiempo. Va a hablar con testigos a los que ya hemos interrogado, a seguir pistas que nosotros ya hemos descartado y, en definitiva, a dar palos de ciego durante bastante tiempo. Todo ello cobrando, por supuesto.

Soltó esa última frase con rabia, furiosa por verse obligada a tener aquella charla conmigo.

—Disfrute, Greta. Va a viajar a Berlín con todos los gastos pagados. Tómeselo como unas vacaciones.

—El caso es que no son unas vacaciones, Teresa.

Se mordió los labios, conteniendo la réplica obvia. Después señaló la puerta del despacho con un golpe de barbilla. Sus rizos acompañaron el gesto.

—Avíseme cuando llegue a Berlín. La pondré en contacto con el encargado de la biblioteca que dio con el libro del señor Fritz-Briones. Él le contará todo lo que necesita saber.

Pareció a punto de añadir algo más, pero no lo hizo. Como si en el último momento hubiera decidido que no valía la pena ensuciarse las manos con alguien como yo. Musité una despedida a la que no respondió y abandoné el despacho antes de que encontrara un motivo para expulsarme de sus dominios de una manera menos amable.

Fue en ese momento, enclaustrada en aquel ascensor que descendía a velocidad de tortuga, cuando pensé por primera vez en la posibilidad de obtener algún éxito en mis pesquisas. No por Fritz-Briones, ni por Josephine, ni por la reparación de las tropelías que los nazis habían infligido a aquella familia, sino por algo mucho más básico y gutural: me encantaría ver la cara que pondría Teresa Solana si le pasaba por encima.

11

A diferencia de mí, Marla se mostró entusiasmada. Llevábamos demasiado sin hacer frente a ningún encargo como para que la perspectiva de volver al trabajo no la ilusionara. Como poco, aquella investigación suponía una ruptura con el tedio en el que se había sumido nuestro día a día durante los últimos meses.

—Entonces, ¿te vas a Berlín? —quiso saber.

—Qué remedio.

—Lo dices como si fuera un suplicio.

—No creas que resulta agradable aceptar un trabajo que sé que no voy a ser capaz de hacer.

—No te subestimes, Greta. Algo rascarás, estoy segura.

Lo dudaba, pero tampoco podía reprocharle esa confianza ciega en mis habilidades. Es lo que hace una hermana, ¿no?

Iba a responder alguna idiotez cuando reparé en los paquetes que había sobre la mesa: tres sobres acolchados con la forma inconfundible de los libros que contenían.

—¿Has podido colocarlos?

Marla me puso al corriente. Tras un breve tanteo, un tipo de Madrid se hizo con el ensayo de Gil de Biedma por diez euros. El *Miguel Strogoff* fue una pequeña decepción, ya que la única persona interesada pagó el precio de salida de cinco euros. Por contra, el *Sandokán* resultó una agradable sorpresa. El pirata de Emilio Salgari produjo una apretada puja hasta que alguien terminó haciéndose con él por cuarenta euros. No estaba nada mal, sobre todo teniendo en cuenta el destino que habrían tenido aquellos títulos si no los hubiera rescatado de la basura.

—¿Sabes que el fondo de la Zentral- und Landesbibliothek de Berlín tiene unos tres millones de libros?

—Vaya, gracias por los ánimos.

No debió de oírme, ocupada en leer algo en la pantalla que tenía más cerca. Esa mañana la había sorprendido frente a su ordenador y sospeché que había pasado la noche en vela, como atestiguaba el cenicero repleto de colillas que tenía delante y las profundas ojeras que enmarcaban su rostro.

—Ilumíname, Marla.

Encendió un pitillo. Después abrió el documento en el que había estado trabajando y leyó sus notas en voz alta.

—La Segunda Guerra Mundial fue el gran conflicto del siglo xx, marcado por el intento del Tercer Reich de erradicar a los judíos de la faz de la Tierra. Se estima que la contienda se cobró la vida de unos sesenta millones de personas.

»Como en todas las guerras, el conflicto no solo se libró en el campo de batalla; se produjeron tropelías, muchas de las cuales siguen hoy sin reparación. Una de las más conocidas fue el saqueo sistemático y pormenorizado de obras de arte. Los nazis consideraban que, como raza superior, su misión era preservar todo lo bueno que había creado la humanidad. En el nuevo mundo que se alzaría tras la guerra, ellos serían los encargados de velar por todo ese arte. Utilizaron ese argumento como excusa para saquear museos y colecciones privadas y hacerse con los cuadros y esculturas más notables que se les pusieron a tiro.

—Recuerdo haber visto una película sobre ese tema.

—Sin embargo, hubo otra clase de saqueo mucho menos conocido y al que jamás se le ha prestado la debida atención: el robo de libros.

Se tomó un momento para dar una calada y creo que también para dotar al relato de un toque extra de dramatismo.

—A lo largo del conflicto, los nazis expropiaron miles de bibliotecas pertenecientes a judíos y se hicieron con un botín nada desdeñable. En su mayoría eran tratados sobre judaísmo, aunque había de todo. La premisa era que debían preservar ese conocimiento para transmitírselo a las futuras generaciones. De esa manera, sabrían de dónde venían sus enemigos y podrían combatirlos con más eficacia. Las bibliotecas de numerosas instituciones fueron expoliadas sin misericordia, pero también las de muchos ciudadanos particulares. A eso habría que sumarle los bibliófilos que se vieron obligados a malvender sus colecciones para conseguir efectivo con el que pagar un pasaje que los llevara lejos de Alemania.

Aquello era nuevo para mí. Obviamente, había oído hablar de libros que se habían perdido o habían sido robados durante la Segunda Guerra Mundial, pero hasta aquel momento había creído que se trataba de hechos puntuales, no de un plan orquestado por los nazis para hacerse con ellos.

—Nunca se le ha prestado mucha atención a este asunto —repitió—. En el caso de las obras de arte, su valor es fácilmente cuantificable, algo que no sucede con los libros. De hecho, en la mayoría de los casos su valor económico es prácticamente nulo. Como ese *Der Struwwelpeter* que viste en casa de Fritz-Briones.

—Es una bonita historia, Marla, aunque dudo mucho que ese proyecto para restituir los libros robados llegue a alguna parte. Parece una tarea titánica.

—Podrás comentárselo directamente a los responsables cuando estés en Berlín.

Hui de esa afirmación volviéndome hacia la ventana. La perorata de Marla había terminado de desanimarme. Cada vez tenía más claro que iba a embarcarme en una investigación en la que tenía muy poco que aportar, y todo para satisfacer los deseos de un ricachón. ¿Valdría la pena?

Observé de nuevo los paquetes que, sobre la mesa, esperaban a que los llevase a Correos. Tenía la respuesta ahí mismo: no me quedaba otra que aceptar aquel encargo, tanto si veía posibilidades de éxito como si no. Nos hacía demasiada falta la pasta como para rechazarlo sin más. Ya habría tiempo de preocuparse por los dilemas morales una vez que hubiéramos saldado nuestras deudas.

—¿Ya te has despedido de la librería? —quiso saber—. Van a echarte de menos.

Las dos sabíamos que no era así. De hecho, al renunciar a mi puesto iba a hacerle un favor a Pilar. La situación de su librería, como la de tantas otras, era algo más que precaria. Prescindir de mi sueldo les permitiría eludir la bancarrota, al menos durante unos meses más.

—Mañana la llamaré.

—Anímate, Greta. Nos va a venir bien toda esta publicidad.

Hacía mucho que no veía a mi hermana tan entregada. Para ella era muy fácil decirlo, ya que se mantenía alejada de los focos. Como siempre, iba a ser yo quien lidiara con el señor Fritz-Briones y con Teresa Solana, que estaría encantada de comprobar que mis pesquisas no me llevaban a ninguna parte.

Fulminé mis últimas dudas con un suspiro y guardé los paquetes de libros en mi mochila. El dinero que iba a ganar con ellos serviría para tapar algunos agujeros, pero era evidente que necesitábamos la pasta de Edelmiro Fritz-Briones con cierta urgencia, así que no había mucho más que pensar.

Iría a Berlín, claro. Por más que estuviera convencida de que era una pérdida de tiempo.

II

Berlín

Por robar este libro, si lo intentas,
es por la garganta que colgarás alto.
Y los cuervos entonces se reunirán y combatirán
por encontrar tus ojos y sacarlos.
Y cuando estés gritando «¡oh, oh, oh!»,
recuerda: mereces ese lamento.

Manuscrito, siglo XI

12

Siempre me he considerado una persona de gustos sencillos. Mi idea de felicidad no se escora hacia lugares de ensueño o bienes en abundancia. Más bien pasa por un sentimiento de comodidad conmigo misma, con lo que hago y con lo que pienso. Marla sostiene que yo sería feliz en una cárcel o un monasterio, recluida en una celda de dos por dos, a solas con mis pensamientos y sin tener que dar cuentas a nadie de lo que hago o dejo de hacer.

Trabajar con anticuarios y coleccionistas me ha enseñado mucho sobre la codicia y sus caminos. A la hora de valorar un libro, entra en juego mucho más que el tipo de encuadernación, el gramaje del papel o el número de ediciones que haya tenido esa obra. También intervienen factores como el deseo, los recuerdos asociados a un ejemplar y, sobre todo, la actitud del posible comprador. He visto a libreros doblar el precio de un tomo en lo que dura un parpadeo solo porque han detectado en su cliente algún indicio de necesidad o desesperación, por mucho que este haya tratado de camuflarlo bajo varias capas de apatía.

Al final, un libro vale lo que alguien está dispuesto a pagar por él. Como tantas cosas en la vida.

Puede que ese fuera el motivo por el que, a la hora de sacarme un billete de avión a Berlín, escogí por inercia aquella compañía económica que hacinaba a sus pasajeros como esclavos en unas galeras para maximizar sus beneficios. Hice el trayecto embutida entre dos hombretones que no hicieron otra cosa que roncar durante las tres horas que duró el vuelo. Traté de eludir la sensación de claustrofobia con un ejemplar de bolsillo de *El juego del ángel*, de Carlos Ruiz Zafón, que adquirí en la misma tienda del aeropuerto.

Aquel era mi libro de cabecera. Había leído y releído esa novela tantas veces que me sabía algunos pasajes de memoria y, aun así, siempre lograba conmoverme como ningún otro texto lo había hecho nunca. Supongo que, al dedicarme al negocio de los libros antiguos, habría sido más oportuno que me apasionaran las obras de Homero, Cicerón o Shakespeare, pero no podía evitar una especie de fijación por *El juego del ángel*. Ningún otro libro conseguía removerme de esa manera, ni siquiera el resto de la obra de Ruiz Zafón.

Tenía varios ejemplares de *El juego del ángel* en casa, aunque no porque los coleccionara ni nada parecido. Simplemente, cada vez que me hallaba de viaje y me agobiaba, o necesitaba un asidero a la realidad, me hacía con un ejemplar. Era una forma de permanecer conectada a mi mundo y de recordarme quién era. Marla siempre decía que el día que me encontrara sola y no tuviera un ejemplar de *El juego del ángel* a mi alcance, terminaría pegándome un tiro.

Mi hermana, tan optimista como siempre.

Una vez en el Aeropuerto Internacional de Berlín, negocié en inglés con un taxista mi traslado hasta el hotel Capri, que se encontraba a un conveniente tiro de piedra de la Zentral- und Landesbibliothek y cuyas habitaciones tenían un precio bastante razonable, gracias a una oferta que Marla había encontrado en la web.

Había otra razón por la que había elegido aquel modesto hotel y aquella aerolínea desconsiderada e incómoda, a pesar de que eran otros los que pagaban: había muchas posibilidades de que el nulo éxito de mis pesquisas me obligara a regresar a Madrid con las manos vacías. De ser así, me sentiría mucho más cómoda sabiendo que mi periplo por Alemania no le había salido demasiado caro al señor Fritz-Briones.

Durante el trayecto en taxi, eché una ojeada al entorno urbano en el que iba a pasar los próximos días. Berlín no me pareció especialmente bonito, aunque sin duda tenía carácter. Los edificios de aspecto industrial se sucedían uno tras otro con un planteamiento más funcional que estético. El cemento y el ladrillo visto dominaban el paisaje, roto a cada momento por coloridos grafitis. Daba la impresión de que los berlineses se esforzaban en disimular el aspecto anodino de su territorio con aquellas obras de arte, símbolos inequívocos de su rebeldía. Me pareció ver aquí y allá restos del muro que un día dividió la ciudad y el país, rescoldos de una época y un estado de ánimo que convirtió Berlín, durante mucho tiempo, en un polvorín que podría haber desembocado en la Tercera Guerra Mundial.

Me sorprendió lo poco que me emocionaba ver aquellas calles. No había salido de España tan a menudo como para considerarme una viajera experimentada, pero no me permití disfrutar de la experiencia. El síndrome del impostor seguía ahí. Casi esperaba que, en cualquier momento, alguien apareciera de la nada para desenmascararme y denunciar que mi presencia en aquel lugar no era más que un gigantesco fraude.

Cuando llegué al hotel, ni siquiera me planteé salir a comer o a dar una vuelta. Esa misma tarde tenía una cita con Oleg, uno de los tipos que trabajaban en la Zentral- und Landesbibliothek. Según Teresa Solana, era quien se había encargado de llevar personalmente el ejemplar de *Der Struwwelpeter* al señor Fritz-Briones y me pondría al día de las circunstancias que habían hecho recalar aquel libro en sus dominios.

Un traicionero bostezo me hizo recordar que apenas había podido pegar ojo, nerviosa por el viaje. Valía la pena echar una cabezada antes del almuerzo, a fin de llegar al encuentro lo más despejada posible.

Me tumbé en la cama sin quitarme las botas. Nada más cerrar los ojos, noté cómo el cansancio me envolvía en un manto brumoso que restó importancia al hecho de encontrarme en una ciudad extraña a cientos de kilómetros de casa sin una misión precisa que llevar a cabo.

Me quedé dormida casi sin darme cuenta.

13

Había oído que en Alemania anochecía pronto, pero no esperaba que a las cinco de la tarde estuviera tan oscuro como si fuera noche cerrada. Para colmo, las calles que tomé para llegar a mi cita con ese tal Oleg lucían tan oscuras que tuve que ir mirando al suelo para no tropezar.

La biblioteca se encontraba en un edificio de porte aristocrático desmentido por un insípido cartel de color blanco que lo identificaba con la leyenda Zentral- und Landesbibliothek. El flujo de estudiantes que entraban y salían era constante, mientras algunos usuarios permanecían en las inmediaciones charlando, fumando o bebiendo café en vasos de cartón para calentarse y coger fuerzas antes de regresar allí dentro.

Cuando llegué, me quedé a algo de distancia de la entrada para hacerme una composición general del lugar y, sobre todo, para tratar de reconocer a la persona con la que me había citado.

Reparé en un tipo apostado en la acera contraria con aspecto de no estar haciendo nada en absoluto. Llevaba un sombrero de ala ancha y una gabardina abotonada hasta el cuello, lo que le daba la apariencia siniestra de un espía que se hubiera escapado de una película sobre la Guerra Fría. Sostenía un paraguas bajo el brazo, aunque no tenía pinta de que fuera a llover.

Los otros candidatos eran un chico larguirucho vestido

de negro que permanecía sentado en un banco cercano mientras consultaba algo en su teléfono móvil, dos jóvenes que charlaban alegremente en la entrada del edificio, con pinta de estudiantes recién salidos de un examen, y un muchacho que llevaba una simpática bolsa de lona serigrafiada con una imagen que mostraba al intrépido reportero Tintín. Este último parecía algo apartado de los demás, como si quisiera confundirse con el edificio que tenía a su espalda y pasar lo más desapercibido posible.

Descarté al tipo del sombrero y la gabardina, demasiado mayor como para que Edelmiro Fritz-Briones se hubiera referido a él como un «chico», y comencé a acercarme al muchacho de negro mientras componía mentalmente la mejor manera de abordarle. Avancé despacio para darle tiempo a que reparase en mí. Sin embargo, parecía tan concentrado en lo que veía en la pantalla de su teléfono que no alzó la vista hasta que estuve casi encima de él.

El saludo murió de camino a mis labios.

Hay gente que lleva la oscuridad consigo, como si el peso de la culpa y del dolor lastrase su forma de enfrentarse al mundo. Esa fue la impresión que me causó aquel chico, cuya mirada sombría me intimidó. Como si mi llegada lo hubiera interrumpido haciendo algo muy importante y no viera el momento de perderme de vista.

Me sorprendí balbuceando una disculpa al tiempo que corregía mi rumbo para alejarme de él. No terminé de entender qué le había molestado ni, por descontado, por qué dejaba que me afectara tanto. Lo achaqué al cansancio del viaje y a las emociones de los últimos días, que me habían vuelto más impresionable y propensa a desconfiar de los desconocidos. Claro que, como pensé más tarde, también él podría haberse cortado un poco en vez de lanzarme esa mirada asesina.

Casi podía notar clavada en mi espalda esa mirada, áspera como si me apuñalara con ella, mientras me acercaba hacia aquel otro chico, el de la bolsa de Tintín. Me dirigí a él en inglés cuando tan solo nos separaban un par de metros, sin esperar a que reparase en mí.

—Hola. ¿Eres Oleg?

Levantó el rostro y, al verme, me correspondió con un gesto cordial, acogedor.

—Hola, Greta.

Para mi sorpresa, se expresó en un castellano más que correcto, lo que no dejaba de ser un alivio. Sabía defenderme en inglés, pero todo sería infinitamente más cómodo si podía ahorrarme el esfuerzo. Oleg tenía un aspecto ratonil, con una palidez fruto de muchas horas de estudio y flexo. En su rostro bailaban unas gafas aparatosas que me recordaron a unas de esas lentes de atrezo que venden en las tiendas de artículos de broma. Era aún más alto de lo que me había parecido de lejos, aunque me sucedía lo mismo con todo el mundo. Cualquiera que mida más de metro setenta es un gigante a mi lado.

—Encantada de conocerte, Oleg.

—Lo mismo digo. Disculpa, mi español no es demasiado bueno.

Parecía cohibido de veras, nada de esa presunción disfrazada de falsa modestia a la que estaba acostumbrada, aunque no creí que su castellano hubiera sido mejor de haber nacido en un lugar de la Mancha. Maldita sea, hablaba casi mejor que yo.

—¿Es tu primera vez en Berlín, Greta?

—Sí.

Asintió para sí mismo, como si eso confirmase algo que ya sospechaba. No dejaba de recolocarse las gafas una y otra vez, y le resultaba imposible sostenerme la mirada durante más de dos segundos seguidos, como si le asustara lo que pudiera ver en ella.

—Trabajo aquí desde hace un par de años. —Señaló la

biblioteca—. ¿Qué te parece si nos tomamos un café y te pongo al día antes de comenzar?

—Claro, me encantaría.

En realidad, lo que me apetecía era ponerme manos a la obra cuanto antes, pero me pareció que sería buena idea concederle aquel deseo a fin de que nuestra relación comenzara con buen pie.

Lo seguí al interior del edificio, pero, antes de entrar, eché una última ojeada al chico de negro. No sé por qué lo hice, pero, por extraño que parezca, el cuasi encuentro con ese muchacho me había inquietado más de lo que estaba dispuesta a admitir.

Seguía en aquel banco, pendiente de su teléfono, pero debió de percibir mi examen visual, ya que alzó la vista y me devolvió una mirada tan sombría como la de antes. Intuí una seca advertencia en su actitud, casi una amenaza. Como si me exigiera sin palabras que me metiera en mis malditos asuntos y me olvidara de él de una vez.

Me sentí mal, tan violenta como si me hubieran escupido a la cara. Me pregunté si todos los berlineses serían igual de desagradables. Aparté la vista y entré en la biblioteca, mientras rezaba por que no viniera tras de mí.

Por suerte, no lo hizo.

14

El vestíbulo de la Zentral- und Landesbibliothek renegaba de la solemnidad que desprendía su fachada y se asemejaba mucho más de la cuenta a la antesala de un edificio administrativo. Oleg me llevó hasta una cafetería en la que pedimos dos cafés que insistió en pagar. Cargados con sendos vasos de cartón, nos trasladamos a un salón tan abarrotado que fácilmente podría haber mantenido una conversación con cualquiera que estuviera a un par de mesas de distancia.

Nos sentamos y examiné a mi acompañante con más detenimiento. Sus ojos bailaban de un lado a otro, como si esperase a alguien. Su exceso de timidez me llevó a pensar que se le hacía verdaderamente cuesta arriba estar allí conmigo y me pregunté si habría alguna manera de derribar sus recelos y ganarme su confianza, al menos hasta que me hubiera puesto al día de todo lo que necesitaba saber.

—Me he informado sobre lo que hacéis —dije—. Hasta donde sé, sospecháis que una parte del fondo de esta biblioteca procede del saqueo nazi.

La palabra *nazi* lo enervó. Miró a su alrededor con suspicacia, esta vez para asegurarse de que nadie me había oído. Después bajó el tono tanto que tuve que inclinarme sobre la mesa para oírle.

—Mucha gente piensa que los nazis fueron unos descerebrados —replicó—. Que renegaban de la cultura y organizaban quemas de libros para demostrarlo, pero nada más lejos de la realidad.

»Eran conscientes del poder de la lectura, Greta. Por eso hicieron una lista negra que contenía todos los autores y títulos cuyo mensaje era contrario a su ideología: por temor a que esos argumentos calaran en la gente a la que trataban de manipular con sus proclamas. La posesión de uno solo de esos libros podía hacer que te encerraran o te ejecutaran en el acto.

Experimenté una extraña sensación de irrealidad. Había pasado los últimos días inmersa en ensayos y documentales sobre la Segunda Guerra Mundial, a fin de hacerme una idea general del conflicto. Sin embargo, una cosa era leer sobre aquel asunto y otra muy diferente tratarlo como algo tangible, que verdaderamente sucedió hacía no tanto tiempo y cuyo epicentro era la ciudad en la que me encontraba.

—El Tercer Reich tenía un objetivo muy claro —prosiguió—. Un nuevo orden mundial que, después de la guerra, colocaría a la raza aria a la cabeza de todas las demás. En ese mundo ideal, ellos serían los custodios de cuantas cosas bellas hubiera creado el hombre. Habían planificado la creación de un gran museo en el que exhibirían todas las obras maestras del mundo. Por supuesto, los libros también tenían un espacio reservado en esa fantasía. Uno de los máximos exponentes de esta idea fue un hombre llamado Alfred Rosenberg.

Oleg se había desprendido de su anterior manto de timidez y me observaba con atención, pendiente de las reacciones que el relato pudiera provocarme. Estaba claro que el asunto le apasionaba, algo que delataban sus ojos brillantes por la excitación y la manera en la que parecía haberse olvidado de todo a su alrededor.

—Tengo entendido que Rosenberg no era muy apreciado por sus compañeros de partido —observé.

—Muchos lo consideraban un soñador. Nadie se tomaba

demasiado en serio su teoría pseudorreligiosa sobre los orígenes de la raza aria, pero eso no le impidió alcanzar una gran notoriedad en el partido. Aprovechó su posición para crear un departamento llamado Einsatzstab Reichsleiter Rosenberg, conocido por las siglas ERR, que se dedicó a la apropiación de bienes culturales durante la guerra. Obras de arte, principalmente, pero también libros.

Hizo un gesto en torno a él, poniendo como ejemplo el lugar en el que nos encontrábamos.

—El sueño dorado de Rosenberg fue la Hohe Schule, una universidad de élite que se establecería junto al lago Chiem, cerca de la frontera con Austria. Tenía pensado construir allí una fastuosa biblioteca que, tratando de emular la de Alejandría, contendría todo el conocimiento del mundo. Con este fin, se lanzó a saquear cuantas colecciones públicas y privadas encontró en su camino.

—Entiendo.

Traté de fingir que a mí también me fascinaba todo aquello, pero lo cierto era que no me apetecía oír otra lección de historia, sino ponerme a trabajar de una maldita vez. Oleg se dio cuenta y mostró las palmas de las manos en señal de rendición.

—Disculpa la chapa. ¿Se dice así?

—Sí, bueno...

—Solo quería poner algo de contexto antes de profundizar en lo que hacemos aquí.

Se inclinó hacia mí y volvió a bajar el volumen unas décimas.

—Hay evidencias de que una parte importante del fondo de la Zentral- und Landesbibliothek proviene del saqueo nazi, pero no solo eso: lo verdaderamente grave es que muchos de nuestros predecesores debieron de ser conscientes de ello y lo siguieron ocultando a lo largo de los años.

—Qué bárbaro. ¿Y por qué harían una cosa así?

—Debes entender algo, Greta: los alemanes tenemos una relación muy tortuosa con nuestro pasado. Llevamos más de medio siglo cargando con el peso de lo que hicieron nuestros abuelos y, aunque tratamos de asumirlo, es complicado lidiar con todo aquello. Incluso existe una terminología para expresar esta necesidad de no olvidar, con expresiones como *Vergangenheitsbewältigung*, asumir el pasado, y *Kollektivschuld*, culpa colectiva.

—Puedo hacerme una idea.

—Cada nueva tropelía que se descubre es otra losa a nuestra espalda. La historia nos recuerda como los malos de la película, los salvajes que gasearon a más de seis millones de judíos. Resulta hasta cierto punto comprensible, aunque no excusable, que muchos de mis compatriotas no estén demasiado interesados en ahondar en asuntos como el de los libros robados.

Entendía a qué se refería. La reciente historia de España también era obviada a menudo para, supuestamente, evitar sufrimiento a unos y a otros. Muchas veces olvidamos que no hablar de los problemas no hace que estos desaparezcan, sino todo lo contrario. Los recuerdos envejecen mal, sobre todo cuando son tan amargos.

Ardía en deseos de profundizar en aquel asunto. Oleg debió de darse cuenta y, tras finiquitar su café, se incorporó y se echó la bolsa de Tintín al hombro.

—Ven conmigo, Greta —dijo—. Es hora de que conozcas a Sebastian.

15

Oleg me condujo al otro lado de los mostradores y empleó su propia llave para accionar un ascensor metálico y tosco que parecía salido de una plataforma petrolífera.

—Antiguamente, en esta zona se encontraban las caballerizas del káiser —explicó.

Asentí, como si la historia del edificio me resultara fascinante, aunque fue un gesto más educado que sincero. Una vez abandonado el asunto de los libros robados, Oleg había recuperado su mansedumbre anterior, convertido de nuevo en el muchacho apocado y tímido que era incapaz de sostenerme la mirada durante más de dos segundos seguidos. Las gafas bailaban sobre su nariz, tan desmesuradas que me recordó a un niño que se hubiera puesto las lentes de su padre. Hizo el gesto de recolocárselas varias veces, un movimiento que debía de realizar sin darse cuenta para hacer frente al violento silencio que se había cernido sobre nosotros.

El ascensor desembocó en un pasillo de paredes amarillentas, sin adornos y con puertas a ambos lados. Oleg avanzó con decisión y giró varias veces, lo que llegó a desorientarme. Tardamos casi un minuto en recorrer aquella maraña de galerías y, cuando ya pensaba que nos habíamos perdido, llegamos a nuestro destino, una puerta engalanada con un sencillo cartel en el que aparecía una única palabra: PROVENIENZFORSCHUNG.

Oleg abrió la puerta y la sostuvo para que pudiera pasar.

El despacho era espartano, poco más que dos escritorios enfrentados con sendos ordenadores encima. El resto del mobiliario lo completaban un par de armarios metálicos, algunas estanterías atestadas de libros y un corcho lleno de fotografías y recortes de periódicos. El único ocupante del lugar era un tipo rubio con coleta sentado en uno de los escritorios que alzó la vista al vernos entrar.

—Es usted Greta, ¿verdad?

Lo preguntó en un inglés comedido y fácil de entender. Se puso de pie sin esperar a que respondiera y vino a nuestro encuentro.

—Soy Sebastian Finsterwalder. Dirijo el departamento.

—Tanto gusto.

Su nombre figuraba en algunos de los recortes que asaeteaban el corcho. Fingí leerlos para no ver la mano que acababa de tenderme. Cuando quedó patente que no iba a estrechársela, la recuperó con un encogimiento de hombros y, entre él y Oleg, despejaron un par de sillas que hasta aquel momento habían estado sepultadas bajo varias montañas de libros.

—Tengo entendido que la envía el señor... Fritz-Briones.

Miró brevemente a Oleg para saber si lo había pronunciado bien. Había esperado un bibliotecario al uso, con su guardapolvo y unos guantes con los que manipular ejemplares antiguos, pero no había nada de eso por allí. Sebastian rondaba los cuarenta y cinco años y vestía de manera informal: sudadera con capucha, vaqueros y unas botas de un corte similar a las mías, por si en algún momento de la jornada le parecía oportuno echarse al monte.

—Gracias por recibirme, señor Finsterwalder.

—Por favor, llámeme Sebastian. ¿En qué puedo ayudarla?

Miré en derredor. Los lomos de los libros que surcaban las estanterías me devolvieron una ojeada muda, como si se burlaran de mí.

—¿Qué es exactamente lo que hacen aquí? —quise saber.

Sebastian cruzó una ojeada rápida con Oleg.

—Vaya, le gusta ir al grano.

—Sí.

—Iba a preguntarle si le apetecía un vaso de agua, o un café.

Debía de ser un chiste o, al menos, sonrió como si lo fuera. Cuando vio que no tenía intención de seguirle el juego, me invitó a tomar asiento.

—Después de una investigación bastante exhaustiva —dijo—, podemos afirmar sin temor a equivocarnos que una parte importante del fondo de la Zentral- und Landesbibliothek proviene del saqueo pormenorizado al que los nazis sometieron a las bibliotecas de media Europa durante la Segunda Guerra Mundial. En este departamento nos encargamos de la devolución de esos libros a sus dueños o, en caso de que ya no estén, a sus legítimos herederos.

Hizo un gesto con la barbilla hacia el corcho que tenía a mi espalda.

—Todo empezó con Detlef.

Aquel nombre figuraba en un recorte de prensa cercano. Era una entrevista a un tipo llamado Detlef Bockenkamm, que aparecía en una fotografía mirando al frente con los brazos cruzados y el gesto tosco.

—Comenzó a trabajar en la biblioteca hace años. Su función principal era inspeccionar los libros más antiguos, clasificarlos y, si era necesario, mandarlos a reparar.

Me pareció percibir cierta devoción en la manera en la que Sebastian hablaba de su colega. Guardó silencio, como si un pensamiento indefinido se hubiera cruzado en su camino. Cuando lo dejó atrás, acudió hasta su escritorio y regresó con un álbum de tapas blancas.

—Un día, un encuadernador que solía trabajar para la biblioteca le habló de los exlibris.

Abrió el álbum. En cada página figuraban una serie de exlibris, pequeñas obras de arte estampadas en piezas de papel y cuidadosamente preservadas en fundas de plástico. Los coleccionistas suelen colocar ese tipo de estampas en los libros de su propiedad para identificarlos. Había algunos muy elaborados, con columnas, leyendas y gran profusión de detalles, y otros más crípticos, apenas un nombre o una figura que servía para identificar a su propietario.

—Al parecer —explicó—, cuando ese encuadernador recibía el encargo de reparar determinados títulos de la biblioteca, la dirección le pedía que eliminara cualquier rastro de su anterior propietario, es decir, que eliminase las etiquetas, las anotaciones y los exlibris que encontrara durante el proceso. Esto se salía de lo habitual. Lo que se suele hacer en casos así es retirar los exlibris, reparar el libro en cuestión y volver a colocarlos. Las marcas de propiedad forman parte de la historia de nuestros libros. Obviamente, ahora que sabemos de dónde han salido esos ejemplares, comprendemos el empeño en eliminar cualquier pista sobre la manera en la que llegaron aquí.

Pasó las páginas del álbum despacio. Había motivos judíos en la mayoría de las ilustraciones, como estrellas de David, menorás y caracteres hebreos.

—El encuadernador no se deshizo de los exlibris —continuó—, sino que los guardó y elaboró esta colección. Hay unos ochocientos.

Contuve un silbido. Mi perplejidad no pasó desapercibida a Sebastian, que cabeceó para mostrar su conformidad.

—Estos exlibris dan una medida de la dimensión del saqueo, Greta. ¿Se ha fijado en que la mayoría tienen ornamentos judíos? Debido a nuestro pasado, es imposible no recelar de algo así. Detlef avisó de esto a la dirección de la biblioteca, pero no le hicieron caso. Durante mucho tiempo, lo investigamos en nuestro tiempo libre. Por suerte, dimos con una pista muy interesante.

Cerró el álbum y lo devolvió a la estantería. Sacó de allí mismo una carpeta de grandes dimensiones y la trajo hasta la mesa.

—Le presento a Jagor.

La inscripción «1944-45 Jagor» aparecía escrita en una etiqueta sobre la tapa. Cuando Sebastian abrió la carpeta, me vi ante un listado de títulos que abarcaba un buen número de páginas encuadernadas. Junto al título de cada libro figuraban detalles como el autor, el año de publicación y la fecha en la que la biblioteca lo adquirió.

—El nombre hace referencia al etnólogo y explorador alemán Fedor Jagor. En teoría, este catálogo es una recopilación de los títulos de su biblioteca que a su muerte fueron donados por su familia a la Zentral- und Landesbibliothek. Sin embargo, encontramos ciertas incongruencias. Por ejemplo, este título, *Im Dunkelsten Afrika*, de Henry Stanley.

Señaló la entrada a la que se refería. Después tomó un libro de la estantería que tenía a su espalda y me lo tendió. Se trataba justamente del ejemplar de *Im Dunkelsten Afrika* que aparecía en aquel listado. Al abrirlo, salió a mi encuentro una dedicatoria en la primera página:

«Meinem lieben Rudi zum dreizehnten Geburtstag von Mutti. 25.10.1930».

—«A mi querido Rudi —tradujo Sebastian—, en su decimotercer cumpleaños, de su mamá.»

La dedicatoria había sido escrita con trazos inclinados y primorosos. Era el tipo de dedicatoria destinada a convertir un libro corriente en algo especial.

—Jagor murió en el año 1900 —señaló—, lo que no concuerda con la fecha de la dedicatoria. La investigación nos puso tras la pista de Rudi Joelsohn, nacido en Berlín en 1917. El 15 de agosto de 1942 fue deportado a Riga, donde lo asesinaron tres días más tarde. Sus padres eran Adolf Joelsohn y Frieda Leschziner, que es quien firmó la dedicatoria. Ambos fueron deportados a Auschwitz el 4 de agosto de 1943, donde murieron.

Noté un escalofrío al oír la lúgubre historia escondida tras las tapas de aquel libro, que adquirió un peso inesperado en el destino de esa desdichada familia. Cuando Sebastian lo devolvió a la estantería, el gesto tuvo algo de reverencial, como quien deja una ofrenda. Después señaló otra vez el archivo Jagor.

—Hemos localizado casi todos los libros que aparecen en este archivo. De ellos, solo una mínima parte pertenecieron realmente a Fedor Jagor. La mayoría fueron introducidos en este listado debido a que en la primera página, escrita a lápiz, había una letra J.

—J de Jagor.

Sebastian validó mi conclusión con un asentimiento exagerado.

—Así de fácil fue encubrir la procedencia de estos títulos, Greta. Los bibliotecarios se limitaron a introducir en este listado cada ejemplar que tenía una letra J en la primera página. Un sistema burdo, pero efectivo. Estos libros han pasado más de sesenta años camuflados en nuestros anaqueles antes de que llegáramos a sospechar siquiera sobre su procedencia.

Cerró el catálogo. La etiqueta «1944-45 Jagor» cobró una relevancia inesperada, como si se riera de nosotros. Sebastian tomó una fotografía del corcho y la colocó ante mí.

—Entonces llegó nuestro primer éxito: Walter Lachmann.

La imagen mostraba a un grupo de personas. En primer plano había un tipo enjuto de unos ochenta años con un libro en las manos. Me resultó imposible no relacionar la imagen de aquel anciano con otra que llevaba varios días rondando por mi cabeza: la de Josephine, la madre de Fritz-Briones, aferrada a su ejemplar de *Der Struwwelpeter*.

Walter Lachmann aparecía flanqueado por una mujer y dos hombres. Reconocí a un Sebastian diez años más joven, con algunos kilos menos y que miraba a la cámara con un entusiasmo que contrastaba con la sobriedad académica de sus compañeros.

—Lachmann era de Berlín —explicó—. Judío, para más señas. En 1942, siendo un adolescente, fue deportado junto con su abuela a un campo de concentración en Letonia. Cuando ella murió, fue trasladado al campo de Bergen-Belsen. Logró salir de allí con vida y emigró a Estados Unidos.

Volvió a señalar el recorte de la entrevista a Detlef Bockenkamm.

—Esta entrevista a mi compañero fue publicada por el periódico alemán *Der Spiegel*. El artículo estaba ilustrado con varias fotografías de libros susceptibles de proceder del saqueo nazi. Uno de ellos era una recopilación de cuentos infantiles que pertenecían a Lachmann. Un tipo en California, amigo de este, leyó el artículo y el apellido le resultó familiar. Se lo contó y, efectivamente, Walter reconoció aquel ejemplar. Su hija contactó con nosotros y comenzamos a organizarlo todo para devolverle el libro que le había sido arrebatado cuando era apenas un crío.

Le dio algunos golpecitos a la fotografía, para subrayar su importancia.

—La restitución de aquel libro de cuentos hizo que Lachmann se reencontrara con una parte de su pasado que creía haber perdido para siempre. Eso le cambió la vida. Antes nunca hablaba de su juventud; tras recibir el libro, decidió contar su experiencia y compartirla dando charlas en institutos y asociaciones.

»Aquello supuso un punto de inflexión. A partir de ese momento, la restitución de los libros robados cobró una relevancia inesperada y la dirección se vio obligada a prestarle atención. El caso de Walter Lachmann puso de relieve que el valor sentimental de todos esos ejemplares expoliados era incalculable.

Reconocí en su voz un entusiasmo muy similar al que había apreciado en Oleg hacía un rato. Por un momento, Sebastian Finsterwalder volvió a ser el chico apasionado y alegre que celebraba su primer gran éxito en aquella fotografía.

La ilusión no duró demasiado. El escepticismo tomó posiciones y fue como si se reprendiera por haberse dejado llevar de esa manera. En cuestión de segundos, volvió a convertirse en el tipo apacible y resignado de antes.

—Por desgracia, en la mayoría de los casos no queda nadie a quien devolver estos libros.

El despacho se sumió en un denso silencio. Sebastian volvió a dejar la fotografía de Lachmann en el corcho.

—Tenemos una base de datos pública en la web —continuó—, indexada en Google. Colgamos los títulos que estamos investigando junto con fotografías de las anotaciones o de las dedicatorias, si las hubiera, y cualquier otro detalle que pueda hacerlo reconocible a los ojos de su propietario o de sus descendientes.

Hablaba con cierto fatalismo, como si no le gustase esa forma de trabajar, algo que se apresuró a desmentir con un gesto de desinterés.

—Ahora mismo estamos trabajando con unos seis mil ejemplares de procedencia «dudosa», aunque hay muchos, muchísimos más. Como comprenderás, es imposible inspeccionarlos uno a uno. Aun así, en los once años que llevamos trabajando en esto, hemos conseguido restituir unos dos mil títulos.

—¿Cuánta gente trabaja en este departamento? —quise saber.

El bibliotecario tomó aire y miró hacia arriba, como si hiciera números en su cabeza. La respuesta no pudo estar más alejada de mis expectativas.

—Tres personas. Cuatro, si contamos a Oleg, que trabaja como voluntario.

Era descorazonador. Sebastian lo sabía e hizo un gesto conciliador.

Había algo que no decía, pero que se hacía más evidente conforme progresaba en aquel relato: aquella tarea estaba destinada al fracaso. A ese ritmo, ni siquiera viviendo diez vidas seguidas conseguirían restituir la mitad de los títulos en los que trabajaban, a los que habría que sumar los que fueran apareciendo posteriormente. Sobre todo si en la mayoría de los casos no había nadie a quien devolvérselos.

—En un mundo perfecto —continuó—, dispondríamos de medios para analizar el papel, el tipo de tinta, los desperfectos de cada ejemplar, dónde fueron adquiridos... Por desgracia, nuestros recursos son muy limitados. Nadie se acuerda de estos libros. La biblioteca mantiene vivo el departamento a duras penas porque no molestamos demasiado, obtenemos algunos éxitos de vez en cuando y, lo más importante, recibimos financiación del Gobierno.

Sebastian se empeñaba en envolver sus argumentos en un manto de sarcasmo bastante perceptible, pero no me dejé engañar. Era evidente que le frustraba que no se dedicasen más medios a su labor.

Sin embargo, no podía dejar que sus lamentos me distrajesen de mi cometido. Era un buen momento para afrontar, al fin, el motivo de mi presencia allí. Me envaré en mi asiento y carraspeé antes de hablar.

—El señor Fritz-Briones tiene mucho interés en saber si es posible encontrar aquí más ejemplares que hayan pertenecido a la biblioteca de su abuelo.

—Como ya le expliqué al señor Fritz-Briones, es imposible saberlo. En el caso del *Der Struwwelpeter*, el exlibris permanecía intacto en la última página, lo que no es habitual. Por cierto, fue él quien encontró ese libro.

Señaló a Oleg, cuyas mejillas enrojecieron sin previo aviso al tiempo que miraba para otro lado.

—Además —continuó—, debe tener en cuenta que los libros no solo fueron seleccionados y robados a sus dueños. El ERR hizo mucho hincapié en que las bibliotecas que caían en sus manos fueran desmembradas y dispersadas.

Tenía sentido. Cualquier bibliotecario sabe que la mejor manera de perder un libro es cambiarlo de sitio. Al separar un ejemplar de sus hermanos, se elimina cualquier vínculo de pertenencia y pasa a ser totalmente anónimo, lo que sin duda iría en consonancia con los propósitos de los nazis.

—Tenemos evidencias de que en 1943 la biblioteca le compró a un prestamista unos cuarenta mil ejemplares, la mayoría de los cuales habían sido confiscados de los hogares de muchos judíos que habían sido deportados. Puede que ese ejemplar de *Der Struwwelpeter* del señor Fritz-Briones se encontrara en ese lote, o puede que no.

Contuve el suspiro que ya había comenzado a ascender por mi garganta. Empezaba a estar harta de que cualquier vía de acción se convirtiera en un callejón sin salida, pero no podía culpar a Sebastian. De no ser por él y por su compañero Detlef, todos esos libros sin dueño seguirían cogiendo polvo en los sótanos del edificio.

—Gracias por su paciencia, Sebastian. Todo esto es nuevo para mí.

—No se preocupe, para eso estamos. Oleg la ayudará en todo lo que necesite.

—Espero que no le moleste tenerme por aquí una temporada.

Acompañé el comentario con una sonrisa cortés, pero me pareció que Sebastian Finsterwalder tardaba algo más de la cuenta en devolvérmela. También noté que su rostro viraba lentamente de la cordialidad al hastío, aunque no tardó en recuperar su amabilidad anterior y asintió con educación.

Demasiado tarde, claro. Los titubeos me contaban una historia incompleta. Hasta aquel momento ni me había planteado que mi presencia allí pudiera incomodarle. Era indudable que necesitaban toda la ayuda que pudieran reunir.

—¿Hay algo que quiera decirme, Sebastian?

Traté de imprimir a la pregunta un tono comedido, aunque no sé si lo conseguí. Marla dice que cuando me cabreo soy como un libro abierto. Sebastian comenzó a negar, pero desistió antes de completar el movimiento.

—No es la primera experta que pasa por aquí, ¿sabe? Cuando se enteran de esta historia, muchos periodistas y bibliófilos se interesan por nuestro trabajo. Algunos de los más reputados del mundo ya nos han visitado.

Comenzó a repasar un libro que tenía cerca. No me pareció que buscara nada en concreto, sino tan solo mantener las manos ocupadas.

—¿Y sabe qué, Greta? El interés decae en cuanto se dan cuenta de que no hay ejemplares valiosos en este lugar. Solo los que cualquiera dejaría en su hogar si tuviera que escapar a toda prisa, o si fuera detenido o asesinado. Hay libros de cocina, de filosofía, infantiles...

—Tengo una misión muy concreta —protesté—. No estoy buscando tesoros, ni mucho menos.

Sebastian no pareció oírme. Se me ocurrieron varios argumentos más con los que replicar, pero me los guardé al darme cuenta de que nada de lo que dijera podría convencerle de mis intenciones.

Por eso, lo que hice fue ponerme en pie para dar por terminada la charla.

—Gracias por todo, entonces.

—Encantado de conocerla, Greta.

Sin más, regresó frente a su ordenador y volvió a enfrascarse en lo que fuera que estuviera haciendo antes de nuestra llegada. Como si ya hubiera comenzado a olvidarse de mí.

Estuve tentada de increparle, de decirle que aún no había hecho nada para merecer tanta desconfianza, aunque no habría servido de mucho. Aquel tipo se debía a todos aquellos libros y a nadie más.

Ajeno a mis pensamientos, Oleg abrió la puerta del despacho y la sostuvo para invitarme a salir.

—Ven conmigo, Greta. Te enseñaré dónde los guardamos.

16

El paseo hasta los sótanos fue más laberíntico si cabe que el que nos había conducido a la oficina del departamento dirigido por Sebastian Finsterwalder. Tuvimos que tomar un ascensor hasta la planta baja y otro que nos trasladó a dos pisos bajo tierra.

Durante el trayecto, tuve tiempo de sobra para pensar en las palabras de Sebastian.

Debo reconocer que el mensaje me había calado. No esperaba que mi presencia allí fuera interpretada como un engorro, pero tampoco podía dejar de verme reflejada en su actitud. Lo más probable es que yo fuera igual de borde si me viera obligada a lidiar día tras día con una empresa abocada al fracaso.

—Disculpa a Sebastian —medió Oleg—. Se toma esto muy en serio.

Eso no lo justificaba, y ambos lo sabíamos. Puede que por eso se decidiera a ampliar la respuesta.

—Lo que quiero decir es que no es un mal tipo, una vez que lo conoces.

Hablaba de su compañero con cierta devoción. Debía de considerarlo poco menos que un héroe. En realidad, me daba lo mismo que Sebastian fuera un mal tipo o no, siempre que me facilitara las cosas.

El caótico paseo culminó ante un portón que debía de tener al menos un par de siglos de antigüedad. Nada más abrirlo, salió a nuestro encuentro un aroma que me resultó muy familiar, mezcla de páginas envejecidas, polvo y tinta.

El recinto era enorme, del tamaño de una cancha de baloncesto. Las estanterías se extendían y cruzaban en todas direcciones sin tabiques que entorpecieran su camino, convirtiendo aquel espacio en un laberinto de madera, cartón y papel. Como si el mobiliario hubiera crecido por su cuenta hasta adoptar aquel aspecto, a la manera de un organismo cambiante que reordenase su disposición en función de sus necesidades.

—Pues aquí están —dijo Oleg.

Jamás habría imaginado que la cantidad de libros acumulados allá abajo pudiera ser tan descomunal. Las estanterías estaban atestadas, con las baldas combadas por el peso, al límite de su capacidad de resistencia. Algunas habían sido reforzadas con escuadras de acero. Había ejemplares depositados directamente en el suelo, formando altas pilas que desafiaban la ley de la gravedad.

Cuando me recuperé del impacto inicial, me interné por el pasillo que tenía más cerca, tan estrecho que daba la impresión de que el laberinto pretendiera engullirme a mí también.

—¿Cuántos hay? —pregunté.

Oleg demoró la respuesta mientras se recolocaba las gafas.

—Es difícil decirlo. Creemos que hay más de un millón de libros robados solo en Berlín. Y esta es la biblioteca más grande de la ciudad, así que...

Lo dejó ahí, de modo que eché cuentas. El espacio entre las estanterías era demasiado angosto como para que dos personas pudieran pasar si no era en fila india. Además, comprobé que en muchos estantes los textos habían sido dispuestos en dos filas, lo que echó por tierra mis primeros cálculos.

Ciento veinte mil ejemplares. O ciento treinta mil. Puede que más.

En cualquier caso, demasiados.

—Como ves, estamos algo desbordados —señaló Oleg.

Decir que estaban algo desbordados era como insinuar que el Titanic tan solo tuvo un problema de goteras. Experimenté una sensación extraña, una congoja que no me atreví a interpretar. Era como si una parte de mí temiera despertar algún mal oculto entre aquellos volúmenes.

—Así que aquí es donde trabajas —señalé.

No respondió, ni falta que hizo. No me costó imaginármelo agachado entre los estantes, examinando cada libro en busca de pistas que pudiera ofrecer a Sebastian. Probablemente se ayudaría con una linterna, ya que la luz de las lámparas halógenas que recorrían el techo difícilmente podía penetrar en la intrincada disposición de aquel espacio.

—¿Cómo decides qué títulos se envían arriba, a primera línea de batalla? —quise saber—. ¿Qué criterio sigues?

—Bueno... Ya has visto que somos pocos, por lo que debemos elegir con cuidado qué batallas libramos.

De manera que se trataba de eso: Oleg hacía de filtro y seleccionaba los libros que eran más fáciles de rastrear, es decir, los que tenían anotaciones y marcas que pudieran identificar a sus anteriores propietarios. Trabajaban con ellos para aumentar el porcentaje de éxitos. Por lo tanto, los ejemplares sin anotaciones ni etiquetas estaban condenados a languidecer en aquel lugar solo porque sus anteriores dueños fueron lo suficientemente cuidadosos como para no dejar ninguna marca que determinara su procedencia.

Los ejemplares «absueltos» llegaban al despacho de Sebastian, que se encargaba de examinarlos, fotografiarlos y colgarlos en la web.

En realidad, no era una mala forma de trabajar. Yo habría hecho lo mismo, en detrimento de todos aquellos libros que esperaban allí abajo a que alguien preguntara por ellos, algo que seguramente no sucedería jamás.

—A este lugar lo llamamos el Limbo —dijo—. Aquí guardamos los libros cuyo futuro no está demasiado claro.

Era una bonita forma de decirlo, aunque me pareció que el destino de todos aquellos ejemplares era bastante evidente: si pasados unos años nadie los reclamaba, lo más probable era que la biblioteca los mandara destruir. No podían limitarse a seguir almacenándolos de forma indefinida.

—¿Cuántos éxitos has obtenido aquí, Oleg? Aparte de *Der Struwwelpeter*, digo.

—Menos de los que me gustaría. —Frunció los labios—. Aun así, vale la pena intentarlo. Fue fantástico devolverle aquel libro a Josephine.

Pronunció el nombre con cierta familiaridad, lo que me llevó a pensar que Oleg había establecido algo parecido a un vínculo con el ejemplar que tenía el exlibris del abuelo del señor Fritz-Briones y se había tomado su restitución como un asunto personal. Como había insinuado Sebastian, aquella era la única manera honesta de acometer aquel asunto, aunque no dejaba de ser una quimera. Para hacer extensible aquel proceso a todas las obras que yacían en el Limbo, la Zentral- und Landesbibliothek habría tenido que destinar a aquel departamento un personal y unos recursos mucho más generosos.

—Las únicas pistas que ofrecía *Der Struwwelpeter* —continuó— eran aquel exlibris con la inscripción «FRITZ» y la anotación a lápiz «Frankfurt, 1935». Que el exlibris tuviera motivos judíos era razón de sobra para sospechar. Busqué en la base de datos de víctimas del Holocausto a personas con aquel apellido que hubieran vivido en Frankfurt en esa época. Es un apellido bastante común, pero, al tratarse de un libro infantil, reduje la lista a los que tenían hijos pequeños. Las pesquisas me llevaron hasta Aleksander Fritz, el padre de Josephine.

Lo dijo con orgullo, encantado de su astucia. Reparé en que el gesto de recolocarse las gafas se esfumaba cuando hablaba sobre los libros saqueados, delatando que pisaba terreno seguro.

—Paso muchas horas aquí, Greta. Examino los libros, los clasifico a mi manera, tomo notas de los que ofrecen alguna pista que pueda conducir a su restitución... También hago una criba entre los que tienen una procedencia más clara que los demás.

Lo escuchaba solo a medias, ocupada en leer los lomos de los ejemplares de un estante cercano. Como había dicho Sebastian, había de todo: desde tratados de horticultura hasta misales, y toda la gama intermedia. La mayoría eran títulos en alemán, pero también había ejemplares en francés, inglés, español, hebreo o cirílico. El sótano emanaba un olor indefinible que conocía bien. Me había movido por suficientes almacenes polvorientos como para habituarme al aroma de la descomposición, la celulosa y la lignina. Me sentía como si me hubiera reencontrado con un viejo amigo después de mucho tiempo.

Hasta ese momento no me había dado cuenta de cuánto lo había echado de menos.

En algunos puntos, las pilas de libros se habían caído y yacían en el suelo, desparramados sin que nadie se molestara en recogerlos. Ni siquiera Oleg, que pasaba sobre ellos con cuidado de no pisarlos. El lugar tenía algo de místico y me hizo evocar aquel Cementerio de los Libros Olvidados que aparecía en las novelas de Ruiz Zafón. De alguna manera, todos aquellos títulos también habían sido condenados al olvido tras ser arrancados de las vidas de sus anteriores propietarios. Eso era justo lo que el departamento dirigido por Sebastian pretendía revertir, ni más ni menos.

—Una de las cosas que más me sorprendió cuando comencé a trabajar con Sebastian —añadió Oleg— fue la dimensión del robo de libros. No se limitó a Berlín. Ni siquiera a Alemania. Los nazis saquearon bibliotecas de toda Europa y Alfred Rosenberg llevó a cabo la mayor expropiación cultural de la historia. Francia, Polonia, Holanda... Allí donde había presencia judía, el ERR enviaba a sus hombres y desmantelaban bibliotecas y colecciones privadas sin piedad. Después de la guerra se hizo un gran esfuerzo por restituir la herencia cultural de todos esos países, pero los ejemplares que regresaron a sus lugares de origen son menos del diez por ciento de los que había antes de la guerra. El resto sigue desaparecido. Se cree que la mayoría fueron destruidos durante los bombardeos aliados.

»Cuando los aliados tomaron Alemania, encontraron más de un millón de libros en el castillo de Hungen, donde Rosenberg había trasladado el Instituto para la Investigación de la Cuestión Judía de Frankfurt. Se enviaron vagones enteros de obras para restituir bibliotecas sin revisar su contenido.

La información comenzaba a ser abrumadora y apliqué todos aquellos datos al asunto que me había llevado hasta allí: si lo que Oleg decía era cierto, los libros que una vez pertenecieron a la familia del señor Fritz-Briones podían estar en cualquier parte. ¿Por dónde empezar? ¿Debía simplemente revisar aquel depósito en busca de algún título que aún conservara el sello de propiedad del padre de Josephine? No podía ser tan simple. De ser así, probablemente Oleg habría dado con algunos más en el tiempo que llevaba trabajando allí.

—Antes pensaba que esto escapaba a mis competencias —reconocí—. Ahora creo que, directamente, es imposible encontrar ninguna pista que conduzca a los libros que me han encargado localizar.

Oleg guardó un educado silencio que aproveché para ordenar mis ideas. No tardé en llegar a la única conclusión posible, dadas las circunstancias.

—Te agradezco tu tiempo y tu interés, Oleg, pero voy a decirle al señor Fritz-Briones que lo dejo. Esto no es para mí.

Sin esperar a que respondiera, lo rebasé y rehíce mis pasos de vuelta al ascensor que debía devolverme al mundo exterior, lejos de quimeras y misiones imposibles como las que ese muchacho y Sebastian se habían encomendado a sí mismos. Oleg no protestó al verme partir, y creo que mi determinación le hizo darse cuenta de que no había ningún argumento que pudiera convencerme de seguir a su lado, dejándome la vista en aquel sótano para nada.

No habría tenido ningún sentido.

17

Al salir de la biblioteca, respiré hondo para renovar el viciado contenido de mis pulmones. El olor a papel, tinta y polvo seguía adherido a mi paladar y aún tardaría un buen rato en abandonarme, pero tengo que confesar que no me importó demasiado. Después de tanto tiempo alejada de mi trabajo, había sido reconfortante volver a sentirme en mi elemento.

De forma instintiva, eché un vistazo al banco en el que había visto sentado a aquel muchacho tan desagradable hacía un rato, pero no lo vi. Supuse que se habría marchado a casa o adondequiera que lo estuvieran esperando. Mejor así, me dije. No tenía ganas de volver a enfrentarme a sus miradas amenazantes ni al desprecio que parecía haberle provocado mi presencia.

Eché a andar sin rumbo, demorando el momento de telefonear a Fritz-Briones para comunicarle mi renuncia. Traté de componer mentalmente los argumentos en los que basaría mi decisión: que no veía visos de éxito en aquella empresa; que no tenía nada que hacer en Berlín, rodeada de un arsenal de libros sin dueño y de historias de desaliento y pesimismo; que lamentaba las molestias que hubiera podido causarle.

No era propio de mí darme por vencida con tanta rapidez, pero no veía otra opción. No tenía nada con lo que sustentar la posibilidad de que la biblioteca del abuelo de Fritz-Briones se encontrara allí ni en ningún otro lugar. Habría sido diferente de haber tenido una lista o algo en lo que apoyar mis pesquisas, pero es que además me habían enviado a Berlín con las manos desnudas.

Podría haber llamado a Teresa Solana para preguntarle qué pasos habían dado desde Neoprisa y si tenían algo de información que pudiera ayudarme a cumplir mi cometido, pero eso solo confirmaría lo que ella me había espetado sin el menor pudor en su despacho: que no servía para aquella labor y que mi elección para tomar parte en la investigación había sido un error.

Y, claro, no iba a darle esa satisfacción.

Mientras caminaba, mi mente no dejó de regresar una y otra vez a los sótanos de la Zentral- und Landesbibliothek. Había algo de quijotesco en la labor de Oleg y Sebastian y, sobre todo, en el entusiasmo que derrochaban a manos llenas. Ni siquiera parecía importarles que sus escasos éxitos no fueran más que gotas en el océano, convencidos de que su cometido estaba por encima de tales consideraciones. Eran unos soñadores, lo que no me parecía necesariamente malo. Simplemente, los ensueños suelen nublar la razón y confundir la pasión con la sensatez.

Iba pensando en ello cuando desemboqué en una gran plaza rodeada por edificios de hermosa factura. El más llamativo era un mamotreto tan ancho como la plaza misma, de color terroso y con altas columnas que emulaban un templo griego. En la fachada se podía leer la inscripción Juridische Fakultät, y los ventanales dejaban a la vista una fastuosa biblioteca llena de tomos de vivos colores.

Bebelplatz, decía un cartel.

Me fijé en un grupo de personas que, en el centro de la plaza, tomaban fotografías de algo que había en el suelo. Cuando estuve lo bastante cerca, comprobé que se trataba de una especie de panel de vidrio del que manaba una luz blanquecina que iluminaba los rostros de los turistas que lo rodeaban.

Me acerqué para verlo mejor. Era una ventana practicada en el suelo, tras la cual había una habitación excavada directamente bajo el pavimento. Las paredes de la estancia estaban surcadas por estanterías de un color blanco tan uniforme y luminoso que acentuaba el hecho de que estuvieran vacías.

—Esta obra —oí una voz de hombre— es un homenaje a la quema de libros que los nazis llevaron a cabo en este mismo lugar una noche de mayo de 1933.

El tipo que había dicho aquello se encontraba a mi espalda. Hablaba español con un inconfundible acento argentino. De inmediato experimenté un escalofrío y mi cabeza se encargó de encadenar varias certezas muy poco halagüeñas:

Que alguien me había seguido hasta allí.

Que estaba sola, en una ciudad que no conocía, a merced de un desconocido sin otra cosa que hacer que divertirse un rato conmigo.

Que mi forma física era desastrosa, por lo que, si intentaba echar a correr y perderme por el laberinto de calles adyacentes, no llegaría muy lejos.

Tardé una décima de segundo en pensar todo eso y otra más en decidirme a encarar a ese hombre. No me quedaba más remedio, por mucho que me encontrara en desventaja. Si era rápida conseguiría colocarle un par de golpes, me dije.

Casi esperaba encontrarme con el chico de antes, aquel que iba de negro y me había lanzado aquella ojeada tenebrosa.

No era él.

Eso debería haberme aliviado, pero no fue así. Aquel individuo me sacaba al menos una cabeza, aunque eso no significaba que fuera especialmente alto. Cualquiera me sacaba una cabeza. Portaba un paraguas bajo el brazo, pero lo más llamativo de su aspecto era la gabardina que llevaba abotonada hasta el cuello y el sombrero que le confería el aspecto de un gánster que se hubiera escapado del Nueva York de los años treinta.

Lo reconocí. A él también lo había visto en el exterior de la Zentral- und Landesbibliothek. Su aspecto era demasiado peculiar como para olvidarlo tan fácilmente y me pregunté cuántas probabilidades había de encontrarme con el mismo tipo dos veces en el mismo día en una ciudad como Berlín.

Como si hubiera intuido lo que pensaba, el argentino se llevó una mano al ala de su sombrero y efectuó un gesto a mitad de camino entre la educación y el sarcasmo. Después, utilizó el paraguas para señalar la habitación vacía a nuestros pies.

—Se calcula que unos veinte mil libros ardieron esa noche en este lugar —dijo—. Son exactamente los que caben en esas estanterías.

Disfrazó el comentario de un tono casual, pero estaba demasiado confundida como para valorar su sutileza.

—¿Quién eres? —pregunté a bocajarro—. ¿Qué quieres de mí?

De nuevo un gesto de aceptación. Como si comprendiera mi reticencia e incluso la valorase.

—Quiero que me acompañe, Greta. Hay alguien que desea hablar con usted. Tengo el coche ahí mismo.

Que conociera mi nombre era un factor más que imbuía aquella situación de un halo de irrealidad que comenzaba a sacarme de quicio. Pronunció la propuesta con seguridad, como si no se le ocurriera ningún motivo lógico por el que pudiera resistirme. Me las arreglé para emular su actitud comedida.

—Claro, hombre. No tengo nada mejor que hacer que subirme al coche de un tipo siniestro al que no conozco en una ciudad que no es la mía. ¿Qué podría salir mal?

El argentino dio un paso atrás. Como si, pese a todo, resolviera dejarme algo de espacio para que valorase la cuestión.

Aquel tipejo no me pareció ni mucho menos inofensivo.

Su forma de estar y de mirar eran más elocuentes que cualquier cosa que pudiera decir. Sonreía como un chacal, como si tratara de ganarse mi confianza mientras calculaba cuánto tardaría en devorarme si se empleaba a fondo. Sostenía aquel paraguas con la misma apatía con la que un antidisturbios agarraría la porra.

—Le interesa venir, Greta.

Miré hacia otro lado, como si hubiera comenzado a aburrirme de la conversación y la compañía.

—Lo siento, amigo, pero no voy a ir a ninguna parte con usted. Si tiene algo que decirme, hágalo ahora o lárguese.

Ignoro si conseguí camuflar mi impaciencia, pero al argentino debió de darle lo mismo, ya que su respuesta fue soltar una risita por lo bajo y pasarse la uña del meñique por entre los dientes, como si tratara de extirpar un trozo de carne de su última víctima que se hubiera quedado allí adherido durante el almuerzo. Cuando concluyó la exploración, escupió a un lado.

—Che, linda. Al señor Sarasola no le gusta que lo hagan esperar.

La mención de aquel apellido, esta vez sí, hizo saltar todas las alarmas.

Encantado del efecto de sus palabras, el argentino se alejó sin molestarse en mirar si iba tras él o no. Sabía que no necesitaba hacerlo, lo que resultaba de lo más irritante.

Sarasola. Carlos Sarasola, nada menos.

Mascullé una blasfemia que me hizo ganarme un vistazo reprobador de una pareja de turistas. Observé una vez más aquella habitación construida a mis pies, de estanterías mudas y desprovistas de todo sentido, como si pudiera encontrar en ellas una respuesta a mis dudas.

Después, sin margen ni ganas de hacer otra cosa, eché a andar detrás de aquel hombre.

18

—¡La puta que te remilparió! ¡Quitá de en medio, pelotudo! ¡Pasá, pasá!

Los insultos e imprecaciones salían de la boca del argentino a borbotones. Conducía un anticuado Seat con una agresividad extrema y a todas luces innecesaria. Con las venas del cuello hinchadas como si estuviera a punto de sufrir un ictus, zarandeaba el coche de un lado a otro de la calle, amenazaba con el claxon a cada vehículo y a cada peatón que hacía amago de cruzarse en su camino, y aceleraba ante los semáforos en ámbar como si le fuera la vida en ello.

—¡La concha de tu madre! ¿Es que no ves que tengo preferencia, boludo?

Me agarré al pasamanos, una ilusión de seguridad tan endeble como el propio Seat, que parecía a punto de desmontarse cada vez que aquel tipo hundía el pie en el acelerador y lo obligaba a responder a sus exigencias. Por fortuna, llegamos a nuestro destino antes de llevarnos a nadie por delante. El Seat se detuvo con un derrape excesivo frente a un suntuoso hotel, donde un portero con chaleco y librea observó el vehículo con desagrado.

El argentino bajó del coche y le lanzó las llaves al portero, que las cogió al vuelo.

—Por acá, linda.

El apelativo me cabreó, pero me contuve para no darle el gusto de una réplica sin sentido. Aquel tipo parecía haberse transfigurado, despojado de la agresividad que había derrochado al volante. Me guio hasta la calle adyacente, una amplia avenida con una isleta en el centro. Al fondo se alzaba, solemne, la Puerta de Brandeburgo.

La reconocí por las fotografías que había visto de aquel monumento y que, a decir verdad, no hacían justicia a su tamaño ni a su majestuosidad. Que ya hubiera anochecido realzaba aún más aquella impresión, puesto que la iluminación en tonos dorados la hacía refulgir como si estuviera al rojo vivo.

Reconocí a Sarasola nada más verlo, a pesar de que, al igual que a la Puerta de Brandeburgo, a él también lo había visto solo en fotografías. Permanecía sentado en la terraza de un lujoso restaurante pertrechado con unas gafas de sol incongruentes con la oscuridad que lo rodeaba. Daba tragos a una copa de martini con el meñique alzado, como hacen los aristócratas y los imbéciles.

—Che, jefe. Acá se la traigo.

Sarasola nos observó de reojo. Después de una inspección rápida, se volvió de nuevo hacia el monumento, como si no quisiera perderlo de vista durante demasiado tiempo.

El argentino se colgó el paraguas del brazo y separó una silla de la mesa para invitarme a ocuparla. Harta de su actitud afectada, rechacé el ofrecimiento y me senté en otro lugar. Solo entonces me permití observar al tipo parapetado tras aquellas enormes gafas de sol.

Definitivamente, Teresa Solana no había exagerado al afirmar que había recurrido a algunos de los bibliófilos más reputados del país. No hay muchas celebridades en el mundo de la bibliofilia, pero Carlos Sarasola es sin duda una de ellas. El tipo que daba sorbos a su martini al otro lado de la mesa había intermediado en algunas de las transacciones más sonadas de la última década y en su currículum figuraban hazañas como la venta de una traducción del *Quijote* aparecida en una buhardilla de París y la adquisición de un *Libro de buen amor* para la Biblioteca Nacional. Por sus manos pasaban cada mes más incunables y primeras ediciones de las que yo iba a ver en toda mi vida. Por si fuera poco, en sus ratos libres hacía de agente literario para algunos autores superventas y *youtubers* con aspiraciones literarias, un *hobby* que le reportaba unos beneficios millonarios que engrosaban su ya de por sí abultada cuenta bancaria.

—Tanto gusto, Greta.

Que supiera mi nombre era inaudito. Que además tuviera interés en conocerme resultaba, como poco, difícil de creer. Por eso me costó que mi voz no delatase la excitación que me corroía por dentro.

—Encantada de conocerle, señor Sarasola.

Asintió, «Por supuesto que estás encantada de conocerme». Me quedé esperando a que me invitara a tutearlo. No lo hizo, pero al menos tuvo la deferencia de quitarse las gafas de sol y dejarlas sobre la mesa.

Lo primero que pensé fue que su aspecto no era en absoluto tan impresionante como sus logros. Tenía la espalda estrecha y una barriga prominente, tan hinchada como si estuviera embarazado de ocho meses. Nada en su fisonomía delataba que se tratase del legendario buscador de libros al que todo el mundo veneraba y envidiaba.

—Sé quién eres —dijo—. Sé para quién trabajas y sé lo que has venido a buscar a Berlín.

—Me alegro de que esté tan bien informado.

—En nuestro oficio la información es poder, querida. ¿No estás de acuerdo?

Me sonrojé de forma instantánea. Había dicho «Nuestro oficio», incluyéndome en su misma categoría, lo que resultaba insólito. A pesar de su aspecto ordinario y ciertamente decepcionante, no podía olvidar que me encontraba ante uno de los buscadores de libros más reputados del mundo. Que alguien como él supiera de mi existencia era algo con lo que no habría contado ni en mis sueños húmedos más optimistas.

—También sé lo que sucedió con esa tal señora Sterling. ¿Qué fue de ese Borges?

Acabáramos.

La observación, pronunciada en un tono impostado y pretendidamente casual, barrió cualquier atisbo de orgullo que pudiera haber albergado. Como si me devolviera al mundo terrenal de un empujón taleguero y sucio.

—No lo tengo —dije.

Sarasola prorrumpió en una carcajada tan exagerada que se ganó de inmediato las miradas malhumoradas de varias de las personas que ocupaban las mesas colindantes. Utilizó un pulgar regordete para enjugarse las lágrimas que aquel inesperado acceso de alegría le había provocado. Al hacerlo, dejó entrever el Hublot que lucía en la muñeca, una pieza de al menos un par de kilos cuyo precio habría podido sufragar una expedición de seis personas al centro de la Tierra.

—¿Sabes lo que haría yo? Esperaría.

El rubor alcanzó mis orejas. Las noté ardiendo por la indignación y la vergüenza. Sarasola hizo como que no se daba cuenta y apuró su copa de un trago. Después la alzó y un camarero apareció de la nada para retirarla.

—Hay que esperar a que se asiente la polvareda —explicó—. Ahora mismo, ese Borges es un espécimen raro y muy valioso, pero si desaparece durante el tiempo suficiente se convertirá en algo mitológico. Digamos, por ejemplo, cinco años. Conozco a algunos coleccionistas que, para entonces, se darán de bofetadas por un ejemplar así.

El camarero regresó con un nuevo martini. En cuanto lo tuvo en su poder, Sarasola dio un sorbo apresurado y cerró los ojos de puro deleite.

—Espero que lo tengas a buen recaudo. Hay bancos que disponen de cajas de seguridad que pueden hacerte un apaño, aunque, claro, tienen un coste de mantenimiento bastante elevado.

Alzó la vista, como si acabara de caer en la cuenta de algo.

—Si quieres, podemos llegar a un acuerdo. Puedo guardarte ese ejemplar el tiempo que necesites. Ahora somos amigos, ¿no?

—Ya le he dicho que no lo tengo.

—Ah, claro. Lo olvidé.

Empleó un tono desabrido que dejó dos cosas claras: que creía que mentía y que le parecía bien que lo hiciera. Solo le faltó decir que él habría hecho lo mismo en mi situación.

En ese momento, mi cerebro encadenó varios pensamientos que me permitieron llegar a una serie de conclusiones bastante sorprendentes.

Entre ellas, que Carlos Sarasola era un gilipollas.

Resultaba evidente a primera vista y más obvio a medida que seguía escuchándole. Descubrir que el tipo al que todos en el gremio admirábamos no era más que un fantoche engreído debería haberme decepcionado, pero, curiosamente, no resultó doloroso, sino más bien al contrario. En cierto modo, resultaba liberador saber que uno de los bibliófilos más reputados del mundo no era más que un gordinflón adicto a los martinis y a oírse a sí mismo.

—Esos libros no van a aparecer —aseguró—. Yo lo sé, tú lo sabes y estoy seguro de que, en el fondo, Fritz-Briones también lo sabe.

Lo dijo sin mirarme, como si no necesitara comprobar el efecto de sus palabras para estar seguro de que no se equivocaba.

—Tiene sus motivos, ojo. Su madre debe de estar en el tiempo de descuento. ¿Qué edad tendrá? ¿Cien años? —Arrugó la frente, como si de verdad estuviera tratando de calcularlo—. Entiendo que a ese hombre le haga ilusión que su madre se reúna con esos libros por última vez. Sería como si ajustara cuentas con su pasado antes de morir. Por desgracia, en este oficio los sentimentalismos rara vez sirven para algo más que para estorbar o para incrementar el precio de ciertos artículos.

Esa vez me miró directamente, como si le resultara imprescindible conocer mi opinión al respecto.

—Este asunto no tiene ningún sentido, Greta —insistió—. Esa biblioteca debió de arder durante la guerra. Si queda algún ejemplar, estará perdido en alguna librería de viejo Dios sabe dónde, sin marcas ni ninguna señal que delate su procedencia.

Formuló aquello con tanta seguridad que no pude evitar enfrentarme a la segunda de las conclusiones que desde hacía un rato rondaban por mi cabeza: Sarasola no había prestado demasiada atención al encargo de Teresa Solana y, por extensión, del señor Fritz-Briones. Puede que hubiera llegado a presentarse en la Zentral- und Landesbibliothek para hablar con Sebastian, pero su implicación no habría ido más allá de eso. Debía de haber concluido, al igual que yo, que aquel asunto tenía visos de irresoluble y requeriría de un tiempo y un esfuerzo que resultaría mucho más práctico invertir en otros menesteres.

Pero.

Ese «Pero» mayúsculo, desproporcionado, bastaba para ponerme en alerta ante una certeza inesperada: alguien como Carlos Sarasola debía de tener mejores cosas que hacer que languidecer en Berlín y entrevistarse conmigo.

—Gracias por la charla —dije—, pero tengo cosas que hacer.

Comencé a levantarme. Casi esperaba que Sarasola tratara de retenerme con algún argumento, pero no dio muestras de haberse percatado de que estaba a punto de largarme.

Quien sí se percató fue el argentino.

Noté su manaza en mi hombro, tan firme como si estuviera hecha del mismo material que la Puerta de Brandeburgo. Me empujó hacia abajo sin la menor delicadeza, obligándome a permanecer sentada.

Apreté los dientes y armé los puños. Odio que me toquen. No soporto el contacto físico de nadie, pero mucho menos de un tipo al que no conozco de nada. Sentí el hombro al rojo vivo, y no es solo una forma de hablar. Me volví hacia aquel imbécil con ganas de gritar, de insultarle, de soltarle un puñetazo que mandara su estrafalario sombrero al otro lado de la calle.

El argentino mantuvo el gesto apacible, pero debió de intuir la furia que amenazaba con desbordarme, ya que retrocedió y me apuntó con su paraguas. No sé si trataba de provocarme o más bien de implorarme que me quedara donde me encontraba. Traté de calcular la fuerza que necesitaría para ponerme en pie y lanzarme hacia él sin darle tiempo a reaccionar. Si lo pillaba por sorpresa, podría encajarle un golpe o dos antes de que llegara a alzar la guardia.

Si además conseguía arrebatarle el paraguas, lo utilizaría para apalearlo.

—Por lo que me han contado, eres bastante avispada.

Sarasola soltó aquello con desgana. El halago no acabó con mi crispación, pero me hizo recordar dónde me encontraba y quién era el tipo que tenía al otro lado de la mesa, mirándose las uñas como si acabara de caer en la cuenta de que había dejado pasar demasiado tiempo desde su última sesión de manicura.

—*Resolutiva* fue la palabra que utilizaron —añadió.

Me resistí a mirarle, todavía concentrada en el argentino, que me contemplaba con la mueca burlona de alguien que disfruta humillando a los demás. Sospeché que, con aquel gesto, no había pretendido solo retenerme en mi silla: lo que quería era dejarme claro quién mandaba allí.

Casi me pareció oír la voz de Marla en mi cabeza impeliéndome a serenarme. Me obligué a respirar hondo y volví a centrarme en Sarasola. Esta vez sí, el bibliófilo alzó la vista.

—Bueno, puedes seguir investigando —concedió—. Nadie te lo va a impedir.

—Vaya, gracias por darme permiso.

Ignoró el sarcasmo y señaló a su esbirro con la barbilla.

—Chencho te dará mi tarjeta. Llámame si averiguas algo interesante o si das con alguna pista que pueda llevarnos a algo más grande.

Apuró la copa y la alzó para llamar la atención del camarero. Lo observé hacer mientras trataba de asimilar el mensaje.

—Tómatelo como una oportunidad laboral, Greta. Sé que no pasas por tu mejor momento. Si lo haces bien, te encargaré otros trabajos de mayor calado.

Era inaudito. Jamás había llegado a plantearme que alguien como Carlos Sarasola pudiera requerir mis servicios, aunque se tratase de un encargo tan difuso y abstracto como avisarle si daba con algo interesante.

¿Algo como qué? ¿Qué creía que iba a encontrar?

—Ya puedes irte.

Se colocó las gafas de sol y volvió a perderse en la contemplación de la Puerta de Brandeburgo, como si de esa manera finiquitara la conversación. El camarero lo ratificó al depositar ante él un nuevo martini.

No me gustó verme despachada de esa manera, pero tenía tantas ganas de esfumarme que lo pasé por alto.

Cuando me incorporé, Chencho no trató de impedírmelo. En lugar de eso, extrajo del bolsillo interior de su gabardina una tarjeta y me la tendió. Seguía sonriente, aunque cada vez tenía más claro que aquello no era una sonrisa, en realidad. Era el rictus con el que estaba marcado su rostro, tan imposible de deshacer como una herida mal curada.

El recuerdo de su garra en mi hombro era demasiado sólido como para olvidarlo sin más. Le arrebaté la tarjeta de un tirón.

—No vuelvas a tocarme, desgraciado.

—Che, linda. No saques las uñas aún.

Me obligué a calmarme para no dejar salir la tromba de insultos que tenía preparada desde hacía un rato. Entrar al trapo solo habría empeorado las cosas. En lugar de eso, le di la espalda y me alejé.

Me retiré con la dignidad intacta, o eso quiero pensar. Cuando llegué a la esquina y salí al fin del ángulo de visión de Sarasola y su esbirro, dejé de contenerme y eché a correr, ansiosa por verme al fin lejos de esos dos indeseables.

19

Unos minutos de carrera bastaron para poner en evidencia mi desastrosa forma física. No tuve más remedio que aflojar el ritmo y alternar el trote cochinero con algunas paradas para recuperar el aliento, a pesar de las ganas que tenía de poner tierra de por medio, espoleada por la rabia y el odio hacia ese tal Chencho.

Me hice una promesa: si ese desgraciado volvía a ponerme la mano encima, haría que lo lamentase.

A unos doscientos metros del hotel, descubrí una pequeña librería anclada en la esquina de un edificio de aspecto centenario. No era especialmente bonita, pero ni siquiera me lo pensé y entré.

Desde allí, mientras fingía interesarme por algunos libros, oteé la calle con disimulo a través del escaparate. Esperaba ver aparecer en cualquier momento a Chencho, embutido en aquella gabardina anticuada y tocado con aquel sombrero estrafalario, pero pasaron varios minutos sin que el argentino diera señales de vida. Me costó aceptar que me hubiera permitido marchar sin más, de modo que seguí paseándome de aquí para allá sin dejar de vigilar la calle, de la mesa de novedades a la de libros de bolsillo, y de ahí a una repleta de libros de saldo.

Allí fue donde encontré, camuflado entre un buen montón de ejemplares, uno que me resultó muy familiar. El título, *Das Spiel des Engels*, me llamó la atención, pero no tanto como la portada y el nombre del autor: Carlos Ruiz Zafón. Se trataba de la edición alemana de *El juego del ángel*.

Que hubiera tenido que huir de un individuo siniestro y, casualmente, me hubiera dado de bruces con la traducción al alemán de mi libro de cabecera resultaba, cuando menos, sorprendente. Me costó no tomármelo como una señal, una llamada a la calma de mi subconsciente. Acaricié la portada y dejé vagar mis dedos por las letras en relieve del título y el nombre del autor. Noté cómo me serenaba y mi respiración se acompasaba, al fin.

Sin pensar en lo que hacía, tomé aquel libro y pagué lo que me pidieron por él. Poco importaba que estuviera en alemán, un idioma que me resultaba totalmente ajeno. Aferrada a aquella novela, me sentía como si estuviera en un lugar seguro, en el que nada ni nadie podría hacerme daño. Cuando volví a poner rumbo al hotel, me sentía mucho más serena y ni siquiera me molesté en comprobar si alguien me seguía.

Llegué a mi habitación sin contratiempos, claro.

Dejé el libro sobre la mesita de noche y noté mi teléfono vibrar. Se trataba de un mensaje de Marla.

> ¿Qué tal en el Tanatorio de los Libros Olvidados?

Estaba demasiado cansada como para apreciar su desastroso sentido del humor. Comencé a escribir una respuesta, pero lo pensé mejor y la llamé.

—¿Algo interesante? —respondió.

Oír una voz familiar, aunque fuera al otro lado de la línea, tuvo un efecto reconfortante. Paladeé aquella sensación mientras daba algunos pasos por la habitación y posaba mis dedos, una vez más, sobre la portada de *Das Spiel des Engels*.

—No te vas a creer lo que ha pasado.

Le resumí el encuentro con Sarasola («¿El de verdad?»)

y la tensa conversación que habíamos mantenido («¿Será caradura?»). Preferí no contarle que ese tal Chencho había pensado que era buena idea ponerme la manaza encima, ya que Marla habría sido capaz de plantarse en Berlín en el próximo vuelo para patearle el trasero personalmente.

—Pero no lo entiendo, Greta. ¿Qué es lo que pretende Sarasola que encuentres, exactamente?

—Eso me gustaría saber a mí.

—Bueno, no pierdes nada por hacer algunas averiguaciones. Al fin y al cabo, para eso estás allí, ¿no?

—En realidad, cuando me encontré con ese tipo y me llevó a ver a Sarasola, estaba pensando en llamar a Fritz-Briones y decirle que lo dejaba.

—¿Pero qué dices? ¡Si acabas de llegar!

—Por lo que me han contado los responsables de la biblioteca, los nazis pusieron mucho interés en dispersar los libros que saquearon. Los del abuelo de Fritz-Briones podrían estar en cualquier parte.

—Pero ese *Der Struwwelpeter* apareció allí. ¿Es que eso no significa nada? Puede que alguno de sus hermanos también esté en esa biblioteca.

—Tú no has visto el depósito, Marla. Debe de haber al menos cien mil títulos allá abajo.

—Ya, bueno. En peores agujeros nos hemos metido.

Técnicamente, era yo quien se había metido en cada trastero y cada almacén polvoriento, ya que mi hermana limitaba su ámbito de actuación a la búsqueda de información desde su ordenador, una labor para la que estaba mucho más capacitada que yo.

—Es absurdo —insistí—. Además, no hay ninguna lista de los títulos que tengo que buscar, ni una pista sobre el tipo de obras que coleccionaba ese individuo, ni...

Marla me interrumpió con una carcajada que llenó la línea con un desagradable sonido estático.

—No seas pava, hermanita. Hace un rato te planteabas llamar a Fritz-Briones para decirle que lo dejabas, pero sabes tan bien como yo que en este momento no tienes ninguna intención de hacer esa llamada.

Era verdad, para qué negarlo. Había un motivo de peso para que me resistiera a dejar el trabajo a medias o, más bien, a dejarlo antes de empezar.

—Sarasola cree que hay algo —dije.

La sospecha bastaba. Por mala que fuera la impresión que me había causado, aquel tipo no se habría convertido en uno de los bibliófilos más reputados del mundo de no haber tenido cierto olfato. Si creía que había *algo*, por difuso que fuera aquel concepto, valía la pena investigar un poco más.

—¿Recuerdas lo que te dijo sobre la señora Sterling y el Borges maldito? —preguntó Marla—. ¿Crees que fue solo por hablar de algo? Está convencido de que harías cualquier cosa por ganarte su favor y restaurar tu reputación malherida.

—Es posible.

—Con eso nos basta, ¿verdad?

Pensé en ello mientras me acercaba a la única ventana de la habitación. Los pisos que había al otro lado de la calle se mostraban sin pudor ni persianas que dotaran de un mínimo de intimidad a todos esos hogares. Me entretuve mirando casa por casa antes de desviar la vista hacia la calle, desierta de viandantes a esa hora de la noche.

Y allí, a unos diez metros de la entrada del hotel, había un vehículo de la marca Seat que conocía bastante bien.

—¿Quieres que vaya?

La pregunta me pilló con el paso cambiado. Marla la pronunció con un tono sutil, como si hubiera captado mi desazón a pesar de los kilómetros que nos separaban.

—No te preocupes, lo tengo todo controlado.

Confié en que no notara mi inquietud, pero mi hermana me conocía demasiado bien como para que funcionara.

—No me jodas, Greta: el encuentro con Sarasola te ha puesto de los nervios.

Repetí que no pasaba nada, que no tenía de qué preocuparse, pero al mismo tiempo reparé en que la ventanilla delantera del Seat se encontraba abierta algunos centímetros, lo justo para evitar la condensación en el interior. Me imaginé a Chencho agazapado tras el volante, vigilando la entrada del edificio mientras encadenaba un cigarrillo y el siguiente, tenaz como un puñetero perro de presa.

De manera que, finalmente, sí que me había seguido.

¿Por qué me vigilaba? No había dado con nada que pudiera interesarles, o eso creía. ¿A qué venía ese repentino interés en mí? ¿Qué era lo que Sarasola esperaba que encontrase en los sótanos de la Zentral- und Landesbibliothek?

Aparté aquellos interrogantes y me concentré en elaborar una excusa creíble para tranquilizar a Marla.

—Además, me resulta más útil tenerte ahí, con tus ordenadores a mano.

Exteriorizó un bufido de fastidio, pero no consiguió engañarme: para ella era un alivio no verse obligada a venir. Apenas salía de casa, le daban pánico los aviones y la sola idea de verse lejos de sus pantallas y su mundo virtual bastaba para hacerla temblar.

—Tú misma —respondió—, pero avísame si hay novedades o si ves algo sospechoso. Lo que sea.

—No te preocupes.

—Sí me preocupo. Ya sabes cómo va esto.

Sí que lo sabía. Por si acaso, Marla lo verbalizó para que no me quedara ninguna duda.

—Es la jungla, Greta. Si descubres alguna pista interesante, los indeseables acudirán como los tiburones al olor de la sangre. Y entonces sí que estaremos jodidas.

20

A la mañana siguiente, Oleg llegó al Limbo bien temprano, aunque con mucho gusto se habría quedado en casa ese día. Apenas había podido pegar ojo en toda la noche, demasiado preocupado por el rumbo de los acontecimientos. No podía dejar de pensar en ello, ni de llegar una y otra vez a la misma frustrante conclusión.

La negativa de Greta a ayudarles lo cambiaba todo.

Si bien no había terminado de descartar la posibilidad de que algo así sucediera, tampoco se sentía preparado para asumir sin más aquel imprevisto cambio de las reglas del juego. Sin ella, todo sería infinitamente más complicado. Muchas de las opciones que había pensado explorar se le antojaban ahora inexpugnables. Esa chica no era consciente de su importancia en aquel asunto ni de lo mucho que estaba en juego.

Trató de ahuyentar sus dudas con un ruidoso suspiro y dejó su bolsa en el perchero que había junto a la entrada. Después enfrentó su mirada al Limbo, que lo recibió con su habitual y desolador mutismo, y concluyó que no le quedaba más remedio que sobreponerse, como había hecho siempre.

Se podría decir que esa era su mayor virtud y, al mismo tiempo, su mayor defecto: la capacidad de asumir las decepciones y seguir adelante.

La virtud trocaba en defecto en cuanto que implicaba una especial predisposición a aceptar la derrota. La ayuda de Greta habría sido esencial para llevar su cometido a buen puerto, pero, aun así, iba a dejarla marchar sin pelear. Alguien más audaz se habría negado a este cambio de rumbo y habría insistido hasta encontrar argumentos que pudieran hacer virar su resolución hacia donde más le interesaba.

Pero, claro, tampoco podía contarle *todo* lo que sabía de ella. Eso habría sido un desastre.

Pensó en ello mientras recogía algunos libros de una pila derribada en uno de los pasillos centrales. Desde allí, oyó el sonido de la puerta del Limbo al abrirse, seguido de los pasos de alguien que se adentraba en sus dominios. Probablemente se tratara de Sebastian. La perspectiva de tomar un café con su compañero y charlar un rato le pareció bastante apetecible. Le ayudaría a olvidar su desazón, al menos durante un rato.

Reconstruyó aquella columna de libros y, cuando creyó que aguantarían en aquel precario equilibrio, regresó al lugar en el que había dejado su bolsa. Iba a dar los buenos días al recién llegado cuando reparó en quién era y las palabras se negaron a acudir a sus labios.

Greta se encontraba junto a la entrada. Miraba a su alrededor con aprensión, como si no supiera muy bien cómo había llegado hasta allí ni si era buena idea permanecer mucho tiempo más en aquel lugar. Cuando se fijó en él, no le dedicó un saludo ni un gesto amistoso. Se limitó a observarlo sin más, como si esperase una explicación por su parte.

Oleg tuvo que disimular la llamarada de júbilo que prendió en su pecho, calentó sus huesos y le insufló una inesperada inyección de optimismo.

«Ahora sí —se dijo—. Ya estamos en marcha».

21

Encontré el Limbo sumido en un silencio pesado, casi sólido. La luz blanquecina de las lámparas acariciaba las estanterías como un amanecer artificioso y ramplón. Oleg y yo nos medimos en silencio por espacio de varios segundos. Oí un sonido procedente de uno de los pasillos centrales y, cuando miré, vi que una pila de libros había cedido a la gravedad y los tomos yacían desparramados por el suelo.

—No pensé que fueras a venir —observó—. Como ayer dijiste...

Dejó la frase ahí, tal que si no supiera cómo continuar o, más bien, como si temiera que las palabras equivocadas pudieran hacer que me marchara de nuevo. No me apetecía dar explicaciones, de modo que ignoré el comentario y dejé el abrigo allí mismo, colgado junto a la bolsa de Tintín.

Me interné por el pasillo que tenía más cerca. El olor a piel curtida, tinta y papel viejo arraigó en mis fosas nasales y me transportó a mi propio mundo. Aspiré para llenarme de él y noté cómo me apaciguaba. Me sentía en mi elemento. Nada podía ir mal.

Aún arrastraba el cansancio de la noche que había pasado en vela. Las emociones del día anterior, unidas a la certeza de que el mismísimo Carlos Sarasola iba a estar pendiente de cada paso que diera, me envolvieron en una bruma de escepticismo y nervios que no me dejó pegar ojo. Saber que Chencho, además, se encontraba apostado frente al hotel, atento a mis movimientos, tampoco contribuyó a que me relajara.

Esa mañana, al verme salir del hotel, el argentino descendió de su coche y me dedicó una sonrisa resplandeciente, como si no le importara en absoluto que supiera que me vigilaba. Me obligué a ignorarlo y puse rumbo a la Zentral- und Landesbibliothek. Me siguió a una veintena de metros de distancia, con el paraguas colgado del brazo como una mala imitación de Mary Poppins.

Noté la presencia de Oleg tras de mí. Fingía examinar algunos libros, aunque era evidente que no me quitaba la vista de encima. Supongo que esperaba una explicación de mi súbito cambio de idea, pero no me apetecía dársela en aquel momento. Caminé unos pasos más mientras contemplaba todos aquellos títulos que esperaban sin éxito a que alguien los hiciera despertar. ¿Por dónde empezar? ¿Acaso iba a tener que revisarlos uno a uno, con la esperanza de dar con el exlibris del abuelo de Fritz-Briones o alguna anotación que me empujara en la dirección correcta?

Era una locura. La clase de labor absurda y pesada que no habría aceptado de no haber estado tan necesitada de pasta.

Tomé algunos libros al azar. Las obras completas de Arthur Conan Doyle andaban por allí, así como una colección de fascículos con las novelas ejemplares de Cervantes y varios títulos de filosofía clásica. El reencuentro con aquellos autores era agradable, como quien entra a una fonda y la ve repleta de sus viejos compañeros de armas.

Me despedí temporalmente de ellos y encaré a Oleg.

—Ayer, Sebastian dijo que no era la primera experta que pasaba por aquí.

Se recolocó las gafas y asintió. Fue como si se arremangase antes de acometer una labor física que iba a requerir de toda su energía.

—Ha habido otros antes que tú, Greta. Este asunto llama

la atención de mucha gente, principalmente de especialistas en libros antiguos. Cada cierto tiempo viene alguno, hace preguntas e incluso se ofrece a ayudarnos, como has hecho tú. Por desgracia, las buenas intenciones no tardan en diluirse y esos bibliófilos terminan largándose al darse cuenta de la magnitud de esta tarea y, sobre todo, de la escasa repercusión que obtenemos a cambio.

—Hay alguien que me interesa especialmente. Se llama Carlos Sarasola.

Como ya esperaba, Oleg reconoció aquel nombre sin inmutarse.

—Estuvo aquí solo un día —dijo—, hará unos... tres meses, creo. Puede que cuatro. ¿Lo conoces?

—Más o menos. Es bastante popular.

—No me pareció... ¿Sabes ese tipo de personas que fingen que les caes bien, pero en realidad están tratando de averiguar si pueden utilizarte en su propio beneficio?

—Así que no te pareció trigo limpio. —Al reparar en su gesto de extrañeza, me expliqué—: Significa que no te inspiró confianza.

—Ah, ya. Pues sí, me pareció que no era de fiar, aunque sobre todo me dio la impresión de que era él quien no se fiaba de mí.

No me costó imaginar la actitud de Sarasola. Habría tratado de parecer adecuadamente interesado, ni mucho ni poco, por la labor del departamento. Habría hecho preguntas, aunque la mayoría sin importancia y con el único objetivo de subrayar su curiosidad y ganarse la confianza de Oleg y de Sebastian. Las cuestiones que más le interesaban las habría soltado como por descuido, después de un rato de charla insustancial, para no levantar la liebre y destapar los verdaderos motivos por los que había recalado allí.

¿Pero cuáles eran esos motivos? ¿Qué podía haber llevado a uno de los bibliófilos más reputados del mundo a aquel almacén en el que no había ejemplares raros ni valiosos, sino solo libros viejos y sin dueño?

—¿Te dijo qué buscaba exactamente?

—No. Hizo preguntas, habló con Sebastian y se interesó por la biblioteca del abuelo del señor Fritz-Briones, pero no me dio la impresión de que estuviera verdaderamente interesado en dar con ella, no sé si me entiendes.

En aquel punto, dudó. Lo observé fijamente para dejarle claro que cualquier cosa que pudiera decirme, por extraña que le pareciera, sería bien recibida. Ya me encargaría yo de decidir si valía la pena o no.

—Pasó mucho tiempo aquí abajo.

Evoqué la imagen de Sarasola en aquel sótano. No me había parecido la clase de individuo que habría invertido varias horas de su preciado tiempo en aquel lugar de no haber esperado dar con algo muy concreto.

—¿Y qué hizo?

—Solo pasear de un lado a otro y hojear algunos títulos. De vez en cuando, consultaba unos listados que traía en su iPad.

—¿Unos listados?

—Sí. Le pregunté qué eran, pero no me dejó verlos y respondió con evasivas.

Lo dijo como si se tratara de un detalle sin importancia, pero en su rostro afloró un gesto de contención tan evidente que me recordó al de un crío que ha cometido una trastada de la que se siente especialmente orgulloso.

—¿Tienes idea de qué podían ser esos listados?

Claro que lo sabía. La pregunta era puro trámite.

—Reconocí el sello que aparecía en una de las páginas —dijo—. Ese tipo estaba tan enfrascado examinando un libro tras otro que pude verlo sin que se diera cuenta.

Se le escapó una sonrisa a destiempo, encantado de su astucia. Creo que no se daba cuenta de lo absurdo que resultaba tener que sacarle cada respuesta como si la extrajera del fondo de un pozo.

—¿Y bien?

Retuvo el aire antes de responder y compuso una expresión grave, como quien se prepara para una revelación importante, algo que lo cambiará todo.

—Era el sello de la Biblioteca de la Comunidad Judía de Roma.

22

—En septiembre de 1943 —comenzó a relatar—, dos hombres del ERR visitaron la sinagoga de Lungotevere De' Cenci, en Roma, donde se encontraban las dos bibliotecas judías más importantes del país: la Biblioteca del Collegio Rabbinico y la Biblioteca de la Comunidad Judía. Unas semanas más tarde, los nazis enviaron dos grandes trenes y los llenaron con el contenido de ambas colecciones.

Seguí a Oleg hasta un anaquel cercano, de donde extrajo un grueso álbum de fotos. Cuando lo abrió, salió a nuestro encuentro una fotografía en blanco y negro en la que aparecían un hombre y una mujer junto a una montaña de libros de unos dos metros de altura. El uniforme de aquel tipo y, sobre todo, el brazalete con la esvástica que llevaba bien a la vista dejaban pocas dudas sobre su cometido.

—En marzo de 1947, tras la caída de Alemania, la Biblioteca del Collegio Rabbinico fue devuelta, aunque estaba incompleta. Se cree que los títulos que faltaban fueron destruidos en algún bombardeo.

—¿Y la otra biblioteca?

La sonrisa que asomó al rostro de Oleg reveló su satisfacción. Era justo la pregunta que esperaba.

—De eso se trata, Greta: dos bibliotecas salieron de Roma, pero solo una de ellas regresó. La Biblioteca de la Comunidad Judía se perdió por el camino.

La revelación me dejó perpleja. Sin darme tiempo a recomponerme, Oleg pasó a la siguiente página. Una nueva fotografía mostraba varias columnas de libros apiladas contra la pared. Bien podían ser los ejemplares que aparecían en la instantánea anterior, ya clasificados y ordenados.

—Como te dije, el saqueo nazi no se limitó a Alemania. Allá donde había presencia judía, Alfred Rosenberg enviaba a sus hombres para que identificaran las colecciones y bibliotecas susceptibles de ser expropiadas por su importancia o significado.

Siguió pasando páginas y se detuvo en una imagen que me impactó especialmente. Mostraba un muro medio derruido, en cuyo interior alguien había introducido una enorme colección de libros, alineados de manera que abultaran lo menos posible. Alguien debía de haber ocultado aquellos ejemplares en el hueco del muro para preservarlos de los saqueadores.

—Esta es también la historia de los hombres y las mujeres que arriesgaron su vida para salvar cada biblioteca del expolio al que las sometió el ERR. En Ámsterdam, por ejemplo, un grupo de voluntarios envió obras de arte al búnker del Rijksmuseum, bajo la arena de la costa. El envío incluyó cinco cajones con libros, entre los que había unos sesenta manuscritos del siglo XVII y ocho incunables.

Oleg soltaba aquellas cifras sin pestañear, como si las tuviera interiorizadas y bien aprendidas.

—Hablábamos de Sarasola —le recordé—. De unos listados que consultó mientras inspeccionaba este lugar.

Lejos de molestarse, Oleg se hizo cargo de mi impaciencia y dejó el álbum de fotos a un lado. Tomó una carpeta, extrajo de ella un legajo de documentación y me lo tendió. La primera página lucía el membrete del Governo Italiano y un sello con inscripciones hebreas.

—En 2002 —explicó—, el Gobierno italiano creó una comisión de trabajo con el objetivo de investigar el robo de ambas bibliotecas y, sobre todo, de tratar de descubrir el paradero de la Biblioteca de la Comunidad Judía. Se sabe que cuando fue saqueada constaba de unos siete mil libros, entre los que se incluían un gran número de incunables de impresores italianos. También había manuscritos de la Edad Media, tratados sobre astronomía y botánica, un incunable portugués de 1494 y muchos ejemplares raros adquiridos por los judíos sefardíes en España.

Hice un cálculo rápido del valor que alcanzaría esa biblioteca si algún día daban con ella. El término *incalculable* se inventó para casos como aquel. Pasé algunas páginas del informe y lo leí en diagonal para hacerme una idea de su contenido, pero Oleg se me adelantó.

—Después de varios años de trabajo, la comisión concluyó que ambas bibliotecas fueron enviadas a Alemania en sendos trenes en 1943, pero tomaron rutas diferentes. El segundo tren, que probablemente contenía la Biblioteca de la Comunidad Judía, nunca llegó a su destino.

Encontré ese párrafo concreto hacia el final del informe, en las conclusiones.

—Tal vez fue destruido en algún bombardeo —señalé.

—Los investigadores descartaron esa posibilidad.

Oleg sostenía una expresión de suficiencia, orgulloso de tener una respuesta a cada duda que le planteaba. Empezaba a sospechar, o más bien a temer, lo que el bibliotecario barruntaba. Detrás de toda aquella dedicación y de la vehemencia con la que hablaba del ERR y de los libros robados, debía de subyacer un interés que iba más allá de la mera restitución de aquellos ejemplares a sus legítimos dueños.

—Crees que esa biblioteca existe, ¿verdad?

Reaccionó a la pregunta abriendo mucho los ojos. Como si le sorprendiera que, después de todo lo que me había contado, aún dudase de él.

Casi me lo creo.

En otro momento de mi vida, tal vez me habría visto reflejada en el ímpetu y el ardor de ese joven bibliotecario, pero los años y la experiencia habían contribuido a templar mis ánimos. En este oficio no existen los milagros, y los tesoros escondidos son cada vez más escasos. Es casi imposible encontrar un libro raro que, además, haya pasado desapercibido a lo largo de los años tras la inspección de decenas de libreros y bibliotecarios. Y no digamos ya una biblioteca entera.

Sin embargo, había un nombre propio en el otro lado de la balanza que me impedía despachar aquel asunto con tanta ligereza: Carlos Sarasola.

Su presencia en Berlín era bastante reveladora. No habría mostrado tanto interés de no haber sospechado que pudiera existir realmente esa cueva de Alí Babá repleta de tesoros literarios. Su hallazgo se convertiría en una leyenda, una de esas historias que los bibliófilos se cuentan unos a otros para ensalzar el oficio. Sarasola no habría llegado a ser quien era de no haber tenido olfato para triunfar allí donde otros se habían dado por vencidos.

—¿Existe un catálogo? —quise saber—. Me dijiste que Sarasola consultó unos listados con el sello de la biblioteca.

—Lo único que existe es una recopilación de las obras más notables, aunque no es muy fiable. La realizó un tipo llamado Isaiah Sonne en 1935.

Iba a preguntar por ese catálogo, pero me detuve al darme cuenta de lo que hacía: de manera inconsciente, había comenzado a pensar en la mejor forma de rastrear esa biblioteca perdida.

No podía permitírmelo. Aquello era un disparate, una fantasía diseñada para embaucar a los bibliófilos más crédulos.

—Hace casi ochenta años, Oleg. Es muy poco probable que la biblioteca haya pasado desapercibida durante tanto tiempo.

—Sí..., a no ser que alguien haya hecho un esfuerzo consciente por esconderla.

Bajó la mirada, como si lamentara haberse dejado llevar por su ímpetu. Vislumbré adónde quería llegar, lo que no resultaba precisamente reconfortante.

—Crees que alguien se encargó de que esa biblioteca no llegara a su destino.

Oleg no dijo nada. Se limitó a mirar para otro lado, como si bastara con eso para que me olvidara de él.

Aproveché su mutismo para seguir desliando la madeja de acontecimientos que tanto parecía fascinar a aquel muchacho. Por fin comenzaba a comprender qué era lo que movía sus actos y, sobre todo, cuál era el auténtico motivo por el que Oleg se había convertido en un experto en libros saqueados.

—Piensas que alguien escondió la biblioteca y se hizo con ella después de la guerra —sentencié.

Sonó como una acusación. Oleg se quitó las gafas y las limpió con el faldón de su camiseta. Cuando se dio por satisfecho, se las volvió a poner y me observó con renuencia. Era evidente que no iba a darme una respuesta más concreta que aquel gesto.

—¿Acaso tienes alguna prueba, Oleg?

—La prueba es ese informe. —Señaló la documentación—. Los expertos aseguran que la Biblioteca de la Comunidad Judía nunca llegó a Berlín, pero tampoco fue destruida. Eso solo deja una opción posible: alguien escondió todos esos libros y los recuperó cuando las cosas se calmaron.

—Hablamos de siete mil ejemplares, tío. No es como esconder un cofre del tesoro. ¿Quién podría tener la paciencia y, sobre todo, los medios para hacer algo así?

Como si hubiera estado esperando aquel momento y aquella pregunta, Oleg volvió a tomar el álbum de fotos y pasó varias páginas con rapidez en busca de una fotografía en concreto. Mientras lo hacía, me pareció detectar un atisbo de emoción agazapado en sus facciones.

Cuando dio con lo que buscaba, volteó el álbum en mi dirección para que pudiera verlo bien. La instantánea mostraba a tres individuos uniformados que posaban ante la cámara con aire marcial.

—Se me ocurren varios nombres —dijo.

23

La fotografía era antigua y tenía mucho grano, pero los rostros de aquellos tres individuos se apreciaban con bastante nitidez. Se encontraban frente a un edificio de ladrillo visto y llevaban los consabidos brazaletes con la esvástica que identificaban sus convicciones de forma inequívoca.

—Esta fotografía fue tomada en Italia —dijo Oleg—. Estos hombres fueron los encargados de inspeccionar las bibliotecas de la sinagoga de Lungotevere De' Cenci, de interrogar a los bibliotecarios y, en última instancia, de organizar el traslado de ambas colecciones a Alemania. Alfred Rosenberg es el del centro.

Después de varios días oyendo hablar de Rosenberg, me resultó cuando menos curioso ponerle cara. El líder del grupo posaba con la barbilla ligeramente alzada, remarcando su liderazgo. Tenía los brazos cruzados a la espalda y una expresión desafiante. Como si verse en aquel lugar, uniformado y flanqueado por sus hombres más capaces, le insuflara una descomunal inyección de confianza en sí mismo. Lucía un peinado anticuado con una raya a un lado tan marcada que no hacía sino acentuar sus prominentes entradas.

—¿Acaso crees que uno de los miembros de este grupo de expertos mintió a sus jefes y escondió la Biblioteca de la Comunidad Judía?

—Rosenberg escogía personalmente a los hombres que formaban parte del ERR. —Oleg prosiguió como si no hubiera oído la pregunta—. Era su caballo de Troya, el proyecto de su vida, y no confiaba en cualquiera. Johannes Pohl, por ejemplo, era bibliotecario antes de la guerra.

Señaló al tipo situado a la izquierda de Rosenberg. Tenía el aspecto de un funcionario gris sin mayores preocupaciones en la vida que hacer su trabajo de la manera más cómoda y eficaz posible.

—Y, antes de ser bibliotecario, fue sacerdote —añadió—. Se podría decir que se convirtió al nazismo. Técnicamente, fue la mano ejecutora de Rosenberg. Se sabe que estuvo en Holanda, Italia, Grecia y Polonia, catalogando bibliotecas y examinando colecciones privadas para el ERR. Era quien decidía cuáles debían saquear y cuáles no merecían otro destino que ser destruidas.

—Mucha responsabilidad para un simple bibliotecario.

—Rosenberg confiaba ciegamente en él. Es una paradoja, ya que, en los juicios de Núremberg, los detallados informes de Pohl fueron decisivos para condenarle.

Observé de nuevo el rostro de aquel individuo. Traté de imaginármelo en medio de una ciudad en ruinas, interrogando a bibliotecarios y decidiendo sobre las colecciones de unos y otros con total impunidad.

—Por contra, Johannes Pohl nunca fue condenado. Encontró trabajo en una editorial y vivió el resto de sus días con relativa calma.

—¿Cómo es posible? Si era un miembro destacado del ERR, ¿cómo es que no lo condenaron?

—Debes entender algo, Greta: cuando acabó la guerra, la reconstrucción de Alemania se convirtió en el objetivo prioritario de los aliados. Había mucha prisa por dejar a un lado sus diferencias y centrarse en el nuevo enemigo que venía del este. Los principales líderes del Tercer Reich fueron juzgados y condenados a toda prisa, pero la justicia no fue mucho más lejos. Trata de imaginar una red de pesca diseñada para atrapar a los peces más grandes, pero con rendijas que dejan escapar a los más pequeños. Muchos funcionarios que, como Pohl, habían participado de forma activa en las atrocidades que se cometieron durante la guerra regresaron a sus puestos de trabajo y retomaron sus vidas justo donde las habían dejado. El mantra «Solo cumplía órdenes» se convirtió en el santo y seña de todos esos tipos. De repente, dio la impresión de que nunca hubo nazis en Alemania.

No podía creer lo que oía. Como todo el mundo, había oído historias acerca de criminales nazis que habían conseguido escapar de la justicia refugiándose en otros países y cambiando de identidad. Lo que nunca habría imaginado es que se hubiera hecho un esfuerzo consciente por que salieran impunes de sus delitos.

—En realidad —continuó—, un gran número de nazis fueron capturados muchos años después de que terminara el conflicto, sobre todo a través de iniciativas privadas. Supongo que te sonará la historia de Simon Wiesenthal.

Sí que me sonaba. Había oído hablar de aquel popular cazador de nazis, antiguo prisionero del campo de concentración de Mauthausen, que capturó a más de mil cien criminales de guerra y los llevó ante la justicia. Su vida ha inspirado docenas de novelas y películas.

—Y este —señaló al hombre que permanecía al otro lado de Rosenberg— es Hermann Herbst.

El aludido lucía una mirada empequeñecida tras los cristales de unas gafas redondas y menudas. Tenía la barbilla algo retraída y un rostro vivamente infantil desmentido por un bigotillo poco poblado, que parecía haber sido puesto ahí para que nadie lo confundiera con un crío.

—Herbst y Pohl eran uña y carne. Trabajaron juntos en la Biblioteca Estatal de Prusia antes de la guerra y Rosenberg los fichó casi al mismo tiempo. En noviembre de 1943, fueron enviados a Italia para inspeccionar las dos bibliotecas.

—Y, según tú, uno de estos tipos pudo haber ocultado la Biblioteca de la Comunidad Judía con la intención de hacerse con ella después de la guerra.

Traté de que mi voz no reflejase el escepticismo que me despertaba aquella idea, pero no debí de conseguirlo, ya que Oleg se sonrojó ligeramente.

—No es tan descabellado, Greta. Johannes Pohl, por ejemplo, es un buen candidato. Era un experto bibliófilo que además sabía valorar cada colección que visitaba. Sin duda, la Biblioteca de la Comunidad Judía le habría parecido extraordinaria y muy valiosa. El hecho de que finalmente no fuera condenado ni perseguido por sus actos sugiere que, a diferencia de su jefe, no era un nazi convencido, sino un tipo pragmático. Murió en 1960, en Wiesbaden.

—¿Qué hay de Herbst? —Señalé al tipo de las gafitas.

—Apenas hay información sobre él. Se sabe que gozaba de la confianza de Rosenberg y que iba a todas partes con Pohl. Estaba especializado en literatura española del siglo XVIII. Se le perdió la pista hacia 1969.

El detalle me hizo recelar. Oleg no había dudado al citar el año de defunción de Johannes Pohl ni de Rosenberg.

—¿Qué diablos quiere decir eso de «se le perdió la pista»?

—Vivió una temporada en Berlín y se cree que después se trasladó al sur de Polonia. —Lo dijo con apatía, como si no le diera demasiada importancia—. Ya te he dicho que fue una época confusa. Muchos ciudadanos alemanes se fugaron en cuanto pudieron en busca de un futuro mejor. Es probable que Herbst fuera uno de tantos que prefirió emigrar en lugar de quedarse a reconstruir el país.

Examiné de nuevo las facciones de aquel individuo. Decididamente, Herbst parecía el tipo de persona que ponía tierra de por medio en cuanto olía problemas, aunque era bastante injusto deducirlo a partir de una simple fotografía.

Moví la cabeza de un lado al otro para deshacerme de mis últimas reservas. Ya me había dejado llevar lo suficiente y me apresuré a cortar el entusiasmo de Oleg de raíz.

—Estoy aquí por la biblioteca del abuelo del señor Fritz-Briones.

El bibliotecario contrajo el rostro, como si hubiera encajado un puñetazo en el estómago. No me sentí mal por devolverle a la realidad de una manera tan brusca. Cuanto antes dejara de alimentar sus fantasías, antes encontraría algo productivo que hacer con su vida.

Sin embargo, no pensaba dejarlo ahí y sacó pecho como si hubiera recibido un soplo de inspiración divina.

—Esto va más allá de la desaparición de la Biblioteca de la Comunidad Judía, Greta. ¿Te has dado cuenta de que no hay obras valiosas aquí?

Fui a responder, pero ni siquiera me dejó intentarlo.

—Los ejemplares más valiosos eran objeto de disputa entre el ERR y la RSHA, controlada por Himmler. Ambas organizaciones estaban llenas de carroñeros que no querían otra cosa que aprovechar su posición para enriquecerse. Sabían que la guerra terminaría antes o después y debían asegurarse unos buenos ahorros para cuando eso sucediera. Estoy seguro de que el ladrón de libros no solo escondió la Biblioteca de la Comunidad Judía de Roma, sino que además se hizo con un buen botín, los mejores libros de cada colección que caía en sus manos.

—Oh, mierda.

—¿Qué pasa?

—Que has dicho «el ladrón de libros». Que le has puesto nombre, Oleg. Que te crees a pies juntillas toda esa historia.

Hizo un gesto de extrañeza, como si no comprendiera adónde quería llegar, pero me pareció bastante evidente lo que sucedía. El bibliotecario perseguía castillos en el aire y ajustaba sus argumentos en función de lo que quería creer.

Lo había visto antes.

La mera idea de que existiera un individuo capaz de esconder las obras más valiosas de cada biblioteca para hacerse con ellas después de la contienda no solo resultaba difícil de creer, sino que además implicaba la existencia de una colección secreta con tintes de leyenda.

Y, claro, yo hacía tiempo que había dejado de creer en leyendas. Perseguir quimeras solía reportar muchos más problemas que satisfacciones.

—Es absurdo —respondí.

Oleg hizo un gesto de camaradería. Lejos de desanimarle, mi escepticismo parecía darle fuerzas para seguir creyendo.

Tengo que reconocer que su entusiasmo resultaba contagioso. Me hizo recordar que yo también fui una vez una bibliófila apasionada y que se emocionaba mucho más de la cuenta ante la mera sospecha de haber dado con una pista que creía importante. El tiempo y la realidad habían disipado ese fervor y lo habían sustituido por una serena cautela ante la certeza de que las cosas nunca son tan fascinantes. Es mejor vivir con los pies en la tierra que perder el tiempo soñando con tesoros escondidos.

—Absurdo —repetí—. Imaginar bibliotecas perdidas y bibliotecarios codiciosos que esconden incunables y ediciones príncipe es pasarse de la raya. Es muy difícil que esos libros, de seguir existiendo, hayan pasado desapercibidos durante tanto tiempo.

Oleg fue a protestar, pero desechó el primer argumento que se le pasó por la cabeza, y probablemente también el segundo. Materializó el tercero sin ganas, como si se limitara a señalar un hecho objetivo.

—Sebastian piensa como tú.

Un tipo listo, ese Sebastian, pensé.

24

Sebastian no había visto a Oleg en toda la mañana. Supuso que estaría en el Limbo, donde solía pasar la mayor parte de la jornada, aunque era raro que no hubiera subido ni siquiera para saludar.

Tampoco había visto a esa chica, Greta. ¿Estaría con él? ¿O habría desistido en su misión antes de comenzar?

Tanto daba. Había accedido a atenderla por educación, pero dudaba que fuera capaz de asumir la investigación que le habían encomendado. Como le dijo a aquel otro tipo, el señor Sarasola, los libros del abuelo de Fritz-Briones podían estar en cualquier parte.

No obstante, si alguien podía dar con ellos, sin duda era Oleg. El joven compensaba su falta de formación con una entrega rayana en la obsesión. Era capaz de pasar días enteros en aquel sótano polvoriento, revisando todas aquellas obras en busca de anotaciones, marcas o detalles que delatasen su procedencia. De todos los colaboradores que habían pasado por allí, pocos habían demostrado tanta iniciativa y coraje ante una tarea tan ingrata.

Aún recordaba el día que lo vio aparecer por el departamento. Sebastian encontró a aquel muchacho flacucho y algo retraído esperándole a la puerta de su despacho. Oleg se presentó, se deshizo en palabras elogiosas sobre la labor que realizaban allí y declaró que quería formar parte del equipo. Ni siquiera se amilanó cuando Sebastian le dijo que no podían contratarle y que lo único que podían ofrecerle era un puesto como voluntario.

Para su alegría, aceptó en el acto.

Sebastian contaba con que al cabo de dos semanas, o tres como mucho, se aburriría y los dejaría tirados, pero de eso hacía ya casi dos años. Oleg se reveló como un colaborador avispado y muy capaz, absorbía la información con facilidad y se aplicaba con vehemencia a pesar de los reveses y los callejones sin salida que abundaban en su cometido.

Sin embargo, había un interés oculto en tanto fervor. El propio Oleg se lo confirmó una mañana, cuando se le escapó el verdadero propósito de su presencia allí: pretendía encontrar alguna pista sobre el paradero de la Biblioteca de la Comunidad Judía de Roma, un enigma que llegó hasta él por casualidad y que se había empeñado en descifrar.

Por improbable que fuera alcanzar algún éxito en semejante empresa, a Sebastian tampoco le pareció una mala motivación. Si al menos servía para que aguzara sus sentidos y se aplicara con denuedo a su tarea, que así fuera.

El sonido de una alerta en su ordenador lo sacó de su ensimismamiento: acababa de recibir un correo.

Dejó el ejemplar que inspeccionaba en aquel momento, una vieja edición de *Das neue Palästina* que había pertenecido a un tipo de Hammerstein llamado Louis Sachs. Abrió la aplicación de correo electrónico y, cuando leyó quién era el remitente, notó una inesperada y agradable inyección de optimismo.

De: J.Szpilman.Cia@aol.de

A: Sebastian.Finsterwalder@zlb.de

Querido Sebastian:

Mis pesquisas han dado resultado. He encontrado a un hombre en Burdeos que conoció a mi padre. Según me ha contado, pasaron algún tiempo juntos en el campo de concentración de Dachau. El tipo tiene casi cien años, pero recuerda con una precisión sorprendente todos los detalles de su cautiverio y de las personas con las que compartió aquellos años terribles.

Gracias por ponerme sobre la pista.

Esta tarde iré a Berlín para visitar a mi hija. Llegaré a la estación a mediodía e iré directamente a casa de mi yerno. Terminaré tarde, pero si le apetece y no tiene nada mejor que hacer, me gustaría invitarle a una cerveza para contarle más y darle las gracias en persona.

Si pudiera traer el *Fausto*, aunque sea para verlo mejor, se lo agradecería mucho.

Abrazos!!!

J. Szpilman

La sensación de nerviosismo se acentuó cuando supo que iba a tener la oportunidad de conocer a Szpilman en persona, al fin.

Y todo gracias a un libro.

J. Szpilman se había puesto en contacto con Sebastian hacía varias semanas para interesarse por un tomo que acababa de subir a la base de datos del departamento. Se trataba de un ejemplar del *Fausto*, de Goethe, con algunas marcas de desgaste y en cuya primera página, además de un sello de la Gestapo, había una críptica inscripción en una esquina: «SZPLMN».

Aquel individuo fue muy cortés y le transmitió a Sebastian la sospecha de que aquellas letras sin sentido aparente eran un monograma del apellido de su padre, al que no llegó a conocer, ya que fue deportado cuando su madre estaba embarazada de él en 1941.

Con más de ochenta años, y tras un chequeo médico rutinario que había derivado en una andanada de malas noticias, Szpilman había decidido emplear sus últimos meses de vida en averiguar todo lo que pudiera sobre su padre. En sus correos, derrochaba una educación y un entusiasmo que a Sebastian siempre lo emocionaban. Aquel hombre se había embarcado en una carrera contrarreloj que sabía que iba a perder, pero eso no le restaba ni un ápice de determinación, lo que no dejaba de ser admirable.

Sebastian no tenía nada claro que aquel ejemplar hubiera pertenecido al padre de Szpilman, pero aun así se había empleado a fondo para encontrar alguna pista sobre aquel apellido. Su posición en la biblioteca le facilitaba el acceso a recursos y a bases de datos con los que investigar de manera rápida y efectiva. Eso le permitió descubrir que un tal Radovic Szpilman había sido prisionero en Dachau en unas fechas que cuadraban con lo que andaba buscando.

Le suministró la información a Szpilman, no sin antes advertirle que era solo una teoría y que no se hiciera muchas ilusiones. Que el anciano hubiera sido capaz de encontrar a un superviviente de aquel campo de concentración, que este además hubiera coincidido con su padre y que pudiera recordarlo era una sucesión de casualidades que demostraba hasta qué punto la tenacidad es capaz de obrar milagros.

Se apresuró a responder.

De: Sebastian.Finsterwalder@zlb.de

A: J.Szpilman.Cia@aol.de

Querido amigo:

¡Cuánto me alegro de que haya conseguido dar con esa pista! Celebro que haya logrado al fin algo de información sobre el paradero de su padre. Si quiere, puedo investigar un poco más y tratar de dar con más personas que pudieran haber coincidido con ellos en Dachau.

¿Hasta cuándo se quedará en Berlín? Estaré encantado de tomarme esa cerveza con usted, pero hoy acabaré tarde. Tal vez sería preferible vernos mañana para almorzar. Si le apetece, puede venir a la biblioteca y le enseñaré cómo hacemos nuestro trabajo.

Un saludo,

Sebastian

Envió el mensaje y confió en no haber resultado demasiado condescendiente. No podía sustraerse al hecho de que hablaba con un hombre de ochenta años con una salud bastante delicada. Szpilman decía vivir en un pueblo a unos sesenta kilómetros de Berlín, lo que no era una distancia tan larga como para resultar un viaje fatigoso, pero ya le había comentado alguna vez que debido a su enfermedad apenas salía de casa.

Esperó la respuesta tamborileando con los dedos sobre la mesa, un gesto que no pasó desapercibido a su compañera Barbara, que lo observó desde el otro lado del escritorio.

—¿Buenas noticias?

—Más o menos —respondió—. Un tipo que preguntó por el *Fausto* dice que tiene nueva información. Puede que estemos ante un posible *match*.

No se sintió culpable por mentir a su compañera. Si le contaba que llevaba semanas intercambiando correos con aquel hombre y que se había tomado el asunto como algo personal, seguramente le diría lo que ambos ya sabían: que la labor del departamento ya era lo bastante ingrata de por sí como para encima dejar que sus sentimientos interfirieran.

Además, no solo había empleado los recursos de la biblioteca y se había aprovechado de su posición como investigador para conseguir información, sino que además se la había transmitido a aquel hombre sin esperar la autorización pertinente. Nunca se saltaba las normas, pero se dijo que valía la pena hacer una excepción. ¿Qué importaba si lo pillaban? El grave problema de salud de Szpilman había puesto en marcha una funesta cuenta atrás que subrayaba la urgencia de aquel asunto. No le importaría recibir una amonestación si a cambio conseguía ayudarle a dar con lo que buscaba.

Barbara lo contempló con desconfianza, como si intuyera que había algo que fallaba en su razonamiento, pero no dijo nada y Sebastian se alegró de que fuera tan prudente. Nunca se le había dado bien mentir.

El mensaje de Szpilman llegó en ese momento.

De: J.Szpilman.Cia@aol.de

A: Sebastian.Finsterwalder@zlb.de

Querido Sebastian:

Mañana saldré muy temprano de vuelta a casa. ¡Nuestro encuentro será hoy o nunca!

Bromas aparte, si está ocupado, lo entenderé.

Abrazos!!!

No tenía mucho margen de maniobra, de modo que respondió que sí, que esa misma tarde podría escaparse para tomar una cerveza con él y que le dijera dónde le venía bien, a ser posible cerca del domicilio de su hija para que no tuviera que caminar demasiado.

Respondió apenas un minuto más tarde.

De: J.Szpilman.Cia@aol.de

A: Sebastian.Finsterwalder@zlb.de

A las 22.00 en Rotbart, en Böhmische Str. 43.

No olvides el *Fausto*.

Abrazos!!!

El mensaje era críptico, típico de alguien que no tiene tiempo que perder. Aquel «No olvides el *Fausto*» sonaba perentorio. Que además le hubiera apeado el tratamiento, probablemente de manera fortuita, delataba lo mucho que le entusiasmaba aquel encuentro.

Sebastian miró de reojo la estantería que tenía a su espalda. Guardaba el ejemplar de *Fausto* allí mismo. Estaba prohibido sacar aquellos títulos de la biblioteca, pero nadie se daría cuenta si rompía las reglas por una vez. Barbara terminaría su jornada al cabo de un par de horas y se quedaría solo. Podría tomar el *Fausto*, llevárselo a Szpilman para que lo viera y volver a traerlo a la mañana siguiente, sin mayores consecuencias. Ya le había explicado al anciano que, como dictaba el protocolo, no podía entregarle el libro hasta que no quedara la menor duda de que había pertenecido a su padre, y en aquel momento no había ninguna pista que apuntara en esa dirección. No obstante, no le pareció que hubiera nada de malo en mostrarle el libro que había dado inicio de manera fortuita, o casi, a sus pesquisas en pos de la verdad.

Barbara volvió a mirarle y Sebastian supo que había vuelto a sonreír de manera inconsciente. Para disimular, cogió de nuevo el ejemplar de *Das neue Palästina* y fingió seguir trabajando.

25

Una vez agotados los argumentos para tratar de convencerme de su teoría, Oleg claudicó. Parecía turbado, avergonzado de que los verdaderos motivos por los que estaba allí hubieran quedado expuestos, pero sobre todo parecía incapaz de asumir que no compartiera sus sospechas acerca de la existencia de esa biblioteca perdida.

El Limbo se llenó de un silencio denso y lleno de aristas.

Por deferencia, y por cubrir todas las posibilidades, dediqué unos minutos a la lectura del informe de la comisión que investigó la desaparición de la Biblioteca de la Comunidad Judía de Roma para el Gobierno de Italia. Las conclusiones de los investigadores eran bastante exactas, al menos hasta el momento en el que admitían que no tenían ni idea de dónde podía estar la colección perdida. El informe señalaba que Silesia era una de las opciones más probables como destino final de la biblioteca. Insinuaba que los libros podían encontrarse en algún lugar al sur de Polonia mientras el Gobierno de ese país, poco interesado en su restitución, miraba para otro lado.

Tenía que reconocer que la historia era fascinante. La idea de una biblioteca perdida que había permanecido oculta durante décadas era lo suficientemente atractiva como para que mi instinto de buscadora se pusiera en marcha, a pesar de que no se trataba más que de una posibilidad remota y de que las sospechas de Oleg no tenían ninguna base sólida sobre la que asentarse. Además, ni siquiera había un listado o un catálogo que aventurase la composición de esa biblioteca.

Eso me dio una idea. Me volví hacia Oleg, que seguía enfrascado en la lectura de un grueso tomo de jardinería con el rostro enfurruñado.

—¿Hubo algún testigo del saqueo de esa biblioteca?

Me observó por encima de la montura de sus gafas. Se tomó su tiempo, como si se estuviera planteando hasta dónde sería prudente contarme.

—Bueno, también hubo héroes en Roma.

—¿A qué te refieres?

Ahogó un suspiro y dejó el tomo de jardinería a un lado. Creo que fue un gesto más teatral que otra cosa: debía de estar encantado de tener a alguien a quien poner al tanto de sus averiguaciones.

—El día antes de que el tren partiera de Roma con aquel cargamento de libros —relató—, la secretaria de la sinagoga, Rosina Sorani, junto con varios de sus compañeros, arriesgaron sus vidas tratando de poner los objetos más valiosos a salvo.

No pude dejar de admirar el coraje de aquel grupo de bibliotecarios. Que, en medio de un país en guerra e invadido por el enemigo, esos hombres y mujeres hubieran tenido el coraje de poner en juego su integridad para salvar una biblioteca era una manera de actuar audaz aunque, al mismo tiempo, bastante temeraria. He visto de todo, lo que me ha vacunado contra ese tipo de melancolía. Ningún libro, por muy especial que sea, merece arriesgar una sola vida por él.

—De ese grupo de trabajadores —continuó—, solo he conseguido dar con una mujer. Se llama Filipa Dicenti. Era una adolescente cuando sucedió aquello.

—Debe de ser una anciana.

—Tiene más de noventa años. Está internada en un geriátrico a las afueras de Roma. He intentado ponerme en contacto con ella un par de veces, sin éxito.

—Esa mujer debe de tener mejores cosas que hacer que atenderte, Oleg.

—Estoy seguro de que alguien que arriesgó su vida para salvar la Biblioteca de la Comunidad Judía tendrá mucho interés en averiguar qué fue de ella. Se alegrará de saber que no hemos dejado de buscarla desde entonces.

Me observó con la barbilla ligeramente alzada, como si me desafiara a demostrar que se equivocaba.

Eso me trasladó al momento en el que estuve frente a Josephine. La madre de Fritz-Briones, condenada a la inmovilidad y con las funciones vitales bajo mínimos, había demostrado un interés desmesurado por la restitución de los títulos que habían pertenecido a su padre. No obstante, su actitud no tenía por qué ser la norma. No todo el mundo da la misma importancia a hechos que se remontan a tantos años atrás. Puede que esa mujer, la tal Filipa Dicenti, hubiera preferido olvidar lo que sucedió y seguir con su vida libre del lastre del odio y el rencor.

Tampoco me parecía justo asaltar a aquella anciana y obligarla a rememorar todo aquello. ¿Hasta qué punto la haríamos sufrir?

Oleg no parecía tenerlo en cuenta, claro. Estaba demasiado ocupado en su búsqueda del tesoro como para dar importancia a nada más.

—Si pudiera ir a Roma a hablar con ella...

No dijo más. Se limitó a dejar esos puntos suspensivos que podrían abarcarlo todo o nada, mientras seguía haciendo cabriolas en su cabeza de una idea a la siguiente.

—Pues ve a verla —propuse.

—Lo he intentado, Greta, pero la Zentral- und Landesbibliothek me ha denegado la solicitud. Y no tengo dinero para costearme un viaje a Italia en este momento.

Me sorprendió que hubiera llegado a plantearle aquel asunto a la administración de la biblioteca. Eso demostraba, por si aún tenía alguna duda, que estaba decidido a ir a por todas.

Entonces tuve un momento de debilidad. ¿Y si utilizaba la pasta de Fritz-Briones para ir a Italia y entrevistarme con esa mujer? Tal vez hubiera visto u oído algo que pudiera darnos una pista sobre el paradero de la biblioteca perdida. Puede que incluso pudiera ofrecernos algún título que nos ayudara a tirar del hilo.

Por suerte, se me pasó rápido.

No podía dejarme enredar en aquella chaladura. Achaqué aquel súbito arrebato al encuentro con Sarasola y al fervor de Oleg, que había conseguido alborotar mi subconsciente. Mi sentido común acudió al rescate para recordarme los motivos por los que había recalado en aquella ciudad. Mi obligación era encontrar alguna pista sobre el paradero de la biblioteca del abuelo del señor Fritz-Briones, no andar detrás de tesoros ni de colecciones perdidas.

—Suerte con eso, Oleg.

No esperé a ver su reacción. Le di la espalda y me metí entre dos estanterías, rumbo al corazón del almacén. Escogí un estante al azar, calculé su posición y me dispuse a mancharme las manos un rato examinando cada título y cada manuscrito, que no eran pocos.

El misterio de la biblioteca desaparecida siguió brincando de un lado a otro de mi cabeza, pero me forcé a reducirlo a poco más que un murmullo, un asunto al que me enfrentaría cuando no tuviera cosas más importantes de las que ocuparme. Casi esperé oír una protesta a mi espalda, pero Oleg mantuvo su crispación a raya. Me dije que era mejor así y continué a lo mío, con la cautela de un explorador que se interna en territorio desconocido, sin saber muy bien a qué peligros atenerse.

De haber sabido lo que me esperaba, me habría largado en ese mismo instante.

26

Tracé un plan de acción que consistía en no dejar ningún libro de una estantería sin examinar antes de pasar a la siguiente. Iría de arriba hacia abajo, de izquierda a derecha, y de delante atrás.

Casi sin darme cuenta, pasé unas diez horas seguidas allá abajo.

Tuve tiempo de inspeccionar seis estanterías y media. A ese ritmo, calculé que tardaría entre dos y tres meses en terminar de examinar todos aquellos libros, siempre que siguiera un horario riguroso, descansara un solo día a la semana y no surgieran complicaciones.

Demasiado, en cualquier caso.

Era una labor ingrata, tediosa y aburrida, pero mentiría si dijera que no disfrutaba el proceso. Era un gusto volver a sentirme en mi elemento, entre todos aquellos ejemplares que llevaban años languideciendo en el Limbo sin que nadie los hiciera despertar.

El asunto de la biblioteca desaparecida seguía dando vueltas por mi cabeza, a mi pesar. Se trataba de un misterio lo bastante sugerente como para tentarme a olvidar todo lo demás y dedicarme en cuerpo y alma a su resolución, y por eso mismo me asustaba tanto. No quería dejarme llevar y verme convertida en un alma en pena sin otro propósito en la vida que vagar tras la idea de un tesoro que, vista en perspectiva, era bastante remota. El propio Oleg, condenado a permanecer en el Limbo como uno más de esos libros olvidados, era un reflejo de lo que sucedería si me dejaba llevar por ese tipo de ensoñaciones.

No me lo podía permitir.

Por eso me concentré en examinar cada libro que se me puso a tiro. Encontré anotaciones y marcas en algunos de ellos, además de la consabida J en la primera página, pero nada que apuntara a la biblioteca del padre de Josephine. Eso no me desanimó y me repetí que, si había libros allí que hubieran pertenecido a aquel hombre, terminaría encontrándolos antes o después.

Solo me tomé un momento para descansar cuando noté los hombros y el cuello demasiado cargados como para continuar. Me estiré a un lado y al otro y comprobé que había perdido la noción del tiempo. Ya debía de ser la hora de cierre.

No había comido nada en todo el día, como se encargó de recordarme mi estómago con un inoportuno rugido. Supuse que Oleg también estaría hambriento, ya que, en su empeño por no dejarme sola en su santuario, también él había renunciado a su almuerzo. Eso me hizo sentir una inesperada inyección de afecto por él. Al final, no era más que un tontorrón que creía en tesoros perdidos y que era capaz de quedarse sin comer con tal de no interrumpirme.

Me pregunté si debería invitarle a cenar para compensarle por las molestias, pero me temí otra inevitable charla sobre bibliotecas desaparecidas que, francamente, no me veía con ganas de sostener. Lo que de verdad me apetecía era estar sola, pedir un sándwich a la recepción del hotel y puede que charlar un rato con Marla para ponerla al día de mis escasos avances.

—Creo que ya está bien por hoy.

Lo anuncié con desenfado, pero Oleg respondió con un gesto de desgana y continuó a lo suyo, pasando las páginas del ejemplar que tenía entre las manos en ese momento.

Que me ignorase de esa manera me enfureció. Era como

si me arrojase a la cara su decepción por no haber sido capaz de conseguir un compromiso más firme por mi parte. Al cuerno con él, me dije. Tenía demasiadas cosas en la cabeza como para encima preocuparme por la impresión que le hubiera podido causar.

Combatí su silencio con más silencio. Regresé al ascensor que debía conducirme a la salida y, al pasar por su lado, ni siquiera le dediqué un vistazo de despedida. Realicé el camino hacia el exterior del edificio enfurruñada, con él y conmigo misma por permitir que me afectara tanto. Casi tuve que contenerme para no regresar al Limbo y gritarle a la cara que me importaba una mierda lo que pudiera pensar de mí.

Cuando salí, noté que las temperaturas habían descendido de forma brusca, lo que me llevó a cerrarme la chaqueta y frotarme los brazos para tratar de entrar en calor.

Chencho me esperaba en la acera de enfrente.

Permanecía apoyado contra una farola, sin hacer nada en absoluto. Solo esperar y balancear su paraguas de un lado a otro. Me enervó que ni siquiera se esforzara en disfrazar sus intenciones. Por eso, en lugar de seguir mi camino, me decidí a cruzar la calle y enfrentarme a él.

El argentino me recibió con una sonrisa optimista, esculpida por las horas que debía de llevar a la intemperie.

—Che, linda. Qué bueno verte.

—Corta el rollo.

Mi insolencia tuvo la virtud de ensanchar todavía más su sonrisa de escualo. Le sostuve la mirada para demostrarle que no me daba ningún miedo, aunque me cuidé de mantener algo de distancia.

—Dile a tu jefe que sé lo que está buscando.

Pensé que aquello lo sorprendería, pero me desarmó con un gesto de resignación, un exagerado encogimiento de hombros, al tiempo que se llevaba el paraguas al hombro, como si de un fusil se tratara.

—Pues a por todas, linda. Confiamos en vos.

Me señaló con el paraguas-fusil, «Ya sabes cómo va». Me pregunté si de verdad esperaba que aquel halago me hiciera caer a sus pies, subyugada de puro agradecimiento.

—Por mí podéis iros a la mierda —repliqué.

Me alejé a buen ritmo, aunque no lo bastante rápido como para no oír la carcajada con la que el argentino celebró haberme sacado de quicio. Nada me habría gustado más en ese momento que disponer de algo de tiempo y de un bate de béisbol con el que mandar sus dientes al otro extremo de la calle.

De haber sabido lo que iba a suceder, no solo me habría alejado de él. También habría regresado a España y habría tratado de olvidar por todos los medios aquel condenado asunto.

No lo hice, y ahora debo vivir con ello.

27

Cuando llegué al hotel, pedí una hamburguesa con patatas fritas al servicio de habitaciones y telefoneé a Marla para ponerla al corriente de lo que había averiguado.

De forma inconsciente, o casi, pasé de puntillas por el asunto de los libros que me había encargado encontrar el señor Fritz-Briones y me centré en la misteriosa desaparición de la Biblioteca de la Comunidad Judía de Roma. También le hablé de los individuos a los que Oleg consideraba sospechosos de haber escondido aquella fastuosa colección, de esa supuesta testigo que, según él, languidecía en una residencia de ancianos a las afueras de Roma, de su obsesión por aquel asunto...

Mi hermana no me interrumpió ni una sola vez, algo inaudito en ella. Terminé el relato y la cena al mismo tiempo. Me chupé los dedos y aguardé varios segundos hasta que se decidió a hablar.

—¿Vas a pedirme que investigue o tendré que hacerlo por mi cuenta?

La pregunta era legítima. No podía negar que sentía curiosidad por saber qué había sucedido con esa biblioteca.

—No tienes que hacer nada, Marla.

No soné tan convincente como pretendía. Oí el chasquido del encendedor al otro lado de la línea y el leve sonido de succión de la primera calada. Sabía que mi hermana barruntaba algo, pero no me atreví a preguntarle qué era.

—¿Te imaginas que la encuentran?

Lo preguntó como por descuido, como si se tratara de una cuestión sin la menor relevancia, pero eso no bastó para amortiguar el golpe.

—Puede que dentro de unos meses —continuó— nos enteremos de que Sarasola ha encontrado la Biblioteca de la Comunidad Judía de Roma en el sótano de un palacio a las afueras de Moscú, o en una buhardilla en Múnich. O que Oleg ha dado con una ristra de manuscritos pertenecientes a esa colección en el depósito de la Zentral- und Landesbibliothek, camuflados bajo el lomo de una enciclopedia.

—Es poco probable que algo así suceda —me resistí.

—Hablamos de Sarasola, hermanita. El puñetero Carlos Sarasola. El mismo tipo que encontró un incunable embutido entre los tubos del órgano de una abadía de Escocia; el que el año pasado halló un manuscrito de Isaac Newton en una biblioteca de Córcega; el que encontró en Copenhague un manuscrito perdido del hijo de Cristóbal Colón. Si cree que esa biblioteca existe, no parará hasta dar con ella. Y puedes apostar un brazo a que lo hará, Greta.

No era habitual que Marla defendiera algo con tanta vehemencia. La suya solía ser una presencia calmada, que me facilitaba la información que requería sin implicarse nunca más de la cuenta. Era indudable que la desaparición de esa biblioteca en unas circunstancias tan extrañas la había estimulado más de lo que esperaba.

Y, claro, después le había dicho que no pensábamos intervenir. Como si creyera que iba a conformarse con eso.

—Sarasola encontrará la Biblioteca de la Comunidad Judía de Roma —insistió—. Y nosotras leeremos la noticia en el periódico y nos preguntaremos por qué diablos pasamos del tema.

Me imaginé el efecto de una noticia así. Sarasola recibiría una avalancha de halagos por parte de la opinión pública y reforzaría su estatus de leyenda mientras Marla y yo nos quedábamos con un palmo de narices, devastadas por haber dejado escapar la oportunidad.

—Sarasola tiene medios —le recordé—. Nosotras solo somos dos bibliófilas caídas en desgracia que apenas llegan a fin de mes. ¿Qué podríamos hacer?

—Buena pregunta. Si de verdad quisiéramos encontrar esa biblioteca, ¿cómo lo haríamos?

Mostré mi impaciencia con un sonoro suspiro. Acto seguido, casi sin darme cuenta, me obligué a considerar nuestras opciones. ¿Cómo lo haríamos? ¿Cómo conseguiríamos tener alguna oportunidad de hacernos con esa biblioteca antes que Sarasola?

—Te encargaría que buscaras el catálogo de Isaiah Sonne —dije—. Dudo que ni siquiera tú pudieras encontrarlo en la web, pero tal vez consiguieras dar con alguien que conozca su contenido.

—Es una buena idea. ¿Qué más?

—Bueno, si dieras con ese catálogo, podríamos efectuar una batida en busca de adquisiciones relacionadas que se hayan producido durante los últimos años.

—Puede que en el último año —me interrumpió—, que fue cuando Sarasola se interesó por el tema.

Tenía sentido. Resultaba como mínimo curioso que el bibliófilo hubiera decidido volcarse en la búsqueda de esa biblioteca precisamente en aquel momento. Tal vez había oído algún rumor o había llegado a sus manos algún ejemplar que arrojaba algo de luz sobre el destino final de esa colección.

—Creo que por ahora no podríamos hacer mucho más.

—¿Oleg no dijo algo acerca de una testigo? Estaría bien ir a Roma para hablar con ella.

—Claro. Podría pedirle a Sarasola que me pague el billete —bromeé.

—Que le den a Sarasola. Si sufraga la expedición, al final tendrás que compartir la gloria con él.

Marla rezumaba rabia. Eso me hizo darme cuenta de que se tomaba aquello mucho más en serio de lo que había creído. No se limitaba a hacer conjeturas, sino que preparaba el terreno para lanzarse de cabeza a la búsqueda de la biblioteca desaparecida.

—Tienes la pasta de Fritz-Briones —añadió—. Utilízala para algo más que para pagarte el hotel. Te sacas un billete a Roma, interrogas a esa mujer y regresas a Berlín al día siguiente.

—No puedo hacer eso, Marla. Ese tipo me paga por encontrar la colección de su abuelo, no para buscar bibliotecas perdidas.

—Te dijo que no repararas en gastos, ¿verdad? Y, en cierto modo, estás haciendo unas pesquisas que pueden conducir a esos libros. Tal vez Oleg esté en lo cierto y quien robó esa biblioteca también se haya quedado con otros títulos.

Sonaba emocionada, pero lo más preocupante era que había comenzado a contagiarme su excitación. Observar el asunto desde aquel nuevo punto de vista me hizo ver cuánto me interesaba seguir avanzando. La Biblioteca de la Comunidad Judía se encontraba ahí fuera, en alguna parte, esperando a que alguien diera con ella.

—Estoy aquí para encontrar la colección del abuelo de Fritz-Briones —repetí.

La protesta era débil, poco más que un trámite. Marla ni se inmutó.

—Pues búscala. ¿Qué te lo impide? ¿Acaso no puedes hacer dos cosas a la vez?

—Es una locura.

Había perdido la cuenta de las veces que había repetido aquella sentencia a lo largo de los últimos días. Marla guardó un educado silencio y no lo rompió hasta que pasaron varios segundos.

—Entonces, ¿qué hago?

La primera respuesta que se me ocurrió fue decirle que se dejara de tonterías. Que no podíamos perder el tiempo persiguiendo fantasías. Sin embargo, a esas alturas, estábamos demasiado emocionadas como para conformarnos con tan poco.

—Eres lo peor —dije.

Mi hermana recibió el piropo con una carcajada que llenó la línea y me obligó a separarme el teléfono de la oreja.

—Haré una batida a ver lo que averiguo, hermanita. Te avisaré si doy con algo.

Aprecié que no esperase a que se lo pidiera de forma expresa. Al ser ella la que tomaba la iniciativa, daba la impresión de que había sido idea suya, y, lo más importante, me obligaba a tomar partido, como me recordó a continuación.

—Y tú, Greta, irás a Italia a ver a esa mujer.

Lo dijo como si se tratara de un hecho objetivo, una profecía que no admitía la menor objeción. Hice un repaso a la lista de motivos que convertían aquel viaje en un sinsentido y me decidí a exteriorizar uno de ellos, el que me pareció más sensato.

—No hablo italiano.

Era un escollo real. No sabía si la anciana a la que pretendía entrevistar hablaría español o inglés. Si finalmente iba a Roma, tendría que recurrir a los servicios de un intérprete para que me ayudara a interrogarla.

—No me jodas, Greta. Es italiano, no finlandés. Se parece al español más de lo que nos parecemos tú y yo, que ya es decir.

28

Ya era medianoche cuando Sebastian salió del Rotbart.

Se sentía francamente decepcionado. El señor Szpilman no había acudido a la cita, algo que le pareció inaudito después del empeño y el entusiasmo que el anciano había derrochado en cada correo que habían cruzado. Ahora estaba allí, tirado en Neukölln en plena noche, con dos Paulaner en el cuerpo y una honda sensación de haber hecho el ridículo.

Lo curioso era que le costaba estar enfadado. Supuso que al cabo de unas horas recibiría un mensaje de Szpilman pidiéndole disculpas y desgranando una excusa perfectamente lógica que justificase su ausencia. Un tipo de su edad y con la salud tan delicada podría haber tenido mil motivos que le habrían impedido cumplir con su compromiso.

También habría tenido mil formas diferentes de avisarle, pensó Sebastian, pero prefirió no darle muchas vueltas.

Resuelto a dejar atrás su infortunio, Sebastian pensó en la combinación de transporte público que debería tomar para ir a casa. Hacía una humedad terrible que sentía en las mejillas como algo sólido. Calculó dónde se encontraba la parada de metro más cercana y apretó el ritmo, ansioso por resguardarse.

Neukölln se encontraba desierto. Hacía unos años, no se habría atrevido a aventurarse por sus calles a esa hora de la noche. Por fortuna, hacía tiempo que la peor época del barrio quedó atrás. Había pasado de ser uno de los más peligrosos y conflictivos de Berlín a convertirse en uno de los más pintorescos, un lugar de peregrinación obligatoria para milenials repleto de restaurantes vegetarianos, bares de hummus y establecimientos singulares que invitaban al optimismo y a la extravagancia.

Por eso, no dudó cuando tomó un callejón que le permitiría acortar camino hasta la estación de Hermannstraße.

Ni siquiera entonces se dio cuenta de que alguien lo seguía.

29

Stratos dejó algunos metros entre él y Sebastian para asegurarse de que no se percataba de su presencia. Por fortuna, la noche era fría y desapacible, lo que le proporcionaba una excusa bastante creíble para embozarse el rostro sin levantar sospechas.

Se sentía confiado. La gente rara vez sospecha que la están siguiendo, sobre todo cuando no creen haber hecho nada que pueda justificar una persecución.

Cuando vio a Sebastian meterse en aquel callejón, supo que había llegado su oportunidad.

Echó a correr y embocó el callejón tras él. No se molestó en amortiguar sus pisadas, que se amplificaron por efecto del silencio nocturno e hicieron que su presa comenzara a volverse.

No le dio tiempo a más.

Stratos introdujo la hoja del puñal en su espalda, a la altura de los riñones. Fue una estocada rápida y que atravesó vísceras, músculos y tendones con la delicadeza de un tren de mercancías. Sebastian exhaló un «Ahh» que la noche se encargó de diluir. Murió antes de tocar el suelo.

Stratos no habría llegado a donde estaba de no haber sido precavido. Por eso, extrajo el puñal y lo clavó varias veces más en el costado y el pecho de aquel hombre para cerciorarse de que no sobrevivía milagrosamente. Cuando se dio por satisfecho, limpió la hoja en la chaqueta del bibliotecario y la observó a la luz de las escasas farolas de la zona para asegurarse de que no quedaban restos de sangre.

La inscripción «Meine Ehre heißt Treue», que venía a significar «la lealtad es mi honor», refulgía en la hoja de veinte centímetros como una declaración de intenciones. En la empuñadura, una pequeña esvástica rodeada por una corona de laurel y sostenida por un águila imperial arrancaba reflejos plateados a la noche.

Aquella daga SS Schutzstaffel era una reliquia. El partido nacionalsocialista entregaba un puñal como aquel a cada miembro de las SS. Su posesión era un signo de distinción, pero también de fidelidad. Dejó de fabricarse en 1942 y, aunque en los mercados de segunda mano circulaban muchas copias y reproducciones de gran calidad, las originales como esa eran verdaderamente codiciadas por los coleccionistas.

Stratos se ocupaba de mantenerla afilada y lista para hacer su trabajo. Se había preguntado muchas veces cuántas vidas habría segado aquella arma antes de recalar en sus manos y, aunque no tenía manera de saberlo, lo cierto era que no le había fallado nunca.

Iba a necesitarla. Aún estaba lejos de haber terminado su labor.

El sonido de una sirena lejana lo sacó de sus ensoñaciones. Guardó el puñal, agarró la mochila de Sebastian y la registró con rapidez. Encontró el *Fausto* y lo guardó sin molestarse en examinarlo. Ya tendría tiempo de hacerlo más tarde.

Desparramó el resto del contenido de la mochila allí mismo y tomó la cartera del bibliotecario. Solo contenía un par de billetes de diez, pero se los guardó igualmente. La idea era simular un robo con violencia, un asalto fortuito que en ningún caso señalara en su dirección.

Al menos, en un primer momento.

Después se esfumó, tan rápido como había aparecido, y su sombra se confundió con el resto de la negrura que se abatía sobre Berlín.

30

El humo apenas me permite ver nada. Como una cortina densa e impenetrable que alguien hubiera dispuesto a mi alrededor, fundiendo la forma de los muebles en una maraña de grises y negros. Noto los ojos irritados y los pulmones ardiendo por el esfuerzo extra que supone respirar en medio de este infierno.

El calor es insoportable. Quiero gritar, pero el humo me araña la garganta para recordarme que estoy a su merced. Toso, tengo convulsiones, vomito el escaso contenido de mi estómago y toco algo al rojo vivo. Noto la quemadura como el mordisco de un animal salvaje que quisiera echarme de su territorio y reacciono como lo haría cualquiera: dando un salto atrás, sujetándome la mano herida y soltando un grito que hace que el humo regrese a mis pulmones y los tinte de un color cruel.

Entonces distingo dos cosas.

La primera es la puerta. Está ahí mismo, a solo unos metros. Me siento como un náufrago que atisba en medio del mar la tabla que puede ser su salvación.

La segunda es el resplandor anaranjado que señala el lugar en el que se encuentran las llamas y al que no debo acercarme bajo ningún concepto.

Justo entre la puerta y yo.

Un nuevo acceso de tos me obliga a doblarme en dos. Barajo mis opciones, que no son muchas. La puerta es la única salida. Si no me doy prisa, tendrán que sacarme de aquí con los pies por delante.

Con la garganta ardiendo, los ojos arrasados en lágrimas y el sudor anegando cada milímetro de mi cuerpo, me lanzo hacia la puerta sin pensar en lo que hago ni molestarme en descifrar por qué estoy aquí, rodeada de fuego y desolación.

Las llamas me están esperando. En cuanto me acerco, vienen a mi encuentro y me envuelven como un sudario, reclamando lo que es suyo.

Dolor.

Fuego y dolor.

31

Desperté sobresaltada, envuelta en sudor y tan agitada como si acabara de correr los cien metros lisos. No reconocí la habitación, lo que contribuyó a aumentar mi desconcierto. Me incorporé de golpe y miré en derredor para tratar de descifrar lo que veía.

Poco a poco, los hechos fueron encajando uno tras otro, inevitables como fichas de dominó en caída libre, y la realidad terminó por imponerse. Recordé que me encontraba en Berlín, en una habitación de hotel bastante decente, y no en casa. Había sido una pesadilla. Tan solo eso.

Hacía años que no soñaba con las llamas.

Durante un tiempo, aquella había sido una pesadilla recurrente. Llegué incluso a negarme a dormir por miedo a que el fuego y el humo aparecieran y me mordieran la piel. Sin embargo, un día, simplemente, se acabó. Dejé de tener aquel horrible sueño. Habría sido un buen momento para visitar a un terapeuta y preguntarle por qué diablos se había repetido aquella maldita pesadilla noche tras noche durante tanto tiempo, pero lo último que necesitaba era tener que aguantar la risa mientras un loquero trataba de interpretar lo que mi subconsciente quería hacerme ver. Además, una vez desaparecido el problema, no le vi demasiado sentido a seguir preocupándome por él.

Puede que no debiera haber desechado tan a la ligera la idea de acudir a un profesional. La pesadilla había regresado, tan virulenta como la recordaba, o puede que más. ¿Qué había cambiado? ¿Acaso había sucedido algo en los últimos días que me hubiera alterado más de la cuenta?

Conjuré la respuesta sin esfuerzo.

Me encontraba en una ciudad extraña; había vuelto a trabajar en lo que me apasionaba, después de varios meses en el dique seco; Carlos Sarasola había aparecido de la nada y había enviado a un esbirro tras mis pasos; y, por si fuera poco, me había dado de bruces con esa fábula sobre bibliotecas perdidas, nazis y ladrones de libros que Oleg me había transmitido con tanta vehemencia.

Todos aquellos elementos debían de haberse combinado de la peor manera posible para desestabilizarme. La pesadilla no era más que la reacción de mi subconsciente, asediado por los problemas que comenzaban a amontonarse a mi alrededor.

Poco a poco, mientras mi corazón recuperaba su cadencia habitual, el sueño fue perdiendo relieve y comprendí que tenía cosas mejores que hacer que quedarme allí dándole vueltas a algo que no tenía ni pies ni cabeza. Era hora de levantarme y ponerme las pilas. Pasaban las siete de la mañana, por lo que Oleg ya debía de llevar un buen rato en la biblioteca.

Me levanté de un salto y me metí en el baño, con la esperanza de que una buena ducha me ayudara a disipar los últimos rescoldos de miedo y sudor.

—Voy a ir a Italia —anuncié.

Oleg tardó unos segundos en levantar la vista de la página que tenía delante. Lo había encontrado en el Limbo, ocupado en ojear un estropeado ejemplar en inglés de *El maravilloso viaje de Nils Holgersson*, de Selma Lagerlöf. La forma en la que arrugó el entrecejo me permitió deducir que había asimilado el mensaje. Se llevó una mano a las gafotas y las acomodó sobre su nariz antes de responder.

—Cualquiera te entiende, Greta.

Habría preferido que me insultara. Que me preguntase a gritos qué hacía allí y quién diablos me había creído que era. Aquella tibia respuesta hizo prender en mi pecho un acceso de rabia que traté de controlar para que no fuera a más.

—¿Qué ha sucedido para que cambies de idea? —quiso saber.

—Anoche hablé con mi hermana. Me obligó a observar las cosas con perspectiva y me di cuenta de que no perdería nada por indagar un poco más.

Hasta yo noté que trataba de restar relevancia a aquel viaje, algo que a todas luces resultaba absurdo. Trasladarme a Roma para interrogar a una posible testigo del saqueo nazi no era poca cosa. Oleg lo sabía e hizo un visible esfuerzo por no mirar en mi dirección.

—¿Podrías darme las señas de esa mujer? —quise saber.

No respondió enseguida. Antes, dejó a un lado el libro que contenía las aventuras de Nils Holgersson y carraspeó.

—He trabajado mucho en esto, Greta.

«Esto» bien podría haber sido la reorganización de aquel espacio, la identificación de libros robados o la búsqueda de la Biblioteca de la Comunidad Judía. Empleó un tono áspero que me costó reconocer, pero no interpretar: la confianza que había depositado en mí acababa de tambalearse ante la posibilidad de que me largara a Roma a interrogar a esa posible testigo sin contar con su aprobación.

Los dos sabíamos que no era justo. Oleg había dado con esa mujer mucho antes de que yo sospechara siquiera de la existencia de un departamento encargado de la devolución de los libros saqueados por los nazis en la Zentral- und Landesbibliothek de Berlín. Si él no había podido ir a interrogarla no era por falta de interés, sino porque no disponía de recursos con los que sufragar una expedición a Roma.

Y ahí estaba yo, una recién llegada antipática y desconfiada que había aparecido de la nada para pisarle el terreno y robarle a esa testigo. Tenía todo el derecho del mundo a mandarme a la mierda y casi deseé que lo hiciera.

—Te contaré lo que averigüe —me defendí.

Oleg no se movió. Siguió allí sentado, con los labios bien apretados para no exteriorizar lo que pensaba en realidad. Que yo no pintaba nada en Italia, por ejemplo. Que era él quien debería ir a interrogar a aquella testigo. Que, de haber sabido que iba a pasarle por encima, se habría cuidado de mantener esa información en secreto.

—No me queda otra que confiar en ti, entonces.

Lo dijo con fatalismo. Como si fuera el peor escenario que hubiera podido imaginar.

Estuve tentada de pedirle que viniera conmigo, pero sabía que era un sinsentido. No podía disponer del crédito de Fritz-Briones para pagarle un vuelo y una noche de hotel a ese chico. De hecho, dudaba incluso que fuera lícito pagar mi propio viaje. ¿Cómo diablos iba a justificar ese dispendio ante Teresa Solana?

—Joder, Oleg.

En ese momento, la melodía del teléfono del bibliotecario extinguió la conversación y me libró de seguir desgranando unas excusas que me parecían tan incongruentes como inevitables. Oleg sacó su móvil de la bolsa de Tintín, retuvo un suspiro y aceptó la llamada.

—Dígame.

Reparé en los cambios que se sucedieron en su rostro, uno tras otro. Sus facciones se crisparon, el labio inferior tembló ligeramente y sus mejillas perdieron algo de color. Se puso en pie y se llevó una mano a los labios, un dique con el que contener el aluvión de emociones que amenazaba con desbordarlo.

—¿Cómo ha sido? —dijo.

Oyó la respuesta que alguien daba desde el otro lado, que se dilató por espacio de varios minutos.

Al terminar la llamada, aturdido, continuó mirando el teléfono inerte en su mano, como si así pudiera descifrar lo que sucedía. Cuando alzó la vista, tenía los ojos tan brillantes que parecían a punto de estallar en mil pedazos. Resumió su desazón en una única palabra, un nombre propio que lo resumía todo sin significar nada.

—Sebastian.

III
Roma

Quien se lleve este libro
no volverá a ser visto por Cristo.
Quien robe este volumen,
que lo maten como a un maldito.
Quien intente robar este volumen,
¡que le saquen los ojos, que le saquen los ojos!

Manuscrito,
Biblioteca del Vaticano, siglo XIII

32

Una vez conocí a un tipo llamado Ramírez Santisteban. Vivía en Hortaleza, en un chalet en el que almacenaba una suntuosa colección de libros de cocina. Le apasionaban, a pesar de que se jactaba ante cualquiera que quisiera oírle de no haber tocado una sartén en su vida.

La colección Santisteban rondaba los tres mil volúmenes, algunos con varios siglos de historia. El tipo perdía la cabeza por cada ejemplar que se le ponía a tiro. El único requisito era que no fuese un libro de recetas, sino que versase sobre el acto de cocinar o algún tema relacionado.

Cuando lo conocí, andaba buscando ayuda. Acababa de adquirir un tratado del siglo xv llamado *Arte cisoria*, de Enrique de Villena, sobre el arte de cortar con el cuchillo. Era un ejemplar bonito, que conservaba todas las ilustraciones y lucía una llamativa encuadernación de piel de color verde botella. Lo encontró en un mercadillo, oculto bajo una pila de libros antiguos, y apenas pagó unas monedas por él.

Sin embargo, había un problema con aquel libro: le faltaban la portada y el colofón, esto es, la primera y la última página. Lo más probable era que se tratara de un ejemplar mutilado que en algún momento de su existencia hubiera perdido aquellas páginas, pero también cabía la posibilidad de que el encuadernador hubiera hecho un trabajo chapucero y las hubiera metido en el interior de la cubierta.

Santisteban podría haberlo dejado estar. El *Arte cisoria*

era una buena adquisición para su biblioteca y además la había adquirido a muy buen precio. Sin embargo, una vez que la sospecha se había instalado en su cabeza, era incapaz de dejarlo estar. Por eso recurrió a mí: para que le ayudara a dar con algún experto que diseccionara aquel libro y comprobara si, como creía, la primera y la última página se encontraban bajo la cubierta.

Se trataba de un proceso sumamente delicado. Es muy difícil mantener la integridad de un ejemplar tan antiguo al someterlo a una operación como esa. Se lo desaconsejé, y también lo hizo el encuadernador de confianza al que recurrí, pero Santisteban fue tajante: una vez que la curiosidad había anidado en su mente, necesitaba saber la verdad, a cualquier precio.

Saco esta anécdota a colación para ilustrar el motivo por el que, desoyendo la parte más sensata de mi cerebro, decidí mover mi culo hasta Roma siguiendo unas sospechas que, por débiles que fueran, me impedían dejarlo estar. Al igual que Santisteban, una vez que la sombra de la duda se había plantado en mi cabeza, me resultaba imposible ignorarla sin más, a pesar de que lo más probable era que aquel viaje no condujera a ninguna parte.

De hecho, en el caso del *Arte cisoria*, el encuadernador llevó a cabo la intervención con una precisión milimétrica. Santisteban soportó el proceso como si estuvieran operando a un familiar: encadenando un cigarrillo tras otro, sin poder estarse quieto ni dejar de preguntarse una y otra vez si había tomado la decisión correcta. El procedimiento fue un éxito y al retirar las cubiertas, efectivamente, el encuadernador descubrió que la portada y el colofón se hallaban en el interior.

Y no solo eso.

El autógrafo del autor se encontraba en la primera página. El libro había sido dedicado a Juan II, hijo del monarca

Enrique III. Por la fecha, debió de dedicarle aquel libro cuando no era más que un crío.

Encontrar un ejemplar del siglo xv firmado por el autor es algo insólito, pero que además esté dedicado a un monarca lo hace especialmente peculiar. Enrique de Villena estaba muy bien relacionado, así que cabía pensar que ese libro pasó largo tiempo alojado en bibliotecas reales.

Acudí entonces a varios historiadores y a mi contacto en la Biblioteca Nacional. Gracias a ellos, descubrí que varios libros fueron sustraídos de la biblioteca personal de Juan II a lo largo de su vida, presumiblemente por algunos de los criados a su servicio. Uno de los volúmenes robados fue un ejemplar del *Arte cisoria* autografiado. Probablemente, aquella encuadernación de piel tenía como finalidad ocultar la dedicatoria, que podría delatar su procedencia.

Un peritaje posterior confirmó que el libro que Santisteban había encontrado en un anaquel polvoriento era, sin lugar a dudas, el mismo que había desaparecido de la biblioteca del monarca, algo que nunca habríamos sabido de no habernos atrevido a retirar la encuadernación. En este caso, la audacia de ese bibliófilo le permitió identificar una reliquia de gran valor. Por lo que yo sabía, Santisteban había llegado a un acuerdo con la Biblioteca Nacional para que, cuando muriera, el *Arte cisoria* y otros valiosos ejemplares de su colección pasaran a su propiedad. Ignoraba los términos económicos de aquel trato, pero era de suponer que había resultado bastante beneficioso para ambas partes.

Al igual que Santisteban por aquel entonces, me encontraba nerviosa y acelerada, aunque por motivos bien distintos.

Aterrizamos en Roma hacia mediodía. El aeropuerto estaba muy concurrido, una incomodidad más que sumar al vuelo directo de dos horas desde Berlín, que, sin embargo, había resultado la opción más económica para trasladarme hasta la capital de Italia.

Oleg caminaba a mi lado.

Miraba a un lado y a otro, con su eterna bolsa de Tintín al hombro y una expresión incierta, como si no terminara de creerse que aquello estuviera pasando.

A mí también me costaba creerlo, la verdad.

Una vez en el exterior del aeropuerto, el bibliotecario se adelantó para departir en italiano con un taxista. Noté que me observaba de reojo, puede que para asegurarse de que lo oía. Después de un rato de negociación, me hizo un gesto para que me acercara.

—He acordado un buen precio hasta el hotel.

Creo que trataba de justificar su presencia, para que no me quedara ninguna duda de que no había mentido cuando me contó que hablaba italiano con soltura y me sería de gran ayuda para comunicarme con Filipa Dicenti.

Trató de armar una sonrisa, pero no le salió. Era incapaz de enmascarar la tristeza que exudaba por cada poro. De hecho, aquella era la frase más larga que había pronunciado desde que salimos de Berlín. Por eso no protesté ni le pregunté cuál era el precio que había negociado, sino que me limité a darle el visto bueno y subí al asiento trasero del taxi con él.

La noticia de la muerte de Sebastian flotaba entre ambos, inoportuna e imposible de ignorar. Al parecer, lo habían apuñalado en plena madrugada mientras paseaba. Por lo poco que sabíamos, los investigadores trabajaban en la hipótesis de un robo con violencia.

Los policías encargados del caso habían interrogado a Oleg. Querían saber si era posible que algo relacionado con su trabajo hubiera podido propiciar el encuentro de Sebastian con su asesino. Este les confirmó lo que ya intuían: que era poco probable que la labor que realizaban en la Zentral- und Landesbibliothek hubiera provocado un encontronazo con nadie.

Después de eso, la discusión sobre la conveniencia o no de que Oleg me acompañara a Roma ni siquiera se produjo. La muerte de Sebastian lo había trastocado todo. Me descubrí pensando que no me haría ningún daño tenerle a mi lado y que podía, incluso, resultarme de ayuda.

¿Lo necesitaba de veras, o tan solo me había compadecido de él?

Sospechaba la respuesta a esa cuestión. No solía dejarme llevar por tales arrebatos, pero lo vi tan hundido por la muerte de su amigo que no fui capaz de irme a Roma sin él.

Por eso estaba allí, junto a ese bibliotecario larguirucho que apretaba contra su pecho la bolsa de Tintín que llevaba como único equipaje. Yo tampoco había cogido muchas cosas, convencida de que al día siguiente estaríamos de vuelta. Tanto si nuestras pesquisas daban frutos como si no, no deberíamos necesitar mucho más.

De haber sabido adónde nos llevaría aquel viaje, me lo habría pensado mejor.

Para mi sorpresa, la compañía de Oleg no me resultaba incómoda en absoluto. Esto era inaudito, ya que mi natural desconfianza hacia los que me rodeaban me convertía en una persona arisca e introvertida, y acostumbraba a recelar de cualquiera que no fuera yo misma o mi hermana. Que hubiera permitido a ese chico venir conmigo ya era algo insólito de por sí, pero que encima no me planteara su presencia como un incordio o una molestia que habría preferido eludir era de traca.

Tampoco se podía decir que le tuviera cariño ni un especial aprecio. Me cuesta mucho sentir nada por nadie. A lo más que llego es a una especie de camaradería que no implica sentimentalismos más allá de lo necesario, e incluso en esos casos me reservo la opción de cortar la relación en cualquier momento sin dramas ni escándalos.

Evidentemente, la atracción sexual que hubiera podido albergar por Oleg también brillaba por su ausencia. Tanto era así que incluso me había llegado a plantear la reserva de una habitación doble para ahorrar algo de pasta, pero eso habría sido demasiado.

Tardamos unos cuarenta minutos en llegar al hotel Villa Glori. El alojamiento resultó espartano y funcional, justo lo que necesitábamos. Dejé las cosas en la habitación, me refresqué y regresé al vestíbulo para esperar a Oleg. El bibliotecario se tomó su tiempo y tuve que echar mano de toda mi paciencia para no subir, aporrear su puerta y pedirle que se diera prisa.

No bajó hasta media hora más tarde. Para entonces ya estaba furiosa, pero cuando fui a pedirle explicaciones me estrellé contra un rostro apesadumbrado, más pálido aún que antes.

—¿Qué ha pasado?

Me observó con desconcierto, como si se hubiera olvidado de mí y de dónde se encontraba.

—Me ha llamado Barbara, de la Zentral- und Landesbibliothek. La policía ha estado allí. Quieren hablar conmigo otra vez.

Se expresaba de forma mecánica, desapasionada. Como si se limitara a leer un texto pulido por el peor escritor del mundo.

—Le he dicho que estoy de viaje. Que regresaré dentro de unos días.

Me pareció que pretendía detener las explicaciones en aquel punto. Lo contemplé fijamente, para dejarle claro que no pensaba conformarme, y exhaló un resoplido que sonó como un golpe de timón.

—Han descubierto algo, Greta. Al parecer, la noche en la

que murió, Sebastian se había citado con alguien interesado en recuperar uno de los títulos en los que estábamos trabajando.

La revelación cayó como una bomba de diez mil megatones sobre mi cabeza. Oleg continuó sin esperar a que me recuperase.

—Llevaba semanas intercambiando mensajes con un tal J. Szpilman. Decía ser el hijo del dueño de aquel ejemplar. Esa noche habían quedado para tomar algo y hablar del asunto.

—¿Me estás diciendo que Sebastian se fue de cervezas con un tipo que decía ser el dueño de ese libro?

—No es lógico —protestó—. Hay un protocolo. Normalmente, cuando alguien identifica alguno de los libros con los que trabajamos, llevamos a cabo un estudio para asegurarnos de que es quien dice ser, que esa obra verdaderamente perteneció a un familiar suyo y, en definitiva, que no estamos metiendo la pata. Nunca devolvemos un ejemplar si no tenemos la absoluta certeza de que lo estamos entregando a la persona correcta. A la biblioteca no le interesa que nos veamos envueltos en un escándalo ni en una posible reclamación por parte de unos herederos furiosos.

Negó con energía, como si no diera crédito.

—Que Sebastian haya quedado con ese tipo a espaldas de la administración y de sus propios compañeros es algo totalmente fuera de lugar.

—¿Y por qué lo habría hecho?

—Barbara no me ha contado mucho más, pero, por lo que parece, había llegado a desarrollar cierta amistad con ese hombre. Intercambiaban correos a menudo. Sebastian le ayudó a encontrar a personas que habían conocido a su padre y a reconstruir parte de su pasado.

La posibilidad de que Sebastian Finsterwalder hubiera quedado de forma voluntaria con su asesino era real. Puede que ese tipo se hubiera hecho pasar por quien no era para poder acercarse al responsable del departamento. Claro que también podía haber sido un hecho totalmente fortuito y que no tenía nada que ver con aquel asunto.

—¿Qué libro era?

—El *Fausto*, de Goethe. Una edición de 1910. Por lo visto, el mismo día que lo subimos a la base de datos, ese tal Szpilman escribió a Sebastian para interesarse por él.

—¿Y dónde está ese libro ahora?

Supe la respuesta antes de que Oleg negara con la cabeza, y aun así me resistí a creérmela. El mundo no es un lugar tan retorcido. O no debería serlo, al menos.

—Ha desaparecido, Greta. Debería haber estado en el despacho, pero la policía no lo ha encontrado. Sospechan que Sebastian lo sacó de la biblioteca, ya que Szpilman le pidió expresamente que lo llevara a su cita.

Si el *Fausto* no se encontraba en la biblioteca y tampoco había aparecido entre las pertenencias que Sebastian llevaba cuando murió, quedaban pocas dudas sobre su paradero, lo que tampoco tenía mucho sentido. Un ratero no actuaba así. Puede que hubiera matado a Sebastian para birlarle la cartera y el teléfono móvil, por ejemplo, pero que además se hubiera llevado un libro viejo y anodino era un disparate.

La única solución posible a aquella incógnita era tan incongruente que me costaba tomármela en serio: el *Fausto* era el móvil del asesinato.

Seguí pensando en ello, tratando en vano de encontrarle algo de lógica. Que un libro se convirtiera en el motivo de la muerte de alguien era absurdo. Eso me retrotrajo a novelas como *El club Dumas* o *El nombre de la rosa*, en las que los libros roban el juicio a los hombres y los corrompen hasta el punto de obligarlos a hacer cosas terribles. A lo largo de los años he conocido a bibliófilos impetuosos y voraces, capaces de hacer casi cualquier cosa en pos de su obsesión. He visto a tipos robar, mentir, avasallar e incluso agredir físicamente a otros con tal de conseguir este o aquel título. Los hay que son capaces incluso de adquirir un segundo ejemplar de una determinada obra con tal de que la competencia no se haga con él. La pasión desmedida de algunos está muy por encima de un negocio que mueve cifras estratosféricas en contadas ocasiones. La mayoría de las veces, los lances tienen más que ver con el orgullo y las carencias afectivas de unos y otros que con el valor real de los libros objeto de tales atenciones.

Un asesinato era otra cosa. Se trataba de la primera vez que me planteaba la posibilidad real de que alguien hubiera cruzado esa línea.

Matar por un libro. Había que ser desgraciado.

—Debería volver —señaló Oleg.

Había bajado tanto el volumen que parecía que hablara para sí mismo. Eso me sacó de quicio, por estrambótica que fuera aquella situación.

—Descuida, mañana estaremos de vuelta.

Me abstuve de añadir que no había ningún motivo racional por el que debiéramos cancelar nuestra investigación y salir corriendo hacia Berlín para que pudiera atender a la policía y velar a su amigo. Por muy desconsiderado que pareciera, teníamos que ser prácticos y seguir avanzando.

El cadáver de Sebastian no iba a moverse de donde estaba.

33

La residencia de ancianos en la que se encontraba Filipa Dicenti se llamaba Carpe Diem, un nombre desconcertante para tratarse de un lugar destinado a que las personas pasaran sus últimos años de vida. Oleg y yo iniciamos la caminata hasta allí en silencio, pero pronto fue evidente que teníamos demasiado que decirnos como para seguir ignorándonos por más tiempo. Noté cómo se recolocaba las gafas y negaba para sí mismo varias veces, un gesto con el que parecía querer espantar a los demonios que lo asediaban con dudas y titubeos cada vez más consistentes. Finalmente, logró condensar su incertidumbre en una única cuestión:

—¿Crees que el asesinato de Sebastian podría estar relacionado con lo que estamos haciendo?

Mi primer impulso fue decir que no, pero la coincidencia en el tiempo de aquel suceso y de nuestro periplo en busca de la Biblioteca de la Comunidad Judía de Roma era demasiado llamativa como para descartarla a la ligera.

—No lo creo, Oleg.

Aunque me esforzara en disimular, me corroía la misma indecisión que a él. Si algo nos ha enseñado la novela negra es que rara vez se producen casualidades tan oportunas. Nos guste o no, la vida es retorcida, por mucho que nos empeñemos en simplificarla para adaptarla a nuestro paso.

La residencia Carpe Diem se encontraba en un edificio antiguo, insípido y sin otra identificación que una pequeña placa junto al portal repleto de pintadas. El lugar en sí era desalentador, al igual que el barrio en el que se encontraba, que parecía haber conocido días mejores. Si me hubieran dicho que aquello, en lugar de un geriátrico, era un viejo penal, no me habría sorprendido en absoluto.

Oleg paseó la vista por el telefonillo y se decidió a apretar uno de los botones. Casi al momento, una voz de hombre se materializó en el aparato, tan alta y con tan malos modos que debió de ser audible en unas cuantas calles a la redonda.

El bibliotecario encadenó con rapidez varias frases en italiano. Distinguí el nombre Filipa Dicenti, pero no mucho más. La persona al otro lado respondió en el mismo tono salvaje de antes y se enzarzaron en un diálogo áspero y seco que me hizo pensar que la conversación no transcurría en buenos términos.

Mientras los oía discutir, los recelos salieron a flote una vez más, inoportunos como un dolor de muelas. ¿Qué habíamos ido a buscar, exactamente? Ni siquiera habíamos anunciado nuestra visita. ¿Y si esa mujer no se encontraba allí? ¿Y si estaba, pero no se hallaba en condiciones de darnos la información que estábamos buscando?

La sensación de estar dando palos de ciego se hacía más fuerte cuanto más pensaba en ello. Lamenté haberme dejado embarcar en aquel sinsentido y me dije que, a poco que me hubiera parado a pensar en lo que hacía, me habría dado cuenta de que aquel plan era absurdo.

Se produjo un chasquido en el interfono antes de que enmudeciera. Oleg me observó con el rostro apesadumbrado de quien se sabe portador de malas noticias.

—Dice que no es hora de visita.

—No me jodas, Oleg.

—Le he dicho que venimos desde Berlín, pero le da igual. Dice que no puede dejarnos entrar y hablar con una de las residentes sin más.

Mascullé una maldición. Aquello era un desastre. Solo faltaba que hubiéramos ido hasta allí para toparnos con un muro administrativo que nos impidiera interrogar a aquella mujer.

Oleg volvió a llamar. Esta vez nadie respondió, pero a los pocos segundos el portal se abrió y asomó un hombre con cara de haber sido interrumpido mientras hacía de vientre. La camisa de cuadros y el pantalón de sarga le daban el aspecto de un labriego en plena faena.

—*Le cose non funzionano nemmeno così, signore.*

Reconocí el tono y los malos modos que habíamos oído a través del interfono. Oleg y él se enzarzaron en un nuevo diálogo, esta vez cara a cara. El italiano acompañaba sus argumentos con grandes aspavientos, moviendo los brazos arriba y abajo como si tratara de echar a volar, y Oleg respondía con dureza, sin dejarse amedrentar ni dar señales de que fuera a capitular.

—¿Qué pasa, Oleg? ¿Qué está diciendo?

Ninguno de los dos respondió, ocupados en seguir con su discusión como si yo no estuviera. Finalmente, el labriego cerró de un portazo y nos dejó allí fuera, solos y confundidos.

—Me ha dicho que va a llamar a la hija de Filipa Dicenti. Que le va a decir que hemos venido a hablar con su madre, a ver qué le parece.

Parecía esperanzado en nuestras opciones, pero me costó compartir su optimismo. La perspectiva de verme obligada a regresar a Berlín con las manos vacías me impedía estar tranquila. Por eso, en lugar de responder, apoyé mi espalda contra la pared y me deslicé hasta el suelo.

—Espero que valga la pena, tío.

Oleg fue a decir algo, pero se lo pensó mejor y, en lugar de eso, comenzó a caminar de un lado a otro, nervioso como un león enjaulado.

34

Solo nos quedaba aguardar. Tras varios minutos, Oleg pidió permiso para ausentarse en busca de un par de cafés que nos ayudaran a hacer la espera más llevadera. En cuanto me quedé sola, saqué de mi mochila el ejemplar de *Das Spiel des Engels* que había adquirido en Berlín y comencé a ojearlo.

No hablo alemán. Para mí, tan solo es un idioma esquinado y complejo que nunca me he molestado en aprender. Pasé varias páginas y leí algunas frases al azar, compuestas por palabras kilométricas que me resultaron indescifrables. No tenía sentido tratar de descifrar aquel mamotreto, que había comprado más por impulso que por interés real en sumergirme en la historia. Sin embargo, cuando me trasladé a la primera página y leí el inicio de la novela, sentí un cosquilleo en la boca del estómago al conjurar en mi cabeza la traducción exacta de un párrafo que había leído varias docenas de veces antes:

> Un escritor nunca olvida la primera vez que acepta unas monedas o un elogio a cambio de una historia.

Claro que la novela que tenía delante comenzaba con algo como «Ein Schriftsteller vergisst nie, wann er zum ersten Mal...», pero no me importó. No necesité más que el estímulo de sentirme en terreno conocido para que mi subconsciente tomara el mando y se encargara de sustituir aquella letanía incomprensible por un pasaje que conocía bastante bien.

Seguí leyendo un rato más, traduciendo en mi cabeza o, mejor dicho, recordando los derroteros por los que transcurría la narración gracias a varias palabras, tan solo dos o tres, que me resultaban vagamente familiares. Estaba tan embebida en aquella labor que no me di cuenta de que Oleg había regresado hasta que alcé la vista y lo descubrí sentado a mi lado con una sonrisa inescrutable en el rostro.

—«El juego del ángel» —tradujo—. ¿Es bueno?

Me encogí de hombros. Me resultaba imposible responder a algo así con un simple sí o no. Sería como reducir al mínimo común denominador un ejemplar que me había acompañado desde que tenía uso de razón y que había leído incontables veces antes de aquel día. Acepté el café en vaso de cartón que me tendió y le di un sorbo mientras rezaba por que la conversación muriese allí, pero, claro, eso era mucho pedir.

—Pensaba que no hablabas alemán, Greta.

—Y no lo hablo.

Oleg frunció el entrecejo, pero algo en mi actitud debió de disuadirlo de continuar por esa senda y guardó un educado silencio, como si resolviera dejarme espacio para mis excentricidades.

Traté de volver a concentrarme en la lectura, pero era demasiado tarde. La interrupción de Oleg había acabado con el estado de trance que me había llevado a traducir de forma simultánea, o casi, el texto. No podía culparle por ello, de modo que guardé el libro y dediqué los siguientes minutos a saborear mi bebida, un brebaje tan aguado e insípido que no podía creer que pudieran llamarlo café.

Apenas unos minutos más tarde, vi aparecer por un lado de la calle a una mujer que caminaba con presteza y nos observaba con la expresión disgustada de quien ha sido interrumpida haciendo algo muy importante.

—*Cosa sta succedendo?* —dijo—. *Cosa volete da mia madre?*

No necesité saber italiano para entender que quería saber qué diantres se nos había perdido allí, ni para captar el deje amenazante con el que envolvió aquellas preguntas. Como si estuviera dispuesta a liarse a puñetazos con nosotros si no obtenía las respuestas adecuadas. A saber lo que le habría contado el recepcionista.

Oleg le preguntó si hablaba inglés. La mujer nos examinó de arriba abajo antes de responder que sí. Aproveché para ponerme en pie y sacudirme la parte trasera de los pantalones.

—Venimos de la Zentral- und Landesbibliothek de Berlín —explicó Oleg—. Trabajamos en la restitución de libros saqueados durante la Segunda Guerra Mundial. Nos gustaría hablar con la señora Dicenti acerca de un suceso que tuvo lugar en Roma en 1943 y en el que creemos que estuvo involucrada.

Las cejas de aquella mujer se unieron en el centro de su frente con una precisión milimétrica. Aquel argumento, lejos de satisfacer su curiosidad, había arrojado aún más dudas sobre nuestra presencia allí.

—Hace muchos años de eso —respondió—. Y mi madre está muy mayor. Creo que no va a poder ayudaros.

«Deje que nosotros decidamos eso», estuve a punto de replicar, pero sospeché que esa habría sido la manera más rápida de terminar de cabrearla y vernos de vuelta en Berlín con las manos vacías. Por suerte, Oleg fue más comedido.

—Nos hacemos cargo, señora, pero venimos desde muy lejos solo para hablar con ella. Le prometo que no le robaremos mucho tiempo.

La mujer sopesó la cuestión con los dientes apretados. Esperé que lo hiciera para contener una negativa y no porque estuviera al límite de su paciencia. Al fin y al cabo, la habían sacado de dondequiera que estuviese para arrastrarla hasta allí y atendernos, lo que no debía de haberle hecho ninguna gracia.

—Por favor —intervine—. Solo serán unos minutos.

Se volvió hacia mí, sorprendida de que fuera capaz de articular palabra.

—Pero es que mi madre no está bien —protestó, cada vez con menos convicción—. Le cuesta mucho centrarse. No creo que sirva de nada.

La contemplé durante el tiempo suficiente como para que comprendiera que éramos conscientes de la inutilidad de nuestro propósito, pero también que no íbamos a rendirnos sin pelear. Cuando negó de nuevo, lo mismo podría haber significado que claudicaba, o bien que no le apetecía esforzarse en hacernos cambiar de idea.

El interior de la residencia era un lugar oscuro y deprimente, al menos a primera vista. El conserje nos precedió por un pasillo lúgubre en el que flotaba un vago aroma a desinfectante. Era imposible no preguntarse si se trataba de una estrategia para tapar otro aroma infame anclado en los cimientos del edificio.

El pasillo desembocó en un patio luminoso. El cielo lucía encapotado y amenazaba con descargar una buena tromba de agua sobre nuestras cabezas. Habían colocado bancos bajo unos árboles tan raquíticos que apenas arrojaban algo de sombra.

Desafiando a esta circunstancia, Oleg y yo ocupamos uno de aquellos bancos. La hija de Filipa Dicenti se quedó ante nosotros con los brazos en jarras, como quien se dispone a ejecutar un juicio sumarísimo contra dos indeseables que han osado adentrarse en un lugar en el que no son bien recibidos. Traté de imaginar lo que veía: a mí, con mis botas de montaña y un abrigo de Marla que me quedaba grande, y a Oleg con aquella bolsa de Tintín que apretaba contra sí como si llevara dentro las joyas de la corona y temiera que alguien fuera a tratar de birlárselas si se despistaba. No éramos más que una pareja de desconocidos que habían venido desde muy lejos solo para hablar con su madre.

—*Mi chiamo Oleg. E lei è Greta.*

El bibliotecario pronunció nuestros nombres de forma educada, como si quisiera enterrar los últimos rescoldos de hostilidad patentes en el rostro y la actitud de aquella mujer.

—Encantada —respondió ella en inglés—. Mi nombre es Tina.

No era una presentación amigable, sino más bien la deriva inevitable de una situación que resultaba más incongruente a cada segundo que pasaba. El silencio se volvió tenso, tan incómodo como aquel dichoso banco.

Un movimiento a un lado del patio hizo que los tres volteáramos la cabeza al mismo tiempo. El conserje salió acompañado de una anciana que trotaba a su lado con energía. No había otra forma de definir la manera de moverse de aquella mujer, enjuta y esbelta, que movía ambos brazos a cada paso como si estuviera echando una carrera con el celador. La carrera más lenta del mundo.

Me llamó la atención la felicidad contenida en las facciones de la anciana. Era la viva imagen de la alegría y la despreocupación, como si su fin último en la vida no fuera otro que ganar aquella improvisada competición contra el conserje, que caminaba con las manos en los bolsillos haciendo gala de una paciencia extrema.

Tardaron una eternidad en llegar hasta donde nos encontrábamos. Tina se les acercó y besó a su madre en la mejilla, dulcificado al fin el gesto de disgusto que había lucido hasta aquel momento.

—*Ho mangiato i maccheroni.*

No necesité que me tradujeran lo que acababa de decir la

anciana: «Hoy he comido macarrones». Tina asintió y le acarició ambas mejillas. Oleg se puso en pie para recibirla.

—*Buongiorno, signora Dicenti.*

La anciana observó al bibliotecario con curiosidad. La sonrisa seguía allí y le confería el aspecto de una cría inquieta y deseosa de emprender aventuras lejos de los adultos, desmintiendo las arrugas que rubricaban su avanzada edad.

—*Buongiorno, signore. Porti i bagagli in camera mia. Mi piace il caffè nero.*

No entendí aquello, pero, a juzgar por la expresión desconcertada de Oleg, deduje que él tampoco tenía demasiado claro el significado de aquel saludo. La anciana, por contra, parecía estar pasándoselo en grande. Oleg la invitó a ocupar su lugar en el banco y Filipa Dicenti miró a su hija de refilón antes de decidirse a tomar asiento.

Desde allí observó a Oleg con los ojos achinados y el semblante juguetón. «Mira lo que he hecho, acabo de quitarte el sitio», parecía a punto de decir. Después se volvió hacia mí y me guiñó un ojo, incluyéndome en el juego.

—*Signora Dicenti* —dijo Oleg—, *vorrei farle alcune domande.*

Filipa Dicenti asintió y volvió a guiñarme un ojo. Cualquiera pensaría que me invitaba a ser su carabina en una especie de broma privada.

—*Sono interessato alla Biblioteca della Comunità Israelitica.*

La anciana no lo dejó terminar. Lo detuvo alzando una mano e inició una perorata atropellada, aquejada de un inesperado acceso de incontinencia verbal.

Hablaba con entusiasmo. Pensé que tal vez estuviera transmitiéndole a Oleg toda la información que recordaba al respecto de aquel suceso, pero mi optimismo chocó contra el rostro perplejo con el que el bibliotecario encajaba el discurso. Obviamente, aquello no era lo que esperaba oír.

Cuando la anciana terminó de hablar, se cruzó de brazos

y achinó los ojos de nuevo, lo que provocó que cientos de nuevas arrugas marchitasen su rostro. Oleg no cejó en su empeño y volvió a preguntar, pero Filipa Dicenti respondió a cada cuestión con una nueva sucesión de frases rápidas que encadenaba con agilidad, como si supiera perfectamente lo que decía.

A juzgar por la forma en la que el bibliotecario asimilaba la información, dudé que aquellos argumentos tuvieran el menor sentido para él. Su decepción era patente y no necesitó exteriorizar lo que ya sospechaba: Filipa Dicenti solo decía incoherencias, atrapada en la maraña de su propia memoria, y sus argumentos no tenían ninguna lógica.

La hija de aquella mujer, Tina, observaba la escena con una mueca de disgusto. Deduje que en cualquier momento iba a pedirnos que nos marcháramos de una vez, tras quedar en evidencia que tenía razón: su madre no iba a poder ayudarnos.

Había algo más: estaba furiosa con nosotros.

No podía culparla. Prácticamente la habíamos obligado a llevarnos ante la anciana. No me sentí con derecho a presenciar el evidente deterioro cognitivo de esa mujer. Tina debería habernos prohibido acercarnos a ella, pero se había dejado convencer, puede que porque albergara la vana ilusión de que nuestra presencia allí lograse remover los cimientos de su memoria. Ahora tenía claro que eso no iba a suceder.

Harta de aquella situación, me puse en pie y me dirigí a Tina.

—Sentimos haberla molestado.

Asintió con energía, dispuesta a aceptar mis disculpas siempre y cuando nos largáramos en ese mismo momento.

Oleg no daba crédito a mi rendición. Se resistía a darse por vencido, como evidenciaba su mirada ahogada en desesperación. Por su parte, Filipa Dicenti nos contemplaba a unos y a otros, encantada de ser la protagonista de la conversación silenciosa que manteníamos a su alrededor. Parecía feliz en su mundo difuso y alborotado, allá donde los problemas no podían alcanzarla y, si lo hacían, los encaraba como una niña que no teme enfrentarse a una aventura.

—Hora de irnos, Oleg —anuncié.

Hice ademán de regresar al pasillo que nos había llevado hasta allí. Oleg rebuscó en su bolsa con desesperación, como si tuviera algo allí dentro que pudiera inclinar la balanza a su favor. Contuve un bufido y, de paso, las ganas de agarrarle del cuello y obligarle a venir conmigo.

El bibliotecario encontró al fin lo que buscaba: una fotografía amarillenta que colocó ante el rostro de Filipa Dicenti.

—*Conosci qualcuno di questi uomini?*

Reconocí la instantánea. Era la que mostraba a los hombres del ERR en Roma. Alfred Rosenberg figuraba en el centro, acompañado de Pohl y Herbst. Oleg contempló a la anciana con expectación, la frente perlada de pequeñas gotas de sudor. Aquel era su último cartucho, su último intento de sacar algo en claro de aquel encuentro.

Filipa Dicenti observó la fotografía y comenzó a negar.

Entonces pasó algo.

Su rostro cambió. Al principio no fueron más que algunos detalles imperceptibles: un parpadeo a destiempo, un leve temblor en la mejilla. Al cabo de unos segundos, cualquier atisbo de alegría terminó de diluirse. De repente era una anciana, una mujer vencida por el paso del tiempo y por los problemas que la vida había ido colocando en su camino.

Era como si le doliera mirar aquella fotografía.

Resultó desagradable verla despojada de la ingenuidad de la que había hecho gala hasta entonces. Titubeó, comenzó un par de frases y las dejó sin terminar. Noté que su hija daba un paso al frente, a punto de pedirnos que la dejáramos en paz de una vez, pero sin atreverse aún a intervenir.

Al cabo de unos segundos, Filipa Dicenti tomó aire y lo

dejó escapar en forma de un suspiro que pareció llevarse consigo los últimos rescoldos de prudencia que pudiera haber albergado hasta entonces.

—*Sono arrivati a settembre.*

Lo dijo sin apartar los ojos del retrato. Sonaba cansada, sustituido el regocijo anterior por una vana resignación. Como si tratara de desenterrar los dolorosos recuerdos que hasta aquel momento habían permanecido hundidos en lo más profundo de su subconsciente.

Habló. Arrastraba las palabras, tal que si cada sílaba pesara como una losa. La parrafada duró casi un minuto completo y Oleg procedió a traducírmela en voz baja.

—Un oficial alemán examinó la biblioteca como si se tratara de un fino bordado. Acarició el papiro y los incunables, y deslizó sus dedos por las páginas de los manuscritos y las ediciones raras. Su cuidado y atención estaban en proporción directa al valor de cada volumen. Mientras pasaba las páginas, sus ojos se ensancharon y brillaron como los de un lector que conoce bien el texto y sabe encontrar un pasaje deseado o un par de líneas reveladoras. En sus elegantes manos, aquellos viejos libros parecían gritar como si los estuvieran sometiendo a una cruel tortura.

La mirada de Filipa Dicenti se había oscurecido al rememorar los días en los que fue testigo del saqueo nazi. Hablaba de forma mecánica, como si se limitara a pronunciar en voz alta lo que su cerebro le dictaba, sin detenerse a pensar en el destino final de sus palabras.

Su hija tenía el semblante apesadumbrado. Debía de hacer mucho tiempo desde la última vez que oyó a su madre hablar de esa manera, con sentido y perfectamente capaz de hilar sus recuerdos con exactitud. Experimenté una sensación ambigua: aquello era justo lo que habíamos ido a buscar, pero no podía evitar sentirme culpable por despojar a aquella mujer de su coraza de alegría y optimismo.

—Ese mismo oficial —continuó traduciendo Oleg— nos reunió para decirnos que la biblioteca iba a ser confiscada. También avisó de que iba a revisar personalmente la operación, y que si faltaba un solo libro o manuscrito lo pagaríamos con nuestras vidas.

Filipa Dicenti seguía contemplando la fotografía. Una lágrima brotó de la nada y saltó a su regazo, donde se convirtió en un lamparón oscuro. Sin embargo, cuando alzó la vista, comprobé que no eran lágrimas de pesar. Lo que había tomado por tristeza no era otra cosa que una descomunal furia que procuraba mantener a raya con los dientes apretados.

—Aun así lo hicimos —siguió traduciendo Oleg—. Salvamos los que pudimos. Los trasladamos a la Biblioteca Vallicelliana y los escondimos en el interior de una pared hueca. Ojalá hubiéramos podido hacer más, pero ese hombre nos daba miedo.

Filipa Dicenti llevó una mano a la fotografía. Pareció que iba a cogerla, pero lo que hizo finalmente fue señalar al tipo al que culpaba de su desazón. Al desalmado que acariciaba los libros como si los torturase y que había amenazado con matarlos si echaba de menos un solo ejemplar de la biblioteca.

Su dedo se detuvo antes de tocar el rostro de Herbst, sin atreverse a ir más allá. Como si temiera lo que podría desencadenar aquel simple gesto.

35

Las calles más alejadas del centro y de las hordas de turistas mostraban una ciudad apacible y descascarillada. Los coches y las motos circulaban a toda velocidad, sin respetar semáforos ni señales de *stop*, algo que descubrí de la peor manera posible cuando estuve a punto de ser arrollada por un simpático Twingo que pasó a pocos centímetros de mis pies. El conductor me recriminó el despiste con un furioso toque de claxon y un buen par de gritos, a pesar de que había sido él quien se había saltado el paso de peatones.

Las calles se tornaron estrechas, con una disposición tan caótica que por momentos llegué a sentirme desorientada y confusa, pero no le di demasiada importancia. Seguía aturullada por el encuentro con Filipa Dicenti, lo que dejaba poco espacio en mi cabeza para nada más.

Después de señalar el rostro de Herbst, la anciana se había sumido en un silencio pesaroso que no rompió ni siquiera cuando Oleg formuló algunas preguntas más. Como si aquella revelación hubiera agotado sus últimas reservas de energía. No teníamos mucho más que hacer allí, algo que se apresuró a recordarnos su hija. Ya las habíamos importunado bastante.

—Lo sabía —dijo Oleg—. Sabía que Herbst estaba detrás de todo.

Era la primera vez que abría la boca desde que habíamos salido de la residencia. Yo dudaba de que pudiéramos ser tan tajantes a ese respecto. Filipa Dicenti había identificado a aquel hombre, sí, pero eso no significaba ni mucho menos que fuera el ladrón de bibliotecas al que andábamos buscando. Sin embargo, Oleg no necesitaba mucho más para dar rienda suelta a su imaginación.

—Era un bibliófilo apasionado —continuó—. Seguro que confiscó un montón de obras valiosas para su uso privado y las conservó cuando terminó la guerra.

—Es imposible saber eso, Oleg.

No se inmutó. Había decidido que el tal Herbst era el culpable de todo y no iba a cambiar de idea tan fácilmente.

—Herbst vivió en Frankfurt hasta alrededor de 1960 —dijo—. Se rumorea que huyó del país en esa fecha debido a las presiones a las que lo sometieron las autoridades, que lo identificaron como parte del comando liderado por Alfred Rosenberg. Quizá se refugió en Polonia.

—¿Y por qué Polonia? Tengo entendido que los nazis no fueron precisamente amables con los polacos.

—Parte de ese país pertenecía a Alemania antes de la guerra. Muchos alemanes tenían familia y conexiones allí. Se cree que Herbst podría haberse trasladado a Breslavia, en la zona de Silesia, donde habría pasado inadvertido.

Me detuve en seco al oír aquello. Silesia... ¿Dónde había oído antes ese nombre?

Entonces lo recordé. No podía ser, me dije. Era demasiado oportuno para ser real.

—Según el informe de la comisión —dije—, hay varias teorías sobre el paradero de la Biblioteca de la Comunidad Judía de Roma. Una de ellas, la más aceptada, afirma que el tren que transportaba la colección podría haber tenido como destino final algún lugar de Silesia.

Me volví hacia Oleg, pero no parecía impresionado, o, al menos, no tanto como esperaba. Eso me llevó a una conclusión inevitable.

—Pero, claro, tú eso ya lo sabías.

Él debía de haber visto también la conexión. Era muy oportuno que Herbst se hubiera trasladado a Silesia, justo donde algunos rumores apuntaban que podría encontrarse la biblioteca perdida. Por eso desde el primer momento se había mostrado tan convencido de que Herbst había tenido mucho que ver en la desaparición de aquella formidable colección.

—No vamos a ir a Polonia, Oleg, así que más vale que te lo quites de la cabeza.

Compuso una mueca escéptica, «¿Por quién me has tomado?», pero no me dejé engañar: debía de haber pertrechado un plan de acción que incluía ese viaje a Roma y una visita posterior a Silesia, en busca de pistas que condujeran a la resolución del misterio que tanto le obsesionaba. Un plan en el que yo era una pieza fundamental, al disponer de medios para sufragar la expedición y de una excusa para hacerlo.

Tenía la molesta sensación de estar siendo zarandeada de un lado a otro sin pretenderlo, solo para satisfacer la curiosidad y las ansias de aventuras de aquel muchacho. Y eso que aún no había encontrado ni una sola prueba que insinuara siquiera que la Biblioteca de la Comunidad Judía siguiera existiendo.

—No te he pedido que vayamos a Polonia, Greta.

—Pero ibas a hacerlo. Y, antes de que lo intentes, déjame decirte que es una idea absurda y que no nos llevaría a ninguna parte. Demonios, ni siquiera sé dónde está Silesia.

Oleg fue a añadir algo, pero un movimiento a nuestra espalda llamó mi atención. Cuando miré, no había nada. Como si una sombra provocada por el paso de un automóvil o algún otro vehículo hubiera ocasionado un juego de luces a destiempo.

Solo que no pasaban coches por allí.

Estuve tentada de pensar que no había sido más que una

jugarreta de mi imaginación, desbocada tras la información recibida, pero la sospecha me llevó a mirar en torno con desconfianza.

—¿Dónde estamos, Oleg?

Él también miró a un lado y a otro. Fue a decir algo, pero se lo reservó al darse cuenta de que, al igual que yo, no tenía ni idea de dónde nos encontrábamos. Nos habíamos limitado a caminar sin comprobar nuestro rumbo, tan enfrascados en la conversación que no nos habíamos dado cuenta de adónde nos dirigíamos.

Y no solo eso. Además, ya había anochecido y llevábamos un buen rato sin oír el rumor de ningún vehículo. Nos encontrábamos en una calle desierta, sin tráfico ni más transeúntes que nosotros.

—Deja que ponga la dirección del hotel en mi teléfono —dijo Oleg.

Antes de que llegara a hacerlo, percibí un nuevo movimiento a mi espalda.

Me giré con rapidez, a tiempo de ver cómo tres individuos echaban a andar en nuestra dirección. A pesar de que nos separaban unos veinte o treinta metros de ellos, no me cupo la menor duda de sus intenciones.

¿Desde cuándo nos seguían?

Ya habría tiempo para encontrar respuestas. Sin un instante que perder, agarré a Oleg de su chaqueta y lo obligué a avanzar a mi lado.

—Date prisa, tío.

Obedeció. A juzgar por la forma en la que apretó el paso, deduje que él también se había percatado de la presencia de aquel trío de calaveras a nuestra espalda y no le apetecía en absoluto quedarse a preguntarles si podíamos ayudarles en algo.

Traté de orientarme, pero fue en vano. No había señales que indicaran la dirección que debíamos seguir ni ningún edificio que me fuera ni remotamente familiar, lo que resultaba desesperante. No entendía cómo podía haber sido tan descuidada. ¿Por qué nos seguían aquellos tipos? Lo más probable era que nos hubieran identificado como turistas y hubieran visto la ocasión de llenarse los bolsillos sin demasiado esfuerzo, aunque había otra posibilidad que, por rocambolesca que fuera, no podía ignorar sin más: ¿tenía esta emboscada algo que ver con el asunto de los libros robados?

Y ya puestos a pensar en posibilidades descabelladas: ¿tenía alguno de esos tipos algo que ver con el asesinato de Sebastian?

«Luego me enfrentaré a esas cuestiones», me dije. En ese momento, lo más importante era poner tierra de por medio entre nosotros y nuestros perseguidores.

Apretamos el paso y, tras doblar una esquina, echamos a correr sin disimulo. Las largas zancadas de Oleg podrían haberme dejado atrás con facilidad, pero tuvo el detalle de ajustar su paso al mío. Era una suerte que estuviera allí conmigo, aunque, si lo pensaba fríamente, dudaba que ese bibliotecario larguirucho fuera a serme de mucha ayuda frente a aquellos tres si las cosas se ponían feas. Nuestra única salvación pasaba por dar con la salida a una de las calles principales, donde tal vez podríamos encontrar a algún agente de policía o a otros viandantes que hicieran de testigos y disuadieran a aquellos tipos de intentar atracarnos.

Tomamos una calle que tenía buen aspecto, bien iluminada y que desembocaba en lo que parecía una fábrica de ladrillo visto. Me pareció que habíamos dejado atrás a esos individuos y aumenté el ritmo con la esperanza de que, al final de ese recodo, nos encontrásemos con una de las arterias principales y nos viéramos a salvo.

Error.

El callejón desembocó en una plazuela sin salida, un trampantojo que disimulaba el muro de un edificio imponente que se alzaba entre nosotros y nuestros sueños de salvación. Ni queriendo habríamos podido escoger una ruta peor.

—Me cago en...

Observé el muro con escepticismo, sin dar crédito a mi mala suerte. Comencé a desandar el camino, pero, justo antes de llegar a la esquina, aquellos tres tipos se materializaron frente a nosotros por ensalmo.

A juzgar por sus sonrisas y los gestos de suficiencia que cruzaron entre sí, supe que nos tenían justo donde nos querían. Habían previsto que nos meteríamos por nuestro propio pie en aquel callejón, lo que les facilitaría el trabajo a la hora de desvalijarnos.

El que iba al frente, un hombretón rubio con un zarcillo de oro, me dedicó un gesto de barbilla muy poco prometedor y habló en un castellano bastante decente.

—¿Os habéis perdido, chicos?

Sus compinches rieron la ocurrencia. Se habían colocado de manera que ocupaban todo el ancho de la calle, impidiéndonos rebasarlos. No pasé por alto el hecho de que se hubiera dirigido a nosotros en español. Lo más probable era que nos hubiera oído hablar en ese idioma en algún momento, aunque no podía dejar de preguntarme si es que, en realidad, sabía perfectamente quiénes éramos y lo que habíamos ido a hacer a aquella ciudad.

Oleg inició el gesto de interponerse entre aquellos maleantes y yo. Por si fuera poco, también se quitó las gafas y las guardó en la bolsa de Tintín.

Me sorprendió su disposición a enfrentarse a esos desgraciados. ¿Ahora resultaba que era un caballero andante, dispuesto a defender mi honor y mi virtud a toda costa, y nadie me lo había dicho? No me hacían ninguna gracia tales artificios, y no solo porque me pareciera obvio que Oleg no podría hacer mucho ante aquellos tres, sino por un motivo más práctico: teníamos que permanecer juntos. A pesar de nuestras escasas posibilidades contra tres hombres de buen tamaño y mala catadura, lo peor que podíamos hacer era enfrentarnos a ellos por separado.

—A ver, señorita —dijo el rubio—. Me gustaría saber qué hay en esa mochila.

Uno de sus colegas añadió algo en italiano. Los otros respondieron con una carcajada grosera y desagradable.

—Y a mi amigo le gustaría ver, de paso, lo que hay bajo el abrigo.

Se relamió, un gesto repulsivo que terminó de enervarme. En otras circunstancias, no habría dudado en lanzarme hacia aquel idiota para encajarle un buen par de puñetazos. No sería el primero que se veía obligado a pagar aquel peaje por subestimarme. Sin embargo, hallarme en un callejón oscuro de Roma frente a tres desalmados no era lo que se dice una situación óptima para presentar batalla. Si tenía que salir de allí a golpes, lo llevaba claro. Más me valía encontrar algo con lo que negociar.

—No estamos solos —aseguré.

El rubio arrugó la frente y miró a un lado y a otro.

—Aquí solo estamos nosotros, princesa. ¿No te gustamos o qué?

—Nos están esperando. Si nos retrasamos, vendrán a buscarnos.

Ni siquiera me molesté en parecer sincera. El rubio sabía que mentía. Lo anunciaba a gritos su lenguaje corporal, seguro de lo que hacía, como si no fuera la primera vez que se veía en una de esas, algo de lo que cada vez tenía menos dudas.

Hice un repaso mental del contenido de mis bolsillos, en busca de algún objeto que pudiera utilizar como arma defensiva contra aquellos tipejos, pero no llevaba nada más contundente que el teléfono y la tarjeta del hotel. No iba a tener más ayuda que mis puños y los de Oleg, lo que resultaba bastante decepcionante.

El rubio mostró el colmillo y dio un paso al frente, buscando precipitar los acontecimientos.

Y, en efecto, todo se precipitó.

Una sombra apareció por un lado del callejón, tan rápido que ninguno la vimos venir. Se materializó detrás del rubio y le asestó un inesperado empujón que lo lanzó contra el muro que tenía más cerca. Después, con un movimiento felino, se interpuso entre nosotros y aquel trío de imbéciles con el paraguas en alto, como si pretendiera descabezar con él al primero que se le pusiera a tiro.

A todos nos sorprendió aquella repentina aparición, pero apostaría que a ninguno le desconcertó tanto como a mí. El recién llegado debió de darse cuenta, ya que se volvió ligeramente y me dedicó un guiño que preferí no interpretar.

—E tu chi diavolo sei?

El que habló fue el rubio, erigido en portavoz del grupo. Tenía el rostro congestionado, ardiendo de pura rabia. No parecía acostumbrado a que nadie le empujase de esa manera, ni mucho menos que le disputaran la pieza como lo estaban haciendo.

—Ese soy yo, boludo. El *diavolo*.

Chencho dejó escapar una risa zafia, fuera de lugar. Como si aquel asunto le pareciera de lo más divertido. No dejó de apuntar a aquellos indeseables con su paraguas, como si se tratara de una escopeta con la que pudiera poner fin a la disputa de una forma expeditiva y definitiva.

El rubio y uno de sus colegas no se amilanaron y sacaron cada uno una navaja, que armaron con un gesto seco. El otro tipo se crujió los nudillos, encantado de tener algo que golpear.

—Hora de irse, linda —dijo Chencho.

Formuló aquella sugerencia con una tranquilidad que transmitía una mansa sensación de calma, como si lo tuviera todo bajo control. Después, muy despacio, como si no quisiera que nadie por allí se perdiese el movimiento, desenvainó.

De nuevo, la sorpresa se cernió sobre los presentes mientras veíamos aquel paraguas anodino convertirse en un estoque cuya hoja medía casi tres palmos.

La situación se volvió aún más surrealista si cabe, más propia de una novela de Alejandro Dumas que de la vida real. El argentino movió el estoque en una elegante floritura, para asegurarse de que nuestros asaltantes lo veían bien, y la hoja arrancó algunos destellos a la noche.

Por eso llevaba aquel paraguas con él a todas partes, concluí.

El rubio se lanzó a por él.

El argentino hizo un gesto sencillo, apenas un movimiento de un lado a otro. Como quien se quita un insecto molesto de encima. El estoque describió un arco, directo al rostro del rubio.

El grito reverberó en el callejón vacío. El maleante retrocedió y se llevó una mano a la cara. Cuando la retiró, aprecié con nitidez la herida bajo su ojo, un corte tan limpio como un suspiro. Unos centímetros más arriba y habría tenido que buscarse un ojo de cristal.

—*Bastardo...*

Los colegas del rubio cerraron filas ante él, prestos a defenderle.

Me habría encantado quedarme a ver el espectáculo, pero, por suerte, Oleg escogió ese momento para tomar la iniciativa. Me agarró de la manga del abrigo y tiró de mí hacia la salida del callejón. Me dejé llevar y rebasamos al grupo en el momento en el que el rubio volvía a lanzarse a por Chencho con el rostro bañado en sangre.

Alcanzamos a oír varios gritos y golpes a nuestra espalda, pero pronto nos vimos lejos de la refriega. Al cabo de pocos minutos, sin saber cómo, emergimos de nuevo por una de las vías principales, surcada por peatones de aspecto despreocupado que tuvieron que apretarse contra los edificios que tenían más cerca para que no los arrolláramos.

Observé de reojo a Oleg, sin dejar de correr. Su expresión era furiosa, los dientes apretados como si estuviera conteniendo las ganas de regresar al callejón y echarle una mano al argentino. De repente, no me pareció tan enclenque ni tan poca cosa como hacía un rato. Su expresión anunciaba a gritos que, si alguien intentaba tocarle un pelo, se lo haría pagar caro.

Deseé con todas mis fuerzas que aquel inesperado acceso de audacia lo abandonara antes de que hiciera ninguna temeridad. Estaba claro que aquella situación nos superaba.

36

No habría podido dormir ni aunque me hubieran ofrecido un millón de dólares por cerrar los ojos. Seguía embargada por una electrizante sensación de peligro, incluso en la seguridad de mi habitación, pese a que dudaba de que no nos hubieran seguido.

Por eso, durante un rato no dejé de pasear de un lado a otro, ansiosa y excitada por el torrente de violencia que me había visto obligada a presenciar. Chencho había demostrado un dominio terrorífico del estoque, aquella arma anticuada y arcaica que parecía sacada de una novela de época y que dotaba a la situación de un halo de irrealidad difícil de asimilar.

No dejaba de darle vueltas tampoco a su repentina aparición. ¿Cómo diablos había dado con nosotros? ¿Acaso nos había seguido desde Berlín?

El sonido de unos nudillos contra la puerta cortó el hilo de mis pensamientos. Fue una llamada débil, apocada, que me llevó a vaticinar quién se hallaba al otro lado. Pregunté quién era por mera formalidad.

Oleg se identificó. Al abrir, encontré al bibliotecario con el rostro pálido, engalanado con una expresión tímida con la que supongo que pretendía enmascarar su nerviosismo. Se recolocó las gafas antes de hablar.

—¿Tú tampoco puedes dormir?

En condiciones normales me habría negado a dejar entrar en mi habitación a un chico al que apenas conocía, pero supuse que a esas alturas podía considerarlo un camarada, o casi. Pocas cosas cimentan mejor una relación que el hecho de haber estado a punto de sufrir un asalto a manos de tres rufianes.

Por eso, me aparté y lo invité a pasar. Antes de cerrar, eché una ojeada al pasillo para asegurarme de que no había ninguna presencia indeseable en las inmediaciones.

Por si acaso.

El bibliotecario dio algunos pasos y quedó varado en medio de la habitación. Señalé la única silla con un golpe de barbilla y me acomodé en la cama con las piernas cruzadas. La estancia no era tan grande como para permitir mayores comodidades. Oleg ocupó su asiento, indeciso, como si tratara de recordar qué había ido a hacer allí.

—¿Quién era ese tipo? —preguntó—. El de la gabardina y esa especie de espada. Tuve la impresión de que os conocíais.

Rebosaba cautela. Teníamos pendiente aquella conversación desde que llegamos al hotel. Durante el trayecto, había eludido cada intento de Oleg de iniciar una charla al respecto, pero no tenía sentido seguir evitándolo.

—Se llama Chencho. Trabaja para Sarasola.

Entornó los ojos mientras ubicaba aquel apellido.

—¿Y qué ha venido a hacer aquí, Greta? ¿Le dijiste que vendríamos?

Ambas preguntas llevaban implícito un reproche demasiado evidente como para pasarlo por alto. No estaba de humor para andarme con rodeos.

—Es curioso, yo iba a preguntarte lo mismo.

—¿Cómo?

—¿Has hablado con Sarasola últimamente?

Estaba casi segura de que no era cosa suya, pero necesitaba oírselo decir.

—No he vuelto a ver a ese tío desde hace meses. ¿A qué viene esto?

—A que alguien debe de haberle dicho que veníamos a Roma. Por eso ha enviado a su perro guardián tras nosotros.

—¿Y por qué?

Me contuve para no darle la respuesta que quería oír. Sin embargo, por mucho que me fastidiara, no podía negar lo que a esas alturas era una verdad a gritos. Por eso le resumí, a grandes rasgos, la conversación que había mantenido en Berlín con Carlos Sarasola. Casi pude oír el sonido que hacían los engranajes de su cerebro al conectar unos con otros para armar una serie de conclusiones tan descabelladas como inevitables.

—Así que Sarasola no se ha dado por vencido: sigue empeñado en encontrar la biblioteca.

No me vi con ganas de desmontar sus suposiciones. Todavía me duraba el susto provocado por la intentona de asalto de aquellos tres indeseables. Habíamos tenido suerte de que Chencho anduviera cerca.

Sin embargo, la intervención del esbirro de Sarasola, aunque providencial, no resultaba en absoluto tranquilizadora. Nos había salvado, sí, pero había algo en su forma de actuar, brutal y efectiva, que me hacía verlo como un animal salvaje y difícil de controlar. Si un día éramos nosotros los que nos interpusiéramos en su camino, no dudaría en utilizar su estoque para dispensarnos el mismo tratamiento que a aquellos tres malnacidos.

—¿Y ese tal Chencho nos ha seguido desde Berlín? —preguntó.

—Supongo que sí.

—¿Pero cómo lo ha hecho? Los controles del aeropuerto son muy estrictos. Habrían detectado esa especie de espada camuflada en su paraguas y le habrían impedido embarcar.

—Apuesto a que ha conducido toda la noche para llegar a Roma.

Ambos estábamos pasando por alto la pregunta más importante de todas. ¿Cómo diablos había sabido Chencho que nos dirigíamos a Roma? Una vez descartada la posibilidad de que Oleg lo hubiera tenido al tanto de nuestros movimientos, me decanté por otro nombre propio, que en realidad constituía la opción más plausible:

Teresa Solana.

La tarjeta de crédito que Neoprisa me había proporcionado para hacer frente a los gastos derivados de la investigación debía de perseguir, además, otra finalidad: tenerme controlada. Gracias a los movimientos de la tarjeta, habrían sabido de antemano que iba a tomar un vuelo a Roma. Debían de saber incluso el nombre del hotel en el que nos alojábamos.

Era evidente que el trato de Teresa Solana con Sarasola seguía en pie. Por eso lo tenía al día de mis movimientos. De esa forma, el bibliófilo y su lacayo sabrían exactamente dónde me encontraba en cada momento y podrían asegurarse de que no los adelantaba en sus pesquisas, por poco probable que fuera.

—¿Crees que estamos en peligro, Greta?

—¿Y por qué íbamos a estarlo?

Miró para otro lado y fue como si huyera de aquella pregunta.

—Sebastian fue asesinado hace apenas un par de noches —respondió.

Yo también había pensado en ello. Que la muerte de Sebastian se hubiera producido justo antes de nuestro viaje a Roma era una coincidencia demasiado oportuna como para dejarla pasar, aunque no se me ocurría ningún factor que pudiera vincular su asesinato con el asunto que teníamos entre manos.

—Esto es distinto, Oleg. Se supone que alguien mató a Sebastian para hacerse con ese ejemplar del *Fausto*. ¿Qué puede tener eso que ver con nosotros?

—¿Y qué hay de ese tal Chencho? —dijo—. Porque a Sebastian, por lo que sabemos, lo apuñalaron...

Comprendí sus dudas. Ver a Chencho blandiendo aquel estoque con tanta pericia era, como mínimo, sospechoso. ¿Y si el argentino había apuñalado a Sebastian para hacerse con el *Fausto*?

Era absurdo.

—No creo que Chencho haya tenido nada que ver con la muerte de Sebastian —aseguré.

Lo pensaba de verdad. El argentino estaba a las órdenes de Sarasola y, en caso de que a este le hubiera interesado adquirir el *Fausto*, no habría perdido el tiempo haciéndose pasar por otra persona, escribiéndole correos al bibliotecario durante meses y armando aquella pantomima para, finalmente, cometer un crimen. En lugar de eso, habría hablado directamente con la dirección de la Zentral- und Landesbibliothek, habría efectuado una bonita donación y se habría hecho con aquel tomo de una manera discreta y libre de toda sospecha.

Noté la vibración del teléfono en mi bolsillo. Supuse que se trataba de un mensaje de Marla, que querría que la pusiera al corriente de nuestros hallazgos.

—Deberíamos descansar, Oleg. Mañana saldremos temprano para Berlín.

Era una bonita manera de invitarle a largarse de una vez. Por suerte, lo pilló a la primera y se puso en pie.

—No creo que pueda dormir, pero tendré que intentarlo, al menos.

Sonrió con educación. Después musitó una despedida y salió de la habitación. En cuanto me quedé sola, saqué mi teléfono y comprobé que el mensaje no procedía de Marla, sino de un número que no conocía.

Vigila dónde te metes, linda. No siempre voy a estar ahí para salvaros el culo.

Aquel «linda» identificaba al remitente con mayor precisión que si hubiera firmado con su nombre y apellidos. Se me ocurrieron varias respuestas bastante irrespetuosas, acordes con la repulsión que me provocaba aquel tipo, pero acabé desechándolas. No iba a entrar en su juego; debía de ser justo lo que esperaba.

En lugar de eso, llamé a mi hermana.

37

Como siempre, Marla me interrumpió varias veces con observaciones y preguntas que ralentizaron el relato del encuentro con Filipa Dicenti. Rememorar aquella conversación en voz alta y enfrentarme a las dudas de mi hermana me llevó a concluir que había resultado aún menos esclarecedora de lo que pensaba.

—La señora Dicenti identificó a Herbst —señalé—, pero en realidad eso no significa nada.

—Puede que no signifique nada, Greta. O puede que lo signifique todo.

—No veo cómo.

—Antes de que fuerais a verla, teníamos tres sospechosos de haber robado la Biblioteca de la Comunidad Judía. Ahora podemos reducir la lista a un solo individuo.

—No creo que podamos ser tan categóricos. La señora Dicenti señaló a Herbst, pero eso no basta para identificarlo de manera definitiva.

—Pero hace el tema más manejable, hermanita. Podemos centrarnos en ese tío y seguir sus pasos hasta dilucidar sin lugar a dudas su implicación.

No era habitual que Marla mostrara tanto entusiasmo, y menos por un asunto que, hasta la última vez que hablamos, había tratado con bastante desapego. Eso me llevó a sospechar que había algo que no me contaba.

—¿Has dado con el catálogo de Sonne?

—Es humanamente imposible dar con ese catálogo —respondió—. Tan solo he podido averiguar parte de su contenido. Aun así, no tiene desperdicio: la Biblioteca de la Comunidad Judía de Roma estaba compuesta por unos siete mil volúmenes, entre los que destacaban veintiséis códices, doce incunables y un buen número de textos impresos en Constantinopla en el siglo XVI.

Detuvo el discurso para encender un pitillo. Creo que lo hizo para poner de relieve lo que iba a decir a continuación, como si quisiera que prestara especial atención a esa parte.

—También almacenaba una cuarta parte de los textos impresos por los Soncino. ¿Te suenan?

—¿Los Soncino?

—Eran una familia de impresores judíos procedente de Alemania que se establecieron en Italia a mediados del siglo XV. Entre sus producciones más importantes se encuentra la Biblia de Soncino, impresa en 1488 en tres volúmenes, que fue la primera biblia hebrea completa que se produjo en una imprenta de tipos móviles.

Guardó silencio, como si quisiera darme la oportunidad de meter baza. No me costó intuir adónde quería ir a parar ni por qué parecía tan contenta.

—¿Has dado con esa biblia?

Soltó una respuesta ambigua, un «Ajá» que dilató mientras daba una calada, provocando un desagradable sonido de succión tan nítido como si hubiera ocurrido a pocos centímetros de mi oreja.

—Hace unos meses, un reputado bibliófilo de París se jactó en varios foros de haber dado con los tres volúmenes de la Biblia de Soncino en uno de sus últimos viajes. Se llamaba Marcel Dubois.

Pronunció el apellido de forma extraña, «Dubuá», una imitación del acento parisino bastante pobre y forzada, aunque fue otra cosa lo que me llamó la atención.

—¿Por qué hablas de él en pasado?

La risa de Marla me recordó al sonido que haría un puñado de ramas secas al ser pisoteadas una y otra vez.

—Falleció hace unos meses, Greta. Al parecer, se declaró un incendio en su biblioteca y murió tratando de salvar los ejemplares más valiosos.

La mención de ese incendio me provocó un apretón de congoja que noté como algo sólido. Rememoré la pesadilla que había regresado en los últimos días, vívida y traicionera. Imaginé el calor, el humo y la rabia del fuego mordiendo la piel de aquel pobre hombre como castigo por cruzarse en su camino. Las llamas no perdonan a nadie, por honorables que sean sus propósitos.

—Al menos, esa es la versión oficial —aclaró—. Hay otras teorías.

Imprimió un deje misterioso a sus palabras, concisa como un pájaro de mal agüero.

—¿Y qué dicen esas teorías, si se puede saber?

—Hay quien sostiene que Dubois tenía serios problemas económicos y quiso incendiar su casa para cobrar el seguro.

No conocía a ese hombre, pero dudaba mucho que esa posibilidad estuviera ni remotamente cerca de la verdad. A ninguno de los coleccionistas a los que conocía se les pasaría jamás por la cabeza la idea de pegarle fuego a su biblioteca, por mucho que necesitaran la pasta. El ansia de coleccionismo está por encima de tales artificios.

—Otros rumores apuntan a que se emborrachaba muy a menudo. El incendio debió de sorprenderle durmiendo la mona, por lo que no pudo reaccionar y ponerse a salvo.

—Ya.

—Y hay otra teoría, hermanita, aunque en realidad no es una teoría como tal. Más bien se trata de especulaciones sin ninguna base real y que no conviene tomarse muy en serio.

—Cuéntamela, de todos modos.

—Que fue víctima de un robo. El ladrón irrumpió en su casa, lo mató y robó alguno de los ejemplares más notables de su colección. Después prendió fuego a la biblioteca para ocultar su rastro y, de paso, que nadie pudiera identificar los libros que faltaban.

Como bien había anticipado Marla, se trataba de una teoría descabellada, más propia de una novela de Patricia Highsmith que de la vida real. No obstante, el reciente asesinato de Sebastian daba al asunto una dimensión completamente diferente y me impedía rechazar cualquier hipótesis, por absurda que pareciera.

—No puede ser —dije.

No me refería solo a la muerte de Dubois, sino también a la de Sebastian y, sobre todo, a la posibilidad de que ambos sucesos estuvieran conectados.

—Como te iba diciendo —continuó Marla—, hace cuatro meses Marcel Dubois le contó a todo el que se le puso a tiro que había encontrado los tres volúmenes intactos de una Biblia de Soncino. Al poco de hacer ese anuncio, murió sin que ninguno de sus amigos o conocidos hubiera podido verificarlo, de modo que no podemos saber si era verdad o si se trataba de una fanfarronada.

Sonaba a chiste. Uno de esos chistes largos y elaborados cuyo final nunca está a la altura del desarrollo.

—¿Y dónde se supone que encontró esa biblia?

—El tipo viajaba mucho. Parece ser que dio con ella durante su último viaje, mientras visitaba algunos lugares de Europa del Este.

Un nombre irrumpió en mi cabeza, inoportuno como un abrigo en agosto. La boca se me secó de golpe y tuve que tragar saliva antes de hablar.

—¿Silesia?

—Justo ahí, hermanita. Pasó dos semanas en una ciudad llamada Breslavia, en Polonia. ¿Te suena de algo?

La certeza se solidificó, molesta como una indigestión. Marla se tomó el silencio como una confirmación y continuó como si nada.

—Marcel Dubois viajaba mucho para visitar a sus amigos y para descubrir anticuarios y librerías de viejo apartadas del circuito habitual. A lo largo de los años, dio con algunas joyas siguiendo este procedimiento.

No tenía sentido. Puede que ese tal Dubois no hubiera tenido nada mejor que hacer que buscar librerías escondidas por Europa, pero yo no tenía tiempo para perderlo en elucubraciones. Polonia se me antojaba un territorio inhóspito, un lugar del que apenas sabía nada.

—Acabo de enviarte algo.

Me despegué el teléfono de la oreja y abrí la fotografía que mi hermana acababa de hacerme llegar. Se trataba de un recorte de prensa. El encabezado era una parrafada en francés, debajo de la cual había una fotografía en blanco y negro que indudablemente había sido tomada en un cementerio, dado que mostraba un grupo de hombres y mujeres con rostros entristecidos y rodeados de tumbas y cruces de piedra en segundo plano. Marla tradujo el titular sin que se lo pidiera.

—«La muerte de Marcel Dubois reúne en París a grandes personalidades del mundo de la cultura.»

Los individuos que aparecían en la foto tenían las manos cruzadas por delante, miraban hacia abajo y lucían expresiones que iban de la incredulidad a la tristeza. Abrigos, guantes de piel, alguna lágrima, «No somos nadie».

Y allí, en primera fila, había un rostro que conocía bien.

—Hostias.

—Parece ser que eran viejos conocidos —confirmó Marla—. No me extrañaría que hubieran hecho negocios juntos.

En la foto, Sarasola parecía realmente compungido, aunque era imposible saber si se debía a que le había unido una verdadera amistad con aquel hombre o a que, con su muerte, se iba al traste también cualquier posibilidad de averiguar si era verdad que había dado con una pista sobre el paradero de la Biblioteca de la Comunidad Judía o si tan solo se había tratado de una fantasmada.

—Intuyo que los tres volúmenes de la Biblia de Soncino se perdieron durante el incendio, ¿verdad?

Marla no respondió, pero tampoco necesité que lo hiciera. Estaba ocupada desbrozando una nueva casualidad, otra más: la noticia era de hacía cuatro meses, más o menos la fecha en la que, según Oleg, Sarasola se había dejado caer por la Zentral- und Landesbibliothek.

Ahí tenía la conexión, el nexo de unión entre ambas circunstancias. La muerte de Marcel Dubois debía de haber espoleado a Sarasola en dirección a Berlín y a la búsqueda de la biblioteca perdida.

—Tengo que contárselo a Oleg.

No me di cuenta de que lo había dicho en voz alta hasta que fue demasiado tarde.

—¿Qué tal con él?

Marla fingía curiosidad, aunque no me engañó. Sabía exactamente lo que pretendía.

—Bien, ya sabes. Habla italiano, lo que resulta de mucha ayuda.

—Ajá. ¿Está ahí contigo?

—No digas gilipolleces.

—Tal vez deberíais compartir habitación. Para minimizar gastos, digo.

Era una suerte que Marla se encontrara a varios cientos de kilómetros y no pudiera ver el intenso rubor que me provocó aquella insinuación. Sabía que solo pretendía provocarme, de modo que cambié de tema.

—Oleg quería ir a Polonia. A Breslavia, concretamente.

—¿En serio?

Su tono se endureció. Como si se hubieran evaporado sus

ganas de bromear, instalada de nuevo en su desconfianza habitual.

—Me ha contado que Herbst pasó allí sus últimos años.

—¿Y tú le crees?

Titubeé. Hasta aquel momento no me había parado a pensar que Oleg pudiera haberse reservado información.

—Es muy oportuno que insista en ir a Breslavia —continuó—, el lugar donde se supone que Dubois encontró la Biblia de Soncino.

—Eso no es... —comencé a decir, pero me di cuenta de que no tenía con qué rebatir esa sospecha, por lo que repetí lo que ya sabía—. Me contó que Herbst vivió allí.

—Lo investigaré, a ver si es cierto.

—Y entonces, ¿qué hacemos?

Lo pregunté a la desesperada. Si era verdad que ese tal Dubois había encontrado la Biblia de Soncino en Polonia, valdría la pena ir a echar un vistazo. Sin embargo, volví a sentirme embargada por la molesta sensación de estar siendo lanzada de una ciudad a otra sin un motivo concreto y sin encontrar argumentos con los que resistirme.

—Déjame investigarlo —repitió—. Mientras tanto, no te fíes de nadie.

La sugerencia tenía tantas connotaciones que me sentí abrumada. Una posibilidad funesta sobrevoló mi mente casi de pasada: que supiera, ya eran dos las personas que habían fallecido en los últimos meses y que, de alguna manera, habían estado relacionadas con la desaparición de la Biblioteca de la Comunidad Judía. Puede que Marcel Dubois y Sebastian Finsterwalder ni siquiera se hubieran conocido, pero sus muertes, en circunstancias excepcionales y con tan solo unos meses de diferencia, me impedían descartar esa idea a la ligera.

—El esbirro de Sarasola está aquí —dije—. Ha debido de seguirnos.

Mi hermana guardó silencio mientras sopesaba esa información y todo lo que implicaba.

—Te están controlando a través de esa tarjeta de crédito. Lo sabes, ¿verdad?

Lo dijo como si fuera evidente. Oír en sus labios lo que llevaba toda la tarde rumiando me hizo darme cuenta de lo idiota que había sido. Estaba cometiendo demasiados errores.

—No se lo pongas tan fácil —continuó—. Si sigues tirando de tarjeta van a saber adónde vas, dónde duermes e incluso cómo te gusta el café. Mañana a primera hora deberías sacar un buen montón de efectivo y utilizarlo cada vez que quieras pagar algo.

Podía imaginar la cara que pondría Teresa Solana cuando consultara los movimientos de la tarjeta y viera una fuerte retirada de efectivo. Probablemente me llamaría para pedirme explicaciones. No obstante, siempre sería preferible enfrentarse a una llamada enfurecida de esa mujer que seguir siendo controlada a distancia y no hacer nada por evitarlo.

—Descansa —ordenó Marla—. Mañana decidiremos si te conviene ir a Polonia o no.

Calló lo que ambas sabíamos: que la mera posibilidad de encontrar una pista sobre el paradero de la Biblioteca de la Comunidad Judía era lo bastante jugosa como para que ni siquiera tuviéramos que pensárnoslo.

La oí dar una nueva calada, tan larga y profunda que no podía ser otra cosa que el preámbulo de una revelación importante. Lo peor fue que supe lo que iba a decir, pero aun así permanecí a la espera, paciente como un reo ante el pelotón de fusilamiento.

—Y no te fíes de Oleg —dijo—. En realidad, no sabes nada de él.

38

Esa noche, mis sueños volvieron a llenarse de fuego, humo y desolación. Desperté de madrugada sobresaltada y con los ojos arrasados en lágrimas. Ni siquiera pude volver a quedarme dormida y me instalé en un pesado duermevela, con miedo a que la pesadilla se repitiera si volvía a cerrar los ojos.

Amaneció a traición. Cuando bajé a desayunar, Oleg ya andaba por allí, lozano y con el pelo aún húmedo por una ducha reciente.

—Buenos días, Greta. ¿Qué tal has dormido?

Sus buenas maneras se estrellaron contra mi rostro pétreo. En lugar de responder, llamé al camarero y le pedí un café bien cargado. Esperé hasta que me lo puso delante antes de decir nada.

—Anoche hablé con mi hermana.

Le hice un resumen de lo que me había contado Marla sobre Marcel Dubois y la Biblia de Soncino que, supuestamente, había encontrado en uno de sus últimos viajes. Mientras lo hacía, escudriñé las facciones de Oleg para comprobar si aquel nombre o la mención a la biblia provocaban alguna reacción contraria a la esperada, pero pareció adecuadamente sorprendido por lo que oía. Cuando terminé de hablar, hizo justo la pregunta que esperaba.

—¿Crees que alguien pudo matarle para hacerse con esa biblia?

—Ni siquiera sabemos si es verdad que la tenía en su poder, Oleg. Son solo especulaciones.

—Ya. ¿Y sabemos dónde la encontró?

—En algún lugar cerca de Breslavia.

Al oír el nombre de esa ciudad, Oleg abrió mucho los ojos y su mandíbula cedió por la sorpresa. Fue una reacción bastante verosímil, aunque tampoco me veía capacitada para valorar si era sincero o solo actuaba.

—Estás de broma, ¿no? Se trata del mismo sitio en el que Herbst...

Dejó la frase ahí. Debió de darse cuenta de que iba a decir una obviedad.

—Tendrías que dejar de usar puntos suspensivos, Oleg. Solo los malos novelistas abusan tanto de ellos.

—¿Y cómo ha averiguado tu hermana todo eso?

—Hace tiempo que aprendí a no cuestionar los métodos de Marla. Si le das un ordenador o un teléfono con conexión a internet, será capaz de averiguar cualquier cosa de cualquiera.

—¿Es una *hacker*?

—No exactamente.

¿Qué era mi hermana, entonces? Alguien que pasaba los días y las noches en la red, inmersa en webs de dudosa legalidad y consiguiendo información que al común de los mortales nos estaba vetada. No encontré ninguna palabra con la que definir exactamente lo que hacía, por lo que preferí no ponerle ninguna etiqueta.

—Además, me enseñó esto.

Saqué el móvil y le mostré la fotografía del entierro de Marcel Dubois. Oleg la observó con atención.

—Ese es Sarasola, ¿no?

No respondí, para que llegara por sus propios medios a las mismas conclusiones que yo.

—Así que ese tal Dubois encontró una Biblia de Soncino en Breslavia —sentenció.

No dijo más. Estaba claro que él no iba a permitir que la lógica aniquilara sus sueños, pero yo no iba a pasar por ahí.

—Ni siquiera sabemos si es cierto, Oleg. Y, aunque lo fuera, ¿qué se nos ha perdido en Breslavia? No sabríamos ni por dónde empezar. No tenemos ningún nombre ni ninguna dirección con los que orientarnos.

—Según tu hermana, ese tal Dubois se dedicaba a visitar librerías de viejo repartidas por los lugares más recónditos de Europa. Tal vez, podríamos empezar haciendo una visita a algunos anticuarios de Breslavia.

Yo también lo había pensado, aunque ignoraba cuántas librerías habría en esa ciudad. Podrían ser cuatro, o cuarenta. Demonios, ni siquiera sabía si era una ciudad, un pueblo o una aldea.

—Además, no hablamos polaco.

En lugar de darme la razón, Oleg se ruborizó y miró para otro lado.

—¿Pero tú cuántos idiomas hablas, muchacho?

—¿Qué quieres que te diga? Es mi *hobby*.

Definitivamente, ese chico era una caja de sorpresas. Envidié su determinación y, sobre todo, su habilidad para hacerse con tantas lenguas diferentes, lo que era de una utilidad innegable.

—Además, no es para tanto —se excusó—. Cuantos más idiomas controlas, más fácil resulta aprender uno nuevo. Ves las conexiones, los puntos en común, palabras parecidas...

Parecía avergonzado, como si quisiera quitarle importancia a aquel talento. Preferí no ahondar en ello y miré el reloj. El vuelo a Berlín salía al cabo de unas tres horas.

—Deberíamos ponernos en marcha.

Oleg me examinó con interés antes de verbalizar una pregunta que, no por esperada, fue menos inquietante.

—¿Adónde vamos, Greta?

Parecía inseguro al preguntar aquello. Como si la respuesta no fuera evidente. Debía de albergar la esperanza de que, en lugar de regresar a Berlín, pusiéramos rumbo a Polonia para continuar con nuestras pesquisas, algo que no tendría ningún sentido.

Debo confesar que me lo pensé. Me planteé la posibilidad de agarrar el primer vuelo que saliera rumbo a Breslavia para hacer algunas averiguaciones antes de regresar a Alemania.

Era un despropósito.

Iba a decírselo cuando noté que el teléfono vibraba. En la pantalla brillaba el nombre de mi hermana.

—¿Me disculpas?

Me puse en pie sin esperar a que me diera su beneplácito. Salí al *hall* del hotel y acepté la llamada.

—Buenos días, Greta. ¿Qué planes tienes para hoy?

Era extraño oír a Marla tan activa y optimista, aun cuando sospechaba que había pasado la noche trabajando, como acostumbraba.

—En principio —dije—, poner rumbo al aeropuerto y tomar el vuelo de vuelta a Berlín. Y después ya se verá.

La carcajada de Marla llenó la línea y me obligó a apartarme el teléfono de la oreja para no quedarme sorda. Cuando por fin logró contener aquel súbito acceso de alegría, habló como si continuara una conversación que había comenzado hacía un buen rato.

—Después de la guerra, Herbst encontró trabajo como asesor en una editorial, la Hans Schulz Verlag. Vivió durante algunos años en Frankfurt, pero más tarde se trasladó a Breslavia, la ciudad de la que procedía su madre.

Empleó un tono didáctico, como un profesor que se limitara a enunciar una teoría objetiva que no admitía discusión.

—Siguió haciendo algunos encargos ocasionales para la Hans Schulz Verlag, pero en 1969 se esfumó. No hay registros de adónde fue ni de por qué se largó. Encontraron la mayor parte de sus pertenencias en su casa, como si hubiera tenido que salir precipitadamente y tuviera pensado regresar en cualquier momento.

»Como nota curiosa, aunque dejó casi todas sus cosas atrás, su biblioteca desapareció con él. Debió de llevársela adondequiera que fue, aunque puede que la vendiera antes de largarse o se la regalara a alguien. He podido averiguar que tenía fijación por los autores españoles del siglo XVIII.

—¿Alguna idea de adónde se marchó?

—Ninguna, hermanita. Nadie sabe qué fue de él. Puede que decidiera cambiar de aires, o tal vez se suicidó, como tantos antiguos nazis desencantados con lo que les deparaba la historia. También cabe la opción de que alguno de los tipos a los que saqueó y envió a los campos de concentración averiguara dónde se escondía y fuera a ajustarle las cuentas. En ese caso, o bien lo consiguió y se deshizo de su cadáver en algún lugar discreto, o bien Herbst fue más rápido y se piró en cuanto se enteró de que estaba en peligro.

Demasiadas posibilidades como para explorarlas una por una. Eso hacía que la investigación cobrara una dimensión imposible de abarcar con nuestros escasos medios.

—Te acabo de enviar la última dirección conocida de Herbst.

—No pienso ir a Polonia, Marla.

—Incorrecto: tomarás el próximo vuelo a Breslavia, que sale dentro de exactamente una hora y media. Vas a tener que correr.

Noté una nueva vibración de mi teléfono. Ojeé brevemente la pantalla para comprobar que Marla me había hecho llegar la dirección del antiguo domicilio de Herbst, pero también algo más: un PDF con la información de un vuelo a Breslavia y, lo que resultó más sorprendente, un número de reserva.

—¿Qué diablos has hecho, Marla?

Me contuve para no gritar, pero mi hermana no parecía en absoluto afectada por mi enfado.

—Te he sacado un billete a Polonia, Greta. No ha sido tan caro, teniendo en cuenta que lo he pillado a última hora.

No me lo podía creer. Me enfurecí con ella, pero también conmigo misma por no haber sido capaz de prever lo que iba a hacer. ¿Qué derecho tenía a invertir parte de nuestros ahorros en aquel billete sin consultármelo antes? Para ella era muy fácil enviarme de un lado a otro, cómodamente instalada en su cuartel general mientras veía la partida de lejos.

—Joder, Marla. Te voy a matar.

—Vale, pero hazlo cuando vuelvas de Polonia. El billete no es reembolsable.

Me sentí aturdida. Puede que, por eso, la primera pregunta que salió de mis labios fue la última que debería haber hecho.

—¿Y qué pasa con Oleg?

Marla guardó silencio, como si no entendiera la cuestión. ¿De verdad iba a tener que explicárselo? No podía ignorar todo lo que el bibliotecario había hecho por mí. Ni siquiera habría oído hablar nunca de Breslavia o de Silesia de no haber sido por él. Además, estaba el detalle de que hablaba polaco, lo que sin duda facilitaría mucho las cosas.

—Ni se te ocurra comprarle un billete, Greta. Si lo haces, Teresa Solana sabrá lo que pretendes, se lo contará a Sarasola y tendréis de nuevo a Chencho detrás de vosotros, como una condenada sombra.

—No puedo dejarlo atrás.

Marla lanzó un bufido de hastío. Como si no entendiera mis reticencias ni por qué me empeñaba en complicarlo todo. Después de varios segundos, al fin, habló con voz queda.

—Haz lo que quieras, pero ponte en marcha ya. Como pierdas el vuelo, seré yo la que te mate.

39

Me quedé en el vestíbulo del hotel, aún aturdida por el rocambolesco plan de acción que Marla había trazado sin consultarme. Desde allí, oteé hacia el exterior a través de unos amplios ventanales. Roma despertaba y sus calles estaban surcadas por multitud de personas que habían madrugado para acudir a sus respectivos lugares de trabajo.

Y allí mismo, al otro lado de la calle, había un coche y un individuo al que reconocí en el acto.

Chencho permanecía apoyado en el capó de su eterno Seat sin hacer nada en absoluto. Tan solo fumar y mirar a un lado y a otro, como si estuviera aguardando a alguien, tenaz como un maldito perro de presa. «Me está esperando», deduje.

Reconozco que, a pesar de lo inoportuno que resultaba tenerlo tras mis pasos de nuevo, me agradó verlo de una pieza. No tenía tan claro que hubiera conseguido salir airoso del enfrentamiento con aquellos tres matones, pero parecía ileso, sin marcas que delatasen que hubiera sufrido el menor rasguño. Algunos transeúntes se volvían a observarlo cuando cruzaban por su lado, incapaces de pasar por alto la gabardina y el sombrero que le daban el aspecto de un detective que se hubiera escapado de las páginas de una novela de Chandler.

Contemplé con aprensión el paraguas que tenía colgado del brazo como si tal cosa. Ahora que sabía el tipo de arma que ocultaba allí, lo observé con renovado respeto. ¿Qué clase de chalado iba por ahí armado con esa especie de espada? El estoque era un arma anticuada, salida de otra época, como todo en aquel sicario que fumaba con aire distraído mientras vigilaba nuestro hotel.

Lo despistaría en el aeropuerto, me dije. Nos vería entrar y pondría rumbo a Berlín en su cochecito, convencido de que íbamos a regresar allí. Solo que para entonces yo estaría rumbo a Breslavia, merced al billete que Marla había tenido a bien comprarme empleando para ello nuestros exiguos ahorros, una imprudencia que esperaba que no se nos volviera en contra.

No me veía con ganas de contarle aquel nuevo plan a Oleg y di algunos pasos por el vestíbulo, surcado por varios sofás de aspecto cómodo y una estantería repleta de libros desgastados. Supuse que eran los ejemplares que los clientes habían ido olvidando en el hotel, puestos a disposición de los huéspedes que quisieran echarles un vistazo o leerlos en alguno de aquellos cómodos sofás.

Me acerqué a identificar aquellos libros por inercia. Hago lo mismo cada vez que veo un libro en cualquier lugar, sobre todo cuando sorprendo a alguien leyendo en el metro o el autobús. Marla siempre dice que ese comportamiento es más propio de una *voyeur* que de una buscadora de libros, pero no me importa. Si no consigo leer el título que alguien está leyendo, o si ese lector ha decidido colocarle una de esas odiosas fundas que impiden saber de qué libro se trata, me pongo de mal humor para todo el día.

En aquella estantería habría unos veinte libros. En su mayoría eran novelas baratas, de bolsillo. Literatura de evasión, perfecta para dedicarle un par de horas durante las vacaciones y después olvidarse de ella. Mucho Peter Harris, Lee Child y Mary Higgins Clark. La mayoría eran títulos en inglés, pero había también alguna que otra novela en italiano.

Y en un extremo de la estantería, apartada como si quisiera alejarse de forma consciente de sus compañeros de exilio, había una novela que conocía bien.

El título era *Il gioco dell'angelo*, nada menos, y no pude evitar preguntarme cuántas posibilidades había de encontrarme con una traducción al italiano de mi novela de cabecera allí mismo, olvidada por alguno de los antiguos huéspedes del hotel.

Definitivamente, el destino tenía un sentido del humor de lo más macabro.

Tomé aquel ejemplar en italiano de *El juego del ángel*, cuya portada era muy similar a la edición española, acaso la misma. Las páginas habían amarilleado y el lomo estaba resquebrajado, señal de una lectura febril e intensa. Casi pude imaginar al último lector del libro en una habitación de aquel mismo hotel leyendo a altas horas de la noche, incapaz de despegar sus ojos de la historia de ese escritor maldito, David Martín, y de su agónica lucha por tomar el control de su vida.

Cerré el libro de golpe cuando oí unos pasos a mi espalda. Al volverme, reparé en que Oleg había salido de la cafetería y venía hacia mí. Él también se percató de la presencia de Chencho al otro lado de la calle, pero no pareció darle demasiada importancia y me habló como si no tuviera un minuto que perder.

—Me han llamado de la biblioteca.

Su expresión era grave, a juego con el tono fatigado con el que articuló aquella frase. Sin duda se trataba de malas noticias. ¿Acaso le habían dicho que no podía ausentarse durante más tiempo y debía regresar cuanto antes a Berlín? Eso habría resuelto el problema de tener que irme a Polonia sin él. Por desgracia, las cosas rara vez se solucionan de una manera tan sencilla.

—Al parecer —continuó—, la policía está teniendo muchos problemas para dar con ese tal J. Szpilman. El correo electrónico desde el que mantuvo su correspondencia con Sebastian está alojado en un servidor remoto que lo hace ilocalizable.

No tenía ni idea de qué significaba aquello y, por la forma en la que lo dijo, tuve la impresión de que él tampoco estaba demasiado seguro. Probablemente, Marla lo habría entendido a la primera, pero ella se encontraba demasiado lejos para sernos de ayuda.

—Ni siquiera sé si lo he dicho bien, Greta. Eso es más o menos lo que me ha explicado mi compañera. Te lo traduzco: es prácticamente imposible rastrear la procedencia de los correos que ese tipo envió a Sebastian, y mucho menos dar con él.

Parecía aturdido, su rostro tomado por la tristeza y la incertidumbre. Como si esa revelación hubiera terminado de horadar su determinación.

Sentía lástima por él, para qué negarlo, pero no podía permitirme demorar mi partida por más tiempo. Por eso decidí enfrentarme a la cuestión de una vez por todas y solté la noticia de golpe, como quien arranca una tirita, convencida de que de esa manera mitigaría el efecto.

—Voy a ir a Breslavia.

Oleg asintió de nuevo, con la cabeza aún lejos de allí. No tardó más que un par de segundos en asimilar lo que acababa de oír y exteriorizó su sorpresa abriendo mucho los ojos.

—¿Cómo dices?

Le expliqué de forma aturullada que Marla había tomado la decisión por mí y me había enviado el billete. Noté cómo su rostro se ensombrecía a medida que el enfado trataba de sustituir a la tristeza, sin terminar de conseguirlo.

—Así que tu hermana... —resumió.

—Así es.

—O sea, que cuando te he visto trasteando tu teléfono hace un rato y consultando webs de varias compañías aéreas, no estabas buscando un vuelo a Breslavia, ¿verdad?

Acusé la insinuación como si hubiera recibido un ladrillazo en la cabeza. No recordaba haber hecho tal cosa.

Oleg me dio la espalda al tiempo que negaba para sí mismo. Se dirigió a los ascensores, pero, en el último momento, se quedó varado en medio del vestíbulo del hotel, como si no supiera qué dirección tomar. Eso me hizo sentir todavía peor. Habría preferido que se cabreara. Que me gritara y me dijera que no tenía ningún derecho a dejarlo atrás.

—Compra un billete a Breslavia —me oí decir—. Yo te lo pagaré.

Fue un ofrecimiento impulsivo, irracional. Oleg negó, todavía de espaldas. Me acerqué a él y lo rodeé para obligarle a mirarme.

—Sácate un billete, Oleg. Cueste lo que cueste, yo lo pagaré.

Por toda respuesta, me dedicó una ojeada larga, reflexiva. Como si las dudas no le permitieran escoger la opción más obvia. Eso hizo que mi pudor inicial se tornara en furia.

—Joder, Oleg. Pon un poco de tu parte.

—¿Qué quieres que te diga? Ahora mismo lo que menos me apetece es...

No llegó a decir qué. Supuse que seguía aturdido por las nuevas incógnitas que se arremolinaban en torno a la muerte de Sebastian. No podía culparle por ello, pero tampoco estábamos como para perder el tiempo.

—Mira, tío, necesito que te centres. Chencho está ahí fuera, pendiente de cada paso que demos.

Era obvio que el argentino no nos iba a dejar darle esquinazo fácilmente. La única manera que teníamos de despistarle era ir al aeropuerto y, en lugar de tomar el vuelo de vuelta a Berlín, que era lo que él esperaba, coger un avión a Breslavia, donde dispondríamos de un buen margen de tiempo antes de que se diera cuenta de que se la habíamos jugado.

Oleg seguía indeciso y me pregunté si habría alguna manera de convencerle de que viniera conmigo. Pensé incluso en decirle que lo necesitaba. Que si no venía iba a añorar su compañía y la incipiente camaradería que se había comenzado a fraguar entre nosotros.

Por suerte, no lo hice. ¿Qué diablos me pasaba? Aquel chico solo era un bibliotecario enclenque y soñador del que apenas sabía nada. ¿Por qué necesitaba tanto que me acompañara?

Para estar en paz conmigo misma, decidí. Llevaba toda la mañana sintiéndome una miserable. Había irrumpido en la vida de aquel muchacho para robarle su razón de estar en el mundo. Si Oleg perdía la oportunidad de seguirle la pista a la Biblioteca de la Comunidad Judía por mi culpa, nunca me lo perdonaría.

Al final, no necesité decir nada. Oleg salió de su mutismo y, sin protestar, sacó su teléfono y comenzó a navegar por la web de una conocida compañía aérea.

Contuve mi alegría y oteé de nuevo a través del ventanal que daba a la calle. Desde la otra acera, Chencho reparó en mí y me dedicó una sonrisa al tiempo que se llevaba una mano al ala de su sombrero. Esta vez le devolví la sonrisa, satisfecha de mi astucia. Solo lamentaba no estar en Berlín dentro de unas horas para ver la cara que se le iba a quedar al darse cuenta de que se la habíamos pegado.

IV
Breslavia

Si alguien roba este libro, que muera; que sea asado en una sartén, que contraiga la enfermedad de la caída y la fiebre lo domine, que sea quebrantado en la rueda y ahorcado. Amén.

Biblia de Arnstein, Alemania, 1172 d. C.

40

Hace siete años

La lluvia y el viento parecían haberse aliado para convencer a los habitantes de Breslavia de la necesidad imperiosa de quedarse en casa y no pisar la calle de no ser absolutamente necesario.

Stratos permanecía a resguardo en un portal, pero, aun así, se vio calado de los pies a la cabeza en cuestión de minutos. Las gotas se estrellaban contra su rostro con la fiereza de cientos de pequeñas agujas empeñadas en horadar su piel. A pesar de esa incomodidad, se resistió a moverse y siguió observando, a la espera del mejor momento para actuar.

La librería ni siquiera tenía un cartel con su nombre. El tipo que la regentaba, un tal Kaminski, era bastante popular. El local disponía de una gran cristalera, de modo que podía ver al librero moviéndose en el interior, acarreando libros de un lado a otro y ordenando las estanterías con la dedicación que dan la soledad y los años de experiencia.

En el tiempo que llevaba vigilando la tienda, la luz se había ido un par de veces. El agua debía de haberse filtrado por la instalación eléctrica, algo que no parecía extraño en un local tan antiguo. En ambas ocasiones vio a Kaminski moverse a oscuras por la librería, con una vela en una mano y un destornillador en la otra, mientras mascullaba algunas imprecaciones.

Cuando la luz se fue por tercera vez, Stratos decidió que había llegado el momento. Miró a un lado y a otro para asegurarse de que no había molestos testigos en las inmediaciones y cruzó la calle con determinación.

Una campanita situada sobre la puerta anunció su llegada. A duras penas distinguió en la oscuridad al señor Kaminski, arrodillado junto al mostrador mientras iluminaba un vetusto cuadro eléctrico con la exigua luz de aquella vela.

—Enseguida estoy con usted —dijo sin volverse.

—No hay prisa, descuide.

Lo dejó ahí, destornillador en mano, y comenzó a pasear por la librería. La ausencia de luz lo obligó a encender la linterna de su teléfono móvil para orientarse. Por suerte, el local no era demasiado grande.

Además, tenía bastante claro lo que había ido a buscar.

Encontró con rapidez el *Guillermo Tell*, de Friedrich Schiller. También el *Fantasiestücke in Callots Manier*, de E. T. A. Hoffmann, y, después de un buen rato, las obras completas de Gustave Flaubert en tres tomos. Con cada hallazgo, notó un hormigueo de pura excitación, pero no se detuvo a celebrarlo, demasiado ansioso por dar con el resto de la colección y, sobre todo, con la joya de la corona: la Biblia de Soncino.

Después de un buen rato, ahogó una maldición. Por más que buscaba, no había ni rastro de los demás títulos. Se concentró en los tres volúmenes de la Biblia de Soncino, pero ni siquiera fue capaz de dar con ellos. Ya había contado con que parte de la colección se hubiera evaporado, pero la biblia era demasiado importante como para darla por perdida.

Aquel viaje a Polonia no tendría sentido si no se hacía con ella.

Desesperado, se agachó junto a un estante repleto de textos litúrgicos y utilizó la pequeña luz de su teléfono para orientarse entre ellos.

Se estaba preguntando si la librería dispondría de algún tipo de almacén cuando la luz regresó de improviso, cegándole de forma momentánea.

Se volvió hacia Kaminski, que se había puesto en pie y lo observaba con una sonrisa tambaleándose en sus labios, como si no estuviera seguro de que aquel arreglo fuera a durar mucho.

—Hágase la luz —saludó.

Stratos se enderezó a su vez y respondió con un gesto afable. Kaminski debía de haber sobrepasado hacía ya algunos años la edad de jubilación. Tenía el pelo blanco y abundante y el rostro tomado por una barba tan blanca y densa que no parecía suya.

—Su fondo es impresionante.

El librero aceptó el halago con un asentimiento y se fijó en los libros que había escogido.

—Tiene buen gusto —concedió—. ¿En qué puedo ayudarle?

Stratos fue a responder, pero entonces se dio cuenta de que la amabilidad de Kaminski flaqueaba durante una fracción de segundo. Eso, unido al hecho de que aún sostuviera aquel destornillador, bastó para convencerle de que el librero estaba a la defensiva. No se fiaba de él, aunque Stratos no creía haber hecho nada para merecer sus recelos.

¿Acaso había reconocido aquellos títulos y había atado cabos? No tenía manera de saberlo, así que fue a por todas.

—¿Tiene algo de Soncino?

A Kaminski le cambió la cara, como si aquella pregunta confirmara algo que ya sospechaba. No cabía duda: sabía quién era y lo que había ido a buscar a su tienda.

—Los textos religiosos están en ese estante de ahí, pero no va a encontrar nada de Soncino.

—¿Está seguro?

Stratos trató de no sonar amenazador, pero se notaba demasiado alterado como para conseguirlo. Era la primera vez que alguien lo reconocía. Si no jugaba bien sus cartas, aquello podría convertirse en un problema.

—Se lo juro.

Kaminski ni siquiera se molestó en sonar sincero. Stratos lo contempló durante un par de segundos antes de darles la espalda a los dos, al librero y a su destornillador. Dejó sus dedos vagar por los lomos de los libros dispuestos en el estante que tenía más cerca, saltando de uno a otro como si bailaran sobre ellos. Notó el nerviosismo del librero como algo sólido, contagioso.

—¿Quién...? ¿Puedo saber cómo se llama?

La pregunta se las traía. En otro momento y lugar tal vez habría sido más comedido, pero comenzaba a perder los estribos y no se amilanó.

—Stratos.

Supo que se había equivocado nada más pronunciar su nombre, pero ya era tarde para volver atrás. El color abandonó de forma súbita el semblante del librero, que balbuceó algo ininteligible. Trató de sonreír de nuevo, pero no le salió. Stratos supo lo que aquel tipo pensaba: que el pasado había regresado en toda su crudeza para darle un buen mordisco en el trasero.

—Ese nombre...

No llegó a decir más. Como si no supiera cómo continuar, o más bien como si le diera miedo hacerlo. Stratos se dijo que las cosas se habían torcido de forma irremediable, por lo que no iba a tener más remedio que enderezarlas antes de que fuera demasiado tarde.

Se agachó y dejó los libros apilados en el suelo, «Ahora estoy con vosotros».

En ese momento, como si la providencia hubiera querido aliarse con su determinación, volvió a irse la luz.

Stratos lo tomó como una señal. En lo que dura un suspiro, extrajo la daga SS Schutzstaffel y lanzó una estocada a ciegas rumbo al lugar en el que calculó que se encontraba la garganta de aquel hombre.

La oscuridad no impidió que la cuchillada alcanzara su objetivo. A la luz de la vela, única fuente de iluminación en aquel reducido espacio, vio cómo la punta del puñal se alojaba en el cuello del librero. La inercia se encargó de hundirla hasta la guarda. Kaminski alzó el destornillador para defenderse, pero fue inútil. Las fuerzas lo abandonaron con rapidez y el instinto de supervivencia lo llevó a soltar aquella improvisada arma y a llevarse ambas manos al pescuezo para tratar de detener la hemorragia.

Cuando extrajo la daga, Kaminski cayó al suelo y se retorció entre gruñidos mientras la vida se le escapaba por aquella herida. Sangraba tanto que Stratos pensó que debía de haber alcanzado alguna arteria importante.

Sin embargo, no se sentía en absoluto satisfecho de lo que acababa de suceder.

—¿Dónde está la biblia? —preguntó.

Pero Kaminski no respondió. O bien no le había oído, o bien estaba demasiado ocupado tratando de sobrevivir como para dedicar sus esfuerzos a nada más. Al cabo de un par de segundos, el librero partió rumbo a la negrura llevándose consigo el paradero de la Biblia de Soncino. Stratos soltó una maldición entre dientes. Sabía que debería haberlo mantenido con vida hasta que le dijera dónde la escondía. Podría haberlo torturado, si hubiese hecho falta. Ahora le iba a ser imposible saber si la había vendido, si la conservaba oculta en un lugar seguro o la había donado a alguna institución. Además, dada la forma en la que se habían torcido las cosas, no iba a tener más remedio que largarse del país cuanto antes.

Había fracasado.

Miró de nuevo hacia el exterior. La tormenta que se abatía sobre la ciudad era ya un temporal en toda regla, lo que contribuía a que no hubiera ningún molesto viandante en las inmediaciones que pudiera haber sido testigo de lo sucedido. Sabía que aquello no duraría para siempre y se apresuró a terminar el trabajo.

Se acercó al cuadro eléctrico y le dio un par de patadas. Saltaron algunas chispas, lo que delató que tardaría mucho en volver a funcionar. Tomó algunos ejemplares de un anaquel cercano, los dejó junto a aquel amasijo de cables y los roció con líquido inflamable. No mucho, solo lo justo para que prendieran. Confiaba en que los investigadores creyeran que el incendio había sido consecuencia de un fallo eléctrico, si bien una investigación más exhaustiva no dejaría lugar a dudas sobre lo que había sucedido en realidad.

Cuando eso pasara, él ya estaría lejos.

Guardó la daga y sacó un par de cerillas, pero en el último momento lo pensó mejor y utilizó la vela que Kaminski había estado llevando de aquí para allá. Eso confundiría aún más a los investigadores.

Los libros prendieron al momento.

Los ojos de Kaminski habían quedado inmóviles en su dirección, como si no hubiera querido perderse ninguno de sus movimientos antes de abandonar este mundo. Stratos tomó los ejemplares que había dejado apilados junto a la estantería y, con ellos bajo el brazo, salió del establecimiento. La campanita que había sobre la puerta advirtió de su partida y trató de retenerle con un tintineo que nadie más oyó.

Se levantó el embozo y avanzó calle abajo, lejos del resplandor anaranjado que, a su espalda, reducía la librería y su contenido a cenizas.

41

En la actualidad

Para no haber volado mucho, Oleg iba camino de convertirse en un experto. Miró por la ventanilla, pero no fue capaz de ver otra cosa que un mar de nubes a su alrededor. Cuando la azafata pasó por su lado arrastrando un carrito, le pidió un par de cafés y le pasó uno a Greta, pero esta ni siquiera le dio las gracias. Se limitó a bebérselo sin más, como si estuviera convencida de que se lo merecía.

Una chica peculiar. Le habría caído bien de no haber sido tan reservada y, sobre todo, si no mostrase esa actitud de permanente mal humor. No parecía costarle encontrar motivos para estar enfurruñada con los que la rodeaban. Tanto era así que se sentía cohibido en su presencia, con un temor continuo de hacer algo que la ofendiera.

Por momentos, parecía otra persona. Esa misma mañana, cuando le había pedido que la acompañara a Breslavia, le había dado la impresión de que agradecía su compañía. Que la necesitaba incluso, aunque era incapaz de demostrarlo. Y sin embargo allí estaba, ignorándolo de forma tan consciente que rozaba el ridículo.

Pero valdría la pena, se dijo. Por eso se había tragado su orgullo. Greta era la clave de todo. Sin ella, su misión estaría condenada al fracaso.

Se preguntó si sería consciente de lo importante que era.

—El saqueo de Polonia fue terrible.

Lo dijo en susurros, como si hablara para sí mismo. Aún quedaba un buen rato antes de que aterrizaran en Breslavia y no estaría de más ponerla en antecedentes. Greta asintió, como si ya estuviera al tanto de aquello. Oleg no necesitó más para continuar.

—Fue una chapuza —añadió—. Se calcula que tres millones de libros fueron enviados a Alemania, pero unos quince millones fueron destruidos.

Greta continuó en silencio, aunque Oleg notó cómo giraba levemente la cabeza en su dirección, delatando su interés.

—Sin embargo, también hubo héroes en Polonia. ¿Has oído hablar de Die Papier Brigade?

No negó, ni se encogió de hombros. Oleg dedujo que no conocía esa historia y, si la conocía, no le importaría oírla una vez más.

—El ERR recaló en Vilna para llevar a cabo una inspección y decidir qué colecciones debían ser expropiadas y cuáles se debían destruir. Había tanto trabajo que recurrieron a una docena de intelectuales que trabajaban en el Instituto de la Cultura Judía de Varsovia para que les ayudaran a examinar, clasificar y empaquetar los ejemplares que debían ir a Alemania.

»Se trataba de una labor muy dura. Los libros que no fueran seleccionados serían destruidos y convertidos en pulpa de papel.

En ocasiones, Oleg pensaba en el paralelismo entre aquella situación y la labor que Sebastian y su equipo llevaban a cabo en la Zentral- und Landesbibliothek. Salvando las distancias, ellos también escogían qué obras debían ser rescatadas y cuáles estaban condenadas a languidecer en el Limbo, privadas siquiera de la posibilidad de regresar a sus legítimos dueños.

—Al principio, aquellos hombres y mujeres cumplieron su labor con diligencia, pero no tardaron en organizarse y elaborar un plan de acción para salvar los títulos más importantes. Así fue como nació Die Papier Brigade, «la Brigada del Papel». Sus miembros arriesgaron sus vidas y su libertad al contrabandear con libros, manuscritos y obras de arte. Después de cada jornada, escondían los ejemplares más valiosos bajo sus ropas y se los llevaban al gueto en el que vivían.

Le fascinaba aquella historia. Se sentía identificado con aquellos héroes y estaba convencido de que, de haber estado en sus zapatos, habría obrado exactamente igual que ellos. Claro que, en realidad, no tenía manera de saberlo, y más le valdría no verse nunca en una situación así.

—Die Papier Brigade llegó a contar con unos cuarenta miembros. Tuvieron que echar mano de todo su ingenio para que no los pillaran. Por ejemplo, se les ocurrió pedir permiso a los soldados para llevarse algunos de los documentos que desechaban y utilizarlos como combustible en las estufas del gueto. Los nazis accedieron y, de esa manera, consiguieron salvar varias cartas y manuscritos de Tolstói, Gorki y Salomon Zalman sin levantar sospechas.

»Pronto comenzaron a quedarse sin sitio donde esconder todos aquellos libros. Los ocultaban en trasteros, en sótanos e incluso detrás de los muros. Llegaron a construir un búnker bajo tierra que disponía de electricidad y de su propio sistema de ventilación, donde amontonaban todas las obras que conseguían salvar de los nazis.

Greta lo observaba ahora sin disimular su interés. Oleg deseó que fuera consciente de la importancia que aquella historia tenía para él. Si conseguía implicarla en sus propósitos, todo sería mucho más sencillo.

Sin embargo, tampoco podía contarle todo lo que sabía. Sospechaba que, si lo hacía, ella no dudaría en mandarlo al diablo, a él y a todo ese asunto de los libros robados.

—Die Papier Brigade salvó miles de libros —resumió—, aunque fueron una mínima parte de los que se destruyeron o fueron robados. Al terminar el saqueo, sus miembros acabaron en campos de concentración y la mayoría fueron asesinados. Cuando los alemanes destruyeron el gueto, dieron con algunos de los escondites e hicieron una pira con todo lo que encontraron. Sin embargo, no hallaron el búnker. Años más tarde se realizó una excavación para dar con él y lo encontraron intacto. No solo estaba lleno de manuscritos y libros raros y muy valiosos: también encontraron allí dentro el cadáver de uno de los miembros de la brigada, que murió mientras protegía aquellos tesoros de los saqueadores.

Guardó un respetuoso silencio. Como si la resolución de aquel asunto no mereciera menos. Greta continuó observándole durante casi un minuto completo, con tanta insistencia que Oleg no pudo dejar de sentirse incómodo. Después volvió la vista al frente y fue como si se olvidara de él, resuelta a perderse de nuevo en su mundo interior, un lugar que a Oleg se le antojó oscuro e insondable.

Se preguntó si alguna vez llegaría a conocer a esa chica de verdad. Nunca había tratado con una persona tan reservada. Parecía obsesionada con que nadie supiera de ella más que lo imprescindible.

Excepto su supuesta hermana, claro. Esa tal Marla.

42

El color dominante en Breslavia era el gris, roto por algunos tonos pardos en torno a los edificios y los parques. El aeropuerto se encontraba en las afueras y tuvimos que tomar un autobús que tardó alrededor de media hora en conducirnos al centro de la ciudad.

El paseo bastó para que fuéramos testigos del inhóspito clima de aquella región. Cuando no nevaba, llovía; cuando no llovía, hacía un viento del demonio; cuando no nevaba, llovía ni hacía viento, los habitantes de Breslavia parecían desubicados y miraban a su alrededor con desconfianza, como si temieran que en cualquier momento sucediera algo memorable.

El viento me acariciaba el rostro con la delicadeza de un cuchillo bien afilado. Me arrebujé en mi abrigo, diseñado para climas más amables que aquel. Un panel luminoso me informó de que la temperatura en ese momento era de ocho grados bajo cero, aunque habría jurado que hacía el doble de frío. Oleg no parecía notarlo y miraba en torno con una expresión a mitad de camino entre la cautela y la emoción. Su presencia era un recordatorio de las absurdas circunstancias que me habían hecho recalar en aquella región inhóspita.

Y todo por culpa de Marla.

—¿Todavía es Navidad por aquí? —preguntó.

Acabábamos de desembocar en una bonita plaza coronada por un templo enorme. Junto a aquella catedral había un pequeño mercado y un gigantesco árbol de Navidad. Tuve que mirar dos veces para asegurarme de que lo que veía era real. Estábamos en febrero, pero nadie por allí parecía haberse dado cuenta. Había adornos navideños, guirnaldas y luces que engalanaban los edificios cercanos. Definitivamente, las cosas marchaban a otro ritmo en aquel lugar.

—Por cierto —dijo Oleg—, me gustaría preguntarte algo.

—¿Qué quieres saber?

—¿A qué te dedicas? Ya sé que trabajas con libros, pero en realidad nunca me has dicho qué es lo que haces exactamente.

No había una forma rápida y directa de explicarlo, de manera que traté de formular un resumen lo más claro posible.

—Encuentro libros. Normalmente, me contratan para seguirles la pista a ejemplares raros, que hayan sido descatalogados o sean difíciles de encontrar por algún motivo.

—De modo que eres algo así como una detective.

—Además hago valoraciones —ignoré la observación—. Si alguien desea deshacerse de su biblioteca o de algunos ejemplares que no quiere, los examino y les encuentro un comprador. A menudo también trabajo para la parte contraria: cuando un librero tiene que examinar una colección, pero no tiene tiempo o quiere una opinión más especializada, me envía a mí.

—Suena interesante.

—Hace mucho de la última vez que me encargaron algo así. Desde que sucedió lo de la señora Sterling.

El recuerdo escocía. Pasamos junto a una pareja que se retrataba ante el árbol de Navidad y los observé con desconfianza mientras los recuerdos acudían a mi cabeza a borbotones. Había rememorado tantas veces lo sucedido que no me costaba revivir cada detalle con precisión. Casi no me di cuenta de que había comenzado a relatarlo en voz alta hasta que fue demasiado tarde para detenerme.

—Los hijos de la señora Sterling querían vender la biblioteca de su madre, que en realidad la había heredado de su marido, el difunto señor Sterling. Tenía algunos ejemplares muy codiciados, como una *Historia de España* de Modesto Lafuente, dos obras de Valle-Inclán dedicadas, un *Marinero en tierra* de Alberti con dibujos del propio autor... El tipo fue en vida un bibliófilo bastante meticuloso y con un gusto exquisito. Sin embargo, la joya de la corona era un ejemplar manuscrito de Jorge Luis Borges: un ensayo titulado *El verdugo piadoso* en el que defiende que *La divina comedia* de Dante es la mayor obra literaria de la historia.

Oleg asintió, adecuadamente interesado. No me pareció que fuera capaz de apreciar la rareza de aquel volumen, pero no le culpé por ello. Para muchos legos en la materia, un libro no suele ser más que eso, papel impreso con tapas y una historia en su interior.

Borges tiene un significado especial para muchos bibliófilos. Puede que se deba al amor que el propio autor confesaba sentir por los libros, a los que calificaba sin pudor como uno de los mejores inventos de la humanidad. Todo el mundo conoce su célebre cita, repetida hasta la saciedad en las redes sociales y atribuida a menudo a otros pensadores: «Siempre imaginé que el paraíso sería algún tipo de biblioteca».

—Un ejemplar de puño y letra de Borges podría alcanzar un precio desorbitado en una subasta —expliqué—. Este en concreto estaba valorado en unos treinta mil euros.

Oleg dejó escapar un silbido. Era una estimación bastante exacta, habida cuenta de la rareza y el buen estado de aquel manuscrito.

—Pasé muchas tardes en aquella biblioteca. Examinaba cada ejemplar, tomaba notas y hacía un listado con los más excepcionales y el precio aproximado que podría conseguir por ellos. La señora Sterling era una anciana muy agradable. Tenía casi ochenta años y estaba al borde de la demencia senil, por lo que sus hijos me advirtieron que no hiciera mucho caso a lo que decía. La cuestión es que esa mujer me cogió cierto cariño. Se sentaba allí, en la biblioteca, y se enfrascaba en monólogos interminables mientras me veía trabajar. Confieso que la mayoría de las veces ni siquiera la escuchaba, pero creo que ella no le daba importancia. Se conformaba con estar allí y decir en voz alta todo lo que se le pasaba por la cabeza. Hablaba de su niñez, de sus amigos de la infancia, de cómo conoció a su marido, de las penurias que pasó durante la guerra...

Si cerraba los ojos, aún podía evocar el rostro apacible de la anciana, invariablemente vestida de negro y apostada en el filo del sillón de orejas en el que pasaba la mayor parte del día. Sus hijos apenas se dejaban caer por allí de vez en cuando para asegurarse de que no le faltaba de nada. La intención de sus herederos era poner la biblioteca en venta en cuanto ella muriera, aunque a duras penas podían contener las ganas. Se trataba de una familia bastante bien avenida, pero, por lo que había podido averiguar Marla, llevaban años acosados por las deudas. Los hijos no habían resultado ser unos buenos gestores de la empresa familiar y los vicios y las malas decisiones los habían abocado a la bancarrota a velocidad de crucero. De ahí que quisieran sacar rentabilidad cuanto antes a aquella fastuosa colección, aunque al menos iban a tener el detalle de esperar a que esa buena mujer falleciera.

—El caso es que, un buen día, la señora Sterling me vio examinar el manuscrito de Borges. No sé si fue por algo que dije, o por la manera en la que me vio tocar aquel ejemplar, pero debió de creer que tenía un significado especial para mí. Se puso en pie, acudió a mi lado y me contempló con ternura. Como si supiera algo que todos los demás ignoraban. «Si te gusta, es tuyo», dijo.

Aquellas cinco palabras, pronunciadas de una manera afable, fueron el desencadenante de todo. A menudo me pregunto si en aquel momento podría haber dicho o hecho algo para que las cosas hubieran sido diferentes, pero no se me ocurre ningún argumento que hubiera podido evitar el desastre que vino después.

—Jamás se me habría ocurrido quedarme con aquel ni con ningún otro ejemplar, pero eso era lo de menos. Uno de sus hijos andaba por allí y, al oír a su madre, acudió a toda velocidad y vio el manuscrito que tenía en las manos. El tipo no era idiota y sabía que aquel era uno de los más preciados de la colección.

Oleg tenía la expresión tensa, como si pudiera vaticinar lo que venía a continuación.

—«¿Qué te crees que estás haciendo?», me soltó. Me acusó de estar manipulando a su madre para inducirla a regalarme algunos de los títulos de mayor valor. De nada sirvieron mis protestas. Ese hombre llamó a sus hermanos y los convenció de que, si seguía por allí, pronto desaparecerían algunos de los libros que su padre había reunido con tanto esfuerzo.

La discusión fue antológica. El miedo a verse privados de algunos de los ejemplares más valiosos, cuya venta podría ayudarles a salir del mar de deudas en el que se estaban ahogando sin remedio, bastó para que la tomaran conmigo y me echaran de allí.

—Aquel fue mi último trabajo. La señora Sterling murió un mes más tarde.

—Qué lástima.

—Al poco de fallecer, sus hijos volvieron a contactar conmigo para decirme que no encontraban por ninguna parte el manuscrito de Borges. Al principio fueron sutiles y me preguntaron si sabía dónde podía estar, pero se les veía venir a la legua: terminaron acusándome de haberlo robado.

—¿En serio?

Parecía sorprendido de veras, lo que era de agradecer. De hecho, algunos conocidos no habían tenido el menor reparo en preguntarme a la cara si era cierto que no había tenido nada que ver en la desaparición de aquel manuscrito. Como si nuestra amistad o cercanía justificara cualquier maldita acusación y no tuviera derecho a cabrearme por ello.

—Poco a poco, el rumor de que había robado el Borges se fue extendiendo por la comunidad librera. Me convertí de un día para otro en una proscrita, alguien que no era de fiar. ¿Quién iba a permitirme pasear entre su colección a sabiendas de que arrastraba la sospecha de haber robado un importante ejemplar de la última biblioteca en la que trabajé?

—¿Y dónde...? ¿Qué crees que sucedió con ese manuscrito?

Me había planteado muchas veces esa misma pregunta. De todas las posibles respuestas, había una que se alzaba como la más creíble.

—Lo más probable es que los hijos de la señora Sterling tengan el Borges a buen recaudo, con la esperanza de venderlo en el mercado negro dentro de algunos años. Mientras, me han denunciado y estamos a la espera de juicio. Me culpan de haber perdido ese libro, cuando no de haberlo robado directamente. Quieren obligarme a pagarlo. De esa manera, será como si vendieran el mismo ejemplar dos veces. No deja de ser curioso que pretendan que pague por un volumen que yo misma he tenido que tasar.

Mi intención era restarle gravedad al asunto, pero a Oleg no le hizo ninguna gracia. Parecía tener una fe ciega en mí, a pesar de lo poco que me conocía, lo que no dejaba de ser agradable. Hacía mucho que no me sentía merecedora de tanta confianza por parte de nadie.

—En un primer momento, llegué a pensar que tenían razón —confesé—. Que había guardado el Borges en mi mochila sin darme cuenta, o que la propia señora Sterling, en un arrebato, lo había introducido allí dentro y yo me lo había llevado sin saberlo. Incluso registré mis cosas, pero no lo encontré por ninguna parte.

Oleg negó. Entendí que, siendo como era un recién llegado al oficio, le costara entender los tejemanejes de la familia Sterling, pero me las había visto con suficientes herederos codiciosos como para que no me pillara desprevenida.

—No tengo el Borges ni lo he vendido, por lo que no podrán rastrearlo. Sin embargo, el daño ya está hecho. Mi reputación está arruinada. Sea cual sea el veredicto, ningún librero o coleccionista querrá volver a recurrir a mis servicios en mucho tiempo.

«Quizá de por vida», podría haber añadido. De Bardón a Miguel Miranda, no había ni una sola librería de Madrid que no sospechara de mi implicación en aquel asunto, por lo que era poco probable que ninguna de ellas volviera a recurrir a mis servicios. Por eso era un milagro que Téllez siguiera confiando en mí y me hubiera conseguido aquel encargo para Edelmiro Fritz-Briones.

—Cada semana, Marla hace una batida en las redes en busca del manuscrito de Borges. Si esos idiotas tratan de venderlo antes de tiempo, lo sabremos y podremos demostrar que somos inocentes.

No había mucho más que pudiéramos hacer. Solo quedaba seguir aguardando y confiar en que la justicia nos diera la razón, aunque no teníamos demasiadas esperanzas en ello. Defendernos en un juzgado de los Sterling, que contaban con un potente equipo de abogados dispuestos a sacarnos los ojos, era una perspectiva demasiado desalentadora como para ser optimistas.

—Verás como todo se soluciona.

Oleg depositó una mano en mi brazo. Fue un contacto momentáneo, un gesto de apoyo sin segundas intenciones, o eso me pareció.

Reaccioné como lo habría hecho ante cualquier otro contacto.

Retiré mi brazo de un tirón, tan rápido como si me hubieran administrado una descarga eléctrica. El bibliotecario dio un paso atrás con los ojos muy abiertos.

—Lo siento, Greta. Solo...

—No me gusta que me toquen.

Me sentí ridícula nada más decirlo. No tenía derecho a convertir aquella conversación en un momento tan violento para ambos, pero la repulsa que me provocaba el contacto físico por parte de cualquiera era más fuerte que yo.

Oleg mostró las palmas de las manos, «No pasa nada». Noté cómo me ardían las orejas y apreté el paso. Sentía el punto en el que había depositado su mano como si algo se hubiera adherido allí, un invitado descortés e inesperado que iba a acompañarme durante el resto del día.

Deseé con todas mis fuerzas estar lejos. De aquella ciudad inhóspita y de aquel muchacho al que no conocía de nada y que, de buenas a primeras, había decidido que era una buena idea regalarme aquella especie de caricia. Notar sus pasos a mi espalda contribuyó a aumentar aquella sensación y tuve que reprimir las ganas de echar a correr.

43

Oleg no me pidió explicaciones. Tan solo me siguió en silencio, como si estuviera dispuesto a ignorar mis excentricidades o lo que fuera que me llevaba a rechazar su contacto de una manera tan violenta.

Por mucho que me doliera reconocerlo, había sido agradable compartir aquellas confidencias con él. Contarle el asunto de la señora Sterling y el Borges perdido me había quitado un peso de encima, como si hubiera constituido un muro invisible entre ambos en el que no había reparado hasta el momento de librarme de él.

Había tenido que estropearlo, claro. ¿Debería haberle dicho que no era culpa suya? ¿Que no me parecía un mal tipo, en realidad? No lo vi necesario. Estaba allí, ¿no? No habría aceptado que me acompañara, a Roma primero y a Breslavia después, si no hubiera confiado en él.

Exterioricé mi frustración con un resoplido, uno más de los muchos que llevaba exhalados esa mañana.

Cuando llegamos a nuestro destino, tuve que consultar varias veces mi teléfono y el nombre de la calle para cerciorarme de que estábamos en el lugar correcto, pero no había duda: Herbst había vivido en aquella dirección hasta 1969.

Debían de haber demolido su vivienda, sustituida por un edificio-colmena de veinte pisos con la superficie pulida como un espejo y un supermercado en la planta baja que ocupaba toda la manzana. Había albergado la esperanza de encontrar a algún antiguo vecino de Herbst al que pudiera interrogar acerca de su paradero, pero dudaba que en aquella moderna barriada hubiera nadie que viviera allí desde hacía más de diez años, que era la edad que le calculé a aquel mamotreto.

—¿Seguro que es aquí?

Oleg lo preguntó por cumplir, consciente de cuál iba a ser la respuesta. Había sido una idea descabellada, pero verme privada de aquella opción me provocó una sensación de desaliento a juego con la lúgubre cúpula de color ceniza que se erigía sobre nuestras cabezas.

—¿Y ahora qué? —preguntó.

Negué con energía para fulminar mi desánimo.

—Plan B, Oleg. En algún rincón de esta maldita ciudad tiene que haber alguien que sepa algo de Herbst. Si está por ahí, lo encontraremos.

Hice una batida en mi teléfono en busca de librerías de viejo y anticuarios. Era complicado, ya que este tipo de comercios suelen ser tan anacrónicos que a menudo escapan del ojo vigilante de Google y apenas dejan un rastro digital. Aun así, conseguí dar con un par de ellos.

El plan era comenzar por los más próximos al lugar en el que había vivido Herbst e ir alejándonos. Puede que así diéramos con algún veterano del oficio que hubiera tenido tratos con él.

Había una librería en aquel mismo barrio. El establecimiento, de nombre impronunciable, tenía un diseño moderno y disponía de su propia cafetería. No vendían libros usados, por lo que distaba mucho de lo que estábamos buscando, pero entramos igualmente. Necesitábamos ese pequeño respiro y, sobre todo, vernos de nuevo en terreno conocido. Eso nos serviría para tomar impulso y seguir avanzando.

Paseé entre las estanterías y leí algunos títulos escritos en un idioma que no se parecía ni de forma remota al castellano. Varios autores españoles hacían patria y algunos, como Carmen Mola y Jesús Cañadas, incluso destacaban en la mesa de novedades.

Perdí de vista a Oleg. Lo vi al cabo de un rato, charlando con una chica que atendía en la caja y que hacía también las veces de camarera.

Aquella joven me cayó mal al instante. Tenía el aspecto de una de esas mujeres de los anuncios *pin-up* que aparecen en los carteles antiguos, con los labios exageradamente rojos, una abundante cabellera negra y un enorme tatuaje en el hombro que llevaba al aire. Oleg estuvo un buen rato hablando con ella. La chica no rehuyó la charla, sino más bien al contrario. Me pareció que incluso disfrutaba de la conversación. En un momento dado, Oleg sacó un cuaderno de su bolsa y anotó algo. ¿Su teléfono, quizá?

Traté de no pensar en ello y les di la espalda. Allá él si quería desaprovechar su ansiado viaje a Breslavia flirteando con esa muchacha. Cuando Oleg regresó a mi lado, llevaba colgada del rostro una sonrisa triunfal a la que respondí con mi mirada más glacial. Le hice una señal de impaciencia y salí de la librería dando grandes zancadas. No fui lo suficientemente rápida como para no oírle despedirse de aquella chica con un saludo alegre en aquel idioma endemoniado.

—La librera me ha contado algo interesante.

—¿Ah, sí?

No debió de notar el sarcasmo, demasiado entusiasmado como para prestar atención a nada más.

—Dice que no hay muchas librerías de viejo en la ciudad. —Me mostró el cuaderno en el que había garabateado algunas líneas—. Solo estas cuatro. Eso reduce bastante las opciones, ¿no crees?

Me miró como un cachorro que creyese merecer una galletita por haber hecho algo gracioso. A decir verdad, no entendía por qué me sentía tan cabreada. Lo achaqué al hecho de que no se me hubiera ocurrido algo tan simple como preguntarle a la dependienta. Estaba perdiendo reflejos.

—Dame el nombre de esas librerías.

Oleg me observó con perplejidad, aturdido por mis malos modos, pero no protestó y me pasó el cuaderno.

Introduje el nombre de aquellas tiendas en el buscador de mi teléfono. La letra de Oleg era terrible, «¿Qué demonios pone aquí?», pero conseguí la dirección exacta de las cuatro librerías. Pusimos rumbo a la primera de ellas, a media hora a pie de donde nos encontrábamos. Por el camino nos detuvimos en una casa de cambio para conseguir algo de efectivo en eslotis, la moneda de allí.

—En muchos lugares no nos van a dejar pagar con euros —aseguró Oleg.

Cambié la mayor parte del dinero que llevaba. Había sacado una buena cantidad de un cajero automático en el aeropuerto de Roma, a fin de disponer de liquidez durante nuestras pesquisas en Polonia. Podía imaginar la cara que pondría Teresa Solana cuando, al consultar los movimientos de la tarjeta, reparase en aquel dispendio, pero ya se me ocurriría alguna explicación. Lo primero que hice fue darle a Oleg el importe de su billete a Breslavia, como le había prometido. Después guardé el resto, algo menos de quinientos euros, y esperé que fuera suficiente para costear aquel improvisado viaje.

Con los bolsillos llenos de eslotis, continuamos nuestro camino hacia la librería. Durante el trayecto no dejé de mirar a nuestra espalda, para identificar a algún posible ladrón como los que habían tratado de asaltarnos en Roma, pero ninguna de las personas con las que nos cruzamos parecían tener el menor interés en nosotros, sino más bien al contrario.

Tampoco había ni rastro de Chencho, lo que resultaba bastante liberador. Casi no me podía creer que le hubiéramos dado esquinazo tan fácilmente.

Llegamos a la primera librería, un pequeño establecimiento situado junto a una tienda de muebles antiguos, como si de un anexo a esta se tratara. Oleg fue a hablar con el librero mientras yo examinaba los títulos dispuestos aquí y allá. Era una selección reducida y que demostraba el buen gusto del tipo que regentaba el lugar. Había obras en inglés, español e italiano, además de unas *Cantigas de Santa María* en gallego por 299 eslotis, que al cambio serían algo menos de 70 euros.

Oleg regresó y señaló al tipo del mostrador, un cincuentón que lucía un bigotito tan perfilado que supuse que lo recortaba cada mañana para asegurarse de que no se desmandaba.

—Dice que no le suena de nada alguien llamado Herbst. También que la librería lleva funcionando unos veinte años, por lo que es probable que ni siquiera coincidiera con él.

El librero salió de detrás del mostrador y añadió algo al tiempo que señalaba hacia el fondo de la librería.

—Dice que tiene más libros en español —tradujo Oleg—, en aquella zona de allí.

El tipo sonreía a discreción, como si albergase la esperanza de cerrar un buen trato. No había visto entrar a ningún otro cliente en el tiempo que llevábamos allí, por lo que su expectación estaba más que justificada. Para no parecer descortés, me acerqué a donde me indicó.

—Dice que la tienda de al lado también es suya —continuó Oleg—. Que adquiere muebles antiguos, los restaura y...

Pero ya había dejado de oírle. Mi atención se hallaba concentrada como un rayo láser en el lomo de un ejemplar discretamente ubicado entre otros dos de mayor tamaño. Lo saqué con cuidado y observé de reojo al librero, cuya expresión viró de la curiosidad a la cautela.

Se trataba de *El Parnaso español*, de Francisco de Quevedo, una edición impresa en Madrid en 1695 por Pablo de Val. Las páginas en pergamino y las ilustraciones al cobre que lo decoraban lo hacían verdaderamente valioso, pero lo que de verdad le otorgaba un carácter excepcional era la anotación hecha a mano en la portada, en la que un tal Claudio Alonso de Malboán afirmaba que la obra había sufrido la censura a través de las indicaciones del índice de 1707.

Pasé varias páginas y comprobé que algunas frases y pasajes, efectivamente, habían sido tachados sin demasiado entusiasmo. Me volví hacia Oleg, que había enmudecido al sospechar que había dado con algo importante.

—Es una versión expurgada de *El Parnaso español* —expliqué—. Tiene anotaciones y la firma del censor en la primera página.

No esperé que entendiera lo que significaba aquel hallazgo, pero Oleg observó el libro con un aire reverencial, acorde a mi cautela. Quien tampoco perdía detalle era el librero, que me contempló con aquella media sonrisa congelada bajo el bigotillo y un brillo de codicia casi inapreciable en la mirada.

—¿Cuánto pide por él?

Se lo pregunté directamente, olvidando que no hablábamos el mismo idioma, pero el tipo debió de suponer lo que quería saber y respondió algo que Oleg se apresuró a traducir.

—Cuatro mil quinientos eslotis. —Movió la cabeza de un lado a otro, como si no diera crédito—. Unos mil euros.

Observé de nuevo aquel ejemplar. Era un precio justo, ni barato ni caro, teniendo en cuenta que se trataba de una rareza y que se encontraba en muy buen estado. Conocía a varios coleccionistas que estarían dispuestos a pagar esa cantidad por un ejemplar como aquel, e incluso puede que algo más.

—¿De dónde lo ha sacado? —quise saber.

El dependiente soltó una parrafada y Oleg esperó a que terminara para traducirlo.

—Dice que hace años había un anticuario bastante popular en la ciudad, un tal Enri Kaminski. Cuando murió, hace unos siete años, su hijo vendió la mayor parte del fondo de la librería. Él adquirió este ejemplar y algunos más por un precio muy razonable.

El dueño del lugar sacó pecho, como si se encontrara especialmente orgulloso de aquel logro. Asimilé la explicación y me dirigí a Oleg con cautela, calculando cada palabra.

—Me contaste que Herbst era un experto en literatura española del siglo XVIII.

El bibliotecario abrió mucho los ojos. Fue a decir algo, pero se le atravesaron las palabras y se vio obligado a carraspear para hacerse oír.

—¿Crees que este libro pertenecía a Herbst?

Era imposible saberlo, ya que carecía de más anotaciones que las del censor y no tenía ninguna información entre sus páginas que delatara su procedencia o quién fue su anterior dueño. No había una J en la primera página ni, por descontado, disponía de un exlibris que nos diera pistas sobre su procedencia. No obstante, la casualidad era abrumadora. Para un amante de la literatura española del siglo XVIII, aquel ejemplar era un tesoro que difícilmente dejaría escapar.

—Pregúntale dónde podemos encontrar al hijo de ese tal Enri Kaminski.

Cuando Oleg trasladó la pregunta al librero, el rostro de este sufrió una transformación. De la expectación pasó a la perplejidad, y de ahí a la total falta de interés.

—Dice que hace tiempo que no sabe nada de él.

Esperé a que añadiera algo más, pero no lo hizo. Volví a dejar el ejemplar expurgado en su lugar. Me pareció que el librero retenía el aire, apenado y al mismo tiempo aliviado, al verlo regresar a su anaquel.

—Pregúntale si ha tenido en su poder alguna vez una Biblia de Soncino. Y, si es así, a quién pudo habérsela vendido.

No necesité que Oleg tradujera la negativa que se dibujó en las facciones de aquel tipo ni el enérgico movimiento de su cabeza de un lado a otro. Había sido un tiro a ciegas, pero valía la pena saber si ese tal Marcel Dubois decía la verdad cuando afirmaba que había encontrado la Biblia de Soncino en Breslavia.

—Dile que gracias por todo. Y que puede que otro día regresemos a por él.

Señalé el volumen de *El Parnaso español* con un golpe de barbilla. El librero no pareció entusiasmarse en exceso, puede que habituado a recibir promesas vacías de cada persona que pasaba por allí.

Pero no mentía. Si tenía la oportunidad, volvería a por ese *Parnaso*.

44

Pasamos el resto de la mañana visitando una librería tras otra. En ninguna fuimos capaces de hallar algo ni remotamente parecido al *Parnaso* del primer establecimiento, aunque sí que dimos con algunos puntos en común, ya que los ejemplares más valiosos y raros de cada tienda habían sido adquiridos, según sus dueños, en la liquidación que había hecho el hijo del tal Enri Kaminski tras la muerte de este.

La sorpresa de la jornada la obtuvimos cuando el dueño de la última librería que visitamos, un tal Zielinski, salió de detrás del mostrador y se animó a soltar algunas palabras en español.

—Yo adoro playas de España. Costa Brava. Maravilla.

Nos observó alternativamente, en busca de nuestro beneplácito. Era un tipo de aspecto bonachón con una barriga enorme y el resto del cuerpo escuálido. Me recordó a uno de esos personajes de dibujos animados que se hubiera tragado un yunque o la bala de un cañón. Se agarraba los tirantes a cada momento y tiraba de ellos como si quisiera poner a prueba su resistencia.

—¿Le suena la Biblia de Soncino?

El rostro de aquel tipo se iluminó, feliz de haber reconocido aquella palabra.

—¿Biblias? Claro, tengo biblias. Diferentes idiomas. Todas buenas.

Nos guio hasta el fondo de la tienda, que resultó ser mucho más grande de lo que hacía sospechar la modesta fachada. En una estantería se apilaban varios tomos de los textos sagrados en diferentes dialectos.

—Lo que quiero saber es si ha vendido alguna Biblia de Soncino últimamente.

El tipo asintió con entusiasmo, lo que me hizo sospechar que no entendía nada de nada. Oleg se apresuró a traducirle la pregunta.

—Oh, sí. Hace meses. Biblia muy valiosa.

La aseveración, pronunciada de forma casual, me hizo dar un respingo. El librero no se dio ni cuenta y nos invitó a acompañarle al mostrador.

—Hombre francés, muy educado. Pagó efectivo. Sin protestar.

De algún lugar bajo la caja registradora extrajo un libro de cuentas y buscó una entrada concreta. Cuando la encontró, volteó el dietario en nuestra dirección.

—Ahí está.

Señaló una de las entradas. Leí por encima la anotación, escrita en aquel idioma impronunciable. Oleg me aclaró que aquella entrada resumía la venta de los tres volúmenes que componían esa biblia por cuatrocientos eslotis, algo menos de noventa euros. El librero parecía realmente satisfecho de su pericia para los negocios, aunque debía de ignorar que el precio actual de la Biblia de Soncino era muy superior a esa cifra.

Preferí no sacarle de su error. Si era feliz pensando que había hecho un buen trato, ¿quién era yo para desilusionarle?

—¿Y dice que era francés?

El tipo asintió con energía. La posibilidad de que se tratase de Marcel Dubois ganaba enteros. Además, la fecha de aquella anotación coincidía con la época en la que supuestamente el bibliófilo había estado en el país.

—Si es cierto que Marcel Dubois se hizo con esa Biblia de Soncino —le dije a Oleg—, debió de adquirirla aquí.

El librero asistía a la conversación con el rostro optimista de quien espera cerrar un buen trato. Oleg le preguntó algo en su idioma, pero el tipo respondió de nuevo en aquel español macarrónico que parecía empeñado en poner en práctica una y otra vez.

—Oh, libros de Enri Kaminski. Su hijo vende bien. Jurek, se llama. Buen chico.

La expresión optimista flaqueó al decir aquello de «buen chico». Como si aquella calificación escondiera muchas más connotaciones de las que podía concederle con su limitado conocimiento del idioma. Me dirigí de nuevo a Oleg.

—Definitivamente, deberíamos hablar con ese tal Jurek. Pregúntale dónde podemos encontrarle.

No pasé por alto la manera en la que se torció el rostro del librero al verse preguntado por el paradero de aquel hombre. Esta vez respondió en su idioma una parrafada eterna sin dejar de poner a prueba sus tirantes.

—Dice que es mejor que no le molestemos. Que es un buen chico, pero tiene problemas.

El dueño de la librería asintió con pesar, como si lamentase ser portador de malas noticias. Me pregunté qué querría decir exactamente con lo de que ese tipo «tenía problemas».

—Insiste, Oleg. Que nos diga dónde podemos encontrarlo. Y no pares hasta que te dé una respuesta.

Oleg trasladó las preguntas al librero. Al principio se resistió, pero terminó facilitándonos la información sin abandonar el gesto amargo, como si se arrepintiera del momento en el que había decidido poner en práctica su español con aquellos dos recién llegados a sus dominios que, además, no parecían tener la menor intención de comprar nada.

45

El Staszic Park estaba situado en el barrio de Nadodrze, no muy lejos del centro. Por lo que leí en internet, se trataba de un barrio antaño deprimido que había sido objetivo de un ambicioso plan de rehabilitación para convertirlo en uno de los lugares más pintorescos de la ciudad. Las cafeterías de diseño y los restaurantes veganos se sucedían sin pudor, aunque el paisaje se veía aún roto demasiado a menudo por chiquillos con pantalones remendados, vecinos que hacían la colada en las aceras y callejones de aspecto desangelado en los que uno no se atrevería a entrar por su propio pie si no era con un pelotón del GEO a la espalda.

Aún tenía demasiado reciente el encuentro con aquellos tres rufianes en Roma como para volver a arriesgarme a un asalto, de manera que no abandonamos en ningún momento las calles principales. Breslavia no parecía un lugar inseguro, pero no estaría de más extremar las precauciones.

El Staszic Park era bonito, con senderos que discurrían entre amplias praderas de césped y una colorida fuente de la que manaban chorros de agua directamente del suelo. Varias familias paseaban o permanecían sentadas en la hierba mientras sus hijos corrían de un lado para otro en una imagen tan idílica que me costó creérmela. Sobre todo con el frío que hacía.

El librero no nos había dado más indicaciones que aquel parque. Aseguró que no tendríamos problemas en localizar allí a Jurek, el hijo de Enri Kaminski. Esta circunstancia, unida al hecho de que lo considerase un «buen chico» que tenía «algunos problemas», me permitió forjarme una imagen bastante aproximada de lo que íbamos a encontrarnos.

La zona septentrional del parque abandonaba la imagen idílica del resto del recinto. Había papeleras rotas con su contenido desperdigado en el suelo, varias tiendas de campaña plantadas sobre el césped y un grupo de indigentes sentados en la hierba que nos observaron con desconfianza en cuanto nos vieron aparecer por las inmediaciones de su campamento.

—Pregunta si alguno de ellos es Jurek.

Oleg tragó saliva, visiblemente nervioso ante una inminente charla con aquellos mendigos, pero se encaminó hacia ellos con más orgullo que determinación. Avancé a su lado, dispuesta a secundar cualquier cosa que dijera.

El hedor a suciedad se intensificó a medida que nos acercamos al grupo, formado por cinco hombres que nos observaron con expresiones que oscilaban entre la confusión y la desconfianza. De una tienda de campaña cercana emergió un gruñido que parecía haber sido emitido por un animal salvaje, pero que no tardé en identificar como un grotesco ronquido.

Nos detuvimos a unos metros de la pandilla. Oleg preguntó algo y los mendigos se miraron unos a otros, como si no estuvieran seguros de querer darnos una respuesta. Uno de ellos, erigido como líder de la camarilla, alzó el rostro y respondió con una voz aguardentosa y gastada.

—Quieren saber si nos sobran algunas monedas —me transmitió Oleg.

La sonrisa de aquel mendigo dejaba a la vista una desastrosa dentadura a la que le faltaban más de la mitad de las piezas. No tenía manera de saber si aquello nos llevaría a alguna parte, pero saqué un par de billetes y me acerqué al grupo.

El mendigo entornó los ojos, receloso. Como si no pudiera creer que de verdad hubiera funcionado. Vino a mi encuentro, agarró los billetes de un zarpazo y los observó al trasluz para asegurarse de que eran auténticos.

—*Thanks*, *madame* —dijo.

Pensé en dejarlo ahí, pero me dije que debería sacarles algo de provecho a esos billetes y conjuré en voz alta el nombre que nos había llevado hasta ellos.

—Jurek Kaminski.

El mendigo se metió los billetes en el bolsillo y señaló la tienda de campaña de la que procedían los ronquidos. Como si fuera un movimiento calculado, en ese momento un gruñido mayor salió de allí, tal que si el interpelado hubiera intuido que había alguien preguntando por él.

Resueltas las presentaciones, el hombre se alejó con mi dinero por un sendero cercano. Contuve las ganas de retenerle con un par de gritos. No tenía manera de saber si había dicho la verdad, o si se había tratado tan solo de una treta para sacarnos algo de pasta. El dormilón podría ser cualquiera.

—¿Qué hacemos? —preguntó Oleg.

No tenía ni idea. Lo lógico habría sido acercarnos a la tienda de campaña, despertar a quien fuera que estuviera dentro y preguntarle si era de verdad Jurek Kaminski, pero, fuese él o no, dudaba que se tomara bien que dos desconocidos interrumpieran su siesta y lo importunaran con sus preguntas.

—Esperaremos.

Nos alejamos del grupo y nos acomodamos en un banco situado a unos veinte o treinta metros del campamento. Aquella improvisada atalaya nos permitía vigilar la tienda de campaña. En cuanto su propietario asomara la cabeza, lo abordaríamos.

Después de unos diez minutos allí, vi al tipo al que le

había dado la pasta reaparecer por un extremo del parque. Llevaba una bolsa con varias botellas que dejó junto a sus compañeros. Se apresuraron a abrir una de ellas y comenzaron a beber y a pasársela con deleite.

—¿Crees que hemos hecho bien, Oleg?

En realidad, no necesitaba que el bibliotecario respondiera para saber algo que a esas alturas resultaba obvio: la había cagado al confiar en aquellos hombres. Si el tipo que roncaba a unos metros de sus camaradas no era Jurek Kaminski, podíamos dar el dinero por perdido.

—¿Nunca comes o qué? —preguntó Oleg.

Tardé un par de segundos en asumir la pregunta y reaccionar. Iba a responder con malos modos, pero reparé en que el bibliotecario permanecía inusitadamente serio, como si la respuesta a aquella cuestión resultara de suma importancia.

—Como cuando tengo hambre —me defendí.

—Eso suele ser casi nunca, Greta. En el tiempo que llevamos juntos, no te he visto almorzar ni una vez. Deberías cuidarte un poco más.

—Joder, Oleg. Que tenemos cosas más importantes de las que preocuparnos ahora mismo.

—Pues yo no aguanto más. Voy a buscar algo de comer. ¿Me esperas aquí?

—Qué remedio. Uno de los dos debe quedarse por si despierta la Bella Durmiente.

El bibliotecario se puso en pie y me observó desde las alturas, todavía dubitativo.

—Estaré bien —mentí.

No parecía tenerlas todas consigo, pero se conformó con eso y se alejó con paso rápido, como si tuviera mucha prisa por llegar a algún lugar.

Pensé en lo que había dicho. No podía negar que últimamente mi nivel de organización era un desastre. Tenía tantas cosas en la cabeza que a menudo me olvidaba de comer y solo lo hacía cuando me descubría hambrienta. ¿Significaba eso que tenía un problema? Habría jurado que no.

Pasaron los minutos. A pesar del frío, no resultaba del todo desagradable estar allí. Aquella esquina del parque era un lugar tranquilo, alejado del bullicio de la zona más transitada por familias y niños. El grupo de mendigos no hacía otra cosa que beber y charlar en voz baja, haciendo gala de un civismo del que muchos podrían aprender.

Un movimiento en la tienda de campaña llamó mi atención.

La cremallera se abrió para dejar salir a un individuo que miró en derredor con un ojo todavía cerrado. Se estiró y bostezó con la boca tan abierta que parecía que fuera a descoyuntarse. Cuando reparó en que sus camaradas disfrutaban de unas botellas de vino, se acercó a ellos.

Lucía una barba densa, mesiánica, e iba envuelto en varias capas de ropa que lo hacían parecer corpulento, aunque si uno observaba con atención no tardaba en concluir que no era más que un efecto óptico producido por la distancia y por todas las prendas que llevaba encima. Su delgadez era más que evidente en sus mejillas hundidas y en los ojos, que parecían bailar en el fondo de unas cuencas tan profundas como valles. Le calculé una edad indefinida entre los treinta y los sesenta años, imposible de dilucidar con más exactitud bajo aquella capa de suciedad y abandono.

El tipo aceptó la botella que le pasaron y le dio un trago. Uno de los mendigos me señaló y le dijo algo. El presunto Jurek Kaminski me contempló desde lejos con curiosidad, como si tratara de reconocerme. Cuando decidió que no suponía un peligro, devolvió la botella a sus amigos y echó a andar en mi dirección.

Miré en derredor, ansiosa por ver aparecer de nuevo a Oleg, pero no había ni rastro de él. No me iba a quedar más remedio que afrontar aquella conversación sola, algo que no me apetecía en absoluto. El tipo llegó con pasos vacilantes que lo hacían parecer aún más inseguro que yo. Se detuvo ante mí y se frotó aquella barba espesa y surcada de vetas grises que le daba un aspecto bíblico.

—¿Jurek?

El tipo soportó mi escrutinio sin decir nada ni dejar de frotarse la barba, bajo la que debía de alojar a una colonia de varias generaciones de piojos. No me desanimó que no contestase y me dije que yo también habría desconfiado de haber estado en su lugar.

—Me llamo Greta —dije en inglés mientras me ponía en pie—. Me dio su nombre un tipo que trabaja en una librería que...

Dudé. No tenía ni idea de dónde se encontraba esa librería, de la que no había retenido ni siquiera el nombre. El mendigo parpadeó varias veces antes de decidirse a responder.

—¿Qué quiere de mí?

Su inglés era bastante decente. Su voz también sonaba mucho más firme de lo que había esperado, como la de un locutor de radio venido a menos.

—Nos dijeron que su padre era librero —aventuré—. Uno de los más importantes de la ciudad.

Lo dejé ahí, sin saber muy bien cómo continuar. Jurek se hizo cargo y tomó la palabra.

—Y del país, si me permite la vanidad. Por desgracia, murió hace años, y con él, el negocio familiar.

Hablaba con una educación exquisita. Debía de ser consciente de que aquellos modales chocaban con su aspecto desaliñado y parecía disfrutar con ello. Como si desconcertar a sus semejantes fuera su manera de retar al mundo. Aproveché su buena disposición para plantearle el motivo de mi presencia allí.

—Busco información sobre un tipo que vivió en esta ciudad hace muchos años. Era un coleccionista de libros bastante reputado. Puede que hiciera negocios con su padre.

—Si coleccionaba libros, seguro que tuvo tratos con él —aceptó—. Mi padre llegó a ser muy popular. Sin embargo, no me queda mucho de él. A decir verdad, no tengo muchas más posesiones que las que llevo encima.

Se volteó los bolsillos vacíos, como si quisiera ilustrar la explicación.

—¿No tendrá algún registro? —pregunté—. Tal vez su padre apuntó en algún lugar los tratos que cerraba, o tenía un listado con sus principales clientes.

—¿Eres española?

El cambio de tercio me desconcertó. Examiné las facciones de aquel tipo, tratando de desbrozar si había algún significado oculto en aquella cuestión o si solo sentía curiosidad por mi acento.

—Soy de Madrid. ¿Lo conoce?

—Oh, solo he estado en España una vez. Caños de Meca. Fantástico.

Parecía animado, como si la mención de aquel lugar le trajera recuerdos de lo más agradables. Se rascó la barba, provocando un áspero sonido de fricción audible en varios kilómetros a la redonda. Ris, ris. No podía dejar de preguntarme cómo había llegado a verse durmiendo en aquel parque, rodeado de otros que, como él, parecían haber renegado de la sociedad y no hacían otra cosa que ver la vida pasar desde sus tiendas de campaña.

—Espero volver alguna vez por allí —añadió.

—Hablábamos de su padre.

No me molesté en parecer simpática, porque no se me da bien fingir. Casi pude evocar a Marla mirándome fijamente, recriminándome sin palabras mi falta de tacto. Lejos de molestarse por mi insistencia, Jurek la aceptó con un asentimiento.

—Mi padre murió hace siete años. Era un buen hombre. No era lo que se dice un tipo cariñoso, aunque tampoco es que me diera palizas ni nada por el estilo.

Lo dijo con seguridad, como si estuviera convencido de que no había un término medio entre un tipo cariñoso y otro que da palizas a sus hijos, lo que no dejaba de ser inquietante.

—Se desvivía por su librería. Y no es solo una forma de hablar, ojo. Murió rodeado de sus queridos libros.

Jurek soltó aquello con la expresión anodina de quien se limita a señalar un hecho objetivo, pero la insinuación me puso en guardia. Había averiguado demasiadas cosas inquietantes en los últimos días como para pasar el detalle por alto.

De repente, supe lo que iba a decir. Una vocecita en mi cabeza dio la voz de alarma y me dije que no podía ser, que aquello era demasiado, y que más me valía salir corriendo antes de que fuera tarde.

—Falleció en un incendio, ¿sabe?

Lo dijo como si no tuviera mayor importancia. Creo que ni siquiera se dio cuenta del sudor que había comenzado a perlar mi frente y continuó como si nada.

—La librería ardió hasta los cimientos y mi padre se quedó allí dentro, tratando de salvar todos aquellos libros, hasta que el fuego lo alcanzó a él también.

La similitud entre la muerte de Enri Kaminski y la de Marcel Dubois, cuyo cadáver también había aparecido calcinado tras el incendio de su preciada biblioteca, era demasiado evidente como para no recelar de unas circunstancias tan sospechosas como providenciales.

—¿Un incendio?

—El local era antiguo —le quitó importancia con un gesto desabrido—, con una instalación eléctrica vieja y desastrosa. A cada momento se iba la luz y había problemas con el cuadro eléctrico. Tendríamos que haber reformado el local hacía años, pero mi padre siempre atrasaba el momento de acometer las obras. Decía que el negocio no daba para más. Al final, pasó lo que tenía que pasar.

Jurek hacía gala de un conformismo que me enervó. ¿Cómo podía resignarse a una explicación tan burda?

—Debió de saltar una chispa —continuó— que prendió algunos de los libros que atestaban el local. Ni te imaginas la de papel que había allí, Greta. Combustible de sobra como para no dejar nada en pie.

Tenía que haber habido una investigación, aunque, si el propio hijo de la víctima se conformaba con aquella explicación, tal vez los investigadores de la policía y los bomberos tampoco se hubieran molestado en ahondar en aquel asunto. Al fin y al cabo, no era más que un edificio viejo, con una instalación defectuosa y suficientes libros como para verse convertido en una bola de fuego al menor descuido.

Si no hubiera sabido lo de Marcel Dubois, puede que yo también me hubiera conformado con eso.

—Mi padre y yo llevábamos mucho tiempo sin hablarnos —añadió—. Cuando murió, cerré la librería y vendí la mayor parte de los libros que se salvaron o que guardaba en casa. Los pocos que quedaron los abandoné junto a un contenedor, al alcance de cualquiera que quisiera darles una nueva vida. Hace mucho que dejé de santificar los libros, ¿sabes? Puede que ver a mi padre rodeado de ellos, derrochando más tiempo en la librería que con su propia familia, me haya vacunado contra ese tipo de sentimentalismo. No me dolió desprenderme de ningún ejemplar y conseguí a cambio suficiente pasta como para mantenerme durante un tiempo.

Hizo un gesto en dirección a sus camaradas. Parecía orgulloso de estar allí y de formar parte de aquella comunidad de desheredados.

—¿Vendió todos los libros de su padre?

Lo pregunté a la desesperada, ansiosa por encontrar algo a lo que agarrarme. Jurek lo notó y volvió a mirar hacia su campamento. Si no se daba prisa, sus colegas se terminarían aquellas botellas sin él.

—Los que valían algo se los repartieron los libreros.

Lo dijo con apatía. Era obvio que aquel asunto nunca le había robado el sueño.

—¿Y los que no?

Exteriorizó un bufido y se rascó la barba de nuevo, pero logró mantener a raya su desconfianza y sonrió de forma exagerada.

—Encantado de conocerte, Greta. Si vas a estar más tiempo en la ciudad, ven a verme alguna vez.

Antes de que encontrara algo que replicar, me dio la espalda y regresó con los suyos.

Como no sabía qué decir ni qué hacer, me quedé allí, varada como un barco sin gobierno, mirando en dirección al corro de mendigos que, ajenos a mi escrutinio, compartían confidencias y vino cómodamente sentados sobre la hierba. Jurek se sentó con ellos y aceptó un trago, como si se hubiera olvidado ya de mí.

Volví a ocupar el banco para esperar a Oleg. La conversación con Jurek no había resultado ni mucho menos esclarecedora, pero tenía la sensación de que había algo más. Debía volver a hablar con él, me dije.

Para hacer tiempo, rebusqué en mi mochila en busca de mi teléfono. Encontré la versión alemana de *El juego del ángel*, comprada en aquella librería de Berlín, pero, para mi sorpresa, no era el único libro que guardaba allí dentro. También llevaba el ejemplar de *Il gioco dell'angelo*, la versión en italiano de esa misma novela que había encontrado por la mañana en el vestíbulo de nuestro hotel. Ni siquiera recordaba habérmela llevado. Supuse que, simplemente, la guardé mientras charlaba con Oleg sin darme cuenta de lo que hacía.

No me sentí mal por ello. Alguien había abandonado aquella novela en el hotel, por lo que dudaba que nadie fuera a echarla de menos. Pasé algunas páginas al azar y comprobé que el italiano, como ya me había adelantado Marla, se parecía tanto al español que no me resultaba demasiado difícil descifrar algunos pasajes:

Il mio debutto letterario sopravvisse al battesimo del fuoco e don Basilio, fedele alla parola data, mi offrì l'opportunità di pubblicare un altro paio di racconti più o meno dello stesso tenore.

Embebida en la lectura de aquel fragmento tan familiar, perdí la noción del tiempo y ni siquiera fui consciente de la llegada de Oleg, que tomó asiento a mi lado en silencio para no molestarme. Cuando alcé la vista y lo descubrí junto a mí, noté cómo un intenso rubor se materializaba en mis mejillas, como si hubiera sido descubierta haciendo algo prohibido.

—No quería interrumpirte —saludó.

—No lo has hecho, descuida.

—¿De qué trata esa novela? He oído hablar de ella, pero nunca la he leído.

Pasó por alto de forma conveniente el hecho de que me había visto leer ejemplares de esa novela en alemán y en italiano, como si se tratara de un detalle sin importancia. Intenté detectar algún rastro de sarcasmo camuflado entre líneas, pero no me pareció que su intención fuera juzgarme. Solo ser educado, nada más.

Cerré *Il gioco dell'angelo* y deslicé mis dedos por la portada mientras me preguntaba si sería capaz de resumir, en apenas un par de frases, el argumento de una historia que significaba tanto para mí.

—*El juego del ángel* narra el descenso a la locura de un escritor obsesionado con un amor imposible, que recibe el encargo de escribir un extraño libro por parte de un editor misterioso, que resulta ser...

Me detuve, al darme cuenta de que no podía seguir reduciendo aquella trama y sus múltiples recovecos con tanta simplicidad. Enfrenté mi mirada a la de Oleg y sospeché que pensaba lo mismo que yo.

—Deberías echarle un vistazo. —Le tendí el ejemplar—. Hablaremos cuando lo hayas leído.

El bibliotecario aceptó el libro y lo guardó en la bolsa de Tintín. Parecía satisfecho, como si se congratulase por haber encontrado, después de tanto tiempo, un punto de interés común. Luego señaló a los mendigos, que bebían ajenos a nuestra presencia.

—¿Alguna novedad?

Iba a contarle mi conversación con Jurek cuando reparé en la bolsa que había dejado a su lado.

—¿Qué has traído? —quise saber.

En lugar de responder, abrió la bolsa para mostrarme su contenido. Había embutidos, queso y varias piezas de fruta. También un par de barras de pan bien envueltas, pero que aun así dejaban escapar un aroma delicioso que hizo rugir mi estómago.

—Como no sé cuándo volveremos a detenernos para comer —explicó—, me he asegurado de hacerme con provisiones para al menos un par de días.

La idea llegó sin avisar. Antes de que terminara de dilucidar si era buena o mala, le arrebaté la bolsa, me puse en pie y enfilé el sendero que conducía hasta el campamento de Jurek. Tras un titubeo, Oleg me siguió.

El grupo de mendigos nos recibió con ojeadas algo menos confusas que antes. Uno de ellos incluso alzó su botella a modo de brindis, como si quisiera darnos la bienvenida a su selecto club. Lejos de parecer incómodo, Jurek me guiñó un ojo, feliz de tenerme por allí con ellos.

Tomé asiento junto a él. Tuve que hacer un esfuerzo para ignorar el abigarrado olor que emanaba de aquellos individuos, más intenso ahora que los tenía tan cerca. Saqué un par de manzanas de una de las bolsas antes de pasársela a

Jurek. Ni siquiera lo miré al hacerlo. Como si diera por hecho que compartir toda aquella comida con ellos era algo de lo más normal.

Jurek aceptó la bolsa y curioseó el interior. Sacó algo de pan y queso, y se la pasó al tipo que tenía más cerca. En cuestión de minutos, el grupo al completo disfrutaba de aquel improvisado festín entre gruñidos de aprobación y sonrisas agradecidas. Oleg se acomodó a mi lado, visiblemente molesto por ver a esos hombres engullir toda la comida que había comprado, pero se las arregló para no protestar.

Cualquiera que nos hubiera visto en aquel momento nos habría tomado por un grupo de amigos que disfrutaba de un pícnic. Comíamos en silencio, aunque era consciente de las ojeadas que aquellos tipos me dirigían a cada momento. Debían de estar preguntándose de dónde había salido y qué pretendía con todo aquello, pero ninguno llegó a protestar.

46

Poco a poco, aquellos hombres fueron perdiendo el pudor y comenzaron a hablar. Según me tradujo Oleg, charlaban sobre las políticas de inmigración, la situación en Ucrania y la deriva de la Unión Europea.

—¿Y la policía no os molesta por estar aquí? —quise saber.

Los mendigos se apresuraron a responder que no. Que las autoridades acudían de vez en cuando para ver si todo estaba en orden y que incluso se aseguraban de que no les faltara de nada.

—Saben que no hacemos daño a nadie —dijo Jurek—. No causamos problemas, aunque haya quien se empeñe en criminalizarnos.

Dudé que la policía fuera tan indulgente como pretendían hacernos creer, sobre todo teniendo en cuenta que esa parte del parque se encontraba mucho más sucia que el resto y bastante menos transitada. Ni a las autoridades ni a los vecinos de la zona debía de hacerles ninguna gracia que hubieran establecido allí su campamento, aunque puede que no hubieran encontrado aún la manera de convencerlos de que se mudaran a otro lugar.

—También hay varias asociaciones que nos ayudan. Nos traen comida y ropa de vez en cuando. Y es mejor estar juntos, ya que así podemos protegernos unos a otros.

Ya habíamos terminado de comer. Varios de aquellos tipos se retiraron a sus tiendas, con lo que al final solo quedamos allí un par de mendigos, Jurek y nosotros dos.

—Esto no está tan mal —aseguró Jurek—. Hay gente que paga por comer al aire libre, algo que nosotros hacemos a diario. Y hay quien se endeuda hasta el cuello con tal de vivir en la naturaleza.

Hizo un gesto de orgullo hacia su tienda de campaña. Parecía convencido de lo que decía, aunque me costaba creer que aquel modo de vida pudiera ser envidiable.

—Al principio, resultaba duro convivir con la incertidumbre. No saber si vas a encontrar algo que almorzar, por ejemplo, o si va a nevar y las temperaturas van a descender de forma abrupta obligándote a buscar refugio en un portal o en alguna casa de caridad. Sin embargo, cuando te acostumbras llega a ser bastante estimulante. Nuestros antepasados vivieron así y no les fue tan mal.

Se me ocurrieron varios argumentos que echaban por tierra aquella teoría, pero me contuve. Jurek lo notó e hizo un gesto para pedirme paciencia.

—Me detectaron un tumor —confesó—. Inoperable, decían. Los médicos vaticinaron que me quedaban unos seis meses de vida. Eso me llevó a replanteármelo todo.

La naturalidad con la que relató aquello me puso los vellos de punta. Los otros mendigos no parecieron sorprendidos por la revelación y supuse que estaban habituados a oír aquella historia, como si se tratara de algo recurrente.

—Bueno, pues al final resultó que sí que era operable. Y esos seis meses que me quedaban se convirtieron en un punto y seguido que me hizo valorar mucho más que antes mi vida y, sobre todo, mi tiempo. Mírame, Greta: soy el hombre más rico sobre la faz de la Tierra. Tengo en mi poder todo el tiempo del mundo.

Se rascó la barba sin dejar de sonreír.

—Cuando pienso en todo el tiempo que he desperdiciado a lo largo de mi vida siento vértigo. ¿Has pensado alguna vez en cuánto tiempo pasamos detenidos frente a un semáforo? Dejamos que ese aparatito disponga de lo más valioso que tenemos y nos diga cuándo podemos avanzar y cuándo debemos parar. ¿No te parece ridículo?

Se puso en pie, como si la excitación no le permitiera seguir sentado mucho más y necesitara caminar de un lado a otro mientras daba rienda suelta a sus argumentos.

—Me obsesioné con eso. Con los tiempos muertos, con los minutos que regalamos alegremente. Si recopilásemos todo el tiempo que pasamos esperando a que algo suceda, tendríamos días, semanas, meses o incluso años enteros desperdiciados, arrojados a la basura. Y lo peor es que no los valoramos hasta que es demasiado tarde.

Colocó los brazos en jarras, como si desafiara a cualquiera a llevarle la contraria.

—Piensa en ello, Greta. ¿Cuántas horas de tu vida has oído el teléfono dar tono, a la espera de que alguien responda al otro lado? ¿Cuántas veces has llegado antes de tiempo a una cita y te has visto obligada a esperar en plena calle, sin hacer nada en absoluto? ¿Cuántos minutos has permanecido frente a la cafetera mientras se preparaba el café? ¿Alguna vez has perdido un par de horas en el aeropuerto porque la compañía aérea con la que ibas a volar te ha obligado a estar allí antes de tiempo? Es absurdo, lo mires por donde lo mires. El avión va a despegar a la misma hora, da igual cuándo llegues.

Sus camaradas rieron el comentario. Oleg tomó la palabra y temí que fuera a enzarzarse en una discusión con Jurek, pero nada más lejos.

—Mi teléfono tiene una aplicación que me permite comprobar el tiempo de uso diario —dijo—. Una vez lo miré y vi que dedicaba algo más de tres horas al día a mirar la pantalla del móvil.

—¡Tres horas! —gritó—. Amigo mío, si pasaras tres horas al día estudiando, podrías tener una carrera universitaria. Si entrenaras tres horas al día, irías a los Juegos Olímpicos. Y si tu novia y tú dedicarais tres horas al día a hacer el amor, los dos seríais infinitamente más felices que ahora.

Me señaló al decir aquello, incluyéndome en la intrincada película que se acababa de montar en su cabeza. Las mejillas de Oleg se tornaron de un color rojo tan intenso que parecía a punto de estallar, mientras los camaradas de Jurek se partían de la risa.

—Matar el tiempo —sentenció—. ¿Existe expresión más desafortunada y, a la vez, más precisa? Dejamos escapar cada segundo como si nos sobrara, pero tenemos las horas contadas. Un día, miraremos atrás y nos preguntaremos adónde fueron todos aquellos minutos que derrochamos esperando el autobús, o aguardando hasta que se nos secara el esmalte de uñas, o mirando esos interminables anuncios que las grandes cadenas nos endosan en *prime time*.

Nos miró uno por uno, encantado de contar con un público tan entusiasta. Me costaba tomarme en serio aquel discurso, pero tuve que reconocer que la vehemencia que derrochaba resultaba contagiosa.

—Gracias por dedicarnos un rato de tu valioso tiempo —dije.

Jurek asintió con entusiasmo.

—Ha sido agradable, Greta. Gracias por la compañía y la comida. Otro día os invito yo.

Comenzó a alejarse en dirección a la tienda de campaña de la que había salido hacía un rato. Temí perderlo de vista de nuevo, así que traté de retenerlo.

—¿Me dedicarías un poco más?

Se volvió a medias y me observó sin comprender.

—Necesito tu ayuda —insistí.

Me puse en pie y me acerqué a él. Sus colegas asistían a la

escena, pendientes del desenlace. Probablemente no verían con buenos ojos que Jurek me mandara al diablo, habida cuenta del almuerzo del que habían disfrutado gracias a mi generosidad. Aun así, bajé el volumen unas décimas para preservar la intimidad de nuestra conversación.

—Me has contado que vendiste la mayor parte de los libros de tu padre. ¿Qué fue del resto?

Como si hubiera captado mis intenciones, él también bajó la voz.

—Eso es pasado. Hace mucho que no pienso en ello.

—Hemos venido desde Berlín, Jurek. Nuestro tiempo también es muy valioso, y lo hemos invertido en venir hasta aquí en busca de esos libros.

Sonrió sin ganas. No debía de hacerle ninguna gracia que le arrojaran sus propios argumentos a la cara. Parecía a punto de responder con un exabrupto, pero la presencia de sus colegas lo disuadió.

—Apenas queda nada, Greta. Y lo que queda debe de estar en muy mal estado.

Es decir, que sí que había libros. Eso bastó para inyectarme una adecuada dosis de optimismo.

—Enséñanoslo.

Jurek dudó de nuevo antes de negar por segunda vez.

—Como te he dicho, mi tiempo es oro.

Debía de estar convencido de que aquel era el argumento definitivo, el muro infranqueable contra el que se toparía cualquier petición. Sin embargo, era justo lo que esperaba. Con una lentitud extrema, para que viera bien lo que hacía, saqué mi cartera, extraje unos cuantos billetes y los conté ante la mirada ávida del mendigo y de sus amigos.

—Quiero comprar un poco de tu tiempo. —Separé algunos billetes y guardé el resto—. Te pagaré bien.

Jurek dudó. Ardía en deseos de mandarme a tomar viento, pero la visión de toda aquella pasta le resultó demasiado tentadora como para dejarla pasar tan alegremente. No me sentí mal al espolear su codicia, convencida de que iba a ser la única manera de conseguir mis propósitos.

Tras una breve lucha interna, al fin claudicó.

Tomó los billetes y se los guardó con rapidez. Su altura pareció menguar unos centímetros, como si el hecho de verse rebatido de esa forma le provocara más vergüenza de la que podía soportar. Se alejó hacia su tienda, pero, en el último momento, la rebasó y continuó por un sendero que se alejaba del parque.

Oleg y yo nos miramos y, sin mediar palabra, fuimos tras él. Los amigos de Jurek se quedaron allí, con el desconcierto pintado en el rostro mientras se preguntaban qué demonios acababa de pasar ante sus narices.

47

Seguimos a Jurek hasta una plaza cercana, donde había una media docena de taxis con aspecto de llevar en funcionamiento desde los años noventa, más o menos.

—Debemos ir a Dobromierz —anunció.

No tenía ni idea de dónde se encontraba ese lugar y, a juzgar por la ojeada que me lanzó Oleg, deduje que él tampoco.

—Dobromierz es una pequeña aldea al sur de Polonia —explicó Jurek—. Mi padre nació allí y, aunque se trasladó a Breslavia cuando era muy joven, mantuvo un pequeño almacén donde guardaba obras de escaso valor, lotes que compraba al peso y todos aquellos ejemplares que, por un motivo u otro, no merecían ocupar un lugar en la librería. Debería haberse deshecho de ellos, pero era reacio a desprenderse de nada.

La descripción me resultó bastante precisa. Conozco a muchos coleccionistas que son incapaces de desprenderse de los ejemplares que colonizan su espacio. Como si considerasen poco menos que un sacrilegio tirar o regalar cualquiera de sus libros. También me las he visto con tipos a los que les resulta literalmente imposible decir que no a ningún ejemplar: adictos a la acumulación con un evidente desorden en sus bibliotecas y, por extensión, en sus vidas. El de la acumulación es un mal bastante frecuente en este mundillo.

Sin esperar a que le diéramos el visto bueno, Jurek se dirigió a un corro de taxistas que nos examinaron como si estuvieran tratando de calcular cuánto podrían sacarnos aprovechándose de nuestra condición de extranjeros. Jurek departió con ellos un instante. Se miraron unos a otros y, tras un breve diálogo, uno de los taxistas dio un paso al frente y señaló su vehículo, un destartalado Ford repleto de adhesivos publicitarios.

—Él nos llevará —anunció Jurek—. No nos saldrá demasiado caro.

—¿Y no podríamos ir en autobús o en tren? —me resistí, pero Jurek negó con energía.

—A Dobromierz no llegan los trenes ni los autobuses, Greta. De hecho, le he tenido que prometer a este tipo una buena propina.

Eso me dio una idea de la clase de lugar al que nos dirigíamos. Oleg hizo un gesto de resignación y se acomodó en el asiento trasero junto a Jurek. Aún no tenía claro si hacíamos lo correcto al confiar en aquel indigente al que, en realidad, no conocíamos de nada. Que además tuviéramos que trasladarnos a ese pueblo, Dobromierz, aumentaba mi desconfianza y me hacía pensar que todo aquello no era más que un gigantesco error, un embrollo en el que íbamos a meternos a lo grande.

Pensé en Marla y en lo que diría si le trasladaba mis dudas. Lo más probable era que les quitara importancia e insistiera en que siguiera mi instinto. Por eso me decidí a subir a aquel taxi, aunque me acomodé en el asiento del acompañante. La idea de viajar apretada entre Oleg y Jurek, soportando además el abigarrado olor corporal de este último, era algo por lo que no quería pasar. El taxista no protestó y, una vez que nos hubimos acomodado, arrancó el Ford y nos pusimos en marcha.

—Hace años que no voy por allí —dijo Jurek—, así que os aviso de que no tengo ni idea de lo que vamos a encontrar.

Puede que el almacén haya sido saqueado, o que alguien lo haya convertido en su hogar. Tampoco sería un mal final para un sitio así.

Con disimulo, introduje el nombre «Dobromierz» en el buscador de mi teléfono móvil y comprobé que el pueblo se encontraba a casi una hora en coche de allí. Mucho más de lo que había esperado, pero, a aquellas alturas, tanto daba.

Jurek habló durante un buen rato más de la librería que había regentado su padre, una de las más importantes del país. Percibí que hablaba de él con cierta amargura. No solo no había compartido su entusiasmo por la palabra escrita, sino que además lo había considerado un disparate, una excentricidad que había lastrado hasta el último segundo de su existencia. Casi como si estuviera enfadado con él.

Por su parte, Oleg no dejaba de removerse en su asiento, de mirar por la ventanilla ni de responder a cada ocurrencia de Jurek con un gesto amable, visiblemente emocionado ante la perspectiva de visitar un trastero lleno de libros viejos en un pueblo perdido al sur de Silesia. A saber el tiempo que llevaba soñando con algo como aquello.

Era absurdo pensar siquiera que la Biblioteca de la Comunidad Judía de Roma pudiera estar allí, pero preferí no sacarle de su error. La realidad se encargaría de ponerlo en su sitio.

Llegó un momento en el que Jurek calló y pasamos el resto del trayecto en silencio. El paisaje se fue haciendo más inhóspito a medida que nos alejábamos de Breslavia, a juego con un cielo de color ceniza que se iba oscureciendo un poco más a cada minuto. Llegué a adormecerme y, cuando me quise dar cuenta, me sumí en un profundo sopor del que me sacó una hora más tarde la voz de Jurek, inesperadamente alegre.

—Esto me suena —dijo.

Abrí los ojos de golpe y me di cuenta de que debíamos de

haber llegado ya a Dobromierz, puesto que el paisaje agreste había sido sustituido por una suerte de calles empedradas salpicadas por algunas casuchas dispersas aquí y allá. No era una imagen bucólica, sino más bien desaliñada, que transmitía una inquietante sensación de abandono a la que contribuía el cielo encapotado que amenazaba con descargar una tromba de agua en cualquier momento.

El taxista nos dejó allí mismo. Le pagué lo que me pidió por el viaje, redondeando hacia arriba para que se llevase una buena propina, y fui en pos de Jurek, que había enfilado una calle que se abría a nuestra derecha sin esperarnos.

Oleg se puso a mi altura y habló en voz baja, para asegurarse de que el mendigo no nos oía.

—¿Crees que esto es buena idea, Greta?

No parecía tan seguro como hacía un rato. Estaba claro que verse en aquel pueblucho deprimente había horadado su determinación.

—Es un poco tarde para arrepentirse —respondí—. Y, bueno, ya que estamos aquí, no perderemos nada por echar un vistazo.

Alcanzamos a Jurek, que giró un par de veces con la seguridad de quien se halla en terreno conocido. Había temido que su memoria no fuera tan buena como pretendía aparentar y que, en realidad, no tuviera ni idea de dónde estábamos, pero era evidente que conocía el pueblo. Nos cruzamos con algunos lugareños que nos examinaron con curiosidad. De vez en cuando señalaba un punto concreto, una plaza, una fuente, un edificio, pero no decía nada. Se limitaba a sonreír y a rascarse la barba, como si sobraran las explicaciones. Ris, ris.

La confianza que tenía en sus capacidades flaqueó cuando llegamos al final del pueblo y enfiló un sendero que discurría junto a una porción de tierra baldía, salpicada por algunos árboles escuálidos aquí y allá. La ausencia de otros edificios que hicieran de parapeto nos llevó a sentir el viento y el frío con más fuerza. Como si no fuera suficiente, un par de solitarios copos de nieve cayeron sobre mi nariz, preámbulo de una tormenta de mayor intensidad que venía en camino.

—¿Seguro que es por aquí? —pregunté.

Antes de que llegara a responder, noté el teléfono vibrar en mi bolsillo.

El nombre de Teresa Solana brillaba en el centro de la pantalla, impertinente como un invitado inesperado en una reunión privada. Reprimí una maldición y me rezagué para aceptar la llamada.

—Buenas tardes, señora Solana.

—Buenas tardes, Greta. ¿Cómo vas?

El tono desabrido evidenció que no se trataba ni mucho menos de una llamada de cortesía. Supuse que, a esas alturas, Chencho ya debía de haberla informado de que le habíamos dado esquinazo.

—No voy mal. Estoy siguiendo un par de pistas que puede que nos lleven a alguna parte.

—Qué bien.

Ninguna de las dos se molestó en sonar sincera. Quizá fuera mejor así, me dije. Sin caretas, la vida se veía de otra manera.

—Bueno, te llamo por dos motivos. El primero es que he visto que has efectuado una retirada de efectivo con la tarjeta que hemos asignado para tus gastos.

—Ajá.

Se quedó esperando una explicación. Como no llegó, volvió a tomar la palabra.

—No es que desconfíe de ti, Greta. Es que no quiero que el presupuesto asignado a esta investigación se nos vaya de las manos. Por eso me gustaría saber para qué es ese dinero.

—Bueno, no sé si ha estado en Alemania recientemente, pero hay muchos sitios en los que no dejan pagar con tarjeta.

Con ese efectivo, básicamente estoy pagando desayunos y algo de material para mi investigación.

—Entiendo. De modo que ese dinero es para pagarte los desayunos.

—Exacto.

El silencio se hizo fuerte, convirtiendo aquel diálogo en una bomba que podría estallar en cualquier momento.

—Espero un informe en el que detalles claramente los gastos —dijo—. Cuántos desayunos has tomado y dónde, si has tenido que pagar a algún experto para que te dé su opinión sobre algo... Ya sabes, todo eso.

—Claro, cuente con ello.

—El segundo motivo de esta llamada es que he visto que te has trasladado a Roma. ¿Por qué lo has hecho? ¿Acaso has dado con alguna pista de que los libros que pertenecieron al abuelo del señor Fritz-Briones se encuentran allí?

—Sí, pero me temo que era una pista falsa.

Sabía que aquella respuesta, formulada con el tono más seco de mi repertorio, la enervaría hasta el límite de su paciencia.

—Es decir, que fuiste a Roma para nada.

—Más o menos.

—Entiendes que esto no es ningún juego, ¿verdad?

No dije nada. No era el tipo de pregunta que merece una respuesta.

—No puedes seguir una pista falsa tan alegremente, Greta.

—Es lo que tienen las pistas falsas, señora Solana: una no sabe que son falsas hasta que es demasiado tarde.

—Si pensara mal, diría que has ido a Roma a hacer turismo, o a visitar a algún amigo, a costa del dinero del señor Fritz-Briones.

—Menos mal que usted no piensa mal.

—Aun así, espero otro informe en el que expliques los

motivos que te han llevado a pensar que era buena idea trasladarte a Roma y los pasos que has dado allí.

—Por supuesto, haré un informe de todo. Lo tendrá en su mesa por la mañana.

Las dos sabíamos que no pensaba escribir informe alguno, pero reconocerlo habría sido como liarnos a tiros. Por eso, Teresa Solana aguardó unos segundos para serenarse antes de hacer la pregunta que llevaba un rato amasando, el verdadero motivo de aquella llamada.

—¿Dónde estás?

Examiné el desolado paisaje que me rodeaba. Oleg y Jurek se encontraban a una veintena de metros más adelante, detenidos frente a una especie de caserón destartalado. ¿El almacén que andábamos buscando, quizá?

—Estoy dando un paseo.

—¿*Dónde*, Greta?

Apenas pudo contener la furia que rebosaban aquellas dos palabras. De haberme tenido delante, probablemente me habría abofeteado. O lo habría intentado, al menos.

—Me temo que va a tener que confiar en mí, señora Solana. Para variar.

No iba a hacerlo, por motivos obvios, pero se las arregló para exteriorizar su rechazo con un simple chasquido de labios.

—Controlamos los movimientos de tu tarjeta —admitió—. No creí que fuera a hacer falta explicártelo, pero ahí va: lo hacemos por tu propia seguridad.

—Es muy considerado por su parte.

—Si te sucede algo, Dios no lo quiera, podremos llamar a la policía y que lleguen hasta ti con rapidez. No tiene por qué pasar nada, claro, pero imagina que te secuestran, o sufres un robo con violencia, en Berlín o incluso en Roma.

Aquella referencia al asalto que había sufrido en Roma delató hasta qué punto estaba informada de mis movimientos y llegué a preguntarme si habría sido cosa suya. Tal vez, el ataque de esos tres idiotas había sido una elaborada puesta en escena con el objetivo de darme un susto, para que no me atreviera a sacar los pies del tiesto.

—Ya soy mayorcita, señora Solana. Se sorprendería de hasta qué punto sé cuidar de mí misma.

—Nos guste o no, estamos juntas en esto. Debemos confiar la una en la otra para llevar esta investigación a buen puerto. Si te sucediera algo...

—¿Y por qué diablos tendría que sucederme algo?

Estaba harta. Era la segunda vez que insinuaba la posibilidad de que sufriera un nuevo asalto. No podía dejar de pensar que la advertencia tenía el sabor de una amenaza en toda regla.

—Como he dicho antes, no tiene por qué pasar nada —se excusó.

—Entonces deje de importunarme. Estoy trabajando, maldita sea. No me haga perder el tiempo.

La oí decir algo justo antes de apretar el botón que ponía fin a la llamada. Esperé, convencida de que iba a volver a llamar, pero no lo hizo. Debía de haberse percatado de que tratar de razonar conmigo era un error. Por mucho que le jodiera, no podría controlarme desde su bonito despacho del barrio de Salamanca.

En realidad, por lo poco que la conocía, dudaba mucho que fuera a conformarse con encajar aquel desplante sin más. Lo más probable era que, antes o después, tratara de cobrarse la afrenta.

Bueno, me ocuparía de eso cuando sucediera.

Dejé que el enfado se diluyera y puse rumbo al lugar en el que Jurek y Oleg me esperaban con los brazos cruzados y sendas muecas de alegría contenida. Como si, a pesar de todo, se lo estuvieran pasando en grande.

48

La nieve caía en forma de briznas tan débiles que desaparecían nada más tocar el suelo. Estábamos de suerte, ya que una nevada en toda regla habría supuesto una dificultad añadida a la ya de por sí ingrata labor que nos había llevado hasta allí. Jurek se había detenido frente a un caserón destartalado con tejado a dos aguas y aspecto de estar a punto de venirse abajo.

—Ya te dije que estaba un poco descuidado —se excusó.

Era una forma bastante optimista de describirlo. La fachada exigía a gritos una buena remodelación y la puerta era de madera, vieja y astillada. Estaba asegurada con un candado de aspecto resistente unido a unas gruesas argollas de metal.

—A ver si lo adivino: no tienes la llave.

—Hace mucho que no vengo por aquí —se excusó Jurek—. Seguro que mi padre guardaba la llave en algún lugar. Cuando murió vendí todas sus pertenencias. También dejé el piso en el que vivíamos con nuestras cosas dentro.

No paró de sonreír mientras lo decía, como si le hiciera gracia reconocer su falta de previsión. Me dirigí al lateral del edificio, en busca de alguna ventana por la que pudiéramos colarnos. Por desgracia, todas se hallaban bien aseguradas con unos postigos cerrados desde el interior que parecían muy robustos.

—Vamos a tener que volver en otro momento con un cerrajero —dijo Jurek—. O con herramientas.

—¿Estás seguro de que es aquí?

Me observó con escepticismo. Cuando descifró la pregunta, asintió con energía.

—Podríamos romper el candado —señaló Oleg.

Fui a responder que el candado debía de ser la pieza más resistente que íbamos a encontrar en varios kilómetros a la redonda. Antes de que lo hiciera, Jurek se dirigió al portón con paso firme, como si ardiera en deseos de enfrentarse al desafío que suponía quebrar aquel mecanismo.

—Busquemos algo con lo que forzarlo —propuso.

Nos separamos cada uno en una dirección. Aquel secarral escondía entre las malas hierbas un buen montón de basura, aunque no encontré nada que pudiera sernos de utilidad. Varias latas de pintura vacías, un neumático viejo, una batería de coche...

—¿Y esto? —oí decir a Oleg.

Sujetaba una sólida vara de hierro de casi dos metros de largo salida de alguna obra en la que habría servido para afianzar los cimientos. Jurek llegó hasta él y prácticamente se la arrebató de las manos.

—Puede que sirva —dictaminó.

Sin esperarnos, regresó junto al portón con aquella especie de jabalina sobre su cabeza. Introdujo la punta de la vara bajo el arco del candado y procedió a hacer palanca.

El rostro de Jurek se contrajo por el esfuerzo. Oleg se acercó y se colgó de la vara detrás de él, pero no sucedió nada. Tras meditarlo apenas un par de segundos, me acerqué y me colgué yo también del extremo de aquella barra de acero.

Me imaginé lo que vería cualquiera que pasara por allí en aquel momento: tres imbéciles colgados de esa barra como jamones. Me habría reído de no haber resultado tan decepcionante.

Entonces se oyó un crujido, la vara se liberó de su agarre y los tres caímos al suelo a la vez. Oleg se desplomó sobre mí y se apresuró a levantarse y a pedirme disculpas. Me ofreció su mano, pero la rechacé y me incorporé por mis propios medios. Jurek se levantó a su vez y examinó la puerta.

Habíamos conseguido abrirla.

El candado permanecía en el suelo, intacto. Un prodigio de la ingeniería, sin duda. En cambio, las gruesas argollas que sujetaban la puerta habían cedido, dejando dos buenos agujeros en la madera.

Jurek se acercó al umbral y, desde allí, nos dedicó una exagerada reverencia para invitarnos a entrar.

—Bienvenidos.

49

Al abrir el portón, fue como si el edificio exhalara una bocanada de aire pútrido, mezcla de abandono y desesperación. De haber sido más crédula, lo habría tomado por una advertencia que nos instaba a volver por donde habíamos venido si no queríamos que aquel lugar se convirtiera en nuestro último destino. Era como si aquella especie de almacén no quisiera que nadie se adentrara en él y su único mecanismo de defensa fuera ese.

Soy poco dada a dejarme impresionar, de manera que me adentré en aquel edificio cavernoso sin titubear. Era bastante más espacioso de lo que parecía desde el exterior. Jurek pulsó un interruptor que había junto a la puerta, pero eso habría sido pedir demasiado. Era evidente que hacía mucho desde la última vez que el suministro de energía eléctrica llegó a ese lugar.

Para compensarlo, el mendigo se acercó a las ventanas y abrió los postigos uno a uno, con lo que dejó entrar suficiente claridad procedente del exterior para que pudiéramos hacernos una composición de lo que había allí. La nave era un espacio diáfano sin muros ni habitaciones, con baldas en las paredes y dos hileras de estanterías que se sucedían una frente a la otra, dividiendo el lugar en tres pasillos que llegaban hasta el fondo.

Había libros por todas partes.

El hedor persistía. Aquel lugar olía a humedad, a putrefacción y a soledad. Los libros no resisten bien el paso del tiempo, y mucho menos cuando se conservan en unas condiciones tan deplorables. Saqué un par de ejemplares del anaquel que tenía más cerca y confirmé mis temores: se habían echado a perder. Las páginas estaban mohosas, estropeadas, y tenían manchas de humedad. Los lomos se hallaban rígidos, algunos tan sucios que apenas se podía distinguir el título del ejemplar en cuestión. La mayoría mostraban mordiscos en los bordes, probablemente de un ejército de ratones que en ese momento debían de estar observándonos desde sus escondrijos y preguntándose qué diablos habíamos ido a buscar a sus dominios.

Me dirigí al fondo del recinto. Por el camino, alcancé a ver algunos insectos y la cola de un animal de buen tamaño que corrió a esconderse al saberse descubierto. Hacia el centro de la nave, el techo había cedido, sepultando bajo una montaña de escombros un par de estanterías con todos sus ejemplares. Junto a aquel montón, el agua se había filtrado formando un charco apestoso de varios metros de ancho que no tuve más remedio que pisar. De no haber llevado mis recias botas de montaña, me habría calado hasta los calcetines. Solté una maldición y rebasé el charco para llegar al extremo más alejado de la entrada.

Una vez allí, eché la vista atrás y calculé que habría unos tres mil libros, más o menos.

Oleg observaba cada estantería con la boca abierta, absorto en la contemplación de aquella descomunal acumulación de ejemplares de todo tipo y pelaje, con el abandono como única patria común. Su rostro era la viva imagen del desaliento. ¿Acaso creía que había dado al fin con la Biblioteca de la Comunidad Judía de Roma? Más bien debía de estar rezando por que no fuera así. El estado de todos aquellos ejemplares no habría servido para otra cosa que para certificar su desaparición total y absoluta. Aun en el caso de que hubiera algún título raro o valioso agazapado en aquellas estanterías, tendría que ser sometido a una costosa restauración con pocas probabilidades de éxito. Y no digamos ya si se trataba de un códice, un manuscrito o unas láminas.

Aquello no era un almacén: era una fosa común.

No era la primera vez que me encontraba con un amasijo de libros convertidos en basura, pero el hecho de hallarme al sur de Polonia, en un almacén que no había sido abierto en siete años, según nos contó Jurek, resultaba especialmente desalentador. Lo lamenté sobre todo por él, al que habíamos arrastrado hasta allí para nada.

El mendigo, por contra, parecía estar pasándoselo en grande. Caminaba de un lado a otro, sacaba algunos títulos, los examinaba y volvía a dejarlos en su lugar, como si no encontrara nada que le interesara. Cuando reparó en que lo estaba observando vino hacia mí.

—¿Era esto lo que buscabas, Greta?

No había sarcasmo en su forma de preguntarlo, sino lisa y llana curiosidad. Ni siquiera parecía incómodo por estar allí.

—Más o menos.

—No sé qué es lo que esperas encontrar aquí, pero acabo de ver una araña del tamaño de un cenicero —dijo.

Por desoladora que se me antojara aquella labor, no iba a tener más remedio que examinar todos aquellos libros hasta asegurarme de que no formaban parte de la biblioteca perdida, ni tampoco de la colección del abuelo del señor Fritz-Briones. No hacerlo sería una negligencia por mi parte. Además, tampoco estaría de más comprobar si había otros ejemplares allí que fueran susceptibles de haber formado parte del botín de los saqueadores nazis.

Iba a plantearme por dónde empezar cuando Oleg me llamó. Se encontraba en cuclillas frente a una estantería. No debió de oírme llegar y volvió a llamarme.

—¡Greta!

—Estoy aquí.

Al oír mi voz tan cerca, se sobresaltó y estuvo a punto de caerse de culo.

—Y yo que tú no pasaría mucho tiempo agachado, Oleg. Sobre todo cuando no puedes ver lo que estás pisando.

—Mira lo que he encontrado.

Señaló la balda que tenía delante. Era más ancha que las demás y albergaba una colección de archivadores que en algún momento fueron de vivos colores, pero lucían desvaídos por el paso del tiempo. Abrió uno de ellos para mostrármelo.

—Es un registro —dijo—. El padre de Jurek era bastante minucioso. Figura el título de cada ejemplar, lo que pagó por él, la fecha de la transacción y, en ocasiones, el nombre del cliente al que se lo compró.

Ojeé aquellos listados, escritos con una elegante caligrafía en cursiva. Oleg pasó las páginas con lentitud para que lo viera bien. Contabilicé un total de cinco archivadores más en esa estantería.

—Es una ayuda —reconocí.

Unos zapatos se materializaron a mi lado, acompañados de un sonido de fricción. Ris, ris.

—Parece que tenéis mucho que hacer aquí —dijo Jurek—. Y a mí me espera un largo camino de vuelta. Será mejor que me ponga en marcha de una vez.

En circunstancias normales no le habría dado demasiada importancia a su marcha. Por eso me costó reconocer la sensación amarga que experimenté al reparar en la posibilidad de que, quizá, aquella fuera la última vez que lo veía.

—No tienes por qué irte.

Tampoco reconocí mi voz al soltar aquello. Jurek negó con energía, sin pensarlo siquiera.

—Llevaos lo que queráis. Me da igual lo que pase con todos estos libros.

—¿En serio?

—Mi padre ya no está, Greta. Y guardo recuerdos mucho más gratos y hermosos de él que un almacén mohoso lleno de libros que nunca voy a leer.

El argumento era irrebatible. No me molesté en intentar que cambiara de idea. Oleg se levantó y estrechó la mano de aquel tipo.

—Ha sido un placer, Jurek.

—Lo mismo digo, colega. Y recuerda lo que hablamos antes.

Le guiñó un ojo y el bibliotecario se ruborizó. La sensación de estar perdiéndome algo me hizo sentir un súbito acceso de furia que apenas conseguí mantener a raya. Ignoraba qué clase de conversación habrían mantenido aquellos dos mientras yo atendía la llamada de Teresa Solana, pero la sospecha de que hubiera tratado sobre mí bastaba para hacerme sentir furiosa.

—Si volvéis a pasar por Breslavia, dejaos caer por el Staszic Park. No suelo moverme de allí.

Jurek me tendió la mano. Su sonrisa flaqueó cuando se dio cuenta de que no tenía intención de estrechársela, pero permaneció con el brazo enhiesto, resistiéndose a conformarse.

Saqué mi cartera, tomé unos cuantos billetes y los coloqué en aquella mano.

—Espero que baste con esto.

El intento por imbuir normalidad a mi tono resultó tan forzado que Oleg y Jurek cruzaron una mirada bastante reveladora. Como si se confirmase algo que ya sospechaban.

—Es mucho más de lo que merezco, pero gracias.

El mendigo se guardó el dinero y observamos su partida en silencio. Una vez solos, Oleg me dedicó una ojeada interrogativa, como si no supiera qué hacer a continuación.

Si él no lo sabía, yo no se lo pensaba explicar.

Tomé uno de los archivadores y comencé a examinarlo con más detenimiento. Oleg dijo algo, pero ni siquiera le escuché, absorta en la información que contenía aquel tomo. Al cabo de unos minutos, se alejó hacia otra estantería, en busca de algo que lo mantuviera ocupado.

50

Debí de pasar una hora, aproximadamente, inspeccionando aquellos archivadores y ordenando mentalmente la información que contenían. Cuando terminé, reparé en que Oleg se encontraba muy cerca. Fingía examinar un libro, pero no me quitaba el ojo de encima. Parecía que no había querido interrumpirme mientras trabajaba, pero no tenía sentido privarle de saber lo que había descubierto y le hice una señal para que se acercara.

—Ese es el más antiguo —señalé un archivador de color azul—, con anotaciones que datan de 1950, y este amarillo es el más actual, que contiene entradas de hace unos siete años. Por lo que nos contó Jurek, fue más o menos cuando falleció su padre. Se diría que siguió trabajando hasta el día de su muerte.

—Qué casualidad, ¿no?

Me miró con intención. No me apetecía entrar en aquel juego, de modo que no respondí. El bibliotecario se resignó y tomó uno de los archivadores.

—Es evidente que el negocio iba en caída libre —observé—. Durante los primeros años, las entradas son mucho más abundantes. En cambio, en los últimos meses apenas había anotaciones puntuales, ejemplares por los que pagaba una miseria y lotes sin demasiado valor.

—No creo que sean muy diferentes a los registros de cualquier otra librería del mundo.

—En ocasiones, Enri adquiría lotes completos. —Le mostré una de las entradas—. Como ves, hay un solo precio de adquisición, y posteriormente desarrolla el contenido de ese lote para dejar constancia de cada título. Es lo habitual cuando un coleccionista muere y sus herederos venden sus libros, o cuando alguien quiere deshacerse de su biblioteca con rapidez. Se pacta un precio por todo y después el librero vende esos ejemplares uno a uno para sacarles mayor rentabilidad.

—¿Algo más?

Dudé. Había otra cosa, pero no estaba segura de querer informarle de ello. Creo que Oleg percibió mis titubeos, ya que volvió a ametrallarme con una ojeada recelosa.

—Una pregunta —dije—: ¿Te suena de algo el nombre Stratos?

El bibliotecario juntó ambas cejas en un gesto de extrañeza difícil de simular. Después de varios segundos, negó.

—¿Tendría que sonarme?

—Seguramente no será nada. —Me encogí de hombros.

—Cuéntamelo de todas formas. Por favor.

Añadió aquel «por favor» a destiempo. Eso delató las ganas que tenía de oír cualquier teoría, por descabellada que fuera. Ese era precisamente el motivo por el que me reservaba información: lo último que quería era crearle falsas esperanzas o espolear su imaginación.

Por desgracia, el daño ya estaba hecho. En cualquier caso, si no se lo decía, podría llegar a verlo con sus propios ojos si analizaba con atención aquellos listados.

—Hay varias entradas con ese nombre.

El bibliotecario tomó un archivador y lo abrió para comprobarlo.

—Se repiten cada cierto tiempo —expliqué—. Enri identificó al vendedor con esa única palabra, Stratos. Puede que fuera su apellido, o un seudónimo. Aunque, claro, también puede que sea el nombre de una asociación, o incluso de algún pueblo cercano.

—Ya lo veo. ¿Y por qué te ha llamado la atención?

—Bueno, me dio la impresión de que ese tal Stratos hacía negocios bastante ventajosos. El viejo Enri le pagaba muy bien por los libros que le llevaba.

También estaba el hecho de que sus transacciones se repitieran de forma periódica, y que algunos de los títulos que le vendía al padre de Jurek estuvieran en alemán, hebreo, italiano e incluso en español. Sin embargo, había un detalle que destacaba entre los demás y convertía a aquel sujeto en una rareza imposible de pasar por alto.

Confié en que Oleg no lo viera, pero era mucho pedir. Tras varios minutos examinando aquellos listados, volvió a mirarme con el rostro bañado en incertidumbre.

—Las ventas de ese tal Stratos se interrumpen —anunció—. De repente, ya no hay más anotaciones con ese nombre.

—Ya.

—Las transacciones se incrementaron hacia finales de 1969. Vendió varios lotes de mucho valor.

Se interrumpió al ver la conexión. Me observó con los ojos muy abiertos y las pupilas del tamaño de la cabeza de un alfiler.

—Es la fecha en la que Herbst desapareció.

Por fin tenía lo que andaba buscando: la constatación de que Enri, el padre de Jurek, había tenido tratos con Herbst, y de que estos se habían incrementado cuando se acercaba la fecha de su desaparición. Los ojos de Oleg brillaron por la excitación mientras llegaba a la única conclusión posible, dadas las circunstancias.

—Stratos era el seudónimo de Herbst.

Lo dijo con seguridad y un punto de chulería. Como si me desafiara a demostrar que se equivocaba. Al ver que no iba a contradecirle, volvió a voltear las páginas.

—Cerró la mayor parte de las ventas hacia 1969. Como si quisiera reunir efectivo con cierta urgencia. ¿Y si alguien lo estaba extorsionando?

Fui a negarlo, pero no hizo falta, ya que Oleg se respondió a sí mismo.

—Lo sé, es un poco rebuscado. Aun así, es muy llamativo que se hiciera con todo ese dinero y después se esfumara.

Alzó las cejas y me observó con estupefacción. Un par de neuronas espabiladas acababan de darle la solución a aquel enigma, la misma conclusión a la que yo había llegado hacía un rato.

—Reunía dinero para largarse.

No era una pregunta, pero no dejó de observarme mientras lo decía, a la espera de alguna reacción por mi parte.

—Es una posibilidad —concedí.

—Tenemos que encontrar los libros que le vendió a Enri. Así sabremos si realmente se trata de él.

—Dudo mucho que se encuentren en este almacén. —Hice un gesto a los libros que nos rodeaban—. Ya oíste a Jurek: aquí solo están los ejemplares que nadie quiere. Los más valiosos se los vendió a otros libreros.

—Espera —me interrumpió.

Regresó a la primera página y comenzó a revisar cada anotación identificada con el nombre de Stratos. Supe lo que buscaba e intuí que lo iba a encontrar de todas formas, de modo que le eché una mano.

—Página diez.

Oleg se trasladó a aquella página. Una vez allí, deslizó el dedo por la columna de adquisiciones hasta detenerse en un título muy concreto.

—*El Parnaso español.*

Le tembló la voz al decirlo. Efectivamente, se trataba del ejemplar expurgado que habíamos visto expuesto esa misma mañana en una librería de Breslavia y que el librero decía haberle comprado al padre de Jurek.

Aquel libro había pertenecido a Stratos.

Había algo que Oleg no vio: en esa misma página figuraba la adquisición de una biblia en tres volúmenes por un precio bastante superior a lo que acostumbraba a pagar. Como si se tratara de un ejemplar excepcional y especialmente valioso. A pesar de que la anotación era muy escueta, había muchas probabilidades de que se tratase de la Biblia de Soncino que Marcel Dubois había encontrado hacía cuatro meses en Breslavia.

Me pregunté si valdría la pena tratar de apaciguar a Oleg, pero parecía tan emocionado que ni siquiera me lo planteé. Cerró el clasificador y lo dejó a un lado con las mejillas encendidas de pura alegría.

—Lo has encontrado, Greta. Has dado con ese malnacido.

51

Las anotaciones insinuaban que Enri Kaminski era un tipo organizado, un detalle que no había que menospreciar. Tengo experiencia recorriendo bibliotecas caóticas, intrincados laberintos de papel capaces de desorientar incluso a sus propios dueños. Los libros suelen ser visitantes incómodos que colonizan cualquier espacio. Dicen que, si colocas un ejemplar en un rincón de la casa, a los pocos días aparecerán de la nada algunos más junto a él, como si se hubieran reproducido.

—El almacén debe de seguir algún tipo de orden —pensé en voz alta—. Solo tenemos que dar con la fórmula que Enri empleó para clasificar estos ejemplares. Puede que los ordenara por autores, por la fecha en la que fueron adquiridos, por temática, por su valor... Nos ayudará que nadie haya tocado este lugar en tanto tiempo.

El almacén era demasiado grande, por lo que establecí un método. Era primordial saber cómo funcionaba la cabeza de Enri y qué orden habría impuesto en aquellas estanterías antes de buscar nada. Si no, terminaría dando palos de ciego durante bastante tiempo antes de encontrar algo útil.

Abrí los listados sobre una de las estanterías menos atiborradas y los dejé allí, para poder consultarlos cada vez que lo necesitara.

—Enri adquirió el último lote en enero de 2017. —Señalé la entrada—. Eran unos treinta libros. Figura una selección de poemas de Kurt Hillmer titulada *Paria im Lächeln der*

Liebe y un ejemplar de *El camino*, de Miguel Delibes, pero la mayoría son títulos en inglés de obras de Vasili Grossman, Jane Austen, Harper Lee… Incluso hay un ejemplar de *Harry Potter y la Orden del Fénix*.

Oleg permanecía a mi lado sin perder detalle. Debía de pensar que hablaba con él, pero lo cierto era que me limitaba a enumerar toda aquella información en voz alta para que quedara registrada en mi subconsciente. Así, en caso de que mis ojos se tropezaran con esos títulos o sus autores, los identificaría con rapidez.

No era mi primer almacén. Sabía lo que hacía.

—No lo entiendo —protestó—. ¿Por qué no centramos nuestros esfuerzos en algo más concreto? Por ejemplo, en los libros donados por ese tal Stratos.

—Porque dudo mucho que encontremos un lote completo aquí. Con suerte, daremos con algunos ejemplares sueltos. Por eso, prefiero que nos centremos en averiguar dónde *deberían* estar esos libros, en lugar de perder el tiempo tratando de localizarlos.

Abrió la boca para protestar, pero no le di la oportunidad y me alejé hasta las estanterías del fondo. Vi que se demoraba unos segundos más antes de acercarse a un estante al azar.

Tenía que centrarme. Por eso me olvidé de él y me puse manos a la obra.

El estado de todos aquellos libros era aún peor de lo que parecía a primera vista. La humedad se había cebado con ellos y la mayoría estaban combados y sucios. Las arañas correteaban sobre los lomos con descaro, poco dispuestas a permitir que nadie usurpase su territorio sin pelear.

Me habrían venido bien unos guantes y una mascarilla, pero no había nada de eso por allí. Noté el picor de los ácaros que penetraban en mi nariz sin pedir permiso ni perdón y contuve un par de estornudos. El polvo y la humedad convertían aquel lugar en la pesadilla de un alérgico. Me obligué a tener paciencia y a examinar cada título de forma concienzuda para asegurarme de que no pasaba nada por alto. Como temía, la mayoría eran libros sin demasiado valor, novelas comerciales en ediciones baratas y misales que debían de haber amarilleado mucho antes de recalar en aquel lugar. Solo algunos ejemplares sueltos contenían anotaciones, marcas o sellos que identificaban a sus anteriores propietarios, aunque nada fuera de lo usual.

Por supuesto, como no podía ser de otra manera, también encontré por allí una vieja edición en polaco de mi libro de cabecera.

En realidad, no tenía ni idea de si era polaco o cualquier otra lengua eslava. No reconocí el título, *Gra Anioła*, pero sí el apellido Ruiz Zafón. Ni siquiera me extrañó darme de bruces con ese libro una vez más. Era como si estuviéramos condenados a encontrarnos una y otra vez, merced a una especie de castigo divino que no terminaba de comprender.

Era un ejemplar lleno de polvo y tan estropeado que casi no se podía abrir, con la cubierta cuarteada y llena de grietas. Probablemente se desharía en mis manos si trataba de poner su flexibilidad a prueba. Algunas arañas diminutas correteaban por los lomos y desaparecían entre las páginas donde debían de tener su hogar. Lo dejé por allí y proseguí mi inspección. Ya había anochecido, algo de lo que no me habría dado cuenta de no haber tenido que echar mano de la linterna de mi teléfono para ayudarme en mi labor. Como si fuera una señal, Oleg se acercó para asegurarse de que no me faltaba de nada.

—¿Cómo vas? —quiso saber.

Verlo allí plantado, fingiendo interesarse por mis pesquisas, me sacaba de mis casillas. ¿Cómo explicarlo? Era como si, de repente, me molestase todo de él. Desde la camaradería que había demostrado con Jurek y la conversación que habían mantenido a mis espaldas hasta su manera de estar allí, frente a mí, como un perro guardián.

Ya tenía una sombra. No necesitaba otra.

Hice un esfuerzo por camuflar mi enfado, pero probablemente no llegué a conseguirlo.

—La clasificación, *grosso modo*, está hecha en virtud de la temática de cada libro. En esta estantería y en esa de más allá se encuentran los títulos que hablan de humanismo y antropología.

Señalé los ejemplares que daban peso a aquella teoría, entre los que destacaban *El origen de las especies*, de Charles Darwin, y uno en español: *Los mestizos de América*, con prólogo de Gregorio Marañón.

—Me apostaría la mitad de lo que tengo a que las obras de ficción se encuentran en aquella pared —dije—. Son las más abundantes, dado que es lo que consume la mayoría de la gente.

Me dirigí hacia allí. Noté los pasos del bibliotecario a mi espalda.

—¿Qué puedo ir haciendo yo?

Aquello fue demasiado. Supe que había llegado el momento de enfrentarme, por fin, a la conversación que llevaba toda la tarde posponiendo. Por eso exhalé un sonoro bufido y me volví hacia él.

—¿Se puede saber qué haces todavía aquí?

Me miró sin comprender. Balbuceó algo, pero no lo dejé ir más allá.

—La Biblioteca de la Comunidad Judía de Roma no está aquí, Oleg. No sé qué diablos esperas encontrar, pero, incluso aunque demos con algunos de los libros que pertenecieron a Stratos, o a Herbst, o a como narices se hiciera llamar, ¿qué tendríamos? Nada.

—Pero el padre de Jurek...

—No tenemos ni idea de qué le sucedió a ese hombre. Si posees alguna prueba de que su muerte no fue un accidente, deberías ir a la policía.

El rostro de Oleg relampagueó, al límite de su paciencia. Se estaba conteniendo para no entrar al trapo. Me pregunté si lo hacía por educación o por cobardía, y decidí que tanto daba. No había ido hasta allí para hacer de niñera.

—El señor Fritz-Briones me ha encargado encontrar los libros que pertenecieron a su abuelo y eso es lo que voy a tratar de hacer. No puedo perder el tiempo con nada más.

—No entiendo que hables así, después de todo lo que hemos descubierto.

—¿Qué hemos descubierto, Oleg? Piénsalo bien. Seguro que llegas a la conclusión, al igual que yo, de que no tenemos nada en absoluto. Solo este montón de libros y un almacén que huele a mierda.

No hice nada por amortiguar el efecto de mis argumentos. Tengo que reconocer que la capacidad de autocontrol de Oleg era admirable.

—Al menos déjame ayudarte, Greta. Es demasiado trabajo para una sola persona.

Sin pensar en lo que hacía, fui hasta el lugar en el que se encontraban nuestras cosas. Cogí su bolsa de Tintín sin el menor miramiento y se la ofrecí.

—No te imaginas lo ofensivo que resulta que insinúes que necesito tu ayuda, Oleg. Hace mucho que me dedico a esto.

Decía la verdad. Aquel almacén no era ni por asomo el más grande, el más caótico ni el más sucio en el que me había visto obligada a escarbar. Sabía dónde y cómo mirar. Su presencia era un engorro, un estorbo que ralentizaba mis movimientos, me distraía y me volvía más propensa a pasar cosas por alto.

Lo quería lejos de allí. Solo así podría concentrarme en mi tarea.

Oleg estaba atónito. Por la forma en la que apretó los dientes, temí que fuera a lanzarme un buen par de insultos.

Me preparé, pero, en lugar de eso, tomó su bolsa y su abrigo, y me dedicó una ojeada arisca.

—Ya nos veremos, supongo.

—Si quieres, puedo sacarte un billete a Berlín para esta misma noche.

No lo dije para provocarle. Lo pensé en aquel momento y lo sigo pensando ahora. Sin embargo, me miró como si lo hubiera abofeteado.

No dijo nada. Tan solo me dio la espalda y se marchó.

Me asaltó un sentimiento ambiguo. El alivio por verlo partir fue tan evidente que no pude dejar de preguntarme a qué se debía. ¿Acaso había hecho algo malo? No había resultado ser una mala compañía, desde luego, y lo cierto era que cada vez me sentía más cómoda a su lado.

Puede que fuera por eso.

Debía de haber un motivo por el que insistía en expulsar de mi lado a todo aquel que me prestaba un mínimo de atención e incluso se interesaba por mi bienestar, pero no tenía tiempo ni ganas de encontrarlo. Como para confirmarlo, los libros acumulados en aquel almacén me arrojaron su silencio a la cara. Sin saber muy bien por qué, me embargó un inesperado sentimiento de paz y gratitud. Como si por primera vez en mucho tiempo pudiera ser yo misma, sin necesidad de actuar o de pensar en nadie más.

Por primera vez en mucho tiempo, también, me permití una sonrisa que me salió de muy adentro.

52

Oleg no regresó. Supuse que se habría agenciado un taxi a Breslavia y un vuelo de vuelta a Berlín para esa misma noche. Decidí no darle muchas vueltas y me olvidé de él con rapidez. Continué examinando el almacén mucho después de que anocheciera, con la ayuda de la linterna de mi teléfono móvil, y solo dejé de hacerlo cuando la batería amenazó con extinguirse.

Después salí y busqué un hotel. Dobromierz no es un lugar tan grande como para ofrecer muchas alternativas, pero di con una pensión que no tenía mala pinta. Aún me quedaba algo de efectivo, pero, por inercia, decidí abonar mi estancia con la tarjeta que me había facilitado Teresa Solana.

A la mañana siguiente, salí de la pensión bien temprano con el objetivo de aprovechar al máximo las horas de luz. Dado que el almacén del padre de Jurek no disponía de electricidad, no podía hacerlo de otra manera. Nada más salir, divisé al otro lado de la acera a Chencho, puntual como un maldito guardia inglés. Permanecía apoyado en el capó de su Seat, sin hacer nada en absoluto. Solo esperar.

—Che, linda. Qué bueno verte de nuevo.

Las huellas del cansancio en su rostro eran demasiado evidentes como para ignorarlas. Debía de haber pasado la noche al volante. La sonrisa perenne que se empeñaba en sostener no enmascaraba el rencor que me guardaba por haberle dado esquinazo y haberlo hecho parecer un novato ante su jefe. Por mi culpa, también, había tenido que conducir toda la noche hasta aquel lugar.

No lo lamenté por él.

Puse rumbo al almacén del padre de Jurek. Chencho me siguió a distancia y, cuando llegamos, se quedó fuera, apoyado en el tronco de un árbol mientras encadenaba un cigarrillo tras otro, con el paraguas colgado del brazo como si tal cosa.

Mis pesquisas no tardaron en dar sus frutos. Encontré dos ejemplares que figuraban en la lista de Stratos: un tomo de *El viento en los sauces*, de Kenneth Grahame, y una edición de *Hamlet* de principios del siglo xx tan estropeada que algunas páginas cayeron al suelo nada más abrirlo. Sin embargo, no tenían anotaciones que delatasen su procedencia ni identificaran a sus legítimos dueños.

Un callejón sin salida, como tantos.

No me desanimé. Dediqué un buen rato a la zona del almacén que se encontraba bajo el agujero del techo. Constaté que aquel cuadrante había estado dedicado a la literatura infantil y juvenil y lo examiné con atención, ya que en el listado de libros vendidos por Stratos figuraban varios cuentos infantiles.

Allí encontré dos títulos que me interesaron: *Capitanes intrépidos*, de Rudyard Kipling, y *La isla del tesoro*, de Robert Louis Stevenson. Ambas eran ediciones en alemán que concordaban con la descripción que Enri había anotado en su clasificador.

Examiné el ejemplar de *Capitanes intrépidos*. En la última página, en la esquina superior derecha, había una inscripción a lápiz: «Frankfurt, 1935». Recordé que había una anotación similar en el ejemplar de *Der Struwwelpeter* de Josephine, por lo que tal vez me hallara ante una pista.

En cambio, en la primera página de *La isla del tesoro* encontré una dedicatoria sin firma bastante críptica:

«Für meine liebe Josephine».

Noté un pellizco en la boca del estómago al leer aquel nombre. Acerqué un dedo a la dedicatoria, sin llegar a tocarla. Después me trasladé con rapidez a la última página.

Y allí, además de la inscripción «Frankfurt, 1935» en la esquina superior derecha, encontré un exlibris impreso en un papel cuadrado adherido de forma precaria a la tapa trasera: se trataba de una elaborada imagen que representaba un oasis en medio del desierto. Sobre las dunas y las vívidas palmeras había un cielo surcado de estrellas, entre las que destacaba una estrella de David justo en el centro. En la parte inferior, cinco letras como cinco columnas formaban una única palabra que identificaba sin lugar a dudas al que había sido, en su día, el legítimo propietario de aquel ejemplar:

FRITZ.

V

Madrid

Si alguien roba este libro, que lo ahorquen con la misma cuerda que a Judas.

Manuscrito de Humphrey,
Biblioteca Bodleiana, Oxford

53

La biblioteca mantenía su aspecto solemne, embargada por un silencio tan delicado como un alto el fuego. Edelmiro Fritz-Briones y su madre aguardaban al otro lado de la mesa de juntas, con la vista clavada en los dos libros que acababa de dejar allí y que parecían esperar a que alguien los hiciera despertar: *Capitanes intrépidos* y *La isla del tesoro*.

Después de una semana sumergida en aquel almacén de Dobromierz, esos eran los únicos ejemplares con los que había dado que aún conservaban alguna pista de haber pertenecido al padre de Josephine. No podía descartar que hubiera más títulos de su biblioteca allí, pero la ausencia de anotaciones o de un listado previo limitaba mucho mis movimientos.

Tengo que reconocer que me sentía algo decepcionada por la actitud de Josephine y de Edelmiro Fritz-Briones. Había esperado emoción, alguna que otra lágrima y un agradecimiento mucho más efusivo, pero en lugar de eso solo había hallado mutismo. Ni siquiera la anciana, cuando su hijo le entregó el ejemplar de *La isla del tesoro* y leyó en voz alta la dedicatoria, mostró otra reacción que un parpadeo y un breve asentimiento, como si no estuviera en absoluto sorprendida por que aquel libro regresara a sus manos después de tanto tiempo.

—Ha hecho un buen trabajo, Greta —concedió Fritz-Briones.

El agradecimiento era correcto, pero poco más. Tampoco es que necesitara que me rindieran pleitesía ni se pusieran a mis pies, pero después de aquel periplo por Alemania, Italia y Polonia, lo cierto era que esperaba algo más.

Por si fuera poco, tuve la impresión de que Fritz-Briones se contenía a duras penas. Como si mi trabajo hubiera satisfecho sus demandas pero, aun así, no lo considerase suficiente.

—¿Y dice que no había más libros de mi abuelo en aquel almacén?

Negué por segunda vez. Ya le había explicado que había examinado cada ejemplar, incluso los que estaban en peor estado, sin éxito. De los libros que Stratos le había vendido a Enri, allí solo quedaban unos veinte. Los metí en una caja y los mandé por correo a la Zentral- und Landesbibliothek de Berlín para que fueran ellos los que dictaminaran su procedencia y se encargaran, si se daba el caso, de hacérselos llegar a sus legítimos dueños.

Dejé el resto allí y aseguré el almacén con una cadena y un grueso candado que adquirí en el pueblo, bajo la vigilante mirada de Chencho, que me veía hacer con el escepticismo pintado en el rostro. Antes de tomar el vuelo de vuelta a Madrid, pasé por el Staszic Park para entregarle la llave a Jurek, pero lo encontré roncando en el interior de su tienda, por lo que se la dejé a uno de sus camaradas. Le entregué también los últimos eslotis que tenía en la cartera y me largué antes de que Jurek despertara, sin ganas de enfrentarme a una nueva despedida.

—Entiendo.

Edelmiro Fritz-Briones parecía ansioso. Seguía esperando algo, pero no tenía ni idea de qué podía ser.

A su lado, Josephine continuaba con la mirada fija en aquellos libros. Reparé en que no tenía en las manos el *Der Struwwelpeter* de la última vez, aquel por el que parecía sentir tanto cariño. Me pregunté si aquel afecto había sido real o si no fue más que una pose, una escena cuidadosamente diseñada para transmitirme un mensaje que, dicho sea de paso, me había tragado sin rechistar.

—Le haré una transferencia con el pago por sus servicios. Espero que le parezca una cantidad justa.

No dijo cuánto iba a pagarme. Como si considerase que ambos estábamos por encima de una cuestión tan poco elegante. Estuve tentada de preguntárselo, pero preferí no abrir esa puerta. En lugar de eso, planteé otro asunto que me pareció ineludible.

—Oleg ha sido de gran ayuda.

Fritz-Briones entornó los ojos. Como si le costara situar el nombre y, una vez que lo hizo, no supiera cómo interpretarlo. Acudí en su ayuda.

—De no ser por él, no habría podido seguir la pista de Herbst hasta Roma y Breslavia.

—Considera que merece una gratificación.

No era una pregunta, de modo que no respondí. Fritz-Briones ladeó la cabeza.

—Lo estudiaré.

—No lo estudie. Páguele por su trabajo.

La mirada del señor de la casa relampagueó, poco acostumbrado a recibir órdenes de nadie.

—Veré qué se puede hacer.

Dudé que fuera capaz de obtener nada más concreto, de manera que no protesté. No había vuelto a saber nada de Oleg. Le había escrito algunos mensajes, pero había pasado olímpicamente de mí. Debía de seguir cabreado por la manera en la que lo despaché aquel día en el almacén del padre de Jurek.

No podía culparle por ello.

Tampoco es que lo echase de menos ni nada de eso, pero llevaba varios días dándole vueltas a una idea que hasta entonces me había negado a admitir: me había portado como una imbécil. Una vez más, y ya iban unas cuantas. Era una lástima que la complicidad que había comenzado a fraguar entre nosotros hubiera terminado de forma tan abrupta. ¿Por qué diablos debía cargarme cualquier indicio de amistad, por sutil que fuera? ¿Por qué me empeñaba en expulsar de mi vida a todo el que se acercaba más de la cuenta y se preocupaba por mí? ¿Acaso tenía miedo de lo que Oleg podría descubrir si lo dejaba conocerme mejor?

Por contra, Marla estaba convencida de que alejar a Oleg de mi vida había sido la decisión más inteligente que habría podido tomar. Cuando se lo conté, lo único que dijo fue que no entendía por qué había tardado tanto en mandarlo a paseo.

Una especie de gruñido me sacó de mi ensimismamiento. Josephine se removió en su asiento y ametralló a su hijo con una ojeada seca, ruda.

—¿Qué fue de Herbst? —tradujo este.

Revistió la pregunta con un tono escéptico, como si fuera una cuestión sin importancia y no el motivo por el que me había hecho ir hasta allí, algo de lo que cada vez tenía menos dudas.

—Vivió en Breslavia hasta 1969 —expliqué—. A mediados de ese año se le perdió la pista. Puede que emigrase a otro lugar, o incluso que muriera, aunque tengo dudas de esto último.

Marla llevaba días investigando aquel asunto. Había examinado varias bases de datos, pero no había sido capaz de encontrar ningún indicio que apoyara la teoría de la defunción de Herbst. Ni las necrológicas ni el registro oficial reflejaban que el bibliófilo hubiera muerto en Polonia.

—Lo único que hemos averiguado es que tuvo tratos con ese librero, Enri Kaminski, hacia la fecha de su desaparición. Vendió grandes lotes de libros, como si quisiera deshacerse de parte de su colección o, más bien, como si necesitara conseguir una buena cantidad de efectivo con rapidez.

—¿Cree que pudo trasladarse a algún otro país?

No respondí, aunque era la teoría más plausible, sobre todo porque las obras que le vendió a Enri no debían de ser ni de lejos las más valiosas de su colección. Alguien que había sido responsable del saqueo a las instituciones y colecciones más importantes de Europa se habría hecho con una biblioteca extraordinaria. Comparado con eso, los títulos que había dejado en Breslavia no eran más que migajas. Una muestra eran los ejemplares de *La isla del tesoro* y *Capitanes intrépidos* que yacían sobre la mesa, testigos mudos de la conversación.

—¿Y tiene alguna pista de dónde pudo haberse refugiado?

La aparente apatía con la que Fritz-Briones formulaba aquellas cuestiones comenzaba a resquebrajarse, delatando su empeño en obtener algo más. Josephine también me observaba con obstinación. La suerte de Herbst parecía importarle mucho más que la recuperación de la biblioteca de su padre, algo que había temido en un primer momento y de lo que ya no me quedaba la menor duda.

Llevaba un rato calculando mis opciones. Yo también tenía la sensación de que aquel asunto había quedado inconcluso y de que conformarnos con la repentina desaparición de Herbst era tomar el camino fácil, algo que ninguna de las personas que tenía delante iba a aceptar.

—Esto no ha terminado, ¿verdad?

Lo pregunté mirando a Josephine, primero, y a su hijo después. Edelmiro Fritz-Briones me observó con suficiencia, como si considerase innecesario responder a esa cuestión.

—Joder —protesté—. Así que quieren que lo encuentre.

Decirlo en voz alta solo sirvió para ahondar en la inutilidad de aquel propósito. Era una locura. Un sinsentido. Lo que Fritz-Briones y su madre querían de mí era que diera con Herbst, como si fuera una cazadora de nazis. El asunto no solo escapaba a mis competencias, sino que además no tenía ningún sentido. Era sencillamente imposible que siguiera con vida. ¿Por qué tenían tanto interés en saber qué fue de él? ¿Qué les reportaría saber dónde se estableció y cómo murió?

Fritz-Briones se hizo cargo de mi indecisión y se concentró de nuevo en las manos que tenía cruzadas sobre la mesa.

—Le garantizo una generosa compensación si averigua qué fue de él.

Formuló la oferta en un volumen tan bajo que no la habría oído de no haber estado esperándola. Tuve la impresión de que lo hacía a regañadientes, como si no se sintiera orgulloso de ello.

Entonces miré a su madre y lo entendí todo.

Josephine tenía el rostro sombrío y la mirada emponzoñada de un odio que debía de empapar cada terminación nerviosa de su cuerpo castigado por el tiempo y la espera. Se aferraba a aquel asunto con una convicción que le impedía dejarlo estar y conformarse con las vagas teorías que los demás dábamos por buenas.

Por su parte, Edelmiro Fritz-Briones se miraba las manos como si no se atreviera a alzar la vista y a enfrentarse a su madre. «La relación con un superviviente del Holocausto es muy difícil», aseguró la última vez que hablamos. Ahora sabía que no se equivocaba y que tenía delante una muestra de cómo el odio era capaz de lastrar la relación entre un hijo y su madre, a pesar de los años transcurridos desde que sucedió todo aquello.

Me puse en pie. Fritz-Briones no pareció percatarse del movimiento, pero Josephine observó mi partida con los labios apretados.

Los dejé allí, callados y solos, sumidos en el pesar de quien ha hipotecado su vida y su felicidad en torno a la persecución del hombre al que la anciana consideraba responsable de todo el mal que había sufrido. La personificación de aquella maquinaria que era el Tercer Reich, a quien culpaba de la muerte de sus padres y de su estancia en aquel campo de concentración, donde solo Dios y ella sabrían lo que había tenido que hacer para sobrevivir.

54

El paquete llegó una semana más tarde.

El mensajero lo entregó y se esfumó con rapidez, ansioso por llegar adondequiera que lo estuvieran esperando. Dudo mucho que lo hubiera despachado con tanta prisa de haber estado al corriente del valor de aquel envío.

—¡Por fin! —exclamó Marla.

Dejé el paquete sobre la mesa y lo abrí por un lateral. El grueso envoltorio en papel de burbujas apenas dejaba entrever su contenido y me tomé mi tiempo en despegar cada trozo de cinta adhesiva con las uñas, para desesperación de mi hermana.

—¡Venga ya! ¿Quieres que lo haga yo?

Era bastante capaz de cumplir su amenaza, pero me divertía verla tan alterada, de manera que ignoré sus lamentos y seguí desenvolviendo el paquete con parsimonia. Una vez que el ejemplar de *El Parnaso español* quedó al descubierto, examiné la cubierta, las guardas y el interior para asegurarme de que era el mismo que había visto en aquella librería de Breslavia.

—Manos a la obra —dije.

Marla asintió con entusiasmo y comenzó a teclear algo en su ordenador. Me volví hacia la ventana y dejé mi vista vagar por el cielo madrileño mientras ordenaba mis ideas.

—«*El Parnaso español*. Ejemplar expurgado por el censor...»

Recité de corrido la descripción, los materiales, el tipo de edición y todas las características que sabía que despertarían la codicia de muchos bibliófilos y llamarían la atención de quienes estuviesen interesados en ejemplares expurgados, que no solían ser pocos.

El plan era sencillo: colocaríamos *El Parnaso español* en la web como cebo a la espera de dar con alguien que se interesara por él. Apostaba a que Stratos se manifestaría en cuanto supiera que uno de los valiosos ejemplares que Herbst había dejado atrás volvía a estar en el mercado de segunda mano.

No era un plan infalible, pero tampoco es que tuviéramos otro.

—¿Tres mil euros? —preguntó Marla.

Era mucho, tal vez demasiado, pero no íbamos a tener más remedio que colocarle un precio desorbitado, a fin de ahuyentar a coleccionistas del montón. Si mis sospechas eran ciertas, Stratos estaría dispuesto a pagar lo que fuera por hacerse con aquel ejemplar.

—Dos mil novecientos estará bien.

Marla asintió, escribió aquella cifra y lanzó la oferta al ciberespacio.

En realidad, aquella treta había sido idea suya.

Mi hermana también recelaba de la extraña coincidencia que suponía la muerte de aquel francés, Marcel Dubois, nada más anunciar que se había hecho con un ejemplar de la Biblia de Soncino. Apostó a que Herbst seguía haciendo de las suyas y estaba tratando de recuperar los ejemplares que dejó atrás cuando tuvo que abandonar Breslavia. Me vi obligada a señalarle que era una posibilidad remota y que en caso de que ese hombre siguiera vivo, que lo dudaba, debía de tener más de cien años y mejores cosas que hacer que restituir su colección de libros.

—Pues su hijo, entonces —resolvió.

Esa vez no protesté. No era buena idea dejarse llevar por

la desbocada imaginación de Marla, pero el perfil que acababa de trazar encajaba sorprendentemente bien con lo que habíamos averiguado a lo largo de las últimas semanas.

—Stratos es el hijo de Herbst —sentenció Marla— y está tratando de reconstruir la biblioteca de su padre. Este le legó antes de morir un listado o algo así. Debe de ser un asiduo a los portales de bibliofilia y a los mercados de segunda mano. Cada vez que aparece alguno de los ejemplares que perteneció a su padre, se lanza a por él. Trata de comprarlo y, si no lo consigue, lo roba. Está tan loco que es capaz de matar por un puñetero libro.

En ese punto me vi obligada a recapitular, dadas las terribles connotaciones de aquella insinuación.

—¿Crees que a Marcel Dubois y a Enri Kaminski los mató la misma persona?

—Y a Sebastian, ya puestos.

Por increíble que pareciera, lo decía en serio. Marla continuó sin darme tiempo a protestar.

—Lo asesinaron para arrebatarle el *Fausto*, ¿no? No hay tanta diferencia entre su muerte y la de los demás.

—¿Pero tú te estás oyendo?

Era un sinsentido, un despropósito a la altura de la descomunal imaginación de mi hermana.

Pero.

De nuevo un «pero» mayúsculo, molesto como un elefante en medio de una carretera secundaria, se interponía entre la lógica y lo descabellado, entre lo que debía ser y lo que, por desgracia, era. Había muerto demasiada gente en torno a aquel asunto como para despreciar cualquier posibilidad a la ligera, por disparatada que pareciera.

¿Y si fuera verdad que un sucesor de Herbst, erigido como custodio de todos esos libros robados, estaba tratando de reconstruir la biblioteca que este dejó atrás al huir de Breslavia? Era un disparate, pero no podía dejar de pensar en la cantidad de cosas que me habían parecido un disparate hacía apenas unas semanas y que habían ido confirmándose, una tras otra.

Sin embargo, lo que me hizo tomar una decisión no fue la insistencia de Marla, sino una carta certificada que llegó esa misma mañana.

Llegó mientras estábamos todavía discutiendo sobre la mejor manera de proceder. El cartero esperó a que firmara el recibí mientras Marla me hablaba a gritos desde la otra punta del piso. Sospeché de qué se trataba, pero el mazazo que sentí al leer aquellas líneas me hizo dejar de oír de forma repentina la voz de mi hermana. Me centré en varias frases sueltas que resumían lo que se nos venía encima.

> Proceso iniciado por los abogados de la familia Sterling-Quirós [...] por la sospecha de que haya sustraído de su domicilio un ejemplar manuscrito del libro *El verdugo piadoso*, de Jorge Luis Borges, fechado en [...] y valorado en aproximadamente cincuenta mil euros, por lo que [...] se solicita la devolución de ese ejemplar o el pago de su valor estimado, más una compensación por los daños y las molestias ocasionadas que no será inferior al treinta por ciento del valor de dicho ejemplar.

Hice números en mi cabeza y noté un acceso de náusea. Algún tasador amigo de la familia Sterling había valorado aquel ejemplar al alza, ya que nadie en su sano juicio pagaría cincuenta mil euros por un manuscrito de Borges, por insólito que fuera. Me pregunté si sería cosa de Herzog, el Miserable, quien habría estado encantado de inflar el precio a cambio de llevarse luego un buen pellizco como recompensa por los servicios prestados.

En realidad, la cantidad daba lo mismo. Cincuenta mil euros me resultaban tan inalcanzables como treinta o veinte mil, ni siquiera tras el sustancioso pago que acababa de recibir de Edelmiro Fritz-Briones. No podía posponer aquel asunto por más tiempo. Debía contratar a un buen equipo de abogados y hacer frente a la demanda. Aquella carta era el ultimátum que necesitaba para ponerme a ello de una vez.

Marla me encontró varada en el salón, con la carta aún en las manos. Me la arrebató y la leyó por encima antes de arrugarla y lanzarla al otro extremo de la habitación.

—Que le den a la familia Sterling-Quirós.

Recuperé el documento del suelo y lo alisé sobre la mesa.

—Tenemos que encargarnos de esto, Marla. El dinero de Fritz-Briones nos permitirá pagarnos un buen abogado que...

—¿Pero qué dices? ¿Con el trabajo que nos ha costado ganar ese dinero y vamos a gastarlo en este juicio de mierda? Incluso aunque ganemos, nos quedaremos sin nada, Greta. Estaremos igual que antes, a un paso de ser desahuciadas.

—Podríamos pedir a los Sterling una compensación por daños y perjuicios.

Lo dije sin convicción, consciente de lo absurdo que sonaba. Marla ratificó esa sensación con una carcajada.

—Para eso tendríamos que ganar y, tal y como funciona la justicia en este país, no lo veo tan claro. Aunque lo lográramos, nos veríamos metidas en otra demanda costosa y lenta. Nos arruinaremos antes de conseguir que los Sterling aflojen un solo euro.

Por más que me costara aceptarlo, la lógica de aquel razonamiento era aplastante. Para demoler mis últimas dudas, Marla me agarró de los hombros, acercó su rostro al mío y me habló muy despacio.

—Vamos a encontrar a Stratos.

Lo dijo con seguridad. Como si más que una promesa fuera un hecho consumado, una profecía que se materializaría en cualquier momento.

—Daremos con los libros robados por los nazis —continuó—. Encontraremos la Biblioteca de la Comunidad Judía de Roma. Nos haremos famosas y asquerosamente ricas. Y si después de eso los Sterling-Quirós siguen con ganas de guerra, contrataremos a los abogados más caros y despiadados del país y los destrozaremos en los juzgados.

Era tentador dejarse mecer por las promesas que mi hermana desgranaba con tanto entusiasmo. Debió de notar que mi entereza comenzaba a flaquear, ya que aprovechó para ponerse delante de su ordenador y teclear algunos comandos.

En aquel punto nos encontrábamos. Marla terminó de tomar algunas fotografías de *El Parnaso español* y las subió a la web.

—Hecho.

A cada minuto que pasaba me arrepentía más de haber tomado aquella senda. Habíamos invertido en ese ejemplar una cantidad de dinero que difícilmente íbamos a ser capaces de recuperar. ¿Y todo para qué? ¿Para dar con el heredero de un nazi? ¿Un tipo que, si nuestras sospechas eran ciertas, no tenía reparos en matar a quien se le pusiera por delante con tal de conseguir sus objetivos?

«¿Qué he hecho?» —me lamenté, aunque procuré que Marla no se diera cuenta de mis reservas—. ¿Qué demonios he hecho?»

55

Nos llamaron ese mismo día.

Me encontraba en mi cuarto, apesadumbrada y sin ganas de hacer otra cosa que taparme la cabeza con la almohada y fantasear con la idea de que mis problemas pasasen de largo, cuando oí a Marla saltar de la silla, dar una carrera hasta mi habitación y entrar sin molestarse en llamar.

—Hay alguien.

El mensaje era tan confuso que no me quedó más remedio que sacar la cabeza en el momento en el que se disponía a encender un pitillo.

—Te tengo dicho que no fumes aquí.

Marla asintió con pesadez y mantuvo el cigarrillo sin encender entre los dedos.

—Hay alguien —repitió.

—¿Quién?

—En realidad, hay varios interesados. La mayoría piden más fotos, una rebaja, preguntan de dónde lo hemos sacado..., pero hay un tipo que se ha ofrecido a adquirir *El Parnaso español* sin rechistar. Cuando le he dicho que hay más gente interesada, ha replicado que está dispuesto a pagar un diez por ciento adicional.

Eso me hizo espabilar de golpe. Me enderecé en la cama y estuve tentada de agarrar a Marla y agitarla hasta que contara todo lo que sabía, pero no hizo falta.

—Le dije que, si aumentaba su oferta en un veinte por

ciento, mandaríamos a la mierda a los demás compradores y el libro sería suyo. ¿Y sabes lo que respondió?

—Sorpréndeme.

—Pues que sí. Ni siquiera me ha tanteado o ha tratado de regatear. Ha dicho que sí, y punto.

—¿Quién es?

—No tengo ni idea.

—¿Y qué hacemos ahora?

Era una pregunta legítima. Puede que el presunto interesado en aquel ejemplar de *El Parnaso español* fuera el tipo al que andábamos buscando, pero ni siquiera había pensado en cómo proceder a partir de aquel punto.

—Le he dado tu número —anunció—. Te llamará en cualquier momento.

Fui a protestar y a preguntarle qué demonios se había creído, pero mi teléfono comenzó a sonar sin previo aviso. El sonido de la melodía reverberó en la habitación, insolente e inoportuno. El número que brillaba en la pantalla tenía el prefijo 956, que me resultaba desconocido.

—Te voy a matar —sentencié antes de aceptar la llamada y poner el manos libres—. Dígame.

—Buenas tardes —respondió una voz de hombre—. Me han pasado su número con relación a un ejemplar de *El Parnaso español* en el que estoy interesado.

Hablaba en un tono tranquilo, mullido como un almohadón de plumas. Había algo en su voz que me retrotrajo a otra época, a un tiempo en el que la cortesía y los modales estaban mucho más cotizados que ahora.

—Ajá.

—Mi oferta es bastante generosa. Puedo hacerle una transferencia hoy mismo y enviarle el justificante, si le parece bien.

—De acuerdo, claro. Una transferencia está bien.

Maldije en silencio mi torpeza. Marla me observó con

gravedad y noté que el tipo que se encontraba al otro lado de la línea titubeaba, como si comenzara a recelar de la fiabilidad de un producto por el que había estado dispuesto a pagar una suma bastante cuantiosa. Tenía que decir algo, lo que fuera, antes de perder definitivamente su confianza.

—¿Desde dónde llama? —pregunté—. No conozco el prefijo.

—Desde Cádiz. Regento una librería en el centro de la ciudad.

—¿Y puedo preguntarle por qué tiene tanto interés en *El Parnaso español*? —Me di cuenta de que había ido demasiado lejos y añadí—: No tiene que responder si no quiere, naturalmente.

—Oh, no se preocupe. No es para mí. Represento a alguien muy interesado en hacerse con ese ejemplar.

Hablaba con calma, pero también con el aplomo de alguien acostumbrado a sortear ese tipo de cuestiones. He tratado con bastantes coleccionistas a lo largo de mi vida como para reconocer a un comprador experto o, en este caso, a un intermediario de confianza.

Su afabilidad no parecía en absoluto forzada. Me costaba creer que aquel tipo pudiera esconder las oscuras intenciones que había atribuido a Herbst o a su presunto sucesor, aunque no tenía manera de saberlo.

—Supongo que no podrá decirme nada acerca del comprador.

—Lo siento, pero mi cliente es muy celoso de su intimidad. Comprenda que no pueda ir divulgando información sobre él alegremente. Es mi reputación lo que está en juego.

Lo dijo de una forma tan moderada que casi me sentí obligada a pedirle disculpas. En lugar de eso, busqué a la desesperada una manera de desbrozar la identidad de ese posible cliente, si es que de verdad existía y no era él mismo.

—No me gusta tratar con intermediarios —dije—. No es

que ponga en duda su profesionalidad, pero no sería la primera vez que me veo en aprietos por culpa de algunos que compran a cinco y venden a diez, engordando así su comisión.

Era una acusación bastante seria. Aquel hombre tenía todo el derecho del mundo a enfadarse, pero, para mi sorpresa, acogió mi desconfianza con una cortesía que rebajó la seriedad de mis argumentos hasta convertirlos en una nimiedad.

—No tiene que preocuparse por eso, puedo darle referencias. Mi nombre es Juan Manuel Fernández y regento la librería Manuel de Falla.

Marla agarró un bolígrafo y un trozo de papel, y anotó la información.

—Validaré sus referencias y le diré algo pronto.

—Este es el teléfono de la librería. Llámeme cuando le venga bien, pero, por favor, no venda *El Parnaso español* sin decírmelo antes. Mi cliente está *muy interesado* en hacerse con él.

Hizo hincapié en aquel «muy interesado». Fui a responder, pero, antes de que llegara a hacerlo, Marla se abalanzó sobre el aparato y lo hizo por mí.

—No será necesario. El libro es suyo. Ahora le enviaré el número de cuenta para que haga el ingreso.

El tipo titubeó, extrañado por el súbito giro de la conversación y porque probablemente había notado que no hablaba con la misma persona que antes. No obstante, aquel derrotero le resultaba favorable, así que no lo dejó pasar.

—Vaya, pues muchas gracias.

—Tengo planeado bajar a Cádiz mañana para ver a algunos clientes —aseguró Marla—. Si quiere, puedo pasar por su librería y entregarle el ejemplar en mano. Así nos conocemos, de paso.

Aquello me dejó de piedra. ¿Qué diablos pretendía?

—Me parece una idea fantástica. Será un placer recibirla.

—¿Y si llama a su cliente y le dice que vaya a la librería? Le confieso que siento cierta curiosidad por conocerle. Además, puede que tenga en mi poder otros libros que le interesen.

—No le prometo nada —respondió—. Ya le he dicho que es una persona muy reservada. Aun así, le transmitiré su propuesta.

—Estupendo, muchas gracias. Mi nombre es Greta.

Definitivamente, mi hermana se había vuelto loca de remate. Para subrayarlo me guiñó un ojo, como si aquello no fuera más que una gigantesca y absurda travesura.

—Encantado de conocerla, Greta —dijo el librero—. Nos vemos mañana.

56

Después de colgar, Juan Manuel experimentó la satisfacción del cazador que, tras una búsqueda minuciosa y paciente, ha conseguido abatir al fin una pieza bastante codiciada. Por eso, se premió con una sonrisa que creyó más que justificada.

Lo que la chica pedía por aquel ejemplar estaba bastante por encima del precio de mercado, pero su cliente no pondría objeciones. De haber tenido su número lo habría llamado, pero Stratos era sumamente reservado, por lo que no tenía manera de ponerse en contacto con él.

Apenas sabía nada de aquel hombre. Pasaba por su librería una o dos veces a la semana, aunque podía estar meses enteros sin visitarle. En ocasiones eran visitas fugaces, y otras se quedaba allí durante horas examinando el fondo de la librería, discreto como una sombra mientras se movía de un estante al siguiente.

Juan Manuel había conseguido varios libros para él. Hacía tiempo que Stratos le había pasado un listado de títulos en los que estaba interesado. Eran unos cincuenta ejemplares muy concretos y que, sin ser extraordinariamente raros, resultaban sumamente difíciles de encontrar. Tenía órdenes de actuar cada vez que una de esas obras daba señales de vida. Si aparecía en alguna web de libros de segunda mano o en la colección de algún bibliófilo, debía pujar de inmediato para no dejarla escapar.

Tras cada adquisición, Stratos se había mostrado muy

agradecido y le había abonado sin rechistar el precio que hubiera pagado, más una suculenta comisión que hacía que sus tratos valiesen la pena.

Cuando hay dinero, cualquier recelo se vuelve minúsculo. Por eso Juan Manuel nunca se había molestado en desconfiar de aquel cliente.

57

No me hacía ninguna ilusión trasladarme a Cádiz para conocer a ese librero. El plan tenía tantas fisuras que no podía dejar de preguntarme cómo demonios se me había ocurrido pensar siquiera que aquello pudiera salir bien.

—Anímate, hermanita —dijo Marla—. ¿Qué es lo peor que puede pasar? Incluso si esta pista no nos conduce a ninguna parte, habremos ganado un buen dinero con la venta del *Parnaso*.

Ojalá fuera tan fácil. Llevaba un rato enfurruñada en mi propia indecisión cuando Marla hizo llegar a mi teléfono un correo electrónico con los billetes de tren: primero tomaría un AVE hasta Sevilla, y desde allí un tren de media distancia hasta Cádiz.

Una sospecha me llevó a revisar bien el correo.

—¿Tú no vienes?

Me dio la espalda. Como si considerase de mal gusto responder a esa cuestión.

—Joder, Marla. ¿De verdad vas a dejarme sola?

—Tengo que quedarme, Greta. Desde aquí, seré tus ojos y tus oídos en la red. Tampoco creo que haga falta que vayamos las dos para entrevistarnos con un puñetero librero.

Mascullé una maldición. Marla siempre se las arreglaba para escurrir el bulto. Sabía lo poco que le gustaba salir de casa, pero podría hacer una excepción por esta vez.

—¿Por qué no le dices a Oleg que te acompañe?

Lo dijo como si no tuviera mayor importancia, pero las dos sabíamos la respuesta a aquella cuestión.

—Está en Berlín —respondí—, y dudo mucho que quiera volver a verme. Ni siquiera responde a mis mensajes.

—Esto es importante, Greta.

Se puso seria, como si de repente estuviéramos debatiendo algo de la mayor trascendencia.

—No puedes hacerlo sin él —insistió—. Se lo debes.

—Fuiste tú la que dijo que no era de fiar —la acusé—. Y que había hecho bien en mandarle a la mierda.

—Las cosas han cambiado. No podemos dejar que nuestro orgullo tome el mando.

—Es decir, que te pareció bien que me deshiciera de Oleg en Breslavia, pero ahora te parece una gran idea volver a recurrir a él.

—Justo.

—Eres una cínica, Marla.

—Soy práctica, hermanita. Y reconócelo: estás deseando llamarle.

Moví la cabeza de un lado a otro. No obstante, había una buena razón por la que me resistía a volver a contar con Oleg: para hacerlo, tendría que pedirle disculpas por cómo me comporté con él en Dobromierz. Sí, había actuado como una idiota, pero una cosa era aceptarlo y otra muy diferente verme obligada a reconocerlo y a pedir perdón por un arrebato que, visto en perspectiva, no creí que fuera para tanto.

—Llámale —insistió—. Esto está por encima de vuestras absurdas peleas de enamorados.

—Vete a la mierda.

Marla tomó mi teléfono y buscó en la agenda el número de Oleg. La vi hacer sin mover ni un músculo, sin terminar de creerme que fuera a ser capaz, pero cuando pulsó el botón de llamada, no pude contenerme más. Le arrebaté el móvil de un zarpazo y me lo llevé a la oreja.

Mi hermana soltó una carcajada y salió de la habitación. Mientras oía el teléfono dar tono, me di cuenta de que no quería tener aquella conversación. ¿Qué iba a decir? Ni siquiera había preparado una disculpa.

Esperé un buen rato sin que nadie contestara. Cuando saltó el buzón de voz, colgué y volví a llamar.

Tras varios intentos, al fin, oí a Oleg descolgar al otro lado y exteriorizar un bufido de fastidio que sonó como si una ventisca se hubiera colado en el aparato.

—Sí.

La palabra era cortante, casi un ladrido. ¿Qué clase de persona respondía con un «sí» como aquel? En otras circunstancias me habría puesto a la defensiva, pero no me salía. Tan solo podía pensar en cuánto había echado de menos oír su voz. Me reprendí por tal muestra de sensibilidad. ¿Era una cría o qué? ¿Cómo iba a cogerle cariño a un chico con el que apenas había compartido un par de viajes de trabajo?

—Lo siento.

Lo dije sin pensar. Me di cuenta de que era justo lo que tenía que decir, ni más ni menos. Cualquier otra cosa habría estado de más. Aguanté la respiración mientras la nada se hacía fuerte al otro lado.

—¿Cómo estás, Greta?

El tono apagado, distante, delató que a él tampoco le apetecía tener aquella conversación. Me pregunté si estaría en el lugar al que se refería como el Limbo, paseando entre todos aquellos ejemplares olvidados mientras hacía un esfuerzo por no mandarme a paseo.

—Lo siento —repetí—. Fui una borde. Tal vez debería haberte dado una explicación.

—No te preocupes, me dejaste bastante claro que trabajas mejor sola.

Encajé la pulla con los dientes apretados. El silencio se dilató durante unos diez segundos, más que de sobra para darme cuenta de que perdía el tiempo. Oleg no me iba a perdonar solo porque se lo pidiera. Tenía que encontrar algo que decir, lo que fuera, para volver a ganarme su atención.

—Tengo una pista sobre el paradero de Herbst.

—¿En serio?

Su actitud cambió de forma radical. Cualquier atisbo de beligerancia se esfumó para dar paso a un entusiasmo que me sonó a música celestial.

—A ver, que solo es una pista —me defendí—. Lo más probable es que no nos lleve a ninguna parte.

—Cuéntame más.

Me apresuré a hablarle de la adquisición de *El Parnaso español* y del desmesurado interés de aquel librero de Cádiz por hacerse con él. Oleg escuchó el relato en silencio, aunque casi pude oír los engranajes de su cerebro girando a toda velocidad, asimilando la situación y buscando formas de actuar.

—¿Crees realmente que el cliente de ese librero puede ser Stratos?

Rebosaba cautela, como si temiera la respuesta que pudiera obtener. Intuí lo que quería oír y me dije que no estaría de más hacer una excepción y dejar volar mi imaginación, aunque fuera por una vez.

—Puede que se trate de uno de los descendientes de Herbst —repetí la teoría de Marla—, su hijo, o tal vez un admirador de su obra que quiera recomponer la biblioteca que dejó atrás.

—Sabes lo que eso significa, ¿verdad?

Claro que lo sabía, pero mi cupo de teorías descabelladas estaba lleno y dejé que fuera él quien lo dijera.

—Que se trata del tipo que mató a Marcel Dubois para hacerse con la Biblia de Soncino, y puede que también a Enri Kaminski.

En el aire había otra posibilidad y deseé con todas mis

fuerzas que lo dejara estar. Por desgracia, era demasiado pedir.

—Tal vez, fue él quien mató a Sebastian —añadió.

La revelación pesaba demasiado para ignorarla. Pensé en decirle que no teníamos pruebas con las que sustentar esa sospecha, pero sabía tan bien como él que estábamos en un punto en el que no podíamos descartar ninguna posibilidad, por rocambolesca que pareciera.

El sonido de una sirena lejana al otro lado de la línea me descolocó.

—¿No estás en la biblioteca? —pregunté.

—No. Tras la muerte de Sebastian, el departamento está descabezado. Hasta que decidan qué van a hacer con él, mi futuro está en el aire. Y, la verdad, no me veo con ganas de trabajar en ningún otro sitio.

Su decepción era palpable. Me pregunté una vez más por qué tenía esa fijación por devolver los libros saqueados por los nazis e intuí una historia que no había llegado a contarme. A lo mejor lo habría hecho de haberme interesado por él y no haber estado tan centrada en mis propios problemas, pero era tarde para atormentarme.

—¿Y ahora qué, Greta?

Esta vez fui yo quien calló para meditar las connotaciones de aquella pregunta y de la respuesta que pensaba darle.

—Voy a ir a Cádiz a entrevistarme con ese librero. —Tomé aire, como un nadador antes de efectuar un salto mortal con tirabuzón—. Y quiero que vengas conmigo.

Recé para que no escogiera ese momento para mandarme al infierno. Acogió la petición con desconfianza y tardó algunos segundos en responder.

—Quiero confiar en ti, Greta, pero no estoy seguro de que deba hacerlo.

Envolvió aquella sentencia en una solemnidad que me exasperó. ¿Qué esperaba que le dijera? Ya le había pedido disculpas. ¿Cuántas veces más tendría que hacerlo para que volviera a confiar en mí?

—Venga ya, Oleg. No me creo que tengas nada mejor que hacer ahora mismo.

—Imagina que voy hasta Cádiz y, una vez allí, me das la patada como la última vez. Sería un poco frustrante.

—Eso no va a suceder.

—¿Y si sucede, Greta?

—Si sucede, pues ya veremos lo que pasa.

Me la estaba jugando. Oleg demoró la respuesta y esperé que fuera porque había decidido pensárselo y no porque estuviera buscando una manera educada de mandarme al cuerno.

—Acabo de recibir un correo —dijo.

Aquel extraño giro de guion me sobresaltó. ¿A qué venía eso? Oleg continuó sin que tuviera que preguntárselo.

—Un billete a mi nombre para volar mañana a Cádiz desde Berlín. ¿Es cosa tuya?

Fui a responder, pero me di cuenta de que no sabía qué decir. No tardé en sumar dos y dos, y la explicación más lógica se materializó en mi cabeza sin previo aviso.

Regresé al salón, aún con el teléfono en la oreja. Marla permanecía ante su ordenador, como si la cosa no fuera con ella, pero la conocía demasiado bien como para dejarme engañar por su actitud inocente. Sabía exactamente lo que acababa de hacer: le había comprado un billete de avión a Oleg sin consultarlo antes conmigo.

«La mato», pensé.

—¿Esto va en serio, Greta?

Oleg formuló aquella pregunta en un tono hosco, desconfiado. A un paso de retirarme la palabra. Por eso volví a darle la espalda a Marla y me centré en calmar mi respiración.

—Necesito que vengas, Oleg.

El bibliotecario no respondió. Comenzaba a estar harta

de todos aquellos silencios y de la trascendencia que parecía abrazar aquella conversación. Puede que fuera por eso, o por el terror que me inspiraba su posible negativa, pero el caso es que, sin pensar en lo que hacía, apreté el botón para poner fin a la llamada. Después tiré el teléfono al sofá y me volví hacia mi hermana.

—¿Estás gilipollas o qué?

Marla dejó escapar una risita y se giró hacia mí. Encendió un pitillo y guiñó un ojo, bien porque el humo la cegara, o porque quería celebrar aquella travesura.

58

Stratos fue a la librería Manuel de Falla esa misma tarde.

Llegó cuando ya era casi la hora del cierre. De haber sido otra persona, Juan Manuel le habría impedido la entrada con mucha diplomacia, pero, tratándose de él, sabía que podía hacer una excepción. Había confianza. No sería la primera vez que bajaba la persiana metálica, le daba la vuelta al cartel de Cerrado y se quedaba dentro con Stratos, preparando pedidos y devoluciones mientras lo veía pasear entre sus libros con la tranquilidad de quien no tiene mucho más que hacer.

—Buenas tardes, Juan Manuel.

—Buenas tardes, caballero. Precisamente quería hablar con usted.

Stratos arrugó el entrecejo. Juan Manuel paladeó aquel instante de expectación antes de hablar.

—*El Parnaso español*.

Le gustaba el efecto que aquellas revelaciones obraban en sus clientes. Stratos se esforzó en mantener la desconfianza en alto, como si no quisiera hacerse ilusiones, pero no pudo enmascarar su entusiasmo.

—¿De verdad?

—Lo tiene una chica de Madrid. Vendrá mañana a traerlo.

El rostro de Stratos experimentó un cambio, casi imperceptible en un primer momento, pero más evidente a cada segundo que pasaba. Sus facciones se endurecieron y sus pupilas se encogieron como si corrieran a esconderse. A Juan Manuel le sorprendió aquella reacción y repasó sus palabras una por una, por si había dicho algo que hubiera podido molestarle.

—Ha insistido en venir en persona a traer el libro —se defendió—, pero no debe preocuparse. No le he contado nada más, ni sobre usted ni sobre nuestros asuntos.

De repente, le pareció muy importante dejar claro aquel punto. Como si acabara de caer en la cuenta de que desvelar la identidad de Stratos era algo muy serio y que podría acarrearle graves consecuencias.

—De acuerdo, no se preocupe.

Las palabras pretendían ser tranquilizadoras, pero el tono con el que el bibliófilo las pronunció y la forma en la que miró a un lado y a otro, como si quisiera asegurarse de que seguían estando solos, terminaron de escamar a Juan Manuel. Hasta ese momento no había pensado en la posibilidad de que aquel hombre fuera peligroso, sino tan solo un tipo peculiar, con unos gustos muy definidos y un interés desmedido por mantener su anonimato.

—La transacción asciende a unos tres mil euros —dijo, en un intento desesperado por centrarse.

Stratos asintió, pero fue como si no lo hubiera oído. Se acercó a la puerta, echó el pestillo y volteó el cartel de Cerrado. Juan Manuel lo contempló sin atreverse a protestar. Había algo en los movimientos de aquel individuo que le hizo temer por su integridad, como un volcán que pudiera entrar en erupción al menor paso en falso.

—¿Cómo se llama esa chica?

Stratos formuló la pregunta con educación, pero era evidente que cualquier rastro de cordialidad se había esfumado hacía un buen rato. La manera en la que se plantó ante el mostrador con las manos en los bolsillos insinuó que no pensaba marcharse de allí sin respuestas.

—Greta —respondió—. Es de Madrid y ha sido bastante...

—¿Y está seguro de que no le ha contado nada de mí?

—Nada de nada. Ya sabe que soy muy discreto.

—Se lo agradezco.

Todo debería haber terminado ahí, o eso pensó Juan Manuel. A pesar de lo inquietante de la situación, encontró el valor para no retroceder cuando lo vio rodear el mostrador en su dirección.

—Por favor, esta zona no es para clientes.

Empleó un tono seco con el que pretendía marcar las distancias y recordarle que su relación no iba más allá de lo estrictamente comercial. No tenía ningún derecho a intimidarle de esa manera. Stratos asumió el aviso con un asentimiento.

—No se preocupe, todo está bien.

Por supuesto que no estaba bien. Nadie podía avasallarle en su propia librería, por muy buenos tratos que hubieran cerrado juntos. Había unas normas mínimas de urbanidad y cortesía que se debían respetar. Juan Manuel no había esperado aquel cambio de actitud en un tipo que, hasta ese día, se había comportado de una manera exquisita.

Iba a decírselo cuando notó que se quedaba sin respiración. Al mirar hacia abajo, vio el punto donde la sangre había comenzado a manar de manera abundante, merced a una cuchillada traicionera e inesperada.

—Confíe en mí —dijo Stratos—. Todo está bien.

Stratos contempló cómo la vida se extinguía en los ojos del librero y se hundía en el vacío sin apenas una protesta, poco más que un manoteo nervioso en torno a la empuñadura del puñal que acababa de hundirle en el estómago en sentido ascendente, rumbo a los pulmones.

El librero se convirtió en un títere, sin fuerzas ni para

mantenerse en pie. Stratos no lo dejó caer, sino que acompañó el descenso del cuerpo hasta el suelo. Una vez allí, extrajo la hoja manchada de sangre y la limpió en el pantalón de su víctima al tiempo que le buscaba el pulso, sin éxito.

Se guardó el puñal mientras echaba un vistazo hacia el exterior. Ya había anochecido y era poco probable que fuera a entrar ningún cliente de última hora.

Por suerte, siempre iba preparado.

Miró en torno, recreándose en la librería, una de las más antiguas y apreciadas de la ciudad debido a su extraordinario fondo y al carisma del tipo que había estado al frente del negocio. Definitivamente, iba a echar de menos aquel lugar.

—Qué pena, joder.

Lo sentía de veras. Pensó en ello mientras sacaba la lata de líquido inflamable y rociaba con ella el cadáver del librero. Después se acercó a un anaquel cercano, que lucía la etiqueta AUTORES GADITANOS, y lo roció también. Por último, empapó la zona reservada a los libros de Fernando Quiñones.

No le gustaba lo que estaba a punto de hacer, pero no le quedaba otra alternativa. Aquel asesinato había sido demasiado inesperado como para andarse por las ramas. Tenía que asegurarse de que borraba cualquier rastro de su presencia en aquel lugar. Por eso, formó un único haz con un puñado de cerillas y las encendió con un gesto seco.

Acercó la llama a *La canción del pirata*, que prendió al momento.

Apagó las cerillas y se las guardó. Ya las tiraría en alguna papelera por el camino. Salió de la librería y atravesó la plaza de Mina, al tiempo que miraba a un lado y a otro para asegurarse de que no había testigos entrometidos de su fuga. Cualquiera que reparase en él tan solo vería a un individuo vestido con ropa oscura y con el rostro embozado para combatir el frío. Nada fuera de lo normal.

Cuando llegó al otro extremo de la plaza, se permitió echar un vistazo atrás. El escaparate de la librería Manuel de Falla se había convertido en una tea ardiente. En algún lugar indeterminado comenzó a sonar una sirena y supuso que se habría activado la alarma antihumos de la tienda o de alguno de los establecimientos adyacentes, pero tanto daba. Para cuando llegasen los bomberos, no podrían hacer mucho para salvar aquel lugar.

Quiso sonreír, pero no le salió. No se sentía satisfecho de lo que acababa de hacer. Por si fuera poco, debía lidiar con un problema aún mayor: esa muchacha, Greta, que parecía tener tanto interés en dar con él. Sospechaba de quién se trataba, pero no podría confirmarlo hasta que la tuviera delante.

No le iba a quedar más remedio que hacerle una visita. Así podría saber hasta dónde estaba informada. Si no le dejaba otra opción, tendría que matarla a ella también.

VI
Cádiz

Quien robe este libro de oración
que sea despedazado por los cerdos,
que su corazón sea astillado, lo juro,
y su cuerpo sea arrastrado a lo largo del Rin.

París, PML, 18206

59

Tomé el tren bien temprano, cuando aún no había amanecido. A medida que nos acercábamos al sur, el paisaje fue cambiando de forma gradual. El frío y la oscuridad de Madrid se vieron sustituidos por un cielo azul tan limpio de nubes que no parecía real. Los rayos de sol que atravesaban la ventanilla calentaban lo justo para resultar agradable e incluso me permití cerrar los ojos un rato y dejarme mecer por el suave vaivén del AVE, que parecía deslizarse más que rodar.

Me sentía animada. Era como si el sol y esa ilusión de primavera prematura me insuflaran una inesperada inyección de optimismo.

Llegué a la estación de Santa Justa en apenas un par de horas, donde me vi obligada a cambiar a un tren de cercanías tan cómodo como un autobús de línea. La placidez anterior se vio sustituida por el molesto traqueteo de aquella máquina antediluviana que se detenía en cada condenado pueblo que encontraba en su camino. Una voz enlatada informaba de cada parada a un volumen absurdamente alto, por lo que pensar en echar una cabezada era un disparate, pero ni siquiera eso minó mi buen humor. Me dediqué a observar a través de la ventanilla el árido paisaje que íbamos dejando atrás mientras pensaba en lo que iba a encontrar cuando llegara.

La perspectiva de volver a ver a Oleg me trasladó una sensación ambigua. Por un lado, me apetecía encontrarme con él; por el otro, no sabía cómo iba a reaccionar cuando lo tuviera delante.

Que no me horrorizara volver a ver a alguien ya era un gran avance. No solía experimentar tal sentimiento de apego con ningún ser humano, a excepción de Marla, y solo porque era sangre de mi sangre. De no haber sido mi hermana, probablemente la habría mandado al diablo hacía tiempo.

Traté de no pensar en el encuentro con Oleg y me centré en los motivos que me habían llevado a aquel tren rumbo al sur del sur. Guardaba el ejemplar de *El Parnaso español* en la mochila, bien envuelto y presto a cambiar de manos como tantas veces debía de haberlo hecho antes. Por desgracia, las dudas que rodeaban aquel asunto no hacían más que aumentar. ¿Y si aquello no era más que un espejismo? ¿Y si el presunto coleccionista no era más que eso, un tipo interesado en aquel libro sin vinculación alguna con Herbst?

No quería contemplar aquella opción. Más que nada porque si seguía pensando en ello no podría contener las ganas de tomar el primer tren de vuelta a Madrid.

La megafonía anunció que estábamos a punto de llegar al aeropuerto de Jerez. A primera vista, me costó creer que aquello fuera un verdadero aeropuerto, sino más bien un bar de carretera al que alguien le hubiera colocado una pista de aterrizaje en el patio trasero. Poco más que una venta con pretensiones.

El vuelo de Oleg desde Berlín, con escala en Frankfurt, debía de haber llegado hacía unos minutos. Descendí del tren y me dirigí a la carrera a la puerta por la que salían los pasajeros.

El bibliotecario ya andaba por allí.

Permanecía varado, tan larguirucho y desgarbado como lo recordaba y con su eterna bolsa de Tintín al hombro. A su alrededor, los pasajeros recién descendidos se reunían con sus familiares y amigos, que los abrazaban y les daban muestras de afecto en diferentes medidas. Había quien lloraba a moco tendido al reencontrarse con un ser querido y quien limitaba el saludo a un rápido apretón de manos.

Al verme llegar, el rostro de Oleg pasó por varias fases. Como si él tampoco hubiera decidido aún cómo comportarse cuando me viera.

Hubo un amago, pero nada más. Reprimió el impulso de darme un abrazo, puede que al recordar cómo había terminado la cosa la última vez que se atrevió a tocarme. En lugar de eso, adelantó la mano como si fuera a estrechármela, pero tampoco se decidió a hacerlo y se recolocó las gafas para disimular.

Me pareció que las miradas de varios pasajeros se deslizaban sobre nosotros, aderezadas con sonrisas bienintencionadas que delataban lo tierna que les resultaba aquella imagen. Debían de habernos confundido con una pareja de enamorados, aunque puede que solo fuera lo que mi condenada imaginación quería hacerme creer. Noté las orejas ardiendo por la vergüenza, una reacción de mi cuerpo demasiado traicionera y evidente como para pasarla por alto.

—Lo siento.

Era la tercera vez que me disculpaba, y la primera que lo hacía en vivo y en directo. Decidí en aquel mismo momento que también iba a ser la última. Antes de que pudiera encontrar una forma de estropearlo, le di la espalda y me alejé.

Tras una breve vacilación, Oleg vino detrás de mí al tiempo que resoplaba y se quitaba el abrigo, diseñado para un clima mucho menos amable que el de aquel rincón de Andalucía.

60

Tomamos allí mismo un nuevo tren rumbo a Cádiz. Durante el trayecto, hice un esfuerzo por ignorar a Oleg tan evidente que rozaba el ridículo. Sospechaba que se encontraba tan incómodo como yo y me dije que ya era hora de comportarme como la adulta que se suponía que era, en vez de seguir dando vueltas a lo ocurrido en Dobromierz.

—¿Qué crees que va a suceder, Oleg?

No respondió enseguida. Dejó pasar como medio minuto antes de pronunciarse.

—No lo sabremos hasta que tengamos a ese tipo delante y le preguntemos por Stratos.

Rebosaba cautela. Quería fingir que no estaba ansioso por ver a dónde nos llevaba aquella nueva pista, pero lo conocía lo suficiente como para saber lo que pensaba en realidad.

—La librería Manuel de Falla es la más antigua de Cádiz —dije—. Hace poco cumplió treinta y tres años.

—Tiene mérito. Hoy en día, pocas librerías llegan a la mayoría de edad.

Era cierto. Hice una pausa mientras evocaba la información que Marla había encontrado en la web acerca de aquel establecimiento.

—El tipo que está al frente, un tal Juan Manuel Fernández, la califica como una «librería de libros». Con esto quiere decir que no ejerce de papelería, no hace fotocopias ni vende otra cosa que no sean libros. La clave de su supervivencia es su fondo, especializado en títulos de historia, filosofía, clásicos...

—Creo que me va a gustar conocerle.

Compartía aquel sentimiento. Los libreros de raza están en peligro de extinción desde hace bastante tiempo, obligados a nadar a contracorriente y a competir con móviles y pantallas en unas condiciones demasiado adversas como para pensar siquiera que tienen alguna oportunidad. La mayoría de las librerías se han visto obligadas a poner en marcha páginas web y a tener su catálogo disponible en la red para atender las peticiones de sus clientes, lo que resulta particularmente agotador para aquellas sin demasiados recursos, personal o tiempo para dedicarlo a tales menesteres. La batalla que las pequeñas tiendas llevan años librando contra las grandes cadenas como Fnac o El Corte Inglés apenas fue un preámbulo de la debacle que supuso la irrupción, no hacía tanto, del coloso cuyo nombre empieza por «A» y termina por «Mazon». Una lucha extenuante y desigual que parece abocada al fracaso.

Libreros como Juan Manuel son la resistencia.

Me hallaba inmersa en esas cuestiones cuando el tren enfiló la vía de acceso a la ciudad y me perdí en la contemplación del océano.

—Una vez leí que en Cádiz todas las calles conducen al mar —señaló Oleg.

—Debe de ser agotador.

—¿Es la primera vez que vienes?

Asentí. Lo más lejos que había llegado era a Sevilla, hacía un par de años, para entrevistarme con un coleccionista que quería comprobar la autenticidad de una primera edición de *Platero y yo* que había llegado a sus manos por medio de un amigo de un amigo. Ni siquiera tuve que consultar con un experto para transmitirle mi veredicto. El tacto de aquellas páginas, lisas y sin irregularidades, la suavidad de los bordes, la pulcritud de las líneas... Todo indicaba que se trataba de una falsificación muy poco lograda. Por desgracia, en este oficio abundan los desaprensivos que se aprovechan de los incautos que, en su ignorancia, compran cualquier cosa que alguien les diga que puede tener valor. Una vez había oído a Herzog, el Miserable, referirse a aquella práctica como «el impuesto a los ignorantes», aunque se había apresurado a añadir que él jamás haría algo así.

Los que lo conocíamos sabíamos que mentía. No lo llamábamos «el Miserable» porque sí.

Llegamos a la estación de Cádiz en cuestión de minutos. Al bajar del tren, introduje el nombre de la librería en el buscador de mi teléfono móvil. Este nos indicó que estaba a apenas veinte minutos a pie. Nos pusimos en marcha y enfilamos una bonita plaza que discurría junto al puerto.

—¿Has pensado en qué le vas a decir al librero? —preguntó Oleg.

—Nunca se me ha dado mal improvisar.

—Aun así, no estaría de más tener un plan de acción.

—¿Qué se te ocurre?

—Podríamos decirle que tenemos otros ejemplares del mismo corte que *El Parnaso español*, pero que solo trataremos directamente con su cliente.

—No creo que le haga gracia desprenderse de su comisión así como así, Oleg.

—Pues le diremos que se llevará su comisión igualmente.

No era un mal plan. Si ese cliente misterioso resultaba ser la persona que andábamos buscando, sin duda se entusiasmaría cuando le dijéramos que teníamos en nuestro poder otras obras que hubieran podido pertenecer a la colección de Herbst.

Oleg apretó el paso, ansioso por llegar cuanto antes a nuestra cita con el librero. No lo veía tan excitado desde aquel día en Dobromierz, mientras nos dirigíamos al almacén del padre de Jurek. Debo confesar que su entusiasmo resultaba contagioso y me hizo olvidarme por un momento de las dudas que había albergado durante todo el camino. Lo consiguiéramos o no, diéramos con Stratos o no, sin duda era divertido ir de un lado a otro en pos de ese tipo.

Iba a comentárselo a Oleg cuando reparé en que su rostro se había crispado. Tenía los dientes apretados, como si un pensamiento pesimista acabara de cruzar por su cabeza.

—¿Qué sucede, Oleg?

Me miró como si no pudiera creer que no me hubiese dado cuenta. Tras varios segundos de indecisión, hizo un gesto de resignación.

—¿No lo notas?

Iba a preguntarle a qué narices se refería cuando yo también lo noté. El áspero aroma inundó mis fosas nasales con tanta virulencia que me extrañó no haberme dado cuenta antes.

—Mierda.

El olor a quemado se había hecho más intenso a medida que nos acercábamos a la plaza de Mina. Oleg mantuvo el semblante adusto, pero era evidente lo que pensaba.

—Puede que sea casualidad —protesté—. A alguien se le habrá ido la mano con la estufa, o habrá tirado un cigarrillo encendido a una papelera, o...

Me detuve ahí. No tenía sentido seguir buscando excusas. Mis peores temores se vieron confirmados cuando desembocamos en la plaza de Mina y divisamos, a lo lejos, el escaparate calcinado.

—Maldita sea, Oleg. ¿Qué diablos significa esto?

No dijo nada, tan aturdido como yo. El cartel que rezaba Librería Manuel de Falla se había oscurecido y las letras apenas resultaban legibles. Los cristales habían estallado y mostraban sin pudor el desastre que había acontecido en el interior del establecimiento. No había ni rastro de los bomberos, por lo que las llamas debían de haber sido sofocadas hacía unas horas, aunque el hedor era patente incluso desde nuestra posición, a unos doscientos metros del local.

Algunos curiosos se habían detenido frente al escaparate para contemplar los daños e inmortalizar el desastre con sus teléfonos móviles. Sus rostros reflejaban pesar e incredulidad, como si se resistieran a aceptar que un lugar tan apreciado por los gaditanos se hubiera convertido en pasto de las llamas de la noche a la mañana.

—Ha sido Stratos.

Oleg lo dictaminó con la mandíbula tensa, como si tratara de reprimir el aluvión de maldiciones que tenía atravesadas en la garganta. Su convicción me enervó y busqué a la desesperada algún argumento con el que rebatirle. Que no sabíamos lo que había sucedido, que no tenía por qué ser cosa de Stratos, que los accidentes ocurrían... Sin embargo, no encontré ganas ni valor para rechazar lo que veía por el simple hecho de que no cuadrase con lo que esperaba.

La librería había ardido. Como la del padre de Jurek o la biblioteca de Marcel Dubois. La única pista que teníamos sobre la identidad de Stratos había sido reducida a cenizas. No había otra verdad que esa.

De repente, me di cuenta de que no tenía ni idea de qué había sido del librero. No sabía si se encontraba en el interior cuando se produjo el incendio.

Ni siquiera me había acordado de él hasta aquel momento. Debería haberme sentido mal, pero estaba demasiado ofuscada todavía como para pensar en nada más.

61

El fuego no había mostrado piedad. Los libros que no habían sido devorados por las llamas se habían echado a perder por los miles de litros de agua que debían de haber arrojado los bomberos y que aún formaban charcos en la acera. El acceso estaba vetado por varios metros de cinta de balizamiento que iban de un lado a otro de la fachada.

—Ha estado aquí.

Oleg lo dijo entre dientes, lastrando cada palabra con el peso de un odio que parecía anclado en su interior. Había en su voz una dureza inesperada que nunca antes había percibido. La única vez que lo había notado tan tenso fue en Roma, cuando estuvimos a punto de ser asaltados por aquellos tres imbéciles y se interpuso entre ellos y yo, como si pretendiera defenderme.

Tuve la molesta sensación de encontrarme junto a un extraño. Había dejado de ser el bibliotecario apocado y algo retraído con el que había compartido hotel y viajes para convertirse en un tipo cuyas facciones se habían endurecido como un trozo de barro que hubiera pasado demasiado tiempo al sol.

¿Cuál de los dos era real? ¿Cuál de aquellas dos actitudes no era más que una pose?

Antes de que encontrara alguna respuesta satisfactoria, nos acomodamos en un banco que ofrecía una buena perspectiva de la librería. Oleg tenía los ojos clavados en el local calcinado, como si pudiera ver en aquellos rescoldos algo que al resto de los mortales se nos escapaba. Recapacité y traté de pensar en lo que argumentaría Marla si le contara mis dudas. Probablemente les quitaría importancia y me tacharía de paranoica. Me diría que veía fantasmas donde no había otra cosa que normalidad y rutina.

—Stratos y el librero hacían negocios —sentenció Oleg—. Cuando este le habló de *El Parnaso español* y de tu interés en conocerle, supo que estaba a punto de verse desenmascarado. Por eso decidió acabar con él y eliminar cualquier rastro que pudiera desvelarnos su identidad.

Lo que insinuaba era que mi intervención había desencadenado la serie de acontecimientos que había culminado con el incendio de la librería y, probablemente, con la muerte de Juan Manuel. Fui a decir que no era justo. Que no podía culparme tan alegremente de lo sucedido. Sin embargo, su rostro traslucía una determinación tal que no creí que fuera capaz de convencerle de ninguna otra cosa, de manera que me guardé mis protestas.

—Le pegó fuego a la tienda para esconder sus huellas —aventuró.

—Dudo que baste con incendiar un lugar para acabar con las pruebas, Oleg. La policía tiene medios para seguirle la pista a cualquiera.

Sus labios se truncaron en un gesto que me costó identificar, pero que terminé reconociendo como una sonrisa. La más desafortunada y triste que he visto en mi vida.

Me pregunté qué me ocultaba. Qué era aquello que no me había contado sobre él y que avalaba su determinación por dar con Stratos y poner fin al reguero de muertes que este iba dejando a su paso.

Durante un rato, no hicimos otra cosa que contemplar aquella librería destrozada. Los curiosos comenzaron a dispersarse y llegó un momento en el que la única persona que se quedó frente a la librería fue una chica que, como nosotros, se resistía a moverse de allí.

—Bastardo... —oí susurrar a Oleg.

Pero no le presté atención, ni a él ni al odio que parecía manar desde lo más profundo de su ser. En vez de eso, seguí examinando a aquella joven, cuyos hombros habían comenzado a oscilar, llevados por el llanto y la desesperación.

No llegaba a los treinta años. Llevaba el cabello recogido en una cómoda cola de caballo. Iba vestida de negro de los pies a la cabeza, una circunstancia que bien podría haber sido fortuita, aunque lo dudaba.

La certeza de quién era esa chica se hizo más fuerte a cada segundo que pasaba.

Descendí del banco y me acerqué a ella. Oleg se quedó donde estaba y me dije que era mejor así. Al notar mi presencia a su lado, la joven se apresuró a enjugar las lágrimas que bañaban su rostro, como si se avergonzara de que alguien la viera llorar.

—Lo siento —dije.

Aceptó el pésame con un movimiento de cabeza que disolvió mis últimas dudas. Nos quedamos allí, una junto a la otra, contemplando el desastre acontecido en el interior de la librería. Tras varios minutos en silencio, la chica emitió un suspiro bajito, casi inaudible. Lo tomé como una invitación y me dispuse a aprovecharla.

—Me llamo Greta.

Asintió y fue como si una losa de varios cientos de kilos hubiera sido depositada sin ninguna delicadeza sobre su espalda, cargándola con el peso de la melancolía y la soledad.

—Rocío —se presentó e hizo un gesto en dirección a la librería—. Era mi padre.

Ni siquiera me miró al decirlo. Se limitaba a pronunciar en voz alta un hecho incontestable, como si necesitara soltarlo, sin importarle quién pudiera oírla.

—La librería era su vida —añadió—. Siempre decía que no veía el momento de jubilarse, pero estoy convencida de que, en secreto, le aterraba la posibilidad de verse alejado de este lugar.

Las lágrimas manaban ahora sin freno, silenciosas e impertinentes. Me sentí súbitamente incómoda al verme convertida en confidente de aquella chica, pero me dije que tampoco es que me hubiera postulado para ello: si me confiaba aquellas revelaciones era porque quería hacerlo. Puede que incluso lo necesitara, como una forma de canalizar su dolor.

—Era muy popular, ¿sabe? Bibliófilos y lectores de todo el mundo lo conocían, lo respetaban y se pasaban por aquí cada vez que venían a la ciudad, ya fuera para cerrar algún acuerdo o solo para saludar. El propio Reverte se encontraba entre sus incondicionales.

Estuve tentada de preguntarle a qué Reverte se refería, aunque no me pareció que hubiera muchas alternativas a la más evidente. En lugar de eso, tomé aire y le di forma a la frase que llevaba un rato amasando.

—Había quedado con él. Teníamos algo entre manos.

—¿Conocía a mi padre?

—No, pero iba a conocerlo hoy. Iba a venderle un ejemplar antiguo para un cliente suyo.

El llanto cesó y la joven me contempló con suspicacia. Debía de parecerle muy desconsiderado que me hubiera acercado a ella así, en esos momentos de recogimiento y de dolor, pero ya era tarde para volver atrás. Las dos lo sabíamos y no nos quedaba otra que jugar con las cartas que nos habían tocado.

—También hacía eso —confesó—. Poca gente sabe que,

además de regentar la librería, se encargaba de localizar libros descatalogados, raros y valiosos para algunos coleccionistas. También conseguía cartas náuticas, partituras y mapas antiguos.

La versatilidad de aquel librero me pareció encomiable. No quedaban muchos así.

—Era discreto. Tenía una selecta cartera de clientes, nunca más de una docena. La comisión que le reportaban esas ventas le ayudaba a cuadrar las cuentas cada mes.

Observé de reojo el banco en el que permanecía Oleg, demasiado alejado para oír la conversación. Dudaba que esa joven fuera a faltar a la memoria de su padre desvelando información sobre sus clientes a la primera desconocida que se le ponía por delante, pero no perdería nada por intentarlo.

—El caso es que ahora tengo un libro muy valioso en la maleta y nadie a quien vendérselo, ¿sabe?

No pareció oírme, pero no me desanimé e insistí.

—Tenía un buen trato. Si pudiera ponerme en contacto con ese cliente, sería muy...

—Así que se trata de eso.

Me sorprendió su tono hosco y me di cuenta de lo que parecía: que mi intención no era otra que conseguir el listado de la selecta clientela del librero para ofrecerles mis servicios. A rey muerto, rey puesto.

—No, no se trata de eso —me defendí—. Ya poseo mi propia cartera de clientes y no tengo el menor interés en agrandarla.

Calló, como si meditara mis argumentos y tratara de calibrar hasta qué punto eran sinceros.

—No todos piensan como usted —dijo al fin—. Varias personas me han enviado sus condolencias, pero también me han preguntado si estoy dispuesta a sentarme un rato con ellas para hablar sobre el futuro de la librería.

Resultaba inaudito que alguien pudiera interesarse por

aquel negocio reducido a cenizas, lo que ponía en evidencia que la reputación de la librería iba mucho más allá del espacio físico que había ocupado hasta ese día. Sin duda, el carisma de Juan Manuel tenían gran parte de culpa.

Puede que se obrara el milagro, me dije. Si alguien capacitado y apasionado en su trabajo se hacía cargo de aquel lugar, tal vez volvería a brillar como antes, siempre y cuando la filosofía del negocio no cambiara.

Cosas más raras se han visto.

—Lo siento, Greta, pero no podría ayudarla ni aunque quisiera. Ya le he dicho que mi padre era sumamente discreto. Ni siquiera yo conocía la identidad de sus clientes. Si tenía alguna lista o una agenda con sus nombres, debía de estar ahí dentro, aunque dudo que dejara nada por escrito.

Hablaba con la seguridad de quien tiene muy claras sus prioridades. El rencor que había detectado hacía un rato parecía haberse diluido, dando paso a una mansa aceptación del vuelco que acababa de dar su vida.

Intuí que, de haber podido ayudarme, lo habría hecho. Por eso insistí.

—Un alemán —dije—. No me dijo el nombre de ese cliente, pero creo que era alemán.

Lo solté por probar, sin saber si iba a llevarme a alguna parte. Lo cierto era que ignoraba la nacionalidad del imitador de Stratos. Sin embargo, me pareció que algo en el rostro de aquella chica se crispaba al recibir la información. Como si acabara de atar cabos en su cabeza.

—Había un alemán.

Sus palabras despejaron mi mente de inmediato. Allí había algo, estaba segura de ello.

—Me habló alguna vez de él —añadió—. Vivía cerca de Zahara.

—¿Está segura?

Asintió una vez más. En aquel punto, se le escapó una

sonrisa y un aluvión de lágrimas que parecían lubricar los recuerdos que le provocaba aquella conversación.

—Me acuerdo porque una vez me comentó que le hacía mucha gracia aquella coincidencia: su cliente era alemán y, casualmente, vivía en la playa de los Alemanes.

62

Oleg y yo hicimos una parada técnica en el hotel Francia y París, muy cerca de la plaza de Mina, donde Marla nos había reservado un par de habitaciones. No nos demoramos, demasiado emocionados por la información proporcionada por la hija del librero como para entretenernos y perder el impulso.

Nuestros próximos pasos estaban bastante claros.

Oleg utilizó una aplicación de su teléfono móvil para alquilar un cochecito cómodo y resultón, y salimos inmediatamente rumbo a la playa de los Alemanes. Mientras él conducía, yo busqué información en la web sobre ese lugar y se la transmití.

—Al parecer, se trata de una playa de tintes paradisiacos situada cerca de Zahara, en un lugar recóndito y rodeado de chalets y fincas de lujo. De hecho, hasta mediados del siglo pasado era muy difícil acceder a esa zona. Hay varias teorías sobre su misterioso nombre, aunque la más aceptada es que, durante la Segunda Guerra Mundial, fue un lugar de aprovisionamiento de submarinos y barcos alemanes. Hay evidencias de que, cerca de la costa, se encuentran varios submarinos que fueron hundidos durante la contienda.

—Qué casualidad.

No llegué a dilucidar si lo decía en serio o solo era sarcástico, ya que seguía mirando a la carretera, enfurruñado. Sus nudillos, blanquecinos por la fuerza con la que apretaba el volante, certificaban que seguía dándole vueltas en su cabeza a algo que me estaba vetado y que, a juzgar por la rabia latente en sus facciones, no me interesaba descubrir.

Fue la primera vez que me pregunté si no me habría equivocado al invitar a Oleg a acompañarme durante mis pesquisas en Cádiz. Había esperado a un camarada que me ayudaría a tomar ciertas decisiones y a asimilar la información que encontrara en mi camino, pero en lugar de eso tenía a un chico con la mirada emponzoñada de odio al que me costaba reconocer como el mismo que me había acompañado en Berlín, Roma y Breslavia.

Para no pensar en ello, seguí desgranando en voz alta lo que decía aquel artículo.

—El tiempo ha alentado otras teorías más oscuras. Muchos sitúan la playa de los Alemanes como un sitio de paso para todos aquellos criminales de guerra nazis que, huyendo de la justicia, recalaban allí antes de proseguir su fuga rumbo a Sudamérica a bordo de algún carguero.

La web ahondaba en esa información. Había quien aseguraba que un buen número de nazis se había establecido en aquel lugar tras la guerra y, con ayuda de las fortunas que habían amasado durante la contienda, se habían hecho construir lujosas mansiones para disfrutar de su retiro sin llamar la atención de las autoridades que iban tras ellos. El régimen de Franco habría sido muy permisivo al respecto, como agradecimiento por la ayuda que los alemanes brindaron al dictador durante la guerra civil.

Omití esta parte, pero no sirvió de nada, ya que Oleg no necesitó mucho más para armar una teoría que yo misma llevaba un rato acariciando.

—Puede que Herbst se estableciera allí después de su paso por Breslavia —dijo—. Utilizó sus ahorros y el dinero que sacó tras la venta de todos aquellos libros al padre de Jurek para trasladarse a Zahara, donde habría podido comenzar una nueva vida.

Dudaba que fuera a ser capaz de convencerle de otra cosa, por lo que no protesté. Además, por mucho que me fastidiara, no podía descartar ninguna posibilidad.

Empezaba a estar harta, de todo y de todos. No soy amiga de las teorías conspiranoicas. Aquel relato me sonaba irreal, una fábula inventada en torno a ese lugar para dotarlo de un halo de misterio y hacerlo más atractivo para el turismo. Que aquel paradisiaco rincón de Cádiz se hubiera convertido en un nido de nazis sonaba tan peliculero que era imposible tomárselo en serio.

Prefería las cosas sencillas, tangibles. Demostrables. Y, claro, una trama con nazis huidos de la justicia, además de escapar a mis competencias, no casaba con lo que consideraba lógico y demostrable.

Mi trabajo es encontrar libros, no personas ni criminales de guerra.

Pasé el resto del viaje en silencio, sin dejar de observar de reojo a Oleg. Parecía concentrado en la conducción, pero no me engañaba. Sabía que no cesaba de darle vueltas a la posibilidad de encontrarse cara a cara con Stratos, con Herbst, o con la madre que los parió.

63

Definitivamente, la información que había encontrado en internet sobre la playa de los Alemanes no le hacía justicia.

El agua, de un azul cristalino, batía con delicadeza sobre una playa de arena tan blanca y uniforme como salida de un cuadro de Sorolla. El cielo sin nubes invitaba a la relajación y la ausencia de viento hacía que la temperatura fuera inusitadamente agradable para esa época del año.

Pensé en cómo sería vivir en un lugar así. Podría preguntárselo a cualquiera de los que habitaban en las mansiones que asomaban tras la loma que rodeaba aquella cala. A mi lado, Oleg observaba el paisaje con una expresión absorta que, probablemente, no difería demasiado de la mía.

—Fíjate. —Señalé el promontorio sobre el que se levantaban todos aquellos chalets—. He leído en internet que esa colina está repleta de cuevas y viejos búnkeres, agujereada como un queso de Gruyère. Los nazis que se refugiaban aquí tenían planeado utilizar esos túneles para huir en caso de verse descubiertos.

Había esperado una sonrisa, un «qué curioso» o alguna otra apreciación. Cualquier cosa en lugar del apretado mutismo con el que Oleg recibió la información, como si se limitara a registrarla. Me dieron ganas de soltarle un par de gritos que lo pusieran en su sitio y le recordaran que, le gustase o no, teníamos que trabajar juntos.

En vez de eso, le di la espalda y regresé al sendero que conducía hasta el lugar en el que habíamos dejado el coche.

—No puede ser —dije.

Oleg también murmuró algo, pero no lo oí. Estaba demasiado ocupada tratando de entender lo que tenía delante como para prestar atención a nada más.

El apellido Herbst lucía grabado en una placa de metal con algo de óxido en los bordes. La caligrafía era recia, esquinada y sin florituras. La chapa estaba soldada a una reja de aspecto imponente con barrotes rematados en punta, como si se tratara de antiguas lanzas que alguien hubiera unido para componer aquel formidable portón. A ambos lados se extendía un muro de varios metros de altura cuyo objetivo debía de ser disuadir a los curiosos y los amigos de lo ajeno de tratar de acceder a aquel lugar.

Más allá de la reja y el muro, un caserón enorme. Desde el exterior se intuía su tamaño, de varios pisos de altura y coronado por un torreón tan lúgubre que parecía salido de una película de terror. Si me hubieran dicho que la madre de Norman Bates vivía allí, no me habría extrañado lo más mínimo.

No había sido tan fácil, en realidad. Llevábamos más de una hora recorriendo la urbanización y leyendo los nombres en cada buzón, sin éxito. Era una labor extenuante, debido sobre todo a las pronunciadas cuestas que atestaban el lugar y que nos robaron el aliento en pocos minutos.

—¿Crees que lo encontraremos aquí? —pregunté.

Oleg no respondió. No hacía otra cosa que contemplar aquella placa metálica en la que brillaba el apellido Herbst.

No tenía sentido. Si de verdad Herbst se hubiese refugiado allí, lo lógico habría sido que se hubiera cambiado el apellido para despistar a las autoridades. Toparnos de bruces con aquella señal era tan incongruente que me costaba aceptarlo.

Traté de atisbar entre los barrotes el interior del recinto, pero el espacio era tan angosto que apenas podía distinguir mucho más que un jardín amplio y frondoso. Había un buzón metálico a un lado sin ningún tipo de identificación. Como si quien viviera allí no quisiera dejar ninguna pista sobre su identidad, más allá de aquella placa.

Abrí la visera del buzón lo suficiente como para distinguir varias cartas apiladas al fondo que no se habían molestado en recoger. ¿Acaso no vivía nadie allí?

Había también un timbre a un lado de la reja. Era redondo y metálico, del tamaño de un botón, hábilmente camuflado para simular que solo era un remache más. Sin pensar en lo que hacía, me acerqué y lo pulsé.

El timbre no produjo sonido alguno, o al menos no lo pude oír desde el exterior, y volví a pulsar el botón varias veces más.

—Parece que no hay nadie —dijo Oleg.

Como respuesta a sus palabras, se oyó un sonido al otro lado. El ruido que haría un pesado portón al abrirse. A través de la reja, distinguí una figura alta y desgarbada, completamente vestida de negro, que se acercaba a nosotros.

Noté un súbito arrebato de nerviosismo. ¿Ese hombre era Herbst?

De repente, estar allí me pareció una pésima idea. Ni siquiera íbamos armados, por lo que si aquel individuo intentaba algo contra nosotros no tendríamos forma de defendernos. «Al menos seremos dos contra uno», pensé, aunque no estuve del todo segura de que aquella ventaja numérica pudiera resultar decisiva contra un asesino de su talla.

—¿Quién es? —ladró aquel tipo desde el otro lado de la reja.

De forma casi inconsciente, di un paso atrás. Oleg, en cambio, se acercó a los barrotes y habló con decisión.

—¿Hablo con el señor Herbst?

No solo mantenía la calma, sino que su tono era agresivo. Como si estuviera dispuesto a liarse a puñetazos con aquel individuo si la respuesta no le satisfacía.

—No tengo nada que decirles —respondió la voz al otro lado—. Por favor, dejen de acosarme.

No era la respuesta que esperaba. Oí que aquel tipo comenzaba a alejarse y me pareció que Oleg iba a lanzarle un par de gritos que habrían terminado de fulminar nuestras escasas posibilidades, así que busqué a la desesperada algún argumento con el que retenerle.

—Es sobre un libro.

El hombre se detuvo en seco. Tras un par de segundos de duda, se acercó a la reja y nos habló con el rostro pegado a los barrotes, como si él también sintiera curiosidad por vernos.

—¿No sois del banco?

Antes de que llegara a encontrar una respuesta, lo oí descorrer el cerrojo al otro lado del portón y abrirlo unos centímetros para echarnos un buen vistazo, lo que me permitió contemplar su rostro por primera vez.

Debía de tener unos sesenta años y su mirada saltaba de Oleg a mí con desconfianza. Llevaba una chaqueta que en algún momento debía de haber resultado elegante, pero estaba tan deformada por el uso que la impresión que daba era justo la contraria.

Oteé sus facciones en busca de algún parecido, aunque fuera remoto, con el rostro del miembro del ERR al que andábamos buscando, pero no lo vi. Tenía el pelo cano y abundante, como si hiciera mucho tiempo desde la última vez que se lo cortó. Era delgado como un alambre, lo que provocaba que la chaqueta bailase sobre sus hombros como si la hubieran dejado caer allí por error.

—¿Es usted Herbst? —pregunté.

No respondió enseguida. Antes volvió a examinarnos con atención, como si quisiera asegurarse de algo.

—Han mencionado un libro.

Adornó el comentario con una sonrisa lasciva. Como si de repente viera las cosas tornarse a su favor, insuflándole una inusitada inyección de confianza en sí mismo que antes no estaba ahí.

Era evidente que aquel hombre no era Herbst. Ni siquiera debía de estar emparentado con él. Puede que hubiera adquirido aquella mansión y no hubiera encontrado aún el momento o las ganas de retirar la chapa que identificaba a su antiguo propietario.

—Estamos buscando al señor Herbst. ¿Sabe dónde podemos encontrarlo?

El individuo abrió la reja del todo y, con las manos en los bolsillos, se hizo a un lado para invitarnos a pasar.

—Me temo que llegan un poco tarde —dijo—. Herbst era mi suegro.

64

El salón tenía los techos tan altos que si un día querían cambiar una bombilla iban a tener que alquilar una carretilla elevadora. Justo en el centro había una lámpara de araña enorme que aportaba una dosis extra de magnificencia al lugar, al igual que la suntuosa escalera tapizada con una bonita alfombra con motivos orientales que, al fondo de la estancia, conducía a los pisos superiores.

En otras condiciones, habría apreciado el buen gusto del dueño.

Sin embargo, era obvio que aquella mansión había conocido tiempos mejores. La lámpara de araña hacía honor a su nombre, surcada por tantas telarañas como si alguien hubiera olvidado retirar la decoración de Halloween. La alfombra que tapizaba la escalera estaba deshilachada en algunos puntos y tan desgastada por la zona central que apenas se distinguía el dibujo original. El olor a ácaros y a cerrado era tan intenso como si hiciera años desde la última vez que abrieron las ventanas para ventilar el salón.

Ya había intuido la dejadez del propietario del lugar cuando recorrimos un camino de grava rodeado por lo que algún día tuvo que ser un bonito jardín, tan infestado de malas hierbas que costaba reconocerlo como tal. La casa resultaba elegante al primer vistazo, pero, a medida que uno se fijaba mejor, se apreciaban detalles que evidenciaban su deterioro. Cristales rotos o desaparecidos, sustituidos por paneles de madera; trozos de pintura descascarillada; una cerradura que cualquiera habría podido arrancar de una patada. La mansión había iniciado un viaje hacia la decadencia y no había señales de que fuera a cambiar el rumbo.

—Pónganse cómodos, por favor.

El hombre que nos precedía empleaba una entonación pomposa, como si estuviera tan acostumbrado a la podredumbre que lo rodeaba que ni siquiera le diera importancia. Oleg y yo cruzamos una mirada accidental. ¿Ponernos cómodos? No había más mobiliario que un gastado sofá de piel y una mesita destartalada, de esas que venden en Ikea por pocos euros. El resto de los muebles habían desaparecido, aunque habían dejado huellas innegables de su paso. Aprecié las formas de un aparador y de un armario en el papel pintado de las paredes, seguidas de las marcas que habían dejado en el parquet al ser arrastrados para sacarlos de allí. También permanecían los huecos de color claro que marcaban el lugar que alguna vez ocuparon grandes cuadros y en los que ahora reinaba el silencio más absoluto. Como si alguien hubiera mandado callar a las paredes.

Deduje lo que sucedía. Aquel hombre nos había preguntado si éramos del banco. Por eso, era lógico suponerle un buen puñado de deudas como las que atestaban su buzón y que ni siquiera se molestaba en recoger. ¿Acaso había vendido los muebles para pagar a sus acreedores? Puede que estuviera esperando a que, en cualquier momento, se personaran allí las autoridades para desahuciarle. No sería un mal final para un caserón que, a la vista estaba, necesitaba una reforma y unos cuidados que aquel individuo no iba a poder darle. Puede que en manos de unos nuevos dueños el inmueble pudiera recuperar la dignidad perdida y volviera a brillar como antaño.

—¿Quieren tomar algo?

Señaló la mesa, sobre la que reposaba una botella de Ballantine's y un bonito vaso labrado de buena factura. Sin esperar respuesta, se acomodó en el sofá y se sirvió dos dedos de *whisky*.

—Me llamo Valderrobles. Isaac Valderrobles. Me he dedicado toda mi vida al negocio inmobiliario. Ahora estoy jubilado.

Había en su actitud cierta condescendencia, un rescoldo de dignidad que se empeñaba en conservar, convencido de que bastaba para desmentir la miseria que lo rodeaba. En lugar de «Ahora estoy jubilado», bien podría haber dicho «Ahora estoy arruinado», lo que casaría bastante mejor con su situación actual.

—El señor Herbst era su suegro —le recordé.

El hombre asintió con entusiasmo y se pasó una mano por el cabello. Dio un trago corto, apenas mojarse los labios, al que siguió un gruñido de satisfacción.

—El viejo compró esta casa hace años. —Miró el vaso a contraluz—. Era alemán, ¿sabe? Vivió en Alemania y después en Polonia. Vendió allí la mayor parte de sus propiedades y le compró esta chabola a un viejo conocido para establecerse aquí.

Después de tanto tiempo tratando de reconstruir las andanzas de Herbst, resultaba inaudito oír a aquel hombre desgranarlas con tanta precisión y dejadez. No quise ni pensar en cómo debía de sentirse Oleg, que hacía un esfuerzo más que evidente por parecer impasible.

—Los conocí allá por los setenta —continuó—, a él, a su mujer y a su hija, cuando apenas llevaban unos meses en España. Nunca le caí bien al viejo, pero tuvo que tragar.

Era la segunda vez que se refería a Herbst como «el viejo». No lo decía desde el cariño, como habría hecho un amigo, sino con un acceso de rabia mal calibrada. Me pregunté si habría alguna manera de que esa animadversión hiciera virar la charla hacia donde más nos interesaba.

—Era alemán —repitió—, con todo lo que eso implica. Formó parte del partido nacionalsocialista en sus años más oscuros. Llegó a ocupar un cargo de responsabilidad en no sé qué departamento. Fue allí donde amasó la mayor parte de su fortuna.

Negó una vez, y después otra. Como si acabara de rondarle una idea y ahora no supiera cómo deshacerse de ella.

—Mi suegro era un nazi —dijo—. Muchos se refieren así a sus suegros de forma figurada, pero yo puedo decirlo de forma literal. Era un nazi y continuó siéndolo hasta el día de su muerte. Algunas de las opiniones que le oí expresar de vez en cuando eran tan extremas que habrían hecho palidecer al mismísimo Führer.

Parecía convencido de que nos encantaba escucharle. Eso es lo bueno de conversar con personas que lo han perdido todo: no les queda otra cosa que sus palabras, lo que los hace bastante propensos a revelar detalles de sus vidas que en otras condiciones se cuidarían de compartir con nadie.

—Su pasión eran los libros.

Lo dijo de pasada, como si se tratara de un comentario sin mayor trascendencia, pero no dejó de observarnos mientras lo decía, pendiente de nuestra reacción. Aprovechó para terminarse el *whisky* de un trago largo, perentorio.

—Tenía miles —señaló—, la biblioteca más grande que he visto en mi vida. Y no solo por la cantidad de libros que atesoraba: también por la rareza de algunos ejemplares, aunque yo tampoco es que entienda mucho de bibliofilia. ¿Les gustaría verla?

Estuve a punto de dar un grito, de agarrar a aquel hombre por las solapas de la chaqueta y de implorarle que me mostrase aquella fastuosa biblioteca de una vez por todas. En lugar de eso, carraspeé y moví la cabeza de arriba abajo, haciendo un esfuerzo de contención tan obvio que no creí ser capaz de engañar a nadie.

Valderrobles me creyó, o fingió hacerlo. Se sirvió un nuevo *whisky* para el camino y observó el vaso a contraluz, como si quisiera asegurarse de algo. Cumplido aquel rito, se puso en pie e hizo un gesto desganado para que lo siguiéramos.

—Es por aquí.

65

La biblioteca era majestuosa, un prodigio de la arquitectura. De forma octogonal, las paredes estaban forradas de estanterías de madera recia y bien barnizada que llegaban hasta el techo, a unos diez o doce metros de altura. Había varias escaleras repartidas aquí y allá que se movían sobre raíles y permitían acceder a las baldas más altas, inaccesibles de ninguna otra manera.

Si hubiera habido libros, ya habría sido la hostia.

Que aquellos estantes no albergaran ni un solo ejemplar amplificaba la sensación de desolación que emanaba de aquel espacio. La biblioteca parecía gritar de soledad. Por un instante, me recordó a aquella otra habitación sin libros que había visto en Bebelplatz, en Berlín, homenaje a los libros destruidos por los nazis, si bien aquella irradiaba blancura y pureza mientras que la biblioteca de Herbst parecía más bien una suerte de mausoleo.

Anduve hasta situarme en el epicentro de la estancia y contemplé todas aquellas estanterías mudas, desprovistas de libros que les dieran sentido. El polvo y las abundantes telarañas delataban que hacía mucho tiempo desde la última vez que aquella biblioteca cumplió con su función de albergar libros y conocimiento. Casi podía oír el lamento silencioso de los títulos que alguna vez ocuparon aquel espacio y que habían sido desahuciados uno tras otro. A mi lado, Oleg miraba en derredor con la boca abierta. Valderrobles caminó unos pasos mientras agitaba con parsimonia su vaso de *whisky*, como un orgulloso maestro de ceremonias.

—Hubo un tiempo en el que los libros llegaban hasta el techo —afirmó—, y a veces incluso estaban dispuestos en dos filas para maximizar el espacio. El viejo pasaba aquí la mayor parte del tiempo. Comía, leía y, a veces, incluso dormía en esta estancia, rodeado de su colección. Era su bien más preciado. Había ejemplares en varios idiomas y sobre prácticamente cualquier cosa. Unos treinta mil en total, creo recordar.

Lo dijo como si, en realidad, no le pareciera para tanto. Paseó hasta un lado de la estancia, donde había una chimenea de piedra tan grande que habría podido dar cabida en su interior a un hombre adulto. No se veían restos de ceniza o de leña quemada, como si hiciera mucho desde la última vez que la encendieron para calentar aquellas paredes, si es que alguna vez sirvió a tal propósito. Junto a la chimenea, reposaba un juego de utensilios de forja tan bruñidos y en tan buen estado que parecía que apenas hubieran sido utilizados desde que alguien los colocó allí, al principio de los tiempos.

Valderrobles se detuvo frente a la chimenea y la observó en silencio, como si su presencia le trajera recuerdos lejanos e insondables. No necesité preguntarle qué había sido de la fastuosa colección de su suegro. Podía intuir el destino que habría dado a todos aquellos libros: debía de haberlos vendido a algún perista para conseguir efectivo con el que hacer frente a sus acreedores.

O bien había hecho un mal negocio, o bien el dinero que había obtenido no había bastado para saldar sus exorbitantes deudas.

¿Dónde estarían esos libros ahora? Si de verdad eran tan valiosos, a la fuerza tenían que haber dejado un rastro. Treinta mil libros no echan a volar así como así. Además, en el caso de que Herbst hubiera albergado algunos ejemplares notables, como los que habían formado parte de la Biblioteca de la Comunidad Judía de Roma, su venta habría hecho saltar las alarmas de todos los coleccionistas que alguna vez hubieran oído hablar de ellos.

Eso me llevó a sospechar que, en realidad, no todos los libros de Herbst habían estado allí, al alcance del borrachín que iba de aquí para allá con el aire aburrido de quien ha contado la misma historia tantas veces que ha perdido la capacidad de sorprenderse.

—¿Herbst tenía otra biblioteca?

Valderrobles me contempló con la frente arrugada, el gesto de alguien que no ha oído nada más absurdo en su vida.

—¿Le parece poco?

Al ver que no iba a responder, me miró con indiferencia y la chaqueta bailó un poco más sobre sus hombros de alambre.

—No había más libros, que yo sepa. Esta era su colección. Pasaba tanto tiempo entre estas paredes que a veces teníamos que venir a por él para asegurarnos de que seguía respirando. A menudo cerraba las puertas con llave para que no pudiéramos interrumpirle en lo que fuera que estuviera haciendo aquí.

—¿A quién le vendió los libros?

Valderrobles sumergió la mirada en su vaso, contrariado por que se hubiera vaciado con tanta rapidez.

—Invité a varios coleccionistas a echarles un vistazo —confesó—. Al principio vendí algunos ejemplares sueltos, lo justo para tapar un par de agujeros, pero no tardé en deshacerme de ellos en lotes de cien o doscientos cada vez.

«O quinientos, o mil», concluí. Como si hubiera anticipado lo que pensaba de aquella forma de actuar, se apresuró a quitarle importancia con un bufido.

—¿Para qué quería yo todos esos libros? Estaban aquí,

cogiendo polvo y estropeándose sin remedio. ¿Acaso no era preferible dejar que otros los disfrutaran?

Hablaba con la convicción del mentiroso que, a fuerza de repetir las mismas mentiras una y otra vez, ha desarrollado la capacidad de creerse sus propios embustes. Sin embargo, había visto aquella situación tantas veces antes que podía interpretar con bastante exactitud lo que había sucedido en realidad: lo más probable era que el mismo día de la muerte de Herbst, si no antes, Valderrobles hubiera comenzado a vender todos aquellos libros con la esperanza de conseguir algo de dinero que le ayudase a reconducir sus maltrechas cuentas.

Es lo que dicen de los bibliófilos: cuando su cadáver sale por la puerta, su biblioteca no tarda en tomar el mismo camino.

—Hay un librero en Cádiz —añadió—. Me ayudó a encontrar a los compradores que se hicieron con la colección del viejo.

Supuse que se refería a Juan Manuel. Hablaba desde la placidez, como si no tuviera nada que ocultar. Sin duda no había recibido aún la noticia de la muerte del librero, lo que lo exoneraba definitivamente, o casi, como autor de aquel crimen. O eso, o era el mejor actor del mundo.

Cuando alzó la vista, me pareció ver un brillo diferente en sus facciones, a la manera de un cóctel: una medida de codicia, dos de oportunismo, todo aderezado con una pizca de desesperación.

—Han dicho que traían un libro.

Por eso nos había dejado pasar. Confiaba en que nuestra visita le facilitara el acceso a algún negocio jugoso que le permitiese saldar parte de sus deudas o, al menos, pagarse otra botella de Ballantine's.

—No se ofenda, Valderrobles, pero dudo que pueda pagar el precio que esperamos obtener por ese ejemplar.

—Puedo ponerles en contacto con el librero —aseguró—. Él podría encontrar un buen comprador.

Su actitud taimada, la forma en la que contemplaba el fondo de su vaso para no tener que mirar en mi dirección, los pasos que dio de un lado a otro, como si no viera el momento de regresar junto a su querida botella... Todo me molestaba en aquel tipo. Lo que quería era una comisión por mediar en la transacción y ayudarnos a colocar el *Parnaso*. Como si no creyera que fuéramos capaces de llegar muy lejos sin su ayuda. Lo que más me cabreó fue que se esforzase en componer aquella pose de perdonavidas, como si nos considerase unos timoratos que habían caído en sus dominios por accidente, a pesar de lo delicado de su posición. Había que tener mucho morro para ofrecernos un trato tan ventajoso para él y ni siquiera pestañear, como si creyera merecer todos los privilegios del mundo. A aquel tipo le sobraba aplomo y le faltaba vergüenza. Mucha.

—¿Qué fue de Herbst? —intervino Oleg—. Ha dicho que murió.

Valderrobles hizo un esfuerzo por aparcar momentáneamente la cuestión y encaró al bibliotecario.

—Murió en 2012, a los noventa y nueve años, pero llevaba mucho tiempo mal.

No era una mala edad para alguien que había dedicado gran parte de su existencia a expoliar y saquear cada biblioteca que se puso en su camino y a arruinar las vidas de todos los que trataron de impedírselo. Oleg debió de pensar lo mismo, ya que apretó los dientes de forma inconsciente, o casi.

—Su mujer murió en 1990. Nunca volvió a ser el mismo.

Ese detalle me sorprendió. Valderrobles miró hacia lo alto de la estantería que tenía más cerca, como si allá arriba se hallaran las respuestas a todas sus preocupaciones.

—Cáncer —dijo, y su voz pareció apagarse unas décimas al pronunciar aquella terrible palabra—. Apenas un año más tarde su hija, mi mujer, murió aquejada del mismo mal. Eso terminó de destruirlo.

Por primera vez, me pareció entrever la verdadera personalidad del hombre que tenía delante, un desgraciado condenado a la soledad y empeñado en dar la impresión de que tenía justo la vida que quería. Sus hombros se hundieron un poco más en el fondo de aquella chaqueta desgastada y holgada.

—Durante sus últimos años de vida, Herbst se fue apagando. A veces hablaba solo y musitaba cosas sin sentido. En una de las últimas conversaciones que mantuvimos, antes de su declive final, me dijo que todo había sido culpa suya. Que él era el responsable de las muertes de su mujer y de su hija. Que había sido víctima de una maldición o algo así.

En aquel punto, la tristeza tomó posiciones. Como si aquel recuerdo le escociera, muy a su pesar.

—¿Cómo murió? —quise saber.

—Llegó un momento en el que fui incapaz de ocuparme de él —eludió la cuestión—. Tenía negocios que atender, ya sabe.

Lo dijo como si tratara de justificarse por algo. No había dudas de que no se había ocupado de sus negocios todo lo que debía, pero me abstuve de comentárselo.

—Lo ingresé en una residencia de ancianos, en Cádiz. Vivió allí varios años, hasta el día de su muerte. Se ocuparon de todo y me consta que fue muy feliz en ese lugar.

La apreciación sonó impostada. Como si se sintiera culpable de haber obrado así pero no estuviera dispuesto a dejar que nadie cuestionara aquella decisión. Deduje todo lo que no necesitaba contar: él se quedó con la mansión y fue vendiendo los muebles, los libros y las propiedades de su suegro para cubrir las deudas que lo asediaban.

Había una cuestión imposible de ignorar: ¿qué clase de

hombre era tan descuidado como para perderlo todo de esa manera?

«Un idiota», concluí.

Aparté aquel pensamiento y encaré a Valderrobles mientras intentaba desembrollar algunos cabos y los observaba desde la nueva perspectiva que me permitía aquel inesperado testigo.

Todo comenzaba a cobrar sentido.

Aquel hombre había reconocido tener tratos con Juan Manuel, de la librería Manuel de Falla. ¿Acaso era a él a quien se refería cuando hablaba de un «cliente alemán»? Valderrobles era un apellido muy castizo, pero puede que hubiera empleado el de su suegro, Herbst, para llevar a cabo todas aquellas transacciones. Tal vez lo hiciera para eludir a sus acreedores. ¿Acaso eso había inducido al librero a dudar sobre su nacionalidad?

No tenía manera de saberlo, en realidad.

Sin embargo, Juan Manuel quería *El Parnaso español* para un cliente dispuesto a pagar lo que fuera por él. No podía tratarse del tipo que tenía delante, que ni parecía tener el menor interés en saber qué libro habíamos traído ni disponía de dinero con el que enfrentarse a un dispendio como ese.

Oleg me observó con insistencia, como diciéndome: «¿Y ahora qué?». Me habría gustado tener una buena respuesta a mano, pero no me pareció que aquel individuo, que observaba su vaso vacío con incertidumbre, fuera a sernos de más ayuda. Hice una lista mental de los lugares en los que podría encontrar más información sobre Herbst y me resultó alarmantemente corta.

—¿No hay más parientes? —pregunté—. ¿Herbst no tenía hermanos o, yo qué sé, más hijos?

A Valderrobles se le escapó una risita queda, tan agradable como el ruido que harían unas uñas rotas sobre una pizarra sucia.

—Lo siento. Me temo que soy todo lo que queda de los Herbst.

Extendió los brazos, como si quisiera asegurarse de que lo veíamos bien. El gesto le dio la apariencia de un espantapájaros, vestido con ropas viejas y sin otro cometido en la vida que dejarse contemplar. Ni siquiera entonces deshizo aquella sonrisa bobalicona. Tuve que esforzarme para no mandarlo al diablo mientras formulaba una última pregunta.

—¿Me podría decir el nombre de la residencia de ancianos en la que estuvo ingresado su suegro?

66

Hicimos el trayecto de vuelta a Cádiz en silencio, cargando con una sensación de fracaso que no por esperada resultaba menos dolorosa. Traté de consolarme con la idea de que no había ido tan mal, después de todo. Al menos, teníamos un nuevo hilo del que tirar.

—Mañana iremos a la residencia de ancianos —dije—. Quizá allí puedan contarnos algo más sobre los últimos años de vida de Herbst.

Oleg ni siquiera asintió. Siguió mirando al frente, concentrado en la carretera como si no me hubiera oído.

Hasta cierto punto comprendía su pesar, aunque no terminaba de entender qué diantres había creído que íbamos a encontrar en la playa de los Alemanes. ¿Acaso esperaba darse de bruces con Herbst? De seguir vivo, habría tenido más de cien años. No habría estado en condiciones de enfrentarse a sus preguntas ni a un juicio por las atrocidades que cometió el siglo pasado. Demonios, lo más probable es que ni siquiera pudiera recordar nada de nada.

No entendía que ese muchacho fuera incapaz de pasar página. Eso me hizo pensar, una vez más, en todo lo que no sabía de él. ¿Por qué se tomaba aquel asunto de una forma tan personal? ¿Qué era lo que no me había contado? ¿Por qué la visión de esa librería calcinada parecía haberlo convertido en el ser huraño y reservado que tenía a mi lado?

Tal vez aquella habría sido una buena ocasión para preguntárselo, pero preferí guardar silencio y dejar mis dudas para otro momento.

Aún hoy sigo lamentándome por ello.

Ya había anochecido cuando llegamos al hotel. Le propuse a Oleg que fuéramos a cenar algo, con la esperanza de que un rato de charla hiciera que se relajara y me contara, de una vez por todas, qué diablos le pasaba por esa cabezota.

—Estoy cansado, Greta. Ya hablaremos mañana.

Se largó a su habitación sin decir más. Me sentí confusa y, sobre todo, cabreada por esa manera de despacharme. ¿Qué le pasaba? ¿Acaso seguía molesto por lo que había sucedido en Dobromierz y quería hacérmelo pagar con esos desplantes? Me dieron ganas de ir a su habitación, aporrear la puerta y después aporrearlo a él, de paso. En lugar de eso, mascullé un par de maldiciones y me alejé del hotel por una calle cercana, sin saber muy bien qué rumbo tomar.

Había refrescado. La brisa acarició mi rostro con sus dedos helados en cuanto asomé de nuevo a la plaza de Mina. Podría haberme dirigido a cualquier otro sitio, pero el lugar en el que había estado la librería Manuel de Falla me atraía como una lámpara atrae a los insectos más incautos.

Las calles se habían vaciado y en el ambiente persistía aquel acre olor a humo que probablemente aún tardaría varios días en abandonar la zona. Ya no había curiosos arracimados frente al escaparate y pensé una vez más en las extrañas circunstancias que rodeaban aquel suceso.

Llamé a Marla para ponerla al día de nuestras últimas pesquisas. Mientras oía cómo el teléfono daba tono, me repetí varias veces que no necesitaba la compañía de nadie. Mi hermana y yo siempre nos habíamos tenido que apañar solas y sin ayuda, y no contaba con que eso fuera a cambiar en un futuro próximo.

—Hola, Greta —oí su voz al otro lado—. Me preguntaba cuándo te dignarías a llamarme.

No me dejé provocar y le conté todo lo que habíamos averiguado, desde la conversación con Rocío, la hija del librero, hasta el encuentro con el yerno de Herbst en aquel caserón en la playa de los Alemanes. A Marla no le sorprendió en absoluto la noticia del incendio de la librería y me contó que lo había leído en la prensa.

—Al parecer, Juan Manuel se encontraba dentro de la tienda —dijo—. La policía no ha querido pronunciarse todavía, pero no descartan que el incendio fuera provocado.

—Oleg está convencido de que ha sido cosa de ese imitador de Herbst. Asesinó al librero y después le prendió fuego a la librería para eliminar sus huellas.

—Vaya imaginación. Podría venderle los derechos de esa historia a alguna productora. ¿Le has contado que la poli tiene medios de sobra para reconstruir las pruebas, aunque las machaquen con un lanzallamas?

—A estas alturas, no podemos descartar ninguna posibilidad, por descabellada que parezca.

—Las cosas nunca suelen ser tan complicadas, Greta. Que un bibliófilo asesine a otro para hacerse con ciertos libros y preservar su identidad es un disparate. Esto no es *El nombre de la rosa*, ni tú eres Guillermo de Baskerville.

No creí que debiéramos descartarlo con tanta ligereza, habida cuenta de lo que habíamos averiguado hasta el momento, pero no tenía ganas de discutir.

—¿Qué tal con Oleg?

Lo preguntó con una ingenuidad tan mal fingida que rozaba el absurdo. Intuí lo que quería oír y eludí cualquier comentario que pudiera orientar la conversación en esa dirección.

—Está jodido. Se toma esto como algo personal. Cualquiera diría que le tiene ganas a ese Stratos.

—Bueno, tal vez quiera vengarse por lo que le hizo a Sebastian.

No había pensado en ello, pero tampoco le vi sentido. Oleg era todo lo opuesto a un ángel vengador, con aquel aspecto inofensivo y ratonil. Claro que, a tenor de lo que llevaba viendo todo el día, puede que su verdadera personalidad hubiera salido a flote conforme estrechábamos el cerco en torno a Herbst.

—No lo descartes tan rápido —insistió Marla—. Te recuerdo que no sabes nada de él.

—Tengo que pensar en ello.

—Si necesitas cualquier cosa, silba.

Le di las gracias y colgué.

En ese momento me di cuenta de que no tenía ni idea de dónde me encontraba. Había estado tan absorta en la conversación con Marla que ni siquiera me había fijado en la dirección que tomaban mis pasos.

Había llegado a una especie de paseo rodeado de jardines que discurría junto a la bahía, lo que me hizo recordar las palabras de Oleg: «Dicen que en Cádiz todas las calles dan al mar». Las ramas retorcidas de un gigantesco ficus acometían formas imposibles y se cruzaban de un lado a otro como si surgieran de las mismas entrañas de la ciudad. Al otro lado de la bahía podían verse las luces de una población cercana. ¿El Puerto de Santa María, quizá?

Era agradable estar allí.

Continué caminando un rato más. En un momento dado, el paseo abandonó la vegetación de los jardines y se alzó sobre una antigua muralla de piedra. Rebasé varias garitas y algunos amenazadores cañones que apuntaban al otro lado de la bahía. Aquel debía de ser el cinturón defensivo que rodeó la ciudad durante tantos siglos y que la convirtió en inexpugnable. No en vano, Cádiz era un lugar privilegiado desde el punto de vista geográfico. Antiguamente, los barcos que llegaban desde las Indias cargados con oro, especias y otras maravillas debían a la fuerza recalar allí, bien como destino final, o para seguir la ruta hacia Europa a través del estrecho de Gibraltar.

Me detuve a contemplar el paisaje. Un solitario faro se alzaba en medio de la bahía y arrojaba fogonazos desangelados, mientras que más abajo las olas batían con pereza. El sonido del mar arrulló mis oídos, poco acostumbrados a tal melodía. Apoyada en la balaustrada de piedra, cerré los ojos y pensé en la cadena de acontecimientos que me había conducido hasta allí.

Los abrí de golpe a los pocos segundos. No sé por qué lo hice, pero tuve una sensación extraña, como de incertidumbre. A mi alrededor nada había cambiado y supe que la respuesta a aquella desazón no se hallaba allí fuera, sino en mi interior: no podía permitirme tales distracciones. El asunto en el que andaba metida ya les había costado la vida a varias personas, la última hacía apenas veinticuatro horas. Además estaba sola, de noche y en una ciudad que no conocía. Si me confiaba estaría perdida.

Entonces le vi.

Era un tipo alto con un grueso abrigo de tres cuartos, un gorro de lana y una bufanda que le tapaba el rostro, todo de color oscuro. Se encontraba a unos veinte metros de mi posición y se acercaba a buen ritmo con las manos en los bolsillos.

No había nada llamativo en su aspecto, y eso fue lo que me escamó. Por eso me resistí a darle la espalda y continué observándole a medida que se acercaba, hasta que al fin me di cuenta de qué era lo que chirriaba, lo que convertía aquella composición en una incongruencia imposible de pasar por alto.

No hacía tanto frío.

La temperatura era agradable y, en cualquier caso, no

justificaba el abrigo, el gorro de lana y la bufanda con la que aquel tipo se embozaba el rostro. No tardé en deducir que aquellos complementos no tenían como objetivo protegerle de las inclemencias del tiempo, sino salvaguardar su identidad.

En ese momento, como si hubiera notado mis recelos, el hombre me miró directamente y supe la verdad: venía a por mí.

Se vio descubierto, pero tampoco pareció importarle demasiado. Para entonces solo nos separaban unos cuantos metros. Varios pensamientos atravesaron mi cabeza a toda velocidad, pero uno se impuso con claridad a todos los demás: aquel tipo era quien había asesinado a Juan Manuel, que había estado a punto de desenmascararle, y ahora se disponía a acabar el trabajo matándome a mí también.

El nerviosismo me provocó una sacudida, pero la disimulé lo mejor que pude y barajé las escasas opciones de las que disponía, que no eran muchas. Salir corriendo quedaba descartado, ya que mi estado físico era tan deplorable que no podría mantener un buen ritmo de carrera durante mucho tiempo. Además, aquel hombre parecía en plena forma y sus largas piernas le ayudarían a alcanzarme en apenas un par de zancadas.

No me quedaba otra que enfrentarme a él, lo que tampoco resultaba nada esperanzador. Aun así, siempre sería mejor que dejarme atrapar sin ofrecer resistencia.

—Hola, Stratos.

El individuo se detuvo en seco. Percibí que, en la estrecha franja que discurría bajo el gorro y sobre la bufanda, sus ojos centelleaban al oírme pronunciar aquel nombre. Fue como una confirmación de mis peores temores: era él, no cabía duda. El responsable de la muerte de Juan Manuel, de Marcel Dubois, de Enri Kaminski y, por qué no, también de Sebastian Finsterwalder.

«Y Dios sabe de quién más», me recordó mi cerebro, inoportuno como siempre.

Tras un titubeo, el tipo sacó las manos de los bolsillos y las mantuvo ligeramente separadas del cuerpo, como si se estuviera preparando para algo.

—Hola, Greta.

Su voz sonó amortiguada tras el embozo, pero el mensaje llegó alto y claro: sabía quién era, sabía que andaba tras su pista y no pensaba dejarme escapar. También me pareció intuir una sonrisa tras la bufanda, aunque puede que solo fuera lo que mi condenada imaginación quería hacerme ver.

Me invadió una sensación extraña, una especie de calma chicha a la que no vi mucho sentido. Saber quién era aquel tipo y lo que pensaba hacerme, lejos de infundirme temor, me hizo sentir extrañamente segura. En cierto modo, resultaba liberador saber que mi final estaba tan cerca y que nada de lo que hiciera iba a cambiar eso. Como si por fin y de una vez por todas pudiera relajarme.

—Sé quién eres —insistí.

Creo que se sorprendió tanto como yo al notar que mi voz no vacilaba. Que sonaba tan clara como si nos encontráramos en la barra de un bar en lugar de en aquel paseo en medio de la nada, con la luna y las estrellas como únicos testigos de lo que estaba a punto de suceder.

—Sé lo que estás haciendo —añadí— y tengo un trato que ofrecerte.

—¿Un trato?

Lo dijo con un punto de burla, aunque también de curiosidad. Como si diera por hecho que no tenía nada que pudiera interesarle, pero le agradara ver cómo lo intentaba.

—*El Parnaso español* —dije—, de Quevedo. Editado en 1713 con anotaciones del censor Claudio Alonso de Malboán.

El embozo me impidió saber si mis palabras producían

alguna reacción, pero si aquel tipo era el coleccionista que yo creía, la sola descripción de aquel ejemplar debía de haberle hecho salivar por la emoción.

—Conseguí ese ejemplar y algunos más en Breslavia —señalé.

No llegué a hacer ninguna oferta, porque el mensaje estaba claro: si me dejaba marchar, le facilitaría el acceso a varios títulos que le permitirían completar la colección de la que Herbst se había desprendido en su huida de Polonia. Si tanto le interesaba aquella cuestión, difícilmente la dejaría escapar.

Sin embargo, creo que los dos llegamos a la vez a la misma conclusión: sabía demasiado sobre él como para que resultara seguro que siguiera respirando. Ni siquiera el *Parnaso* iba a cambiar eso.

Stratos dio un paso hacia mí. Sus movimientos, calculados y contenidos, mostraron la solvencia de alguien que tiene una misión y pretende cumplirla de la manera más rápida y efectiva posible.

Di un paso atrás y me topé con la balaustrada. Más allá de esta, una caída de unos quince metros hasta el lugar en el que las olas batían con un sonido acogedor, como si me invitaran a ir con ellas, allá donde nada podría alcanzarme.

No tenía escapatoria.

Descartada la opción de salir corriendo y también la de arrojarme al mar, solo quedaba una alternativa. Por eso, sin pensar en lo que hacía, alcé los puños. Ponerme en guardia ante un tipo que me doblaba en tamaño y en crueldad resultaba absurdo, pero la desesperación te obliga a hacer muchas tonterías. Me prometí que, ya que iba a salir de allí con los pies por delante, al menos procuraría que no fuera gratis. Me daría por satisfecha si lograba encajarle un par de golpes antes de que acabara conmigo.

Hubo un segundo de duda. Stratos se preparó para atacar

y yo me preparé para sufrir su ataque. Los dos fuimos conscientes de lo que iba a suceder, como si solo fuéramos los personajes de una narración sin voz ni voto para cambiar nada de lo que ya había sido escrito.

En ese instante, detecté un movimiento detrás de mi adversario: una sombra que había llegado hasta nosotros con sigilo y ahora se movía a toda velocidad hacia mi agresor. Creo que Stratos también lo percibió, ya que se volvió con rapidez dispuesto a enfrentarse a aquel nuevo e inesperado adversario.

Se apartó justo a tiempo para evitar que el estoque le rebanase el cuello.

Chencho no desaprovechó el elemento sorpresa y lanzó otra estocada que obligó a Stratos a desentenderse de mí y a retroceder ante la llegada de aquel nuevo y formidable adversario.

En ese momento, cuando ya creía que nada iba a poder sorprenderme, Stratos sacó del bolsillo de su abrigo su propia espada con un movimiento seco y desvió el ataque de Chencho.

En realidad no era una espada, sino una especie de puñal de gran tamaño que manejaba con una soltura envidiable. Se produjo un reverbero metálico cuando Chencho y él chocaron las armas, un clanc, clanc que parecía salido de una novela de Alatriste. El argentino movía el estoque con la elegancia de quien ha aprendido a usarlo en un salón de esgrima, sin abandonar en ningún momento aquella sonrisa endiablada, pero Stratos tampoco era manco y se defendía de cada ataque de forma resolutiva y efectiva.

Era surrealista.

Lo último que habría esperado ver aquella noche, o cualquier otra noche, era un duelo a muerte entre dos espadachines. Me habría sorprendido menos si uno de los dos hubiera sacado un pistolón y le hubiera descerrajado un tiro al otro, pero estaba claro que ambos preferían matarse de una manera mucho más espectacular.

Era la segunda vez que Chencho aparecía de la nada para salvarme, oportuno como un inesperado ángel de la guardia, pero no me quedé a darle las gracias ni a ver el espectáculo. Ser consciente de que Stratos había llevado oculta todo el tiempo aquella colosal daga me hizo valorar de forma súbita mi integridad y lo cerca que había estado de perderla. Me sentía tan afortunada de seguir respirando que habría montado una fiesta para celebrarlo.

Sin pensar en lo que hacía, les di la espalda y salí corriendo, dejando atrás el sonido de la refriega y los destellos metálicos que sus armas arrancaban a la noche.

67

Stratos no tenía ni idea de quién era aquel tipo que había aparecido de la nada y pretendía ensartarlo con aquella especie de espada que manejaba con tanta soltura. Lo único que tenía claro era que, aunque había conseguido mantenerlo a raya hasta aquel momento, si seguía retrocediendo estaría perdido. Aquel hombre lo acorralaría contra la balaustrada y acabaría con él.

Como si hubiera intuido sus intenciones, el tipo de la gabardina asestó un par de mandobles a un lado y a otro para que no tuviera oportunidad de escapar. Tenía el gesto fiero y una suerte de sonrisa en el rostro que lo hacía parecer enajenado, como si estuviera disfrutando de aquel improvisado duelo. Llevaba un sombrero anticuado y una gabardina que ondeaba a su alrededor con cada movimiento, un atuendo que le recordó a un detective que se hubiera escapado de una novela *pulp* de los años treinta.

«Lo que me faltaba era morir a manos de un imitador de Dick Tracy», pensó.

El espadachín era concienzudo y terco como un perro de presa. Empleaba el estoque con elegancia, como un alumno aventajado de Dumas. A saber a cuántos enemigos habría ensartado con aquel artilugio, pensó Stratos. Con su daga SS Schutzstaffel apenas podía hacer mucho más que rechazar sus acometidas, sin posibilidad alguna de contraatacar.

En un momento dado, Stratos trastabilló y estuvo a punto de pagar caro su error. Dio un paso atrás para rearmarse y la hoja de su contrincante silbó a pocos centímetros de su rostro. Se dio cuenta de que, en su retroceso, se había acercado mucho más de lo conveniente a la balaustrada de piedra, por lo que estaba acorralado.

Aquello era demasiado. Si no hacía algo, aquel aprendiz de mosquetero acabaría con él. Resultaba evidente que su intención no era llevarlo ante la justicia. Tenía que pasar al ataque, a cualquier precio. Si no, terminaría acuchillado sin piedad y su obra quedaría inacabada.

Aquella certeza fue lo que le hizo tomar la iniciativa.

Stratos apretó los dientes y, con el cuerpo ligeramente escorado, el puñal atrasado y con el hombro por delante, se lanzó hacia aquel individuo. El tipo de la gabardina reaccionó con rapidez y, con un movimiento rápido y sin florituras, le alcanzó en el hombro de una estocada feroz.

Stratos notó la hoja hundirse en su piel y ahogó un lamento bajo el embozo. Si quería tener una oportunidad, debía hacer un esfuerzo para ignorar la mordedura del acero y recomponerse.

Por eso, apretó los dientes y, aún con el estoque clavado en el hombro, giró sobre sí mismo con el puñal alzado. El movimiento, similar a un molinete, pilló al de la gabardina desprevenido y no tuvo tiempo de apartarse de su trayectoria. Para hacerlo, habría tenido que soltar el estoque, y no parecía dispuesto a otorgarle esa ventaja.

Stratos notó cómo la daga cortaba algo en su camino, pero no llegó a ver el qué. Al mismo tiempo, el de la gabardina recuperó su estoque y dio un paso atrás con el arma en alto, preparado para volver al ataque.

Quedaron otra vez frente a frente, dispuestos a despedazarse. Stratos no tenía ni idea de cuánto tiempo más lograría resistir antes de que aquel tipejo lograra atravesarlo con su estoque, o antes de que algún vecino bienintencionado viera la refriega y llamara a la policía.

Por fortuna, no tuvo que esperar tanto.

El de la gabardina seguía sonriendo como una hiena, pero entonces se hizo patente un detalle que Stratos no pasó por alto: bajo la sonrisa, la camisa y la gabardina habían comenzado a mancharse de un color rojo tan oscuro como una copa de vino tinto.

Trastabilló. Parecía que las fuerzas estaban a punto de abandonarle, merced al tajo que la SS Schutzstaffel le había practicado en la garganta. Trató de decir algo, pero no fue capaz de emitir nada más que un gorgoteo.

Stratos no podía creer la suerte que había tenido, pero no se permitió regodearse en aquella pequeña victoria. No tenía ni idea de si aquel hombre podía recomponerse tras una herida como esa, pero no iba a darle la oportunidad.

Por eso se lanzó a por él.

El de la gabardina trató de interponer el estoque en su camino, pero la herida ralentizaba sus movimientos y apenas pudo mover su arma unos centímetros antes de que Stratos lo alcanzara en el pecho, primero, y en el estómago después.

Lo acuchilló varias veces más, ignorando el dolor que atenazaba su hombro izquierdo, con la rabia de saber que si no despachaba a aquel hombre con rapidez todo su plan se vendría abajo. El de la gabardina soltó el estoque, que cayó al suelo con estrépito. Stratos no paró de apuñalarlo hasta que lo derribó y lo tuvo a sus pies. El tipo murió con los ojos bien abiertos, fijos en el horizonte estrellado que se extendía sobre sus cabezas, todavía con aquella estúpida sonrisa cruzándole el rostro. Como si aquella forma de sucumbir se escapase del guion establecido pero, aun así, no le pareciera tan mala idea.

Cuando se aseguró de que no iba a volver a moverse, Stratos se enderezó y trató de recuperar el resuello al tiempo que inspeccionaba los alrededores para asegurarse de que no había habido testigos de la pelea. Después miró en dirección al lugar por el que se había marchado aquella chica, esa tal Greta. No había ni rastro de ella y ahogó una maldición por lo bajo. Dejarla escapar había sido un error imperdonable, pero que tenía que asumir, le gustara o no. Era afortunado de haber escapado de aquella disputa sin más que una fea herida en el hombro.

Le costaba alzar el brazo. Contuvo las ganas de apuñalar al imbécil de la gabardina un par de veces más. En lugar de eso, limpió la hoja de la daga y se la guardó.

Después tomó el estoque y lo miró de cerca. Le fascinaba aquella arma y, sobre todo, la soltura que había demostrado su propietario. Le dedicó un último vistazo antes de lanzarlo por la balaustrada, rumbo a la bahía.

Después se colocó bien la bufanda y se largó a toda velocidad.

68

No paré de correr hasta que llegué al hotel. Subí las escaleras a la carrera, con la respiración desbocada y el corazón a punto de tomarse unas vacaciones. No era tan optimista como para sentirme a salvo, pero al menos me encontraba en terreno conocido.

En lugar de ir a mi habitación, me planté en la puerta de Oleg y la aporreé con mucha más fuerza e insistencia de lo necesario. El bibliotecario tardó varios preciosos segundos en abrir y, cuando lo hizo, tenía el rostro amodorrado, a mitad de camino entre la extrañeza y el sueño. Se había vestido de forma apresurada, o eso me pareció.

—¿Qué sucede, Greta?

Ni siquiera pensé en lo que hacía cuando entré, cerré la puerta a mi espalda y la aseguré con el pestillo.

Mi actitud hizo que Oleg se espabilara de golpe. Acudí junto a la ventana, que tenía unas generosas vistas de la plaza de San Francisco. Inspeccioné los alrededores en busca de algo o alguien que no debiera estar allí, pero no vi señales de peligro.

Solo entonces le relaté mi encuentro con Stratos.

También le hablé de mi intento desesperado de negociar con él y de la aparición de Chencho. El rostro del bibliotecario fue oscureciéndose a medida que la narración avanzaba, como si un pensamiento indefinido se abatiera sobre él. Cuando terminé de hablar soltó, al fin, la pregunta que llevaba un rato conteniendo.

—¿Cómo ha dado contigo?

Era una buena pregunta. Había estado demasiado ocupada en poner tierra de por medio, pero había llegado el momento de enfrentarme a esa cuestión.

—El librero le habló de mí —aventuré—. Le contó que se había citado conmigo. Puede que lo torturase hasta que le dio mi nombre, aunque tal vez ni siquiera necesitó hacerlo.

En realidad, tanto daba. Lo importante era que Stratos había dado conmigo y había estado a punto de dispensarme un final que no habría diferido demasiado del tratamiento que le dio al librero. Podía considerarme afortunada de seguir de una pieza.

—¿Crees que Chencho habrá acabado con él? —preguntó.

Ni siquiera había pensado en ello. Me había limitado a asumir que la irrupción del argentino, providencial una vez más, me había salvado el culo de milagro.

¿Qué habría sido de él?

Había visto a Chencho en acción y sabía cómo las gastaba, pero ignoraba si habría sido capaz de someter a un tipo como Stratos. Algo me decía que aquel chalado era mucho más peligroso que cualquier adversario al que se hubiera enfrentado antes.

—No lo creo —respondí.

Lo solté sin pensar. Me sorprendió la facilidad con la que di por hecho que Chencho había sido incapaz de pararle los pies a Stratos. Como si en el fondo supiera que las cosas no podían haber sucedido de otra manera.

—Debemos extremar las precauciones, Greta. Es mejor que no vuelvas a ir sola a ninguna parte.

Creo que se arrepintió nada más decirlo. Tuve que hacer un esfuerzo para no soltarle un par de gritos y recordarle que no era precisamente una damisela en apuros a la que tuvieran que salvar ni nada parecido. Tampoco me apetecía mencionar que, en realidad, le había pedido que me acompañara y se había negado.

—Tú tampoco, Oleg.

Nos medimos en silencio. Después me volví de nuevo hacia la ventana, que mostraba una imagen muy similar a la que podía ver desde mi propia habitación. La plaza seguía desierta, iluminada débilmente por la luz mortecina de las farolas que la circundaban. Creí ver una sombra que se deslizaba tras una esquina cercana, como si alguien hubiera corrido a esconderse. Supuse que no sería nada, pero continué mirando hacia aquel lugar, a la espera de un movimiento que no llegó a producirse.

—¿Y cómo es Stratos? —preguntó Oleg—. ¿Pudiste verle la cara? ¿Lo reconocerías si volvieras a cruzarte con él?

—Llevaba el rostro embozado. Era alto, más o menos como tú, y parecía en plena forma, pero solo le vi los ojos.

—¿Y cómo...? ¿Qué edad dirías que tenía?

Me dio la sensación de que temía la respuesta.

—No parecía tener más de cien años, si es lo que quieres saber.

Empleé un tono sarcástico, pero el reflejo de Oleg en la ventana me indicó que no le había hecho ninguna gracia.

—¿Crees que deberíamos ir a la policía? —pregunté.

Seguí escrutando su reflejo a la espera de alguna reacción. Si por mí fuera, ni siquiera lo habría preguntado. No solo no teníamos pruebas de la identidad de ese tipo ni de su implicación en las muertes de Juan Manuel, Enri o Marcel Dubois, sino que además dudaba que los investigadores fueran a tomarnos en serio si les contábamos la historia de un antiguo criminal de guerra nazi obsesionado con varios libros muy concretos.

—No creo que sea buena idea, Greta.

No dijo más, ni yo necesité que lo hiciera. Pensaba igual que él. Si le había propuesto ir a la policía era por jugar limpio. No era solo mi integridad lo que estaba en juego, sino también la suya.

Es uno de los motivos por los que prefiero trabajar sola.

—¿No quieres...? —comenzó a decir.

Aparcó el ofrecimiento allí, sin terminar de articularlo, pero sin dejar tampoco dudas sobre lo que iba a proponer: si no sería mejor que pasáramos la noche juntos, en mi habitación o en la suya. Que se comportaría como un caballero. Que solo lo haríamos para protegernos y nada más, con el objetivo de que Stratos, en el caso de que diera con nosotros, no nos encontrara solos e indefensos.

No dijo nada de eso, ni falta que hizo.

En vez de responder, salí de su habitación sin despedirme y me refugié en la mía. Una vez allí, aseguré la puerta con el pestillo.

69

El insomnio volvió a visitarme esa noche. Pasé la vigilia inquieta, sin dejar de pensar en Chencho ni de preguntarme qué habría sido de él. Esperaba encontrármelo esa mañana cuando saliéramos del hotel, apoyado en el capó de su eterno Seat a la manera de un incansable perro guardián, pertrechado de gabardina y sombrero mientras agitaba su mortífero paraguas a un lado y a otro como por descuido.

No encontrarlo fue descorazonador.

A juzgar por las pronunciadas ojeras de Oleg, su noche no debía de haber sido mucho mejor que la mía. Después de un café rápido, aderezado con un silencio notarial, nos pusimos en marcha sin dejar de mirar a un lado y a otro mientras avanzábamos, conscientes del peligro que podía acechar tras cada esquina.

Desembocamos en la plaza de Fragela en apenas unos minutos.

El Gran Teatro Falla se alzaba ante nosotros con la desfachatez de un castillo erigido sin otro motivo que ser admirado por los siglos de los siglos. De ladrillos rojizos y retorcidas formas arabescas, parecía más desgastado en algunos puntos concretos, en los que mostraba sin pudor los efectos del paso del tiempo a la manera de orgullosas cicatrices. Había como media docena de turistas pululando por la zona y tomando fotos del teatro. Yo no solía sucumbir a tales arrebatos y tan solo le dediqué unos segundos de atención a aquel templo antes de volverme hacia el lugar que me interesaba de verdad.

La Casa de las Viudas se encontraba en el lado opuesto de la plaza. En Cádiz todos se referían por ese nombre al edificio achaparrado que albergaba la Fundación Fragela, la residencia de ancianos en la que, según Isaac Valderrobles, Herbst había pasado los últimos años de su vida.

—¿Qué piensas, Oleg?

El bibliotecario contemplaba el edificio con desgana, tal que si diera la partida por perdida antes incluso de tirar los dados.

—Que por preguntar no perdemos nada.

Lo mismo me parecía a mí, y eso no era nada halagüeño. Había tenido tiempo de pensar en todo lo que nos había contado Valderrobles y había detectado demasiados puntos difusos en su relato como para confiar en que estuviéramos en el camino correcto.

—Es que no puede ser —protesté—. Si Herbst murió y Valderrobles apenas tenía tratos con ese librero ni el menor interés en el *Parnaso*, es evidente que nos estamos equivocando de persona.

—O eso, o ha mentido como un bellaco.

De nuevo aquel deje airado. Feroz. Como si estuviera dispuesto a arrancarle la cabeza a Valderrobles si se le volvía a poner a tiro. Nada quedaba ya del bibliotecario apocado y retraído con el que había compartido pesquisas en Berlín, Roma y Breslavia; se había convertido en un tipo oscuro y malhumorado al que parecía sobrarle mi compañía y que no prestaba atención a nada que no fuera aquella misión que parecía haberse impuesto.

Decidí que teníamos que hablar. Necesitaba saber qué se le pasaba por la cabeza y cuál era el motivo de tanta beligerancia. Me prometí que, en cuanto cumpliéramos con lo que habíamos ido a hacer allí, encararía al fin esa cuestión y le obligaría a contarme qué diablos le sucedía.

Entramos en la Casa de las Viudas y le comenté a la mujer que montaba guardia en la recepción que estábamos tratando de reconstruir los últimos años de vida de alguien que estuvo allí internado. Que nos gustaría hablar con algún empleado veterano que pudiera ayudarnos. Debí de resultar más convincente de lo que creía, ya que la mujer, en vez de echarnos a patadas, pareció bastante interesada en sernos de ayuda.

—Deberíais hablar con Sole —dijo—. Lleva aquí más tiempo que cualquiera de nosotros.

Me apresuré a responder que sí, que de acuerdo, que estaríamos encantados de hablar con esa tal Sole.

—Volved dentro de media hora, más o menos —dijo—. Será el momento del desayuno y podremos atenderos.

No nos fuimos muy lejos. Esperamos en la misma plaza a que pasaran treinta minutos, y ni uno más, antes de regresar a la Casa de las Viudas. La recepcionista nos abrió el portón de acceso a la residencia y nos pidió que esperásemos un momento mientras iba a avisar a su compañera.

En el ambiente flotaba un agradable aroma a café y a pan tostado. Nos vimos en un patio amplio resguardado del sol por medio de una especie de toldo que aportaba sombra y frescor. Había un total de cuatro pozos repartidos por aquel espacio y un buen número de macetas aquí y allá, con geranios, aloes y otras plantas.

A lo lejos se oía un sonido de entrechocar de platos y tazas. Reparé en que en el suelo, con losas que recordaban a un tablero de ajedrez, había restos de cinta adhesiva de color rojo y blanco. Eran rescoldos de las medidas que en su día, no hacía tanto, debieron de delimitar la distancia mínima de seguridad entre los residentes debido a la pandemia. Me pregunté si aquellos restos de cinta adhesiva seguían allí por desidia del personal de limpieza o como un recordatorio de que el mundo podía irse a la mierda en cualquier momento.

Observé todo aquello con aprensión, desconfiando aún del agradable aspecto del lugar. En mi cabeza, las residencias de ancianos siempre han estado perseguidas por una sombra poco esperanzadora, oscurecida por los casos de abusos que saltan a la palestra cada cierto tiempo, cuando se desmantela alguno de esos centros infectos en los que las personas mayores son tratadas como ganado, o peor. En la memoria de todos está aquel maldito protocolo que, durante la época más dura de la crisis sanitaria, impidió que los ancianos de las residencias de la Comunidad de Madrid fueran trasladados a los hospitales, lo que provocó varios miles de muertos en unas condiciones atroces. Un asunto que seguía enfriándose sobre la mesa gracias a la desidia de gobernantes y responsables, conscientes de que el paso del tiempo atempera el peso de las malas obras y, por lo tanto, su castigo.

En cualquier caso, aquel no me pareció un mal lugar en el que envejecer.

Me encontraba embebida en aquellas cuestiones cuando vi aparecer a lo lejos a esa tal Sole. Tenía que ser ella. Llevaba el uniforme del centro, un pijama con el logotipo y el nombre de la fundación en el pecho, y los pies embutidos en unas zapatillas Skechers de color malva. Se había recogido el cabello en un moño apresurado, más funcional que elegante, y caminaba en nuestra dirección con paso firme y una mirada mucho menos amable que la de la chica que nos había atendido en la recepción.

—¿En qué puedo ayudarles?

La pregunta era legítima, pero la pronunció de forma que quedó en relieve las escasas ganas que tenía de sernos de ayuda. Para reforzar esta impresión, se cruzó de brazos y nos observó de arriba abajo, primero a mí y después a Oleg.

—Queríamos hablar sobre un hombre que pasó aquí sus últimos años —dije—. Se llamaba Herbst. Hermann Herbst.

—¿Son sus familiares?

No se molestó en ocultar la animadversión que le provocaba nuestra presencia. Como si le incomodara que dos personas jóvenes y sanas se adentraran en su territorio y fueran testigos del aciago destino que les esperaba al final del camino. Me entraron ganas de pedir disculpas, pero logré acallar mis reticencias y traté de componer algunos embustes que nos ayudaran a ganarnos la confianza de esa mujer.

—Estamos escribiendo sobre Herbst —mentí—, pero sus últimos años de vida son una incógnita. Hemos hablado con uno de sus familiares y nos dio esta dirección.

—No sé qué creen que pueden averiguar sobre él aquí. —La enfermera echó un vistazo en derredor—. Todas estas personas vienen a la residencia a descansar. Nuestra labor consiste en hacerles sentir bien y asegurarnos de que disfrutan de una vejez plena.

La expresión «vejez plena» me resultó extraña. ¿Quién iba a querer regodearse en su decrepitud? ¿Acaso hay una manera digna de hacerse mayor? No iba a preguntarlo, por motivos obvios. Sole parecía tan convencida de lo que decía que creo que me habría mandado a freír espárragos si hubiera osado rebatirla.

—Hemos hablado con el señor Valderrobles —continué—, el yerno de Herbst. Nos dijo que lo internó en esta residencia porque no podía hacerse cargo de él.

—No se confundan —me interrumpió—. No somos una casa de caridad ni un hotel. No nos limitamos a darles una cama y un sillón a nuestros residentes. Aquí nos aseguramos de que tengan una vida cómoda y activa. Organizamos actividades, talleres y charlas para su desarrollo personal. No es solo un sitio de paso, un lugar en el que languidecer antes de morir, como mucha gente piensa. Esta es otra etapa más de sus vidas.

Sus palabras y, sobre todo, la forma en la que las pronunció reflejaron lo harta que estaba de que cuestionaran lo que hacían allí.

—¿Cómo era Herbst? —quise saber.

—Un tipo normal. Educado, algo reservado. No llegó a hacer ningún amigo. Daba la impresión de que no se fiaba de nadie.

Un movimiento a un lado del patio llamó nuestra atención. Un anciano caminaba por un corredor situado tras una cristalera. Tuve la impresión de que la presencia de aquel hombre era una señal de que la hora del desayuno estaba a punto de concluir, por lo que se nos acababa el tiempo.

—La desconfianza es normal al principio —continuó—. Cuanto más mayores somos, más nos cuesta abrirnos a los demás. Sin embargo, bastan unas semanas aquí para que nuestros residentes dejen a un lado sus reticencias y comiencen a confiar en sus compañeros. Surgen amistades, alianzas e incluso algún que otro idilio.

Sonrió a su pesar, como si la imagen de uno de esos romances hubiera comenzado a materializarse en su cabeza. Fue un espejismo, ya que no tardó en recuperar el gesto huraño.

—Herbst pasó aquí varios años y no llegó a intimar con nadie. Saludaba, era correcto, pero nunca iba más allá. Y no crea que no lo intentamos. La soledad es uno de los males que más hacen sufrir a las personas de cierta edad. Encontrar amigos es una buena manera de combatirla, por lo que procuramos hacer actividades que fomenten el compañerismo y propicien las relaciones entre nuestros residentes. Sin embargo, Herbst se resistió. Permaneció solo por voluntad propia hasta el día de su muerte.

—¿Y cómo murió? —pregunté.

Fui consciente de que era una pregunta de mal gusto, pero no me quedaba más remedio que hacerla. La enfermera me contempló largamente antes de responder.

—Fue una muerte plácida —dijo—. Murió mientras dormía. Lo encontramos en su cama, con el rostro tan sereno que parecía que siguiera durmiendo.

Había algo sumamente injusto en el hecho de que una persona que había provocado tanto sufrimiento a lo largo de su vida hubiera tenido una muerte tan digna. El ladrón de libros, el hombre de confianza de Alfred Rosenberg en el ERR, uno de los principales responsables del saqueo de cientos de bibliotecas y colecciones privadas durante la Segunda Guerra Mundial, había fallecido mientras dormía después de una existencia larga y, por lo que sabíamos, bastante próspera.

Entonces recordé algo que había contado Isaac Valderrobles: la muerte de su esposa había hundido a Herbst en una profunda depresión. Un año más tarde, su hija había muerto aquejada del mismo mal.

Y él había tenido que vivir todo eso.

Tal vez, el destino sí que había puesto a Herbst en su lugar. La condena había tardado, pero, finalmente, lo había alcanzado. Una vida larga no es en absoluto sinónimo de felicidad.

—Tenía noventa y nueve años —sentenció la enfermera—. Ya quisiera yo llegar a esa edad en tan buena forma. Estaba más lúcido que muchas personas de por aquí.

Eso me puso en guardia. Oleg también se dio cuenta y cruzó una ojeada recelosa conmigo, para darme a entender que él también lo había oído.

—El yerno de Herbst nos contó que... Vamos, que no regía bien. Que decía cosas sin sentido y...

—¿Y qué va a saber él? No vino a visitarlo ni una sola vez en los años que estuvo aquí internado.

El detalle resultaba esclarecedor y confirmó algo que yo

ya sospechaba: Valderrobles había alejado al anciano de su lado para disponer de sus bienes, como si hasta entonces lo hubiera considerado poco más que un estorbo. Envió a Herbst al asilo y vendió sus pertenencias en un intento desesperado por recomponer sus ajadas finanzas.

En ese momento, un grupo de ancianos comenzó a recorrer el corredor tras la cristalera. Sole puso los brazos en jarras.

—Lo siento, pero tengo mucho trabajo.

Teníamos más preguntas, pero aquella mujer no parecía dispuesta a concedernos ni un minuto más y echamos a andar en dirección al portón que conducía a la salida. Sole avanzaba a un par de metros por detrás de nosotros, casi pisándonos los talones. Más que acompañarnos, me pareció que quería asegurarse de que no importunábamos a ninguno de los residentes por el camino.

—¿Y dice que no tenía ningún amigo aquí? —pregunté a la desesperada—. No sé, alguien en quien confiara, o con quien hablara de vez en cuando.

—Herbst no confiaba en nadie —repitió—. Ni siquiera en mí ni en mis compañeros. Solo hablaba con su nieto.

Aquella frase, aparentemente anodina, hizo que todo saltara por los aires. Oleg dio un respingo y se volvió hacia la enfermera.

—¿Tenía un nieto? —preguntó.

Sole abrió el portón y lo sostuvo, pero Oleg se negó a cruzarlo y la observó durante el tiempo suficiente como para que se diera cuenta de que no pensaba marcharse de allí hasta obtener una respuesta. Tras un par de segundos de duda, la enfermera exhaló un ruidoso suspiro de protesta.

—Venía a verle una vez a la semana, más o menos. Le traía libros y pasaban horas hablando, a menudo en alemán. Lo sé porque uno de mis compañeros reconoció varias palabras en ese idioma.

No podía ser. ¿No había dicho Valderrobles que no tenía hijos? Nos había mentido y, con ello, varias teorías que ya había descartado comenzaron a imbricarse de nuevo en mi cabeza con rapidez. La existencia de ese supuesto nieto lo cambiaba todo. Que encima hubiera tenido una relación tan estrecha con el anciano resultaba conveniente y muy esclarecedor. ¿Acaso se trataba de Stratos?

—De hecho, aunque esto no se lo puedo asegurar, creo que Herbst cambió su testamento para dejárselo todo a ese chico.

Todo. Tanto la mansión de la playa de los Alemanes como su colosal biblioteca, y quién sabía si alguna cosa más. Oleg era ahora la viva imagen del nerviosismo y se retorcía las manos de pura impaciencia.

—Era un joven agradable. —La enfermera pareció perderse en aquel recuerdo—. Alto, igual que usted. Venía cada semana, daba un paseo con su abuelo y le traía algunos libros viejos que el anciano contemplaba con deleite. A veces se lo llevaba por ahí a desayunar, o a almorzar, o simplemente a dar un paseo. Tenían una relación bastante estrecha.

A esas alturas, me quedaban pocas dudas acerca de la identidad del nieto de Herbst: era el mismo tipo que me había asaltado la noche anterior, el que había tenido aquel enfrentamiento con Chencho y tal vez, solo tal vez, el mismo que había asesinado a Juan Manuel, a Marcel Dubois, a Enri y a Sebastian Finsterwalder.

—Es bonito ver a alguien tratar con tanto respeto a sus mayores —continuó Sole—. Eso no abunda, ¿sabe? A la mayoría de los nietos, cuando llegan a cierta edad, sus abuelos les estorban.

Hablaba de Stratos con reverencia, lo que me puso de los nervios. Si esa mujer supiera de lo que ese tipejo era capaz, no se habría referido a él con tanto respeto.

—¿Y sabe dónde podríamos encontrarle? —quise saber.

La enfermera me observó con el ceño fruncido. Su reacción habría sido la misma si le hubiera preguntado por su talla de ropa interior. Después de varios segundos de duda, debió de concluir que no había nada de malo en contestar a esa cuestión.

—Era muy discreto y apenas crucé un par de frases con él —respondió—. Lo único que sé es lo que me contó Herbst en una ocasión: que su nieto vivía en la que fue su casa, allá en la playa de los Alemanes.

70

Realicé el camino de vuelta al hotel en una nube. No era para menos: la enfermera acababa de darnos una pista definitiva sobre la identidad de Stratos.

—Así que se trata del nieto de Herbst —sentenció Oleg—. ¿Por qué Valderrobles no nos habló de él?

—Supongo que quería hacerse con el ejemplar de *El Parnaso español* sin que este se enterase. Así podría venderlo sin tener que darle explicaciones.

—Pero no tiene sentido, Greta. Hemos estado en su casa y no había ni rastro de su hijo.

Eso no significaba nada. Stratos bien podía haber permanecido escondido en los pisos superiores del caserón mientras manteníamos aquella conversación con su padre, pendiente de todo lo que decíamos, aunque me costaba creerlo. De habernos tenido a su merced, dudo mucho que nos hubiera dejado escapar tan fácilmente.

—¿Oíste lo que dijo esa mujer, Oleg? Que Stratos le llevaba libros viejos a Herbst. Te apuesto lo que quieras a que estaba tratando de recuperar la colección de la que tuvo que deshacerse cuando se marchó de Polonia. Al menos los volúmenes más valiosos. Cada vez que uno de esos títulos aparecía en el mercado, lo conseguía a cualquier precio y se lo llevaba a la residencia para mostrárselo.

Eso justificaría, aunque de una manera enrevesada y bastante rocambolesca, que Stratos fuera de aquí para allá matando a quienes poseían un ejemplar que le interesaba. Se cargó a Marcel Dubois para recuperar la Biblia de Soncino; a Sebastian para hacerse con aquel *Fausto*; a Enri Kaminski para recuperar algunos de los libros que Herbst le vendió y que todavía obraban en su poder; por último, ajustició a Juan Manuel cuando se dio cuenta de que estaba a punto de verse desenmascarado por su culpa. Tras la muerte de Herbst, Stratos había seguido matando y robando libros, en su obsesión por reconstruir aquella fastuosa biblioteca perdida.

¿A cuántos coleccionistas más habría asesinado durante su periplo?

Era difícil de saber, pero dudaba mucho que sus crímenes se limitaran a aquellos que conocíamos. Teniendo en cuenta la cantidad de libros que Herbst había dejado atrás, a Stratos le llevaría mucho tiempo reunirlos todos.

Si además saltaba de un país a otro para cometer sus crímenes, era poco probable que los investigadores encargados de cada caso hubieran establecido una pauta. Lo más seguro era que se trasladase a esos países para llevar a cabo sus fechorías y los abandonase antes siquiera de haber comenzado a despertar sospechas. Como añadido, prendía fuego a las bibliotecas que visitaba. La policía necesitaría algo de tiempo para establecer que no se había tratado de un accidente y que el fuego había sido provocado, lo que le daba margen de sobra para esfumarse.

Entonces caí en la cuenta de algo: hasta aquel momento no habíamos tenido más que corazonadas y la policía no había podido relacionar los crímenes de Stratos, pero eso acababa de cambiar.

—Los archivadores que encontramos en Dobromierz —dije.

Observé a Oleg, pero seguía mirando al frente como si la cosa no fuera con él. Eso no me desanimó y continué desgranando mis pensamientos en voz alta.

—Entre los libros que Herbst vendió a Enri en su día deben de figurar los que Stratos habrá conseguido recuperar de manos de los coleccionistas a los que ha asesinado. Ahí tenemos la conexión, Oleg: podemos ir a la policía y mostrarles la pauta.

Era más fácil decirlo que hacerlo, naturalmente. No solo tendríamos que facilitarle esa información a la poli, sino que además nos veríamos obligados a convencerlos de que no se trataba del argumento de la última serie de moda, sino de algo real, que estaba sucediendo por media Europa y que, si no le ponían freno, no se detendría ahí.

—Valderrobles nos mintió.

Oleg formuló aquella sentencia en susurros, como si no pudiera pensar en nada más. Me molestó que no me hiciera ni puñetero caso, pero más aún que siguiera dándole vueltas a aquello.

—Omitir información no es lo mismo que mentir —protesté.

—Si los libros de Herbst significan tanto para Stratos, dudo mucho que permitiera que su padre los malvendiera. Debió de esconderlos en otro sitio. Al menos la mayoría.

Eso significaba que en algún lugar se encontraba la verdadera guarida de Stratos, donde además almacenaría la fastuosa colección que Herbst había almacenado a lo largo de toda su vida, fruto del saqueo pormenorizado que el ERR llevó a cabo en media Europa.

¿Guardaría allí también los ejemplares de la Biblioteca de la Comunidad Judía de Roma?

—Solo Valderrobles puede decirnos dónde está su hijo —sentenció—. Hay que regresar a la playa de los Alemanes.

—¿Y cómo pretendes conseguir que hable? ¿Acaso vas a torturarlo o algo así?

Era solo una forma de hablar, pero, para mi sorpresa, Oleg ni siquiera se molestó en negarlo. Como si no descartara ninguna vía de acción, por grotesca que resultara. Aquello fue demasiado. No podía consentir que esas majaderías anidaran en su cabeza y lo llevaran a hacer una tontería.

Iba a decirle que ni hablar, que hasta ahí habíamos llegado y que era el momento de dejar el asunto en manos de las autoridades, pero entonces oí a alguien pronunciar mi nombre.

—Greta.

No era una llamada. Más bien era como si alguien hubiera decidido decir mi nombre en voz alta para comprobar cómo sonaba y hubiera alcanzado mis oídos por casualidad. Habíamos llegado a la plaza en la que se encontraba nuestro hotel y en ese momento las mesas que copaban las terrazas de los bares más cercanos estaban a rebosar.

Miré a mi alrededor. Oleg se dio cuenta de que algo me retenía y me observó desde el umbral del hotel. Inspeccioné los bancos, el portón de la iglesia de San Francisco y, por último, las mesas que circundaban la plaza.

Y allí, sentado en una de las mesas, vi un rostro que conocía bien.

Me pregunté qué diantres se le habría perdido en Cádiz. Oleg también se percató de la identidad de aquel hombre y lo observó con hastío.

—Ve tú —me animó—. Yo necesito descansar.

Sin esperar respuesta, me dio la espalda y entró en el hotel. Su retirada me desconcertó, pero no me entretuve en descifrar su significado y eché a andar hacia aquella mesa.

El rostro de Sarasola contrastaba con la alegría y las risas de las mesas colindantes. La mirada perdida en su copa, rellena de un líquido transparente en el que flotaban un par de rodajas de limón y varios cubitos de hielo gruesos como nueces, delataba la profundidad de sus pensamientos.

Sin pensar en lo que hacía, separé una silla y tomé asiento frente a él.

Aún tardó algunos segundos en alzar la vista y examinarme con desinterés. Después miró en torno, como si quisiera asegurarse de que los de la mesa vecina no podían enterarse de lo que hablábamos. Dio un sorbo a su bebida con desesperación, como si buscara en aquel líquido fuerzas para enfrentarse de una vez por todas al motivo por el que había ido a verme. Solo entonces, al fin, habló.

—Chencho ha muerto.

71

Los gritos alborozados de los niños que jugaban a lo largo y ancho de la plaza contrastaban con la gravedad del semblante del hombre que tenía delante. Sarasola parecía envuelto en un aura pesimista, un efecto que se vio acentuado cuando se quitó las gafas de sol y dejó al descubierto las pronunciadas ojeras que oscurecían su presencia y delataban las horas que llevaba sin dormir.

—Apuñalado.

Pronunció aquella única palabra con fatalismo, la respuesta a una pregunta que nadie había hecho, pero que el bibliófilo debía de tener muy presente.

—Como un cerdo —continuó—. Lo acuchillaron y lo dejaron allí tirado.

La voz se le quebró. Me sorprendió que le afectase tanto la muerte de su esbirro, lo que insinuaba que la relación entre ambos había sido mucho más estrecha que la de un jefe y su subalterno, al contrario de lo que había creído hasta entonces.

—Lo siento —dije.

Me sentía compungida de veras, lo que me resultó inaudito. Nunca había sentido la menor simpatía por Chencho, ni siquiera cuando lo vi enfrentarse a Stratos. Llevaba toda la mañana preguntándome qué habría sido de él. Aunque las perspectivas no eran nada halagüeñas, nunca había llegado a plantearme en serio la posibilidad de que hubiera muerto.

Se acabó, me dije. Esto lo trastocaba todo. A diferencia de las muertes de Sebastian, Enri, Marcel Dubois y Juan Manuel, la de Chencho no había sido algo premeditado, sino el desenlace de un enfrentamiento directo contra Stratos. Eso me convertía en testigo de los que probablemente fueron sus últimos minutos de vida. Era el momento de ir a la policía, contarles todo lo que había averiguado y confiar en que dieran con aquel chalado antes de que volviera a hacer daño a nadie.

Como si hubiera adivinado lo que pensaba, Sarasola alzó la vista y me observó con el rostro tenebroso de quien alberga tanta ira que no puede ni quiere evitar que esta tome el control de sus actos.

—¿Dónde está?

Lo preguntó con rabia. Me pareció entrever un paralelismo entre su actitud y la de Oleg. Como si ambos estuvieran aquejados por el mismo mal, un rencor desbocado y que no hacían nada por reprimir.

—¿Has dado con él? —insistió—. Dime quién es. Dime dónde encontrarlo.

No podía responder a ninguna de aquellas preguntas, por motivos obvios. Solo tenía conjeturas y ni yo misma sabía si sería capaz de dar con Stratos a partir de la escasa información de la que disponía. Aquel asunto escapaba a mis competencias y lo más sensato sería dejar que las autoridades tomaran el testigo y se ocuparan de todo.

—Estoy siguiendo algunas pistas —respondí.

Sarasola dejó escapar una risita furiosa. Agarró su copa y dio un trago con tanto ímpetu que varias gotas mancharon la pechera de su camisa, pero no pareció darse ni cuenta. Su aspecto devastado me hizo recordar algo: la fotografía del entierro de Marcel Dubois, en la que Sarasola permanecía con los brazos cruzados por delante mientras velaba a aquel tipo. La misma expresión derrotada, la misma tristeza sobre los hombros.

Entonces lo entendí todo.

Stratos estaba matando a sus amigos. Era tan evidente que me sentí una idiota por no haberme dado cuenta antes. Primero Marcel Dubois, ahora Chencho, y quién sabía cuántos más. Sus víctimas habían sido bibliófilos, coleccionistas y libreros que habían tenido la mala suerte de cruzarse en su camino. A Sarasola ni siquiera le importaba el paradero de la Biblioteca de la Comunidad Judía de Roma, como había pensado en un primer momento. Todo era una excusa para encontrar al tipo que estaba masacrando a sus amigos.

¿Cómo no lo había visto venir? Debería haberle pedido a Marla que indagase sobre muertes sospechosas de bibliófilos durante los últimos años. De esa manera, habría podido estrechar el círculo en torno a Stratos y, quién sabe, tal vez detenerlo antes de que siguiera matando.

—¿Qué has averiguado, Greta?

Su impaciencia era notoria. Quería que se lo contara todo. No tenía manera de apaciguarlo, pero tampoco podía decirle abiertamente lo que sabía. ¿Acaso quería ir a por Stratos él solo? Dudaba mucho que un tipo rechoncho cuya principal actividad deportiva consistía en levantar una copa tras otra fuera capaz de resistir la acometida de un malnacido como Stratos.

—Cuando averigüe algo más, le informaré.

No había más que decir. Enviar a Sarasola a por el nieto de Herbst sería como ponerle una soga al cuello. Por muy mal que me cayera, no pensaba caer tan bajo.

Los ojos del bibliófilo relampaguearon, inundados de una furia etílica que enajenaba sus facciones hasta el punto de hacerlo parecer otra persona. A saber cuánto alcohol habría trasegado para mitigar la desazón por la muerte de sus amigos.

—No me jodas, Greta. Si Stratos te mata a ti también antes de que tengas la oportunidad de contarme lo que has averiguado, estaré jodido.

Ni siquiera se molestó en fingir que le importaba mi integridad. Estuve tentada de mandarlo a paseo, pero en ese momento llegó el camarero para servirle una nueva copa, de modo que me contuve.

Me dije que era mejor así. Prefería mantener a Sarasola alejado de Stratos hasta que todo hubiera acabado, por su propio bien. Seguí repitiendo aquel argumento en mi cabeza hasta que estuve a punto de creérmelo. Cuando el camarero se marchó, el bibliopola hizo un gesto inquisitivo en mi dirección, un golpe seco de barbilla con el que parecía exigirme una respuesta inmediata.

De repente, se me antojó un pobre hombre, un capullo con pretensiones cuyo afán de justicia iba a llevarlo a la ruina, o puede que a algún sitio peor. Me pareció captar en su forma de estar y de mirarme el mismo odio enfermizo y corrosivo que había visto en Josephine, la madre de Fritz-Briones. El rencor ocupaba un espacio demasiado grande en su corazón como para dejar sitio a nada más.

Sin la presencia de Chencho para asegurarse de que sus deseos se cumplían con rapidez, Sarasola no tenía forma de retenerme, y lo sabía.

—Ya nos veremos —dije.

Me puse en pie. Sarasola abrió la boca para decir algo, pero no llegó a emitir sonido alguno. Le di la espalda y me encaminé hacia la entrada del hotel Francia y París sin dejar de mirar a un lado y a otro para asegurarme de que no había ninguna presencia indeseada en las inmediaciones, pero también de que el bibliófilo no venía tras de mí.

«Te estoy salvando la vida, capullo», estuve a punto de gritarle. En lugar de eso, entré en el hotel y esperé no volver a verle nunca más.

72

Hay algo terapéutico en el hecho de encontrar la habitación limpia y ordenada, un privilegio que otorgan los hoteles y hace que la vida, que la mayoría de las veces es caótica y traicionera, te conceda una pausa para que puedas tomar aire y coger fuerzas con las que enfrentarte a cualquier dificultad que se te ponga por delante.

No me entretuve demasiado, ya que no teníamos un minuto que perder. Las cosas hacía ya mucho que se nos habían ido de las manos y había llegado el momento de ponerse serios. Teníamos que ir a la policía, para que fueran ellos los que acudieran a la playa de los Alemanes a interrogar al yerno de Herbst y dieran con Stratos.

De camino a la habitación de Oleg, me preparé mentalmente para afrontar aquella conversación. El argumento no debía tener fisuras. Cualquiera con dos dedos de frente y un mínimo de sentido común se daría cuenta de que, a esas alturas, la única opción sensata era acudir a las autoridades y dejar que fueran ellas las que se ocuparan de todo. Nuestra integridad estaba por encima de cualquier otra consideración. La noche anterior, Chencho se había llevado una puñalada dirigida a mí. ¿Cuántas veces más podríamos tentar a la suerte antes de que nos sucediera algo terrible?

Llamé a su puerta. Tres golpes con los nudillos que sonaron como tres campanadas que anunciaban la inminente hora de la verdad.

Tuve que llamar de nuevo. ¿Acaso lo había pillado en el baño? Pegué la oreja a la puerta para tratar de oír algo al otro lado, pero no escuché nada. Volví a llamar por tercera vez, en esta ocasión con más fuerza.

—Soy yo, Oleg. ¿Vas a abrir o qué?

¿No quería abrirme? ¿O no podía? Hice una lista mental de los posibles motivos por los que Oleg no podría abrir la puerta y, como siempre, confié en las menos halagüeñas. Un escalofrío recorrió mi columna vertebral con la rapidez de un relámpago, desde abajo y hacia arriba, haciéndome estremecer.

Aporreé la puerta con tanta fuerza que los golpes debieron de oírse en todo el edificio. Ante la ausencia de respuesta, bajé al vestíbulo a la carrera y me acerqué al recepcionista.

—Mi amigo está en su habitación, pero no responde. Necesito que abra la puerta para saber si está bien.

Comenzó a componer una negación, pero no le dejé ir más allá.

—¡Es urgente, maldita sea! ¡Abra la puerta o la echaré abajo a patadas!

Dudaba que fuera a ser capaz de quebrantar aquella estúpida puerta, pero confié en que mi determinación supliese mis nulas aptitudes físicas para cumplir la amenaza. El recepcionista titubeó, claramente superado por la situación. Debió de concluir que no sería tan malo obedecer. Siempre sería preferible a tener que llamar a seguridad para avisar de que una loca estaba tratando de echar una puerta abajo.

Por eso, cogió una tarjeta y rodeó el mostrador. La única protesta que se permitió fue un resoplido en el que contuvo la mayor parte de sus reparos.

Cuando llegamos ante la puerta de Oleg, se tomó un momento para carraspear y llamar con los nudillos.

—¿Pero qué puñetas hace? —protesté—. ¿Quiere abrir de una maldita vez?

«Es el protocolo», pareció a punto de decir, pero, en lugar de eso, asintió con nerviosismo e introdujo la tarjeta en la ranura que daba acceso a la habitación.

Se oyó el clic que desbloqueaba la cerradura. Sin esperar, abrí de un empujón e irrumpí en el cuarto.

Mi mente había compuesto una imagen que parecía salida de una película de serie B. Visualicé a Oleg derribado sobre un charco de sangre, su rostro deformado en una mueca de terror infinito, mientras las cortinas de la ventana por la que debía de haber entrado su asesino se mecían por el viento, delatando que habíamos llegado demasiado tarde para evitar la tragedia.

Lo que encontré fue todavía peor.

La normalidad me golpeó con toda su crudeza. La habitación permanecía inmaculada, como si no hubiera nadie alojado allí. La cama estaba hecha, las toallas en su sitio, y no había el menor rastro de desorden que evidenciase que alguien hubiera ocupado aquella estancia en las últimas horas.

¿Me estaba volviendo loca? Durante una fracción de segundo me pregunté si todo aquello no habría sido una jugarreta de mi imaginación. Si Oleg no sería un personaje ficticio, un invento de mi subconsciente con el que suplir quién sabe qué desastrosa carencia afectiva. ¿Acaso las últimas semanas a su lado habían sido una mentira?

No tardé en concluir que aquello era una estupidez. Oleg era real, como yo misma y como todas las personas con las que había interactuado durante los últimos días. La habitación lucía impoluta porque la habían limpiado en nuestra ausencia, al igual que la mía.

Si no había ni rastro de Oleg ni de sus cosas era porque se había largado.

Un carraspeo a mi espalda me recordó la presencia del recepcionista. Parecía a punto de recriminarme que le hubiera hecho subir para nada. Antes de que llegara a hacerlo, supe adónde había ido Oleg.

Salí de la habitación y eché a correr escaleras abajo mientras murmuraba algunas maldiciones y rezaba por que no fuera demasiado tarde.

73

Tardé algo más de una hora y media en vislumbrar la urbanización Atlanterra, la antesala de la playa de los Alemanes. No es que hubiera batido un récord, pero no me pareció que estuviera nada mal teniendo en cuenta que había tenido que buscar un coche de alquiler y echar mano del GPS para orientarme.

Una hora y media es mucho tiempo, sobre todo cuando no tienes otra cosa que hacer que observar la carretera que se extiende ante ti y pensar en el encuentro suicida que estás a punto de afrontar. Una parte de mí no dejaba de recriminarme que hubiera puesto rumbo a aquel lugar en vez de alertar a la policía acerca de lo que iba a suceder. De hecho, si no llamé a Marla fue porque supe que era justo lo que iba a ordenarme que hiciera. Aún hoy, creo que habría sido lo más sensato, aunque también puede que no hubiera servido de nada. No disponía de pruebas con las que sustentar los motivos por los que me hallaba en aquel coche rumbo a la playa de los Alemanes, más que un puñado de conjeturas y una corazonada sin una base real con la que justificarla.

Ignoré mis recelos y hundí el pie en el acelerador, superando con creces la velocidad máxima permitida, al tiempo que rezaba por que fuera suficiente.

Solo reduje la velocidad cuando llegué a Zahara. Lo último que quería era arrollar a algún vecino confiado que hubiera salido a dar un paseo. Hacía sol y una temperatura agradable, más apropiada para ir a la playa que para salir en busca de asesinos y ladrones de libros, pero traté de no pensar en ello.

Cuando arribé a la playa de los Alemanes, vi estacionado a un lado un cochecito de alquiler de la misma empresa que el que conducía yo. ¿Sería de Oleg? No podía saberlo, pero habría tenido sentido.

Ahogué una maldición y aparqué mi vehículo junto a aquel. Adorné las maniobras con un par de exabruptos de mi propia cosecha antes de ponerme a correr cuesta arriba. Estaba sin aliento cuando me vi de nuevo frente a la reja que daba acceso a la mansión.

La inscripción HERBST lucía en aquella placa metálica con impertinencia, como si hubiera adquirido un sentido inesperado desde la última vez que la vi. Me pregunté si sería correcto llamar, pero, para mi sorpresa, la reja cedió en cuanto la toqué. Alguien la había dejado abierta. ¿A propósito, tal vez?

Atravesé el jardín y mis peores temores se hicieron realidad cuando, al empujar el portón, este también se abrió con facilidad.

Mi corazón latía sin control. Me obligué a serenarme antes de dar un paso al frente y hundirme en la penumbra que inundaba el interior del caserón.

—¿Oleg?

El sonido de mi propia voz me asustó, amplificado por la ausencia de muebles y la soledad que se respiraba en el ambiente. Nadie respondió.

Avancé por las mismas habitaciones que había recorrido el día anterior en compañía de Valderrobles. No tardé en encontrar al yerno de Herbst. Lo primero que vi fueron sus pies, asomando detrás de la puerta que conducía al salón, como si hubiera decidido echarse una siesta directamente sobre el suelo.

Me puse en guardia y avancé muy despacio. Vi sus piernas, su tronco y finalmente su cabeza. Tenía una herida en el cuero cabelludo. La sangre estaba seca y formaba una costra de aspecto apelmazado que a duras penas mantenía sus sesos allí dentro. Ni siquiera tenía un charco de sangre debajo. No necesité tomarle el pulso para saber que seguía respirando.

Una botella vacía de Ballantine's yacía a su lado. Concluí que se trataba del arma con el que alguien le había golpeado para dejarlo inconsciente. No tenía tiempo de comprobarlo y miré en torno, en busca de alguna otra pista sobre lo que había sucedido. ¿Acaso Oleg había neutralizado a Valderrobles para tener vía libre? ¿Habían forcejeado?

Contemplé la escalera, las paredes desnudas y las puertas que se sucedían a un lado y al otro. Me pregunté qué dirección tomar y me di cuenta de que tenía la respuesta ante mis narices.

Puse rumbo a la biblioteca.

Al entrar, noté un ligero cambio en el ambiente. Como si una corriente de aire hubiera decidido instalarse en aquella estancia e importunar a quien se atreviera a adentrarse en sus dominios. Las estanterías vacías se alzaban con majestuosidad, provocando el curioso efecto óptico de que se combaban hacia mí, como si quisieran sepultarme. No vi nada que me interesara, aunque tampoco es que supiera qué debía buscar. ¿Huellas? ¿Un rastro de sangre, tal vez?

Allí no había nada de eso.

Recorrí la estancia despacio, tratando de grabarme a fuego cada detalle. La nada me sorprendió, tan sólida y concisa que no dejaba ningún margen a interpretaciones. Imperaba una sensación de normalidad tan absoluta que me retrotrajo a la que había experimentado en la habitación de Oleg hacía un rato. Me costó no dar media vuelta y regresar por donde había venido. De no haber sido por la presencia del cuerpo inconsciente de Valderrobles, habría pensado que allí no había nada fuera de lo normal, pero incluso esto llegó a parecerme menos determinante de lo que había pensado en un primer momento. ¿Y si aquel borrachín simplemente se había desplomado por efecto del alcohol ingerido? Tal vez se había golpeado la cabeza al caer, lo que explicaría aquella brecha. La botella de *whisky* a su lado avalaba su ebriedad en el momento del accidente. Puede que llevara toda la mañana bebiendo.

Me habría marchado en aquel mismo instante, pero entonces reparé en la chimenea.

No me habría fijado en ella de no haber notado que en el juego de útiles que tenía al lado, tan bruñidos como si nunca hubieran sido utilizados para otra cosa que para figurar, había un hueco vacío.

Me acerqué a observarlo más de cerca. Faltaba un atizador y me exprimí el cerebro para tratar de recordar si el día anterior el juego estaba completo o no, pero me fue imposible sacar nada en claro. Había reparado en aquel objeto de pasada, sin darle mayor importancia. Puede que ese atizador se hubiera perdido hacía tiempo.

O puede que no.

Contemplé la chimenea de nuevo. Era enorme, tan grande que habría podido dar cobijo a un hombre adulto en su interior. Sin pensar en lo que hacía, me metí dentro y encendí la linterna de mi teléfono móvil para inspeccionar el enlosado de la pared del fondo, en busca de alguna irregularidad. También enfoqué hacia arriba, pero el tiro era tan estrecho que me habría sido imposible trepar por ahí ni aunque hubiera habido una escalera dispuesta para tal efecto.

Me arrodillé y acerqué mi rostro al suelo, muy cerca de la pared. Allá abajo, la corriente de aire se amplificaba de forma leve, aunque puede que solo fuera lo que mi condenado cerebro quería creer.

Utilicé los nudillos para golpear aquí y allá, en busca de

algún sonido diferente que delatase un espacio hueco al otro lado. Me incorporé y di un par de pasos atrás para observarla mejor, por si se me había escapado algún detalle.

Y entonces lo vi.

Uno de los ladrillos tenía una textura diferente a los demás. Era casi inapreciable a simple vista, un rastro de desgaste tan tenue que pasaba desapercibido al primer vistazo, pero que la luz del móvil hizo resaltar sin el menor asomo de duda. Me recordó a una de esas estatuas de bronce que hay en algunas ciudades y cuyo brillo en determinadas zonas delata el lugar más expuesto a los roces.

Como si alguien hubiera tocado de forma recurrente aquel ladrillo concreto.

Para alcanzarlo tuve que ponerme de puntillas. Una vez que lo toqué, la diferencia entre su textura y la de sus hermanos resultó más que evidente. Traté de empujarlo y de moverlo, primero hacia dentro y luego hacia los lados.

Finalmente, cuando tiré hacia abajo, cedió.

Se movió como si de un picaporte se tratara, con facilidad y sin el menor quejido que delatase que hacía tiempo que no se usaba, sino más bien al contrario. El mecanismo permanecía bien engrasado, a punto para cumplir con el cometido por el que fue puesto allí.

No tuve que hacer más. En cuanto aquella falsa piedra descendió, se oyó un clac muy satisfactorio y la pared cedió completamente merced a unas bisagras hábilmente camufladas.

El pasadizo conducía a un nuevo espacio tan bien iluminado que pude apagar la linterna de mi teléfono. Me encontraba al comienzo de una galería; un poco más allá, una pronunciada escalera descendía de forma circular.

La escalera debía de conducir a la guarida de Stratos.

74

A esas alturas, el corazón me latía tan deprisa como si me hubiera tomado seis cafés en diez minutos. Las bombillas desnudas se sucedían cada pocos metros y me pregunté si habría alguna posibilidad, por remota que fuera, de dar marcha atrás y escoger otro camino que no condujera directamente a las entrañas de aquel caserón.

Mi subconsciente tomó el mando y comencé a bajar.

Los escalones eran angostos y la escalera realizaba una curva con la que parecía rodear los cimientos de la mansión. Recordé la información que había encontrado en la web acerca de aquel lugar y resolví que, por sorprendente que pareciera, debía de ser cierta: la playa de los Alemanes estaba repleta de cuevas y túneles que se conectaban unos con otros, agujereada como un queso de Gruyère.

Me encontraba en uno de aquellos túneles, que debía de conducir al lugar en el que Stratos e incluso Herbst se habrían refugiado durante tantos años. Puede que hubiesen ocultado la existencia de aquel pasadizo incluso a su familia.

La escalera terminó y dio lugar a una galería algo más ancha que la anterior, con techos altos y provistos de recias vigas que evidenciaban el gran trabajo arquitectónico que habían realizado en aquel lugar.

Y en las paredes, allá donde mirase, estanterías repletas de libros se alzaban hasta el techo.

Los lomos de todos aquellos ejemplares, de diferentes

materiales y colores, parecían observarme en silencio. Leí algunos títulos al azar: *Decamerón*, *Manual de anatomía patológica*, *Moderne Bauformen*, *Obras completas de Santa Teresa de Jesús*, *La Province à Cheval*... Ediciones príncipe en su mayoría, bellamente encuadernadas y conservadas, en una cantidad tan abrumadora que tuve que parpadear varias veces para asegurarme de que lo que veía era real.

Se contaban por miles. También había manuscritos y códices de hermosa factura. Muy gustosamente habría dedicado el resto de mi vida a examinar y valorar el contenido de aquella especie de cueva del tesoro. De hecho, un ejemplar de la segunda parte de *El ingenioso hidalgo Don Quijote de la Mancha* que asomaba de una estantería cercana estuvo a punto de hacerme olvidar el motivo por el que me encontraba allí.

La cueva parecía además imbuida de una atmósfera seca, una especie de milagro geológico que constituía el mejor ambiente posible para la conservación de aquella colosal biblioteca. Ningún bibliófilo con dos dedos de frente habría guardado todas aquellas joyas tan cerca del mar y de la acción del salitre y la humedad, pero estaba claro que Stratos había encontrado el lugar perfecto en el que preservar su preciada colección.

El detalle me pareció obsceno. Chabacano. Sabía la forma en la que aquellos libros habían llegado a aquellos estantes, arrancados de las manos de sus dueños y expropiados de la manera más ruin posible. Como para ratificar esta circunstancia, observé que había muchos ejemplares cuyos títulos estaban escritos en hebreo. Lo más probable era que la mayoría aún conservaran una letra J escrita a lápiz en la primera página. Nadie tenía derecho a esconder todos esos tesoros y a tomarlos como propios.

Primero fue Alfred Rosenberg. Después Herbst.

Y ahora Stratos.

Me sobrepuse y seguí avanzando. Las dimensiones de aquel lugar eran sorprendentes. En un primer momento había dado por hecho que aquella especie de laberinto discurría bajo la casa de Herbst, pero resultaba evidente que se extendía hasta mucho más allá. Puede que abarcase la totalidad de la urbanización en la que nos encontrábamos, usurpando todo el espacio posible bajo tierra y erigiéndose como la biblioteca más fastuosa que había visto en toda mi vida.

Y eso que había visto unas pocas.

Tras varios minutos, llegué a un recodo y me pareció oír un sonido proveniente del otro lado.

Un gemido ahogado.

Me acerqué a aquella esquina y me oculté junto a las *Obras Completas* de Gertrudis de Avellaneda. Traté de recobrar el aliento, encabritado por el esfuerzo y el nerviosismo, y agucé el oído. Volví a escuchar aquella especie de quejido, similar al que produciría alguien que estuviera tratando de levantar algo muy pesado. La posibilidad de que Oleg se hallara en peligro me llevó a deshacerme de mis reparos y, tras coger aire, me atreví a echar un vistazo al otro lado.

La galería desembocaba en un salón amplio y de techos altos. Había más estanterías y libros en las paredes de aquella especie de cámara. ¿Un búnker, tal vez?

En el centro de la sala, Stratos forcejeaba con Oleg.

Se encontraban en el suelo. Stratos estaba a horcajadas sobre el bibliotecario y, entre ambos, el atizador de hierro forjado permanecía peligrosamente cerca de la garganta de Oleg. Las facciones de ambos estaban congestionadas por el esfuerzo, conscientes de que el primero que cediera no saldría de allí con vida, si bien el bibliotecario era quien se hallaba en franca desventaja.

El nieto de Herbst iba sin embozo, dejando a la vista un rostro que me resultó familiar.

No tardé en recordar dónde lo había visto antes: era el

tipo vestido de negro con quien me había cruzado la primera vez que estuve en la Zentral- und Landesbibliothek. Aquel que me dedicó una ojeada tenebrosa y me hizo sentir, antes que nadie, que no era bienvenida a aquel lugar.

Una serie de pensamientos se encadenaron en mi cabeza para dar sentido a lo que veía. Stratos y yo habíamos coincidido en Berlín. Cuando lo vi, debía de estar vigilando las inmediaciones de la biblioteca, calculando los riesgos y puede que escribiéndole a Sebastian aquellos correos en los que se hacía pasar por otra persona para ganarse su confianza.

No entendí cómo podía haber estado tan ciega.

Entonces alzó la vista y me vio.

Reconocí la mirada cruel, la misma de aquella vez. Sin embargo, en esta ocasión hizo algo diferente:

Sonrió.

No necesité más para adivinar lo que se le pasaba por la cabeza: nos tenía a su merced. Habíamos ido a parar justo al centro de su telaraña, al alcance de sus garras. Iba a tener la oportunidad de acabar con nosotros, al fin.

Era una sonrisa infame. Fui a decir algo, pero descubrí que las palabras se negaban a acudir a mis labios. Tenía delante al tipo que había asesinado a Chencho, y también a Enri, a Marcel Dubois, a Sebastian...

Si no me daba prisa, Oleg pasaría a engrosar la lista de sus víctimas.

Y yo iría detrás.

Como si hubiera captado aquel pensamiento, el bibliotecario se revolvió debajo de Stratos. El movimiento tenía visos de último aliento, de un intento final y desesperado por liberarse. Stratos debió de concluir que no tenía más tiempo que perder, así que se incorporó ligeramente y dejó caer todo su peso sobre el atizador, que cedió de golpe rumbo a la garganta de Oleg.

75

Stratos sabía que el fin se acercaba.

Estaba sin aliento y la herida del hombro, pese a no ser demasiado profunda, ralentizaba sus reflejos y le impedía moverse con más soltura. De no ser por eso, ya habría acabado con el desgraciado que se retorcía bajo su cuerpo.

El chico había irrumpido en sus dominios hacía un rato. Se había sorprendido al verlo aparecer, armado con aquel atizador que reconoció como uno de los que guardaban arriba. No tuvo siquiera la oportunidad de preguntarle quién era y cómo había llegado hasta allí, ya que el joven lo atacó sin mediar palabra, con el rostro enajenado, blandiendo sobre su cabeza aquella improvisada arma.

¿Cómo había podido ser tan ingenuo? ¿De verdad se creía que iba a ser tan sencillo vencerle, armado con un maldito atizador?

Stratos esquivó el ataque con facilidad, sacó el puñal y lo acuchilló con saña. Lo alcanzó al menos un par de veces, pero el chico resultó ser más rápido y fuerte de lo que había creído en un primer momento y se revolvió con furia. Tuvo que dar un paso atrás para que un nuevo mandoble no lo descabezara. El golpe lo alcanzó en el hombro, el mismo lugar donde la noche anterior aquel otro imbécil le había plantado una estocada. Eso le hizo soltar la daga y llevarse la mano a la zona herida.

Tenía que recomponerse antes de que el muchacho volviera a atacar. Si lo pillaba con la guardia baja, estaría perdido.

El chico volvió a alzar el atizador, pero, antes de golpear de nuevo, trastabilló. Su ropa empapada en sangre delataba que las cuchilladas debían de haber alcanzado algún punto vital.

Stratos sabía que debía aprovechar aquella oportunidad.

Por eso se lanzó a por él. Ambos rodaron por el suelo y finalmente quedó a horcajadas encima de ese chico, con el atizador vibrando entre ambos, peligrosamente cerca del pescuezo de aquel idiota que se había atrevido a internarse en sus dominios.

Pensó en decir algo, lo que fuera. Unas últimas palabras antes de acabar con ese descerebrado para que supiera, al menos, quién lo iba a matar.

Un movimiento a un lado de la sala llamó su atención.

Alzó la vista y vio a la chica. «Greta», pensó. La joven que había estrechado el cerco en torno a él y lo había colocado en la picota.

Se permitió una sonrisa. No podía creer que, finalmente, fuera a ser tan sencillo acabar con ella, sobre todo después del desastre de la noche anterior. Llevaba todo el día pensando en la mejor manera de darle caza y, sin embargo, era ella la que se había presentado allí para servirle en bandeja la oportunidad de eliminarla.

Esta vez no pensaba dejarla escapar. En cuanto acabara con el chico, sería la siguiente.

El muchacho se revolvió. Fue como si hubiera captado sus intenciones y Stratos se dijo que ya había demorado demasiado el punto final. Era el momento de terminar con él.

Echó todo su peso sobre el atizador, con lo que logró hacerlo descender varios centímetros rumbo al pescuezo de aquel desgraciado. El chico trató de resistirse, pero parecía mucho más débil de lo que insinuaba su rostro fiero. Sus ropas empapadas en sangre evidenciaban lo mal que andaban las cosas por ahí dentro.

No iba a durar mucho más.

Notó cómo la vida abandonaba el cuerpo de aquel chico a medida que el atizador se hundía en su cuello, cada vez más abajo, robándole el aire.

La cuchillada lo sorprendió todavía sonriendo.

Apenas la notó. No fue consciente de lo que acababa de suceder hasta que sintió que las fuerzas lo abandonaban y se preguntó qué diantres sucedía.

Al bajar la vista, vio la empuñadura del puñal sobresalir de su costado.

La esvástica refulgía con impertinencia, fuera de lugar. Aquello no estaba bien. Stratos contempló a la chica, que, a su lado, retrocedía asustada ante lo que acababa de hacer.

Había recogido su puñal del suelo y se lo había clavado con ímpetu. Había estado tan ocupado encargándose de aquel chico que no la había visto venir.

Stratos trató de ponerse en pie, pero descubrió de la peor manera posible que sus músculos se negaban a obedecer. «Así no», se dijo. Las cosas no podían acabar de esa manera. Aún le quedaba mucho hasta terminar su obra. No podía resignarse a morir, sin más.

Por desgracia, esa decisión no le pertenecía.

76

Contemplé a Stratos caer como si fuera una marioneta a la que alguien hubiera cortado los hilos. Ni siquiera interpuso los brazos para protegerse cuando su rostro impactó contra el suelo, lo que de alguna manera certificó que no quedaba el menor rastro de vida en él.

La empuñadura sobresalía de su costado, grotesca e incongruente.

Había actuado sin pensar. Dejé que mi subconsciente tomara el mando y actuara por mí. Casi no me reconocí cuando recogí el puñal del suelo y se lo clavé a Stratos con un único movimiento, rápido y efectivo. Más tarde, llegaría a la conclusión de que ver a aquel asesino a punto de acabar con Oleg había activado algún tipo de mecanismo de defensa que me había llevado a actuar con el piloto automático, llevada por el pánico.

El bibliotecario yacía junto a Stratos y se removía débilmente, como si tratara en vano de incorporarse.

—¡Oleg!

Ni siquiera abrió los ojos, como si no me hubiera oído. Me arrodillé junto a él y lo rodeé con mis brazos, desesperada.

—¡Ni se te ocurra morirte, idiota!

Como si hubiera conjurado algún tipo de sortilegio, el insulto hizo que abriera los ojos de golpe. Miró hacia el techo, desorientado, y después hacia mí, tan perplejo que tuve la impresión de que ni siquiera me reconocía.

Antes de que pudiera decir nada, su semblante se contrajo. No sé de dónde sacó las fuerzas para revolverse, pero el caso es que se libró de mi agarre con un inesperado empujón y examinó la estancia con los ojos muy abiertos.

Buscaba a Stratos.

Lo encontró tumbado a su lado. Sus ojos se detuvieron en la empuñadura del arma que sobresalía de su costado. Se quedó mirándola durante varios segundos, como si estuviera tratando de descifrar aquella imagen.

—Está muerto, Oleg.

No le gustó oír eso. Lo insinuaba la ojeada que me lanzó, rabiosa, trastornada.

Me asaltó una sospecha: Oleg me odiaba por haber acabado con Stratos, como si ese cometido hubiera estado reservado a él, y únicamente a él. Me resultó imposible saber qué diablos le pasaba por la cabeza a aquel chico, al que hasta hacía un rato había considerado mi amigo y que ahora me parecía una persona completamente distinta.

De un instante para otro, pareció olvidarse de mí e hizo amago de incorporarse. Al hacerlo, se retorció y se llevó una mano al vientre, de donde no paraba de manar sangre. Estaba claro que no iba a ir a ninguna parte, y menos por sus propios medios. Tenía el rostro demudado y sus labios habían perdido cualquier rastro de color.

—Tenemos que irnos, Oleg.

Creo que ni siquiera me oyó. Utilizó las pocas fuerzas que le quedaban para registrar los bolsillos de Stratos. Me pregunté qué narices esperaba encontrar y obtuve mi respuesta cuando lo vi extraer de allí una caja de cerillas y una pequeña lata de líquido inflamable, de esas que se usan para encender barbacoas.

Ver ambos objetos en sus manos me provocó una desagradable sensación de desaliento. Me di cuenta de lo que pensaba hacer y me pregunté si habría alguna manera de detenerlo.

—Oleg...

No llegué a decir más, porque supe que no iba a servir de nada. Ni siquiera protesté cuando lo vi abrir aquel recipiente y rociar generosamente el cadáver de Stratos. Cualquier movimiento parecía costarle un esfuerzo infinito, pero consiguió vaciar el bote. El charco de sangre que tenía debajo era, a esas alturas, un océano de dolor.

Oleg se recolocó las gafas. Utilizó sus últimas fuerzas para sacar una cerilla, encenderla y arrojarla sobre el cuerpo de Stratos.

El fuego prendió con rapidez. Las llamas envolvieron el cadáver e iluminaron los contornos de las estanterías que nos rodeaban. Ardía con tanta virulencia que tuve que retroceder algunos pasos al sentir el calor en mis mejillas.

Oleg se quedó allí, arrodillado junto al cuerpo de su archienemigo, con la vista fija en las llamas y una malsana expresión de odio anclada en sus facciones. Como si con aquel gesto resolviera al fin una cuestión que tenía pendiente desde hacía demasiado tiempo.

Murió con los ojos bien abiertos.

Tardé en reaccionar. Me quedé allí, observando los dos cadáveres, uno frente al otro. Me pregunté si sería oportuno sacar de allí el cuerpo de Oleg, pero me habría sido imposible cargar con él por la estrecha escalera que llevaba a los pisos superiores.

Las llamas pronto se aburrieron del cuerpo de Stratos y pasaron a las estanterías más cercanas. El fuego saltó con rapidez de un anaquel al siguiente y los libros comenzaron a arder, sus páginas convertidas en mariposas negras que volaban de aquí para allá, como aventuró Bradbury. El aire se volvió tan espeso que me vi obligada a taparme la boca con la manga del abrigo para no asfixiarme.

Detrás de Oleg vislumbré, como una aparición inesperada, su eterna bolsa de Tintín.

Debía de habérsele caído mientras forcejeaba con Stratos. Yacía en el suelo, con la imagen del intrépido reportero y de su perro Milú iluminada por las llamas que ya comenzaban a rodearnos. El contenido de la bolsa estaba desparramado a su alrededor.

Y allí vi, incongruente como un invitado mal avenido, la portada de un libro que conocía bien.

El juego del ángel, una vez más. Concretamente, era la versión en italiano de esa novela, el ejemplar que le había regalado a Oleg cuando estuvimos en Roma. Al verlo me asaltaron recuerdos que no eran del todo desagradables y que contrastaban con la miseria que se extendía allá donde mirase.

Sin pensar en lo que hacía, cogí aquel libro y salí corriendo.

Para entonces, la sala entera estaba envuelta en un incendio tan colosal como si me encontrara en las mismísimas puertas del infierno. Recorrí a la inversa el camino que había tomado para llegar hasta allí. El humo se volvió tan intenso que apenas pude distinguir los títulos de los libros que atestaban todas aquellas estanterías y parecían pedir clemencia en un grito mudo que me obligué a ignorar.

Cuando salí por la chimenea, el humo se había extendido por el caserón. Tenía que largarme antes de que las llamas llegasen hasta allí. De camino a la salida me encontré con Valderrobles, que había recuperado la consciencia. Permanecía sentado en el suelo y miraba el humo que se arremolinaba sobre su cabeza como si no pudiera entender qué diablos pasaba. Creo que seguía grogui, o puede que demasiado borracho como para entender lo que sucedía.

Solté una blasfemia y lo ayudé a levantarse. Salimos de allí agarrados el uno al otro como dos enamorados.

Una vez en el exterior, acusé el cambio de iluminación con un parpadeo. El día lucía tan luminoso que era como si tratara de desmentir la terrible escena que acababa de presenciar. Dejé a Valderrobles sentado en la acera y contemplé la mansión. El humo salía de cada ventana y alcancé a ver el resplandor de las llamas en los pisos inferiores. El incendio se había desplazado con rapidez y furia, como si me hubiera estado persiguiendo y no soportara la idea de dejarme escapar.

Dediqué una última ojeada a la placa con la inscripción Herbst. El fuego arrancaba reflejos dorados al metal, como si quisiera transmitirme un mensaje que no llegué a entender.

El sonido de las primeras sirenas en la lejanía me obligó a ponerme en marcha de una vez y salí corriendo en dirección al lugar en el que había dejado el coche.

VII
Madrid

Para aquel que roba, o pide prestado un libro y a su dueño no lo devuelve, que se le mude la mano en serpiente y lo desgarre. Que quede paralizado y condenados todos sus miembros. Que desfallezca de dolor, suplicando a gritos misericordia, y que nada alivie sus sufrimientos hasta que perezca. Que los gusanos de los libros le roan las entrañas como lo hace el remordimiento que nunca cesa. Y que cuando, finalmente, descienda al castigo eterno, que las llamas del infierno lo consuman para siempre.

Monasterio de San Pedro de las Puellas,
Barcelona

77

Edelmiro Fritz-Briones miraba al vacío con la expresión fatigada. Era la primera y la única persona, a excepción de Marla, a la que le había contado lo sucedido en la mansión de Herbst. Me largué de allí lo bastante rápido como para no cruzarme con los bomberos. La policía tampoco había contactado conmigo, lo que reafirmó mi impresión de que Valderrobles ni siquiera fue consciente de mi presencia, demasiado aturdido o ebrio como para darse cuenta de quién lo sacaba de allí. Lo más probable era que le hubiera salvado la vida, pero tampoco es que me importara demasiado su reconocimiento.

Josephine no se había reunido con nosotros esta vez. Fritz-Briones me había recibido a solas en su biblioteca.

—Mi madre está mal —explicó.

Tuve la impresión de que le costaba dejarlo ahí. Como si, de repente, hubiera descubierto que no tenía a nadie con quien hablar y yo le pareciera una opción tan oportuna como cualquier otra.

—Los médicos están con ella, pero no creen que pase de esta noche.

«Debería estar con ella», pareció a punto de añadir, pero quizá consideró que no hacía falta llegar a tanto.

—Le contaré que Herbst murió.

Lo dijo sin emoción, como si se tratara de un aburrido trámite administrativo en lugar de una revelación que lo cambiaba todo.

Sabía tan bien como yo que no bastaría con eso. Josephine jamás aceptaría que Herbst hubiera muerto en paz en aquella residencia de ancianos. Ya puestos, podría haberle contado que, antes de morir, tuvo que soportar durante años la condena de vivir sin su mujer ni su hija, pero eso habría sido demasiado mezquino, incluso para mí. ¿Por qué regodearnos en el sufrimiento ajeno?

Además, tal vez ni siquiera eso bastara para Josephine. Nada podría compensar todo lo que había tenido que sufrir.

Había llegado hacía un rato a Madrid. Llevaba horas dándole vueltas a la cabeza, pero todavía no era capaz de asumir lo que había hecho. No es agradable matar a alguien, ni siquiera cuando se trata de un malnacido que está a punto de asesinar a un amigo. Lo peor no es el momento en sí, en el que la adrenalina diluye cualquier posibilidad de reflexión. Lo jodido viene después, cuando comienzas a pensar en lo que has hecho y vislumbras opciones que habrían evitado ese desenlace. ¿Y si me hubiera limitado a amenazarle, en vez de lanzarle esa puñalada al costado? ¿Y si le hubiera clavado el puñal en otro lugar y lo hubiera dejado fuera de combate, sin necesidad de matarlo?

Una certidumbre se abría paso frente a todas las demás: algo había cambiado en mí. Me había convertido en una desconocida. No resultaba nada tranquilizador saber de lo que era capaz si las cartas venían mal dadas.

Esperé que el incendio de la mansión hubiera eliminado cualquier rastro que pudiera conducir a la policía hasta mí. Cuando encontraran los cadáveres de Oleg y de Stratos en el búnker, probablemente pensarían que se habían matado el uno al otro, aunque puede que me llamaran cuando averiguaran que Oleg había viajado desde Berlín gracias a un billete de avión que yo había pagado de mi bolsillo.

Es curioso, pero ni se me pasó por la cabeza acudir a las autoridades para declararme culpable del asesinato de Stratos y tratar de convencerlos de que había actuado en defensa propia.

¿Quién me había creído que era? No podía dejar que Oleg cargara con la culpa, aunque estuviera muerto.

Marla había tratado de convencerme de lo contrario: confesar solo serviría para complicarnos todavía más la vida, mientras que a Oleg ya nada podía alcanzarle. Además, el bibliotecario había ido a la playa de los Alemanes con la firme determinación de acabar con Stratos. De esta manera, sería casi como si se hubiera salido con la suya.

En realidad, tanto daba.

El recuerdo de Oleg se impuso a todo lo demás. Noté cómo la congoja me inundaba el pecho, a punto de materializarse en el torrente de lágrimas que llevaba toda la mañana conteniendo, pero era demasiado orgullosa como para permitir que la tristeza tomara el mando. Ni de coña iba a ponerme a llorar, y menos delante de Fritz-Briones.

Mi amigo había muerto. Había partido antes de dejarme saber más de él.

¿Quién era Oleg en realidad? ¿Por qué había decidido ir a por Stratos él solo? Y la pregunta más importante de todas: ¿quién era el loco con el rostro enajenado por la ira y el rencor que había ocupado su lugar y le había prendido fuego al cadáver de Stratos?

—La compensaré. Por todo.

Fritz-Briones dijo aquello sin mirarme. Que mencionara una posible recompensa me hizo verle como lo que era: un miserable. La clase de capullo que se cree que todo tiene un precio. Ya lo sospeché cuando lo conocí.

—Ese muchacho, Oleg...

Dejó aquellos puntos suspensivos ahí y, esta vez sí, alzó la vista y me observó con la expresión perpleja de quien cree merecer una explicación a la altura de las circunstancias. Pensé en decir algo, lo que fuera, pero solo escuchar el nombre de mi amigo en los labios de aquel indeseable me provocó un inesperado arranque de rabia. Me apetecía cruzar de un salto la mesa que nos separaba y obsequiarle con una buena ración de puñetazos con la que hacerle tragar cada uno de aquellos malditos puntos suspensivos.

En lugar de eso, me puse en pie muy despacio. Maldije en silencio el día en el que conocí a aquel hombre y me dejé enredar en un asunto que nos había superado a todos, y le di la espalda con la esperanza de no volver a verle nunca más.

—Ya sabe mi número de cuenta —dije.

Noté la ira de Fritz-Briones como algo sólido, peligroso. No tardó en diluirse, puede que al comprender que mi marcha lo obligaría a enfrentarse por fin al asunto que llevaba posponiendo toda la mañana: contarle a su madre que Herbst murió hacía varios años, pero que su nieto siguió matando y arruinando vidas mucho tiempo después de que este se fuera.

Que le contara lo que le diera la gana. Ya no era asunto mío.

78

Marla encendió el cigarrillo, inhaló y, tras retener el humo durante varios segundos, lo dejó escapar de golpe. Solo entonces volvió a contemplarme con los ojos entornados a través de la neblina.

—Entonces, ¿ya puedo dejar de echar la llave por las noches?

Lo que quería saber era si estaba segura de que Stratos había muerto, algo de lo que no me cabía la menor duda. No solo lo había visto caer, sino que además había sido testigo de cómo Oleg prendía fuego a su cadáver. Un ritual que me recordó a esas viejas películas de vampiros en las que los protagonistas, además de acabar con los monstruos, deben asegurarse de que no volverán a la vida para cobrarse la afrenta.

—Nadie va a venir a por nosotras, Marla.

—Bueno, puede que la policía lo haga.

—Claro. Todo es posible.

—Si vienen, diles que fue cosa mía. No me importará cargar con las culpas.

Ni siquiera me planteé responder a eso. Marla se hizo cargo y fijó la vista en la punta de su cigarrillo. El humo ascendía formando volutas que se deshacían antes de tocar el techo.

—Así que la Biblioteca de la Comunidad Judía de Roma ha sido pasto de las llamas —dijo.

—No tenemos manera de saber eso.

—Pero es posible.

—No vi ninguna Biblia de Soncino por allí, si es lo que quieres saber.

En realidad no tenía ni idea. Ignoraba si Stratos habría cargado con esa colección perdida hasta el búnker que empleaba como guarida o si la habría abandonado por el camino. Diablos, ni siquiera podía estar segura de que hubiera sido Herbst quien robó aquella biblioteca.

De hecho, ya nunca se sabría.

—Podrías haber cogido algunos libros más mientras huías —señaló—. Para el camino, digo.

—Ni se me ocurrió. Estaba demasiado ocupada tratando de que las llamas no me alcanzaran.

Era cierto. El recuerdo de todas aquellas joyas literarias perdidas para siempre, devoradas por el fuego, me importaba bastante menos de lo que esperaba.

—Pues muy mal, hermanita.

Era solo una pose, claro. Sabía que Marla se sentía muy aliviada de verme de una pieza. Otra cosa era que se empeñara en ocultarlo tras su eterno sarcasmo.

—Hay algo a lo que no dejo de darle vueltas —señaló—. Según Valderrobles, Herbst estaba convencido de que había caído bajo el efecto de alguna maldición.

—¿Y qué pasa?

—Solo digo que es curioso. Hace poco leí un artículo que hablaba de las maldiciones con las que, en la Edad Media, los bibliotecarios protegían sus libros. Solían colocarlas en la primera página, para disuadir a los posibles cacos. Normalmente, se trataba de amenazas algo burdas, como «El que se atreva a robar este libro, que se muera y sea excomulgado» y cosas así.

Había oído hablar de eso. En aquellos tiempos, los libros eran infinitamente más valiosos que hoy, por lo que su robo constituía una auténtica calamidad. Por eso, como medida disuasoria, muchos bibliotecarios y escribas incluyeron maldiciones en sus obras. Se suponía que, cuanto más explícitas y grotescas fueran, más efectivas resultaban.

—Es decir, que crees que Herbst cayó bajo el efecto de una de esas maldiciones reservadas a los ladrones de libros.

Era absurdo, pero Marla se encogió de hombros, como si no se atreviera a descartar tan rápido esa posibilidad.

—Perdió a su mujer y a su hija —dijo—. Si de verdad pensaba que era la consecuencia de alguna maldición, la culpa debió de atormentarle hasta su último aliento.

No esperaba que Marla creyera en semejantes tonterías y negué para mis adentros mientras me trasladaba junto a la ventana y contemplaba cómo la vida en Madrid seguía su curso, ajena a mis preocupaciones.

—¿Y ahora qué? —quiso saber Marla.

Era una buena pregunta, tan legítima que no se me ocurrió ninguna respuesta a la altura. Por eso no dije nada y seguí mirando hacia el exterior, en dirección a aquel pedazo de Madrid deslavazado y sucio que sentía como si me perteneciera.

El sonido del timbre me sobresaltó.

—Más vale que abras.

Marla no dijo más. Abandonó su puesto de mando y se dirigió al pasillo que comunicaba con nuestras habitaciones. Se detuvo en el umbral de su cuarto y, desde allí, me obsequió con un guiño que preferí no interpretar.

Después se metió en su cuarto.

Encontré a Téllez al otro lado de la puerta. Tenía el pelo más largo que la última vez que nos vimos y los rizos se arremolinaban en sus patillas, dándole un aspecto decimonónico. Me miró de arriba abajo y exteriorizó un bufido.

—No sabes cómo me alegra verte de una pieza.

Me pregunté quién le habría puesto al corriente de lo sucedido. ¿El propio Fritz-Briones, tal vez? Era lo más probable.

Quería enfadarme con él. No en vano, fue su mediación lo que propició que me metiera en un embrollo en el que había perdido mucho más de lo que había pensado arriesgar.

En lugar de eso, me hice a un lado para invitarle a pasar.

79

Téllez dio algunos pasos por el salón. Examinó con desinterés el puesto de mando y se detuvo frente al ventanal. Debió de gustarle la vista, ya que asintió varias veces y se volvió hacia mí con una estúpida mueca de satisfacción en el rostro.

—Las cosas se complicaron, por lo que parece.

Era una buena manera de decirlo. La tentación de emprenderla a gritos con él era demasiado fuerte como para obviarla sin más, pero logré limitar mi enfado a una única pregunta.

—¿Qué quieres, Téllez?

Volvió a encarar la ventana y le habló a mi reflejo.

—No puedo evitar sentirme culpable, en cierta manera, de todo lo que ha sucedido.

—¿En cierta manera, dices?

—Sé que me odias por no habértelo contado todo en un primer momento, pero si hubieras sabido toda la historia, lo más seguro es que hubieras rechazado el encargo.

—Te conozco, Téllez. Administras la información para asegurarte de que todos bailan al ritmo que más te conviene. Deberías pararte a considerar, de vez en cuando, las consecuencias de tus estupideces.

—¿Debería habértelo contado todo, entonces?

Fui a responder que sí. Que se había reservado información muy pertinente y que me habría ayudado a tomar decisiones más acertadas.

Sin embargo, había algo más.

Había algo en su forma de estar y de mirar hacia el exterior que me escamó. Como si, en realidad, Téllez no quisiera estar allí. Le aterraba enfrentarse a mí, consciente de adónde me habían llevado sus jueguecitos.

¿Cómo podía saberlo?

De repente, me di cuenta de que había demasiadas cosas que aún no sabía. ¿Qué más me había ocultado Téllez? Las verdaderas intenciones de Fritz-Briones, por descontado. Puede que también la implicación de Carlos Sarasola en aquel asunto. Y tal vez, solo tal vez, lo que iba a encontrar cuando ahondase en los archivos de la Zentral- und Landesbibliothek de Berlín.

—Conocías a Stratos.

Lo dije sin pensar. En aquel punto, las respuestas se abrieron ante mí con tanta claridad que no entendí cómo podía haber estado tan ciega.

—También conocías a Marcel Dubois —continué—. Y a Enri Kaminski.

Exhaló un suspiro con sabor a derrota. Cuando se volvió hacia mí, al fin, tenía la mirada empequeñecida por el rencor y la tristeza.

—Y a muchos más, Greta. Stratos lleva matando más tiempo del que piensas.

Estuve tentada de no creérmelo. De pensar que todo aquello era una tomadura de pelo, otro de sus trampantojos con el que pretendía embaucarme y darle emoción a mi vida, como uno de esos títulos de *Vive tu propia aventura* que tanto me gustaban de cría.

—Stratos ha pasado años matando a bibliófilos y a amigos para agrandar su colección —continuó—. Trataba de reconstruir la fastuosa biblioteca de Herbst y se llevó por delante a todo aquel que se interpuso en su camino. He pasado mucho tiempo buscándole, tratando de detenerle...

—¿Por qué no me lo contaste desde el principio?

Los dos sabíamos por qué: porque no se me habría ocurrido aceptar el encargo de encontrar a un asesino de bibliófilos, algo que se alejaba mucho del terreno en el que me movía de forma habitual. Ese fue el motivo por el que, en lugar de responder, Téllez se limitó a observarme en silencio mientras llegaba a mis propias conclusiones.

Comencé a elucubrar teorías y alternativas que surgían con tanta naturalidad como si alguien hubiera abierto una esclusa y las hubiera dejado salir, todas a la vez, formando un embrollo que difícilmente iba a poder manejar por mí misma.

Reduje todas aquellas cuestiones a una sola, la que me pareció más urgente.

—¿Qué hay de Oleg?

—Era un buen chico.

Ni siquiera se molestó en fingir que no sabía de quién hablaba. No sé si me sorprendió más la familiaridad con la que se refirió a él, evidenciando que lo conocía bien, o la caída de ojos con la que adornó el comentario. La culpabilidad se dibujó en sus facciones con naturalidad. Como si, en realidad, siempre hubiera estado allí.

—Conocí a su padre —continuó—. Hacía años que no lo veía, pero tuvimos una relación bastante estrecha. Lamenté mucho su muerte.

—Stratos mató al padre de Oleg.

Me costó reconocer mi voz. Tampoco reconocí el gesto grave de Téllez, que acogió aquella certeza con un silencio repleto de bordes afilados.

—Por eso fue a por él —continué—. Por eso se tomaba el asunto de los libros robados como algo personal. Por eso le afectó tanto la imagen de aquella librería hecha cenizas. Por eso estaba dispuesto a acabar con Stratos a cualquier precio.

Hablaba más para mí misma que porque quisiera oír lo que Téllez pudiera opinar al respecto. La imagen de Oleg rociando el cadáver de aquel asesino con líquido inflamable se me apareció a traición y cobró un nuevo significado.

Téllez asintió a su pesar. Dio algunos pasos, como si de esa manera pudiera hilar mejor sus argumentos.

—Así actuaba, Greta. Acudía a los coleccionistas en cuyas manos hubiera caído algún ejemplar que fuera de su interés. Los asesinaba, se llevaba los libros y prendía fuego a las bibliotecas para ocultar sus pasos.

—¿Y dices que llevaba años haciéndolo?

—Por toda Europa —asintió—. París, Holanda, Suecia... Incluso en España.

Miró a su alrededor, como si buscara algo. Su inspección se detuvo en el aparador en el que descansaba aquella fotografía de mi padre, tomada cuando era joven. En la instantánea, miraba desafiante al mundo, con la gallardía de su juventud, como si retara al universo entero a tratar de pararle los pies.

En ese momento, acudió a mi cabeza una imagen antigua, rota de pura desesperación. El cerebro es así de caprichoso: oculta imágenes que cree que pueden dañarnos y las suelta en el momento menos oportuno, cuando lo considera conveniente.

El humo oscuro, denso y malévolo que lo anegaba todo a mi alrededor y convertía la realidad en una trampa mortal. El resplandor rojizo de las llamas interponiéndose entre la puerta que debía conducirme a la salvación y yo.

El dolor, tan intenso que pensé que no lo contaba.

Y, más tarde, un lugar reducido a cenizas, con los techos oscurecidos por el fuego y un montón de escombros en torno. Los libros calcinados, perdidos para siempre, que envolvían el lugar en un aura irreal, como si de una pesadilla se tratase.

Ahora sabía que no era una pesadilla.

Había visto aquel lugar con mis propios ojos. La biblioteca de la que mi padre se había sentido tan orgulloso. Recordé las horas que había pasado allí, mientras memorizaba uno tras otro los títulos impresos en los lomos de todos aquellos libros, con la audacia del lector primerizo que está aprendiendo a descifrar los símbolos que llevan toda la vida ante sus narices.

Una biblioteca pasto de las llamas. Un hombre bueno cuyo único pecado fue tratar de proteger lo que más quería.

El dolor, una vez más.

—Stratos mató a mi padre.

No fui consciente de ello hasta que me oí decirlo. Los recuerdos acudieron en oleadas. Un buen psicólogo habría tenido una explicación para aquel fenómeno, pero tampoco es que me apeteciera oírla.

Deseé con todas mis fuerzas que Téllez me detuviera; que se echara a reír y me pidiera que dejara de decir tonterías. Por desgracia, lo único que hizo fue bajar la vista al suelo. Como si se avergonzara de lo que podía ver si me miraba directamente.

La sensación de vértigo que sobrevino a continuación me llevó a apoyarme en la pared en busca de un anclaje que me mantuviera en vertical y, además, hiciera de lastre para que mi cabeza no siguiera evocando posibilidades que me alejaban completamente de la realidad.

Evoqué una vez más el humo, el fuego y el miedo. Recordé la dirección de mi antigua casa, al otro lado de la calle, perfectamente visible desde la ventana que Téllez tenía a su espalda. ¿Ese era el motivo por el que pasaba tantas horas allí, oteando hacia el exterior? ¿Mi subconsciente se había encargado de ocultar aquella información, aunque una parte de mí sabía que algo había sucedido?

¿Era mi vida una mentira?

No podía ser. Mi madre murió cuando era una cría y mi padre... Bueno, murió cuando yo era algo más mayor. Me despertaron sus gritos y el calor que inundaba la casa. También el humo, que colmaba mi garganta y me impedía respirar. No acudió ningún príncipe a salvarme, ni yo esperé a que lo hiciera. Tuve que salir de allí por mis propios medios. Ni siquiera recuerdo cómo llegué a alcanzar la calle, pero, cuando lo logré, ya se había congregado un buen número de curiosos para observar el incendio que estaba destruyendo aquel bonito edificio de la calle Argumosa.

Aquel, y no este, era el piso que me habían legado mis padres y al que me negaba a volver. Seguía viviendo al otro lado de la calle, como si de esa manera pudiera poner distancia entre mis recuerdos y una vida que, ahora lo sabía, me había negado a aceptar.

Me llevé una mano al hombro, allí donde la piel era más sensible. No había salido ilesa, al fin y al cabo. Tuve que soportar meses de dolor, de rehabilitación, de injertos, hasta que finalmente mis brazos y mi espalda se vieron cubiertos con una suerte de piel de lagarto, áspera y rugosa. Al principio, el más mínimo roce bastaba para hacerme ver las estrellas, pero llegó un momento en el que cualquier atisbo de sensibilidad desapareció, dejando solo aquella piel muerta.

No soporto que nadie me toque. En realidad, siempre he sabido por qué.

—Tu padre era un buen hombre.

Téllez lo dijo con pesar y algo de cercanía. Como si no hubieran pasado veinte años desde que murió. Aquellas palabras me permitieron vislumbrar adónde quería llegar y qué era aquello que se resistía a contarme.

—Me has utilizado.

No se molestó en negarlo, lo que me dio alas para continuar.

—Cuando te enteraste de que Oleg había pasado por lo mismo que yo, te pusiste en contacto con él. Ese muchacho andaba buscando a Stratos y te comprometiste a enviar a alguien para ayudarle. Te serviste de Fritz-Briones y de Josephine, y les sugeriste que me contrataran para dar con ese asesino, con la excusa de seguirle la pista a la biblioteca de su abuelo.

Téllez había urdido aquella telaraña en la que había obrado como anfitrión de una cacería que tenía bien programada. Sabía que no me detendría ante nada hasta dar con Stratos, al precio que fuera. Una parte de mí estaría deseando encontrarlo y no cejaría en su empeño, por mucho que se torcieran las cosas. La búsqueda de los libros robados no tardaría en convertirse en algo secundario en cuanto mi subconsciente advirtiera que el tipo al que debía encontrar era el asesino de mi padre.

Miré el retrato. Me habría gustado sentir que, desde el más allá, mi padre me observaba con cariño, orgulloso de la mujer en la que me había convertido.

No vi nada de eso, en realidad. Tan solo una fotografía vieja, algo desvaída por el paso del tiempo. Ahora sabía que, bajo el marco, los bordes de aquel retrato estaban ennegrecidos por el fuego. Fue una de las pocas cosas que pude recuperar de mi antigua casa.

—Todo ha terminado, Greta. Has salvado muchas vidas al acabar con Stratos.

Era un comentario torpe. Desafortunado, como poco. Estuve tentada de replicar, pero me sentía demasiado aturdida como para hacer nada al respecto. Ni siquiera me moví cuando vi a Téllez dirigirse hacia la puerta, abrirla y detenerse en el umbral, desde donde me lanzó un último vistazo.

—Ya nos veremos —se despidió.

—Vete a la mierda.

Concentré en aquel exabrupto toda mi animadversión hacia el tipo que me había guiado justo hasta donde quería. Téllez no pareció molesto, sino más bien al contrario. Esbozó una sonrisa triste y señaló el puesto de mando con un golpe de barbilla.

—Deberías dejarlo. Es un vicio horrible.

Seguí la dirección de su mirada, concentrada en el cenicero atestado de colillas. No dejaba de ser curioso que se preocupara tanto por los efectos perjudiciales del tabaco, pero en cambio no le importara ponerme al alcance de un maldito asesino en serie.

—Es Marla quien fuma, no yo.

Téllez me examinó un momento y asintió, muy despacio. Después cerró la puerta tras de sí y se marchó. Me dejó sola, cabreada y confundida.

Sola.

Me vi a mí misma apoyada contra la pared, convertida en una extraña empeñada en protagonizar mi propia vida. Quise reír, maldecir y salir detrás de Téllez para soltarle un par de hostias con las que compensar, de alguna manera, el sufrimiento de las últimas semanas.

No hice nada de eso, demasiado ocupada tratando de descifrar la imagen que tenía ante mí.

Era mi mano. O lo parecía, al menos. Me costó reconocerla con aquellos dedos amarilleados por la nicotina. «Dedos de fumador», pensé. Los dedos de alguien que fuma a diario mucho más de lo que sería sensato.

Otro misterio que añadir a la lista.

Resuelta a terminar de atar algunos cabos, fui a buscar a Marla a su habitación.

EPÍLOGO

El cuarto permanecía vacío, tan limpio y ordenado como si hubieran pasado años desde la última vez que alguien durmió allí. No era tan extraño, ya que Marla apenas utilizaba la cama y pasaba la mayor parte de las noches en el salón, absorta ante sus pantallas, inmersa en un mundo digital que tenía pocos secretos para ella. De hecho, nunca la había visto dormir. Supuse que lo hacía durante el día, mientras yo estaba fuera.

Ni siquiera me sorprendió no encontrarla allí. No sentí miedo ni extrañeza, sino más bien alivio. Como si su ausencia me permitiera relajarme, al fin.

Abrí el armario y examiné su ropa, que de vez en cuando también usaba yo. Reconocí unas botas de montaña que hacía tiempo que no me ponía y una blusa que había perdido de vista hacía mucho. Me miré en el espejo colgado en el interior de la puerta del armario y observé con curiosidad la misma imagen que Marla habría contemplado tantas veces antes.

Fui al escritorio. Había algunos documentos allí encima, bien ordenados unos sobre otros, como si esperase el momento oportuno para hacer frente a todos aquellos requerimientos. Algunos tenían el membrete de un despacho de abogados y los reconocí como las cartas que había enviado la familia de la señora Sterling para avisar de que pensaban emprender acciones legales contra mí.

Dentro de un cajón encontré las pastillas.

El bote estaba lleno, lo que ponía en evidencia que hacía mucho que Marla había dejado de tomar su medicación. Las dos sabíamos lo que sucedía cuando dejaba de tomar sus pastillas: sus pensamientos se emborronaban y se comportaba de forma extraña, hasta el punto de parecer una persona completamente distinta a quien era en realidad.

Mi atención regresó a los documentos que había sobre la mesa. Me fijé en una carta de la agencia Neoprisa. Por el matasellos, deduje que había llegado esa misma mañana. La abrí y me encontré con un texto enrevesado, repleto de acotaciones legales, que leí en diagonal para hacerme una idea de su contenido.

Teresa Solana me urgía a hacerle llegar un informe detallado de los gastos derivados de la investigación en la que había colaborado como investigadora externa. Repetía varias veces que, si me negaba a hacerlo, no tendrían más remedio que poner aquel asunto a disposición de sus abogados y me acusaba de haber traicionado la confianza de la gente que me había contratado.

Aquello me provocó una carcajada.

Seguí riéndome hasta que reparé en el encabezado de la carta y leí mi nombre como si fuera la primera vez que lo veía: Greta Martín Lahoz.

Una súbita sensación de malestar me llevó a soltar aquellos documentos. Había algo que se me escapaba, pero no lograba saber qué era. Me volví hacia una estantería en la que abundaban los textos técnicos y las carpetas repletas de documentación. Aquel era el verdadero centro de mando de Marla, su refugio.

Había varios ejemplares de *El juego del ángel*, en tapa dura y en edición de bolsillo. También estaba la versión alemana que había adquirido en Berlín y la edición en italiano que había rescatado de la bolsa de Oleg antes de que fuera pasto de las llamas. Para mi sorpresa, también encontré allí aquel *Gra*

Anioła que había encontrado en el almacén del padre de Jurek, todavía sucio y repleto de marcas de humedad en el lomo y la cubierta. Ni siquiera recordaba haberme hecho con él.

Me asaltó un pensamiento imprevisto, un paralelismo entre mi caótica existencia y la del protagonista de *El juego del ángel*, aquel aspirante a escritor que era incapaz de asumir el control de sus actos ni de discernir la frontera entre lo real y lo imaginario.

Por fortuna, se me pasó pronto.

Y allí, en lo alto de la estantería, entre un *Iter Sopena* y varios títulos de la Serie Negra de RBA, vislumbré un ejemplar que conocía bien.

Lo saqué y lo ojeé con cuidado. El título del manuscrito era *El verdugo piadoso*, una de las obras menos conocidas de Borges y, al mismo tiempo, una de las más valiosas. Pasé varias páginas sin dar crédito a lo que veía.

—Maldita sea, Marla.

No había nadie a quien dirigir aquellas palabras. Aun así, me pareció oír una carcajada nerviosa, la risa con la que mi hermana obsequiaba a todo aquel que se atrevía a decirle que el mundo era un lugar ordenado y sencillo en el que las cosas siempre eran lo que parecían.

No fueron las cartas con mi nombre en el membrete. Ni siquiera la presencia del Borges robado en la estantería. Lo que terminó de convencerme de que Marla era real fue el sonido de su risa al brotar de mis labios.

NOTA DE AUTOR

Esta novela parte de una premisa real: durante la Segunda Guerra Mundial, los nazis llevaron a cabo el mayor robo de libros de la historia. Saquearon bibliotecas de toda Europa, muchas de las cuales siguen a día de hoy en paradero desconocido. En Berlín, un reducido grupo de bibliotecarios lucha por resarcir esta injusticia y pone todo su empeño en devolver los ejemplares saqueados que caen en su poder a sus legítimos propietarios o a los descendientes de estos.

Esta mezcla de ficción y realidad me obliga a realizar la presente nota aclaratoria. La alternativa habría sido llenar el texto de notas al pie que habrían entorpecido la lectura y la habrían vuelto más farragosa. Por eso, me gustaría dejar constancia de algunos nombres propios. Varios aparecen en la novela y otros están muy presentes en ella, aunque no los nombre.

Llegué a este asunto casi por accidente tras leer en *La Nación* un artículo con un titular imposible de ignorar: «Libros robados por los nazis, restituidos a una familia de escritoras argentinas». Al parecer, las hermanas **Nora, Vera** y **Claudia Hilb** recibieron un día un correo electrónico de un tal Sebastian Finsterwalder, quien decía haber encontrado en la Zentral- und Landesbibliothek un libro que había pertenecido a Claus Hilb, su padre. Se trataba de una recopilación de leyendas tirolesas que lucía un sello con la inscripción «Claus H [ilb], Berlin W 62, Kurfürstenstraße 88». Estas tres mujeres heredaron de sus padres el amor por los libros y han escrito e ilustrado varios cuentos infantiles. La devolución de aquel ejemplar las puso en contacto con una parte de su pasado que desconocían. En sus propias palabras, ese libro constituye un recuerdo de la persecución y el destino de muchas víctimas de la barbarie nazi, pero también simboliza algo más: el poder de los libros y la necesidad de la reparación de las injusticias cometidas contra muchos inocentes.

Decidido a buscar más información sobre este asunto, tropecé con el título *Ladrones de libros*, de **Anders Rydell**, publicado en España por Desperta Ferro Ediciones y con un estupendo prólogo de Jorge Carrión. Este libro habla con detalle y sin tapujos del saqueo nazi de las bibliotecas europeas y de la lucha de un puñado de bibliotecarios para restituir esta herencia literaria. Tengo el ejemplar siempre a mi alcance, leído, subrayado y marcado hasta la extenuación. Las historias contenidas entre sus páginas me llevaron a obsesionarme con el robo de libros y, sobre todo, con el orgullo de aquellos que lo habían perdido todo y, aun así, arriesgaron sus vidas para protegerlos de los saqueadores enviados por el ERR.

En Berlín conocí a **Sebastian Finsterwalder**, quien dirige el departamento de la Zentral- und Landesbibliothek encargado de la devolución de los libros saqueados a sus dueños o a sus herederos. Fue un encuentro fascinante que mantuvimos frente a varias pilas de libros que esperaban ser examinados, catalogados y restituidos. Sebastian me hizo comprender la verdadera dimensión del robo de libros y el titánico esfuerzo que llevan a cabo desde su departamento con unos medios más bien escasos. Me causó tal impresión que decidí incluirle como un personaje más de esta novela, ya que sin él nada de esto tendría sentido. La conversación que Greta y Sebastian mantienen en Berlín es un resumen de la charla que mantuvimos aquel día y que resultó tan reveladora.

Dicha conversación no habría sido posible sin la mediación e interpretación simultánea de mi amigo **Jesús Cañadas**, quien accedió a ayudarme a cambio de un café horrible y una cena estupenda. Nunca nadie dio tanto por tan poco.

Alfred Rosenberg fue el responsable político de los territorios ocupados por Alemania durante la Segunda Guerra Mundial. Está considerado uno de los principales ideólogos del nazismo. En su libro *El mito del siglo XX* hace una proclama de la pureza de la sangre, según la cual la raza aria desciende directamente de la Grecia clásica, por lo que es hermosa y perfecta, y afirma que la actual degradación del mundo se debe a la influencia de otras razas. Fue un *best seller*, aunque el propio Hitler reconoció en alguna ocasión que no lo había leído. En los juicios de Núremberg fue sentenciado a muerte y ahorcado como criminal de guerra.

Louis Sachs es un viejo conocido del departamento dirigido por Sebastian Finsterwalder, ya que en el fondo de la Zentral- und Landesbibliothek se han encontrado un buen número de libros de su propiedad. Nació en Prusia Oriental en 1872 y posteriormente se trasladó a Berlín. Lo persiguieron por ser judío. El 13 de enero de 1942 lo deportaron al campo de concentración de Riga, donde fue asesinado. A Sachs le gustaba tomar notas en sus libros y llenarlos de direcciones y recordatorios. En uno de sus libros se ha encontrado incluso una receta de comida para loros. En palabras de Sebastian, «Sachs hace mucho que dejó de ser solo un nombre. Lo consideramos un viejo amigo, un tipo que trabajó en la Universidad de Berlín, grafólogo, amante de los animales y que tenía un loro como mascota». Sus libros siguen en la Zentral- und Landesbibliothek a la espera de que alguien los reclame.

Allí también permanece aún el ejemplar de *Im Dunkelsten Afrika* que la madre de **Rudi Joelsohn** le regaló cuando cumplió trece años, ya que no queda nadie a quien devolvérselo.

Wolfgang Walter Lachmann sigue viviendo en Estados Unidos. De la época anterior a la persecución nazi solo conserva una fotografía y, ahora, el libro infantil *Für unsere Jugend: Ein Unterhaltungsbuch für Israelitische Knaben und Mädchen*, aunque siempre recalca que no era uno de sus favoritos.

Rosina Sorani fue la secretaria de la Sinagoga de Lungotevere De' Cenci durante la ocupación nazi. El 1 de octubre de 1943 escribió en su diario: «Los dos oficiales alemanes han vuelto a estudiar los volúmenes de las dos bibliotecas». También escribió las amenazas que recibió por parte de un oficial: «Dentro de unos días vendremos a por los libros. Si falta alguno, lo pagará con su vida». A pesar de ello, Rosina y sus compañeros consiguieron trasladar un buen número de libros y manuscritos a la cercana Biblioteca Vallicelliana, salvándolos del saqueo.

Filipa Dicenti es un personaje ficticio, pero sus declaraciones sobre el oficial nazi que examinó la Biblioteca de la Comunidad Judía de Roma «como si fuera un fino bordado» (página 193) fueron realizadas por el periodista judío **Giacomo Debenedetti**, quien fue testigo del saqueo de la Sinagoga de Lungotevere De' Cenci en 1943. Se encuentran recogidas en el libro *The Books of the Roman Ghetto under the Nazi Occupation*, de S. G. Pugliese.

Me he permitido incluir en esta ficción a mis amigos **Juan José Téllez** y **Juan Manuel Fernández**, que espero disculpen la osadía. Aprovecho para dejar constancia de mi admiración y cariño hacia ambos por su generosidad y complicidad.

La **librería Manuel de Falla** sigue en pie, al menos mientras escribo estas líneas. Se trata de un lugar maravilloso que todo amante de los libros debería visitar al menos una vez en la vida. Ojalá fuera eterna.

Durante el proceso de documentación ha resultado fundamental la ayuda de mi amigo **Daniel Heredia**, quien atendió mis dudas y me sugirió lecturas que me ayudaron a acercarme al apasionante mundo de la bibliofilia.

Sería imposible citar todos los libros que he consultado durante la escritura de esta novela. Los lectores más avispados habrán pillado las referencias que he dejado caer a lo largo de la narración, pero vale la pena citar y recomendar algunos de ellos: *La Pasión por los Libros*, de Francisco Mendoza Díaz-Maroto; *Cazadores de nazis*, de Andrew Nagorski; *Tocar los libros*, de Jesús Marchamalo; *Enfermos del libro*, de Miguel Albero; *La biblioteca en llamas*, de Susan Orlean; *La noche en que Frankenstein leyó el Quijote*, de Santiago Posteguillo; *El nombre de la rosa*, de Umberto Eco; *El Club Dumas*, de Arturo Pérez-Reverte.

El informe de la comisión creada por el Governo Italiano para seguir la pista de la Biblioteca de la Comunidad Judía de Roma es un documento público, por lo que es posible encontrarlo en internet. Recomiendo su lectura a todo el que quiera seguir ahondando en esta apasionante historia. Los investigadores sostienen que lo más probable es que los 7000 libros que componían esta colección se encuentren en algún lugar de Rusia o al sur de Polonia.

A día de hoy, la Biblioteca de la Comunidad Judía de Roma sigue desaparecida.

AGRADECIMIENTOS

El proceso de creación de esta novela ha sido extenuante y no habría sido posible sin el amor y la complicidad de muchas personas. Por ello, quiero dejar constancia de mi agradecimiento a algunas de ellas.

A Justyna Rzewuska, por creer en esta historia y animarme a escribirla.

A Zoa Caravaca, por su entusiasmo desde el primer minuto.

A Raquel Gisbert y el resto del equipo de Planeta y de NdeNovela, por concederme el privilegio de formar parte de su catálogo.

A Daniel Heredia, por sus correcciones, sugerencias y aportaciones.

A mi familia, porque sin sus abrazos todo sería infinitamente más complicado.

A Paula, porque sin su compañía todo sería infinitamente más aburrido.

Y a ti, lector, porque sin ti nada de esto sería posible.

Este libro se ha impreso
en Rotoprint by Domingo